Märchen aus der Bretagne

Märchen
AUS DER
Bretagne

Herausgegeben von
Erich Ackermann

Anaconda

Die Deutsche Nationalbibliothek verzeichnet diese Publikation in der Deutschen Nationalbibliografie; detaillierte bibliografische Daten sind im Internet unter http://dnb.d-nb.de abrufbar.

Umschlagmotiv: Julien Lacaze (1886–1971): »A colour ride in France: a castle on the rocks in Brittany«, Illustration aus *My Magazine* (1925), Bridgeman images
Umschlaggestaltung: www.katjaholst.de
Satz und Layout: Roland Poferl Print-Design Köln
Printed in Czech Republic 2019
ISBN 978-3-7306-0703-9
www.anacondaverlag.de
info@anacondaverlag.de

Für meine kleine
Enkeltochter
Charlotte

Inhalt

GESPENSTER

ANDERE SCHAURIGE GESCHICHTEN
AM KAMIN ZU ERZÄHLEN

ZAUBERMÄRCHEN

ANKOU, DER BRETONISCHE TOD

SCHWÄNKE UND LUSTIGES

Vorwort

Von jeher regt die Bretagne mit ihrer pittoresken Fremdartigkeit die Fantasie vieler Menschen an. Jener westliche Rand des europäischen Kontinents, den die Bretonen in ihrer Sprache *Armorica*, »das Land am Meer«, nennen, hat trotz des immer stärker werdenden Tourismus seine urwüchsige kulturelle Eigenart bewahrt wie sonst keine der anderen französischen Provinzen. Es ist auch heute noch ein Keltenland, das seine Eigenständigkeit in all seiner scheinbaren Widersprüchlichkeit zu behaupten weiß. In diesem kargen Landstrich leben ein kaum überdeckter uralter Aberglaube und tiefe religiöse Gläubigkeit eng und gar ineinander verwoben zusammen. Eindrucksvolles Beispiel hierfür sind die zahlreichen christlichen *Calvaires* (aus Stein gehauene Kalvarienberge mit der Leidensgeschichte Christi), die berühmten Wallfahrtsprozessionen, *pardons* genannt, und die Dolmen und Menhire, die die Landschaft prägen.

Man unterscheidet *Haute-Bretagne* (Oberbretagne) und *Basse-Bretagne* (Niederbretagne), wobei »nieder« nur sagen will: am weitesten von Paris entfernt. Die Haute-Bretagne endet im Osten

der bretonischen Hauptstadt Rennes; hier wird heute nur noch Französisch gesprochen. In der Basse-Bretagne, der »bretonischen Bretagne«, wird das aus dem Keltischen entstandene Bretonisch mit seinem reichen Wortschatz gesprochen; aber immer seltener hört man diese Sprache und dann meist aus dem Mund älterer Menschen. Es ist eine Variante des Keltischen und eng mit dem Kornischen (Cornwall) und Walisischen (Wales) verwandt. Der Grund dafür ist, dass das Bretonische im 5. und 6. Jahrhundert n. Chr. durch aus England neu eingewanderte christianisierte Kelten in der Bretagne verbreitet wurde. Seit hundert Jahren verläuft die Sprachgrenze westlich der Bucht von Saint-Brieuc bis östlich des Golfs von Morbihan. Im 19. und 20. Jahrhundert wurde das Bretonische von der Zentralregierung in Paris rigoros unterdrückt, wohl um bei den Bretonen keinen Gedanken an staatliche Selbstständigkeit aufkommen zu lassen, und es genießt auch bis heute noch keine offizielle Anerkennung seitens des französischen Staates.

Die Bretagne ist zugleich *Armorica*, »Land am Meer«, und *Argoat*, »Land des Waldes«. Da ist jene wilde Küste, die schon die Römer *finis terrae* (Finistère) nannten, das Ende der Welt. Donnernd stürzt hier die Brandung an die zerklüfteten Klippen und Felsen, und man kann gut verstehen, dass die Bretonen ein besonderes Verhältnis zum Tod haben, wo doch früher fast jedes Haus Väter und Söhne an die See verloren hat.

Schwermutig erscheint das Innere des Landes mit seinen Wäldern, der rot blühenden Heide und dem golden leuchtenden Ginster, eine geradezu ossianische Landschaft, wo der Wind die Wolken über die karge Erde peitscht. Hier lag früher der sagenumwobene Wald *Brocéliande*, der sich fast über die ganze Bretagne ausdehnte, jetzt aber schon lange verschwunden ist. Die großen Buchen- und Eichenwälder gibt es nicht mehr, geblieben ist nur ein kleiner zusammengeschrumpfter Rest, der heutige Wald von *Paimpont*. Doch scheint dieses *Argoat* noch immer das Reich der Feen und des Zaubers zu sein.

Hier hat *Morgane*, die Schwester des Königs Artus, ihren Geliebten in einem Felsen des »Tales ohne Wiederkehr« eingeschlossen, weil er sie mit einer anderen betrogen hatte. Danach hat sie das ganze Tal so verzaubert, dass kein untreuer Mann hier jemals wieder herausfand. Erst als der edle, treue *Sir Lancelot* an diesen Ort kam, konnten die Männer befreit werden, wobei Sir Lancelot noch immer hier umherirrt auf der Suche nach dem *Heiligen Gral*. Und auch der große Zauberer *Merlin*, den seine Liebste *Viviane* in eine Weißdornhecke gebannt hat, lebt in diesem Wald weiter und sein klagendes Seufzen scheint in jedem Weißdorn zu vernehmen zu sein. An der Quelle von *Barenton* hatte sich der Magier einst in die Fee *Viviane* verliebt und ihr eine eigene Zitadelle aus Kristall gezaubert, die sich der Legende nach unter dem See am Schloss von *Comper* befindet. Zwischen Eichen, Buchen und Kastanien sprudelt die Barenton-Quelle noch heute. Ihr Wasser soll Krankheiten heilen und jungen Frauen zu einem Ehemann verhelfen. Nebenan befinden sich der Jungbrunnen und ein Dolmen, unter dem der Zauberer Merlin begraben sein soll. Ganz in der Nähe des Merlin-Grabes entspringt die *Quelle der Jugend*, auch *Quelle der Fee Viviane* genannt. Sie hat den Ruf, denen die Jugend zu geben, die davon trinken.

Die vielen Sehenswürdigkeiten des Märchenwaldes Brocéliande künden davon, dass die Bretagne darauf bedacht ist, nichts von ihrer Geschichte abzugeben. In harten Kämpfen haben die Bretonen ihre Eigenständigkeit gegenüber Römern, Franken, Normannen, Engländern, gegen das französische Königshaus, ja sogar gegen den heutigen Zentralismus Frankreichs zu wahren verstanden, und stolz prangt auf vielen ihrer Autos als Kennzeichen *Bzh*, für *Breizh*, Bretagne.

Schon um 3000 v. Chr. begann in der Jungsteinzeit ein unbekanntes Volk überall in Europa riesige Steinmale zu errichten; in dieser Megalithkultur scheint die Bretagne zum ersten Mal besiedelt worden zu sein. Zeugnis davon legen die *Menhire* (aufrechte Steine), *Dolmen* (Steintische) und *Cromlechs* (im Kreis aufgestellte

Steine) ab. Fast alle wurden in der Nähe der Küste errichtet, und ihre Bedeutung bleibt bis heute mysteriös. Waren es Friedhöfe oder astronomische Kalender?

Erst gegen Mitte des ersten vorchristlichen Jahrhunderts ließen sich keltische Stämme vom Festland auf der bretonischen Halbinsel nieder, sodass schließlich derjenige Teil des europäischen Festlandes, der als letzter von den Kelten besiedelt wurde, deren Kultur am längsten weitergetragen hat, nämlich bis heute.

Um etwa 500 v. Chr. traten die Kelten in die Geschichte ein; im 3. Jahrhundert schon erstreckte sich ihre Macht vom Atlantik bis zum Schwarzen Meer, von England bis zum Apennin. Um die Zeitenwende jedoch lebte kein Kelte mehr auf dem europäischen Festland in Freiheit.

Als Urheimat der Kelten gelten heute allgemein Süd- und Westdeutschland, Ostfrankreich und die Westschweiz; von hier aus breiteten sie sich über ganz Europa aus. Ein einheitliches keltisches Reich aber hat es nie gegeben, nie haben die Kelten eine eigenständige politische Einheit erreicht. Das hatte zur Folge, dass sie leicht Opfer der römischen und germanischen Eroberer werden konnten.

Caesar unterwarf ganz Gallien 58–52 v. Chr., wodurch in Gallien, auch in der heutigen Bretagne, vorerst fast das gesamte keltische Erbe verloren ging. Abgesehen natürlich von einem kleinen Dorf, in dem die letzten Kelten unter Führung von Asterix und Obelix mit Erfolg den eindringenden Römern Widerstand leisteten. Und wer kennt sie nicht, die Helden der französischen Comic-Serie von René Goscinny und Albert Uderzo! Hier werden die letzten Gallier so gezeichnet, wie die Bretonen auch heute noch sind: urwüchsig, bretonisch-patriotisch, eigenbrötlerisch, querköpfig, nonkonformistisch, listig wie Asterix, aber auch tollpatschig wie sein guter Freund Obelix.

Caesar schloss trotz dieses heroischen Widerstands ganz Gallien dem römischen Imperium an und nahm ihm weitgehend sein keltisches Erbe; wie immer raubten die Römer den Unterworfenen damit nicht nur das Land, sondern auch ihre kulturelle Identität, und dazu gehört auch die Sprache. Fortan wurde in Gallien Latein zur allgemeinen Umgangssprache, weshalb auch das heutige Französisch zu den romanischen Sprachen gehört. Erst sehr viel später sollte wieder Keltisches mitsamt seiner Sprache nach Gallien zurückfließen: Im 5.–7. Jahrhundert nach Christus kam es unter dem Druck sächsischer Stämme zu einer Auswanderung von Kelten aus Südengland. Sie kamen über das Meer in die galloromanische Provinz *Armorica*, in ein Land, in dem das römische System noch fortbestand, obgleich die Römer schon lange abgezogen waren und ihr Imperium untergegangen war. Dennoch gelang es den eingewanderten Kelten leicht, in diesem »Kleinen Britannien«, wie das Land fortan genannt wurde, das alte keltische Erbe wieder einzuführen bzw. aufzufrischen. Dazu trug auch die geografische Beschaffenheit der Bretagne bei, die Abgelegenheit, das wilde, vom Meer stetig umtoste Land, das ihrer alten Heimat, dem »Großen Britannien« sehr ähnelte. So wurden das kleine und das große Britannien bald eine kulturelle Einheit.

Im 9. Jahrhundert erhielt *Nominoe*, der Anführer der Bretonen, vom karolingischen König *Karl dem Kahlen* die Grafschaften Rennes und Nantes und das Land um Retz südlich der Loire. Alle folgenden Gebietsreformen hielten sich an diese Grenzen. Erst 1532 wurde das Herzogtum Bretagne mit dem Königreich Frankreich vereint, behielt aber eine gewisse Eigenständigkeit und alle Privilegien.

Dem keltischen Volk gelang es zwar nicht, einen eigenen Staat zu bilden, doch seine schöpferische Einbildungskraft war immens. Der Hang zum Irrationalen und gar Grotesken offenbart sich in ihrer Kunst, vor allem in ihrer Fabulistik. Ausgehend von einer bis heute nicht ganz erschlossenen Mythologie ersannen sie Geschichten, Sagen und Märchen, deren Grundmotive das europäische Märchen geprägt haben.

Der geistige und kulturelle Zusammenhang ihres Denkens ging vom Stand der *Druiden* aus; diese Seher und Priester gaben das große geistige Weltkonzept der Kelten von Generation zu Generation mündlich weiter; sie erforschten Wesen und Größe der Welt, versuchten, die Natur der Dinge zu ergründen und verkündeten in einer geheimnisvollen Priestersprache auch die Lehre von der Unsterblichkeit der Seele. Die Römer erkannten, dass diese auch der Heilkunst mächtigen Priester die einzige Klammer in einem auseinanderfallenden gallischen Stammesgewirr bildeten, verfolgten diesen Stand, und die Druiden verschwanden im Untergrund.

Den Druiden nahe verwandt waren die *Barden*; diese Sänger standen neben dem König und nicht wie die Druiden über ihm. Es oblag ihnen, vor allem im Winter jeden Abend die ums Feuer versammelte Gesellschaft mit Geschichten aller Art zu unterhalten. In der Bretagne sind infolge der frühen Romanisierung des Herrscherhauses und der Adligen die Geschichten der Barden nicht schriftlich in keltischer Sprache aufgezeichnet, wohl aber sind die Lieder der Barden in altfranzösischer Sprache als *Lais bretons* bearbeitet, so z. B. von der Dichterin Marie de France (ca. 1130–1200). Zudem gab es neben den Barden, die ihre Lieder zur Harfe vortrugen, eine weitere Gruppe von bretonischen Märchen- und Mythenerzählern, die zu Trägern und Verbreitern des Artus-Sagenkreises wurden, z. B. Chrétien de Troyes. Beide, die *Lais* der Marie de France und der Artus-Zyklus spiegeln, wenn auch in französischer Sprache abgefasst, die *Matière de Bretagne* wider, also die ganze Palette des keltisch-bretonischen Erzählguts, das mit dem christlichen Weltbild in Einklang gebracht wurde. In der Artus-Epik kamen noch die Gesellschaftsnormen des ritterlich-höfischen Europas hinzu; allerdings kann das den heidnischen Grundstock all dieser Mythologie nur an der Oberfläche verdecken.

Im ausgehenden Mittelalter verschwand der Stand der Barden und machte fahrenden Sängern Platz, die den Sinngehalt der bretonischen *Lais* allerdings nicht mehr erfassten und die Geschichten aus der höfischen Gesellschaft herauslösten und dem Volk zur Unterhaltung vortrugen. Dort sind diese Geschichten wie zur Zeit der Druiden von Generation zu Generation weitererzählt worden, erweitert durch manche individuelle und landschaftliche Beigaben; zudem wurden viele Grundmotive vermischt und zu neuen Erzählungen erweitert. Verbreitet haben sich die Märchen und Sagen auch durch umherziehende Bettler, Viehtreiber, Fuhrleute, Hausierer, wandernde Handwerker, Soldaten und Seeleute, die weit herumgekommen waren. Mägde erzählten sie sich in der Küche und beim Spinnen, Fischer beim Flicken der Netze, und umherziehende Kesselflicker lockten damit in den Dörfern ihre Kunden an.

Im 19. Jahrhundert hat man sich in Frankreich um die Wiederbelebung und den Erhalt der bretonischen Fabulistik bemüht. Wie auch sonst in vielen Ländern Europas zogen Märchenforscher und -sammler durchs Land, gingen in die Häuser, zeichneten die ihnen vorgetragenen Märchen schriftlich auf, übersetzten sie aus dem Bretonischen ins Französische und bewahrten sie so vor dem Vergessen. Diese Märchen wurden früher meist in der *veillée* erzählt, an langen Winterabenden am flackernden Kamin, wenn sich die ganze Familie und auch Nachbarn zu Handarbeiten versammelten.

Doch auch heute bemühen sich wieder viele vor allem junge Bretonen um einen *Distro ar Gelted*, eine Rückkehr der Kelten. Überall sind keltische Zirkel und Vereine entstanden; die *festou-noz*, die nächtlichen Feste mit Tanz zu uralten keltischen Klängen mit keltischen Instrumenten wie der Harfe, dem Dudelsack *(biniou)* und der *bombarde*, einer Art Oboe, haben regen Zulauf in diesem sogenannten *renouveau celtique*. Ebenso trägt ein neues Interesse an der alten Sprache zu dieser Renaissance bei. So gilt das alte bretonische Sprichwort: »Die Poesie ist stärker als die drei stärksten Dinge: das Böse, das Feuer und der Sturm.«

Es gibt eine große Zahl immer wiederkehrender Motive und Themen in den bretonischen Märchen, von denen einige gesamteuropäisch sind, andere wiederum nur für diesen keltischen Landstrich typisch: Tote als Wiedergänger, Verwandlung von Menschen in Tiere, hilfreiche Tiere, Untiere wie z. B. der Werwolf, Wundertiere, Seeungeheuer, Meeresfrauen, Teufel und Drachen, Verzauberungen aller Art, Riesen und Zwerge, Menschenfresser, Geister, Gespenster, nächtliche Unwesen, Hexen, Räuber und dergleichen.

Zwei Themen allerdings ziehen sich wie ein Leitmotiv durch fast alle bretonischen Märchen: das Land der Toten und das Land der Feen, die in der Anderswelt leben.

Ankou ist die Personifikation des überall gegenwärtigen Todes; er ist ein mächtiger Herr, der nächtens mit seinem Karren über das einsame Land zieht und überall seine Opfer findet. Manche Geschichten sehen in ihm einen Untoten, ein Gespenst oder einen Dämon. Er ist die Personifizierung des Todes oder ein Todesbote, in jedem Fall aber sucht er die Nähe der Menschen. Dargestellt wird Ankou meist als Skelett, das nachts auf einem quietschenden Wagen fährt, mit einer Sense in der Hand, oder auch als ein riesiger, schattenhafter Mann in dunklem Mantel, der die Toten schweigend auf seinen Karren lädt. In den Küchen der Häuser, die Ankou heimgesucht hatte, standen früher oft eine Schale mit Milch und eine Platte mit Crêpes bereit, an denen sich der heimwehkranke Tote laben konnte, denn oft kommt der Tote als Wiedergänger in die Familie zurück, um diese zu warnen oder um eine Buße abzudienen.

In einer Anderswelt leben die Feen; bei ihnen gibt es nicht das, was die Irdischen Zeit nennen, nichts, was ihr Glück stört, weder Tod noch Leid können diesen übernatürlichen Wesen etwas anhaben. Schon Mitte des 12. Jahrhunderts wurde über die Feen im Zauberwald *Brocéliande* so viel erzählt, dass sich der normannische Dichter *Robert Wace* auf den Weg machte, um sie zu suchen; enttäuscht musste er allerdings zurückkehren. Dennoch wohnen nach altem Volksglauben die bretonischen Feen schier überall. Unter der Erde, in Hügeln, in der Heide, in hohen Felsen, in jenen riesigen Felsenhöhlen, die die Bretonen die *houles aux fées* nennen, in Steingräbern, Dolmen und Menhiren. Vor allem aber leben sie auf jenen Inseln der Seligen, auf die die Kelten ihre Toten entrücken. Dort wohnen sie in prächtigen Palästen, in denen alles im Überfluss vorhanden ist und von selbst vor sich geht. Oft treten die Feen auch ins Leben der Menschen, meist in gütiger Absicht. Gefährlich allerdings kann ihre betörende Schönheit für Männer werden; oft laden sie diese zum Liebesbund ein und entführen sie in ihr Reich, in dem wenige Tage wie viele Jahre auf der Erde vergehen, da die menschliche Zeit hier aufgehoben ist. Manchmal halten sie sie bei sich fest, lassen sie nicht fortziehen, verwandeln oder töten sie nach dem Liebesbund. Dieser Aspekt der Feen erinnert an ihre matriarchalische Abstammung, an die Dominanz des weiblichen über das männliche Element. Dann wird die Fee einnehmend, verschlingend, tödlich wie im Märchen der »Groac'h von der Insel Lok«.

Eng mit den Feen verwandt ist das *Kleine Volk*. In der Bretagne sind dies die *Korrigane*, die man in der Gegend von Morbihan auch *Ozegane* nennt. Es sind übernatürliche Wesen von unterschiedlichem Aussehen; bald erscheinen sie als Zwerge, bald als Männer und Frauen von natürlicher Körpergröße, bald sind es vogelgestaltige Wesen, was ihre Verbindung mit der Welt der Toten unterstreicht. Die Korrigane sind meist gutartig und helfen bei häuslichen Arbeiten, spielen aber auch denen, die es ihnen gegenüber an Respekt fehlen lassen, böse Streiche. Wie die keltische Tradition im benachbarten Irland beweist, sind diese mythologischen Wesen die Einwohner des armorikanischen Landes gewesen, bevor die Kelten kamen; sie sind das *Alte Volk*, das sich nach Ankunft der Kelten unter den Boden zurückgezogen hat, in die Feenhügel, in megalithische Denkmale, Dolmen und Tumuli, wo sie eine Art Parallelleben führen. Aber wie allenthalben in der keltischen Mythologie ist die Welt der Menschen von der übernatürlichen Anderswelt nicht klar geschieden. Mal verirren sich Menschen in diese geheimnisvolle Welt und kommen mit Reichtum überladen zurück, mal treten Feen und Korrigane von sich aus in die Welt der Menschen ein und stehlen ihnen Hab und Gut; es sind ambivalente übernatürliche Wesen, die dem Menschen gegenüber hilfreich, aber auch böse gesonnen sein können.

So bilden das keltische Kulturgut und, wie im Fall der Korrigane, auch schon die vorkeltische Vorstellung von der Welt die Grundschicht der bretonischen Märchen. Die Helden bewegen sich in einem Wunderreich zwischen Diesseits und Jenseits und sind den Mächten der Natur und vor allem auch übernatürlichen Einflüssen verhaftet und preisgegeben. Halb sind sie Menschen, halb schon Geistwesen und heben sich vor einem Hintergrund ab, in dem der Tod stets gegenwärtig ist. Sie leben in einer Welt, deren Grenzen verschwimmen und manchmal ineinander übergehen.

Die Abbildung zeigt die Welt der Bretonen, in deren Mittelpunkt der Karren des Todes steht. Sie umfasst drei Ebenen, in denen mythologisches Denken, volkstümlicher Aberglaube und die christliche Weltsicht eng verwoben sind.

Das unterirdische Reich ist das der Mythologie und des überall schlummernden Aberglaubens. Rechts neben dem Satan, der die Erdoberfläche trägt und damit beherrscht, tummeln sich die Feen der Wälder und Gewässer; links sind die koboldartigen Korrigane zu sehen und auch der Drache, der ihre Schätze bewacht. Weitere weniger bekannte Wesen des Volksaberglaubens mischen sich darunter, etwa der Wolfsmensch, der bei Tagesanbruch aus dem Gebüsch springt, um die Kinder, die noch keine fünf Jahre alt sind, zu verschlingen; oder das trügerische Pferd, das in Gestalt eines

Fohlens auf die arglosen Kinder wartet, wenn sie aus der Schule kommen, sie eins nach dem anderen aufsteigen lässt und dann wie der Blitz davongaloppiert und die Kleinen für immer ihren Eltern entreißt. Oder der Junge mit dem großen Kopf, der bei Regenwetter nachts durch die Gassen der Dörfer läuft und die schlafenden Bürger durch das gespenstische Klappern seiner Holzschuhe aus dem Schlaf schreckt.

Die zweite Ebene wird durch Ankou, den Tod beherrscht. Dieser gnadenlose Herr über alles bildet den Mittelpunkt des Bildes wie des Lebens selbst. Von zwei wilden Rossen gezogen rast sein Karren, der schon mit Leichen voll beladen ist, über alles hinweg, macht es zunichte. Daneben ist auf dem Boden liegend *Jean le Feu* zu sehen, die eigentlich christliche Gestalt des Johannes, die aber hier als ein Wesen aus dem Volksglauben erscheint, aus dessen Fingern Feuer sprüht (vgl. das Johannis-Feuer in der Nacht zum 24. Juni). Daneben diejenigen Seelen, die im Fegefeuer ausharren und dort ihre Vergehen büßen; und in der Welt der Bretonen dürfen auch die nicht vergessen werden, die in den Wellen des Meeres ihr Leben verloren haben.

Die dritte Ebene, gekrönt von einer Kathedrale, ist das christliche Idealbild, das Ziel, nach dem alle streben: Märtyrer, Heilige und Engel erscheinen hier in ihrer Prozession zum Paradies.

MATIÈRE DE BRETAGNE: AUS DEM KREIS UM KÖNIG ARTUS

Die Verzauberung des Zauberers Merlin

Einst weilte König Artus in London, mit seiner Gemahlin, der Königin Genevra, mit dem Zauberer Merlin und den Rittern der Tafelrunde. Sie brachten hier ihre Zeit auf eine so angenehme Weise zu, dass sie wohl inne wurden, es fehle ihnen an nichts. Weder Argwohn noch Feindschaft war zwischen ihnen, nichts als Feste, Spiele, Ergötzlichkeiten und freundliche Gespräche wechselten unter ihnen ab, bald im schönen kühlen Wald oder auf dem Fluss. Auch kamen von weit und breit Ritter und Herren an den Hof, oftmals forderten sie zu Turnieren und Lanzenbrechen auf und erprobten ihre Waffen gegen die Ritter des Königs Artus. So lebten sie in hohen Freuden, und die Tafelrunde und Artus' Hof waren berühmt und allenthalben in der Welt sehr geehrt.

Unterdessen kam aber die Zeit heran, in der Merlin sich bei seiner Freundin Viviane einfinden musste, denn er hatte ihr versprochen, über ein Jahr an demselben Tag wieder bei ihr zu sein. Zuvor wollte er aber zum Meister Blasius nach Northumberland ziehen. Er ging dafür zum König Artus und zur Königin Genevra und beurlaubte sich von ihnen. Sie baten ihn mit gar sanften Worten, dass er doch bald wiederkommen solle, denn beide liebten ihn so sehr, dass sie nicht gern ohne ihn waren. Der König sagte mit gerührter Stimme: »Ihr geht nun, Merlin, ich kann Euch nicht hal-

ten, auch will ich nichts, als was Ihr selber wollt. Aber ich werde nicht vergnügt sein, bis ich Euch wiedersehe. Darum eilt, ich bitte Euch um Gottes willen, eilt, dass Ihr wieder herkommt.«
»Mein König«, sprach Merlin, »Ihr seht mich jetzt zum letzten Mal.«
Bei diesen Worten erschrak Artus so sehr, dass er kein Wort hervorbringen konnte. Merlin ging weinend fort und rief noch: »Lebt wohl, mein König, seid Gott befohlen.«
Weinend verließ er die Stadt London und wanderte zu seinem Meister Blasius nach Northumberland. Diesen ließ er alles aufschreiben, was am Hof des Königs Artus geschehen, und alle Kriege und Gefechte, welche dieser gehabt, sowie alle seine Taten. Durch das Buch des Meisters Blasius kennen wir noch bis auf den heutigen Tag die Wahrheit aller jener Geschichten.
Acht Tage blieb Merlin bei Blasius und lebte mit ihm wie ein Einsiedler, aß und trank auch nichts anderes als dieser. Als er wegging, sagte Meister Blasius: »Ich bitte dich, komm bald wieder, denn ich weiß nicht, welche Angst mich befällt, da du gehen willst, noch was mein Herz so zaghaft macht, wenn ich dich ansehe.«
»Auch ist es zum letzten Mal«, sprach Merlin, »dass du mich siehst, denn fortan werde ich bei meiner Freundin wohnen, und du siehst mich nie wieder, weil ich weder die Macht noch die Kraft haben werde, von ihr zu gehen, noch zu bleiben oder zu kommen nach andrer als ihrer Willkür.«
Meister Blasius erschrak, und ihm ward wehe bei diesen Worten: »O mein süßer Freund«, rief er traurig weinend, »wenn es dann so ist, dass du nicht fortkönnen wirst, wie du es so gut vorher weißt, warum gehst du hin?«
»Gehen muss ich«, erwiderte Merlin, »denn ich habe es ihr versprochen, und hätte ich das auch nicht, ich liebe sie dermaßen, dass ich nicht von ihr bleiben kann oder mag. Es war so vorherbestimmt, darum kann ich es nicht ändern. Viel hat sie von mir erlernt, noch mehr werde ich sie lehren, zu meinem Unglück. Aber so muss es sein, drum lebe wohl, du siehst mich nimmer wieder.«
Er ging und langte in kurzer Zeit bei seiner Freundin Viviane in

der Bretagne an. Ihre Freude war groß, als sie ihn sah, denn immer noch ruhte ihr Geist nicht, verlangend mehr von ihm zu wissen und ihm ganz gleich zu werden. Er sagte ihr und lehrte sie auch alles ohne Widerstand, was immer sie fragte; darüber ward er von jeher, so wie auch noch zu unsrer Zeit geschieht, für einen Toren gehalten, da er doch gezwungen war, so zu handeln.
Viviane war jedes Mal, wenn er sie etwas gelehrt, wonach sie gefragt, immer so vergnügt und bezeigte ihm jedes Mal eine solch herzliche Liebe, dass er ganz und gar und immer mehr von ihr entzückt und eingenommen wurde. Nachdem sie so nach und nach mehr erfahren hatte und weiser war, als je eine Frau vor ihr oder nach ihr gewesen, fürchtete sie immer noch, Merlin könnte sie verlassen wollen, und was sie auch ausdenken mochte, ihn zu halten, dünkte es sie doch nicht sicher genug. Über solche Gedanken verfiel sie in große Traurigkeit, und als Merlin sie nach der Ursache fragte, sagte sie: »O mein süßer Freund, noch eine Wissenschaft fehlt mir, die ich doch so gern erlernen möchte; erhöre meine Bitte und lehre sie mich.«
»Und welche Wissenschaft ist dies?«, fragte Merlin, der aber schon sehr wohl wusste, was sie dachte. »Lehre mich, wie ich einen Mann fessle, ohne Ketten, ohne Turm und ohne Mauer, bloß durch die Kraft des Zaubers, sodass er niemals entweichen kann, wenn nicht ich ihn entlasse.«
Als Merlin dies hörte, seufzte er tief und ließ sein Haupt sinken. »Warum erschrickst du, mein Freund?«, fragte Viviane. »Ich weiß«, antwortete Merlin, »dass du mich so zu halten willens bist, und doch kann ich nicht widerstehen, es dich zu lehren, so ganz bin ich von deiner Liebe hingenommen!« Viviane warf sich ihm in die Arme, küsste ihn zärtlich und sprach liebevoll an ihn gelehnt: »Willst du dich denn nicht mir ganz hingeben, da ich so ganz doch dein bin? Verließ ich nicht Vater und Mutter, um der Liebe willen, sodass ich nicht Ruhe fand, wo ich nicht bei dir war? Ich lebe ja nur für dich, und meine Gedanken, all mein Verlangen, meine ganze Seele lebt nur in dir. Keine Freude, kein Gut und

keine Hoffnung blieb mir auf Erden als in dir nur allein. Du bist mir alles! Und da ich dich nun so liebe und du mich ebenso, ist es nicht recht und billig, dass du meine Wünsche erfüllst, wie ich nach deinem Willen lebe?«

»Jawohl, süße Geliebte«, sagte Merlin, »ich will alles für dich tun, was du wünschst. So sage, was verlangst du?«

»Nun«, sprach sie, »ich wünsche, dass wir uns einen bezauberten Wohnort errichteten, der nie zerstört werden kann, worin wir beide allein, ungestört von der ganzen Welt, zusammen leben und unsrer froh werden.«

»Dies soll geschehen«, sprach Merlin.

»Nein, mein Freund«, erwiderte Viviane, »du sollst ihn nicht machen, sondern sollst mich ihn machen lehren, damit er alsdann ganz in meiner Gewalt sei.«

»Es sei dir gewährt«, sprach Merlin; fing darauf an, sie zu unterrichten, und lehrte sie alles ohne Rückhalt, was zu einer solchen Verzauberung gehörte. Als sie es nun begriffen hatte, auch sich jedes Wort sorgsam aufgeschrieben – denn sie verstand die Schreibkunst, konnte auch sehr wohl lesen und verstand die sieben hohen Wissenschaften –, als sie nun alles erlernt hatte, war sie voller Freude und Entzücken und bezeigte dem Merlin so viel Liebe, dass er kein andres Vergnügen mehr kannte als mit ihr zu sein.

Eines Tages gingen sie Hand in Hand im Wald von Brocéliande lustwandeln. Als sie sich etwas ermüdet fühlten, setzten sie sich unter einer großen Weißdornhecke, die eben süß duftend blühte, ins hohe kühle Gras nieder, scherzten und ergötzten sich mit süßen Liebesworten und Werken. Merlin legte dann seinen Kopf in den Schoß seiner Freundin, und sie streichelte seine Wangen und spielte mit seinen Locken, bis er einschlief. Als sie gewiss war, dass er schlafe, stand sie leise auf, nahm ihren langen Schleier, umgab damit die Weißdornhecke, unter welcher Merlin schlief, und vollendete die Bezauberung, ganz so, wie er sie gelehrt; neunmal ging sie um den geschlossenen Kreis, und neunmal wiederholte sie die Zauberworte, bis er unauflöslich war; dann ging sie wieder hinein,

setzte leise sich wieder auf den vorigen Platz und legte Merlins Kopf sich wieder in den Schoß.
Als er aufwachte und umherschaute, dünkte ihm, er wäre in einen entsetzlich hohen, festen Turm eingeschlossen und läge auf einem herrlichen, kostbaren Bett. Da rief er: »O mein Fräulein, Ihr habt mich hintergangen, wenn Ihr jetzt mich verlasst und nicht immer bei mir bleibt, denn niemand als Ihr kann mich aus diesem Turm ziehen.«
»Mein süßer Freund«, sagte Viviane, »beruhige dich. Ich werde oft in deinen Armen sein!«
Dieses Versprechen hielt sie ihm treulich, denn wenig Tage oder Nächte vergingen, wo sie nicht bei ihm war. Merlin konnte nie wieder von dem Ort, an den er von Viviane gezaubert war; sie aber ging und kam nach Wohlgefallen. Sie hätte nachmals ihm gern die Freiheit wiedergegeben, denn es dauerte sie, ihn in solcher Gefangenschaft zu sehen. Aber der Zauber war zu stark, und es stand nicht mehr in ihrer Macht, worüber sie sich in Traurigkeit verzehrte.

Merlin und der Holzfäller

In der Bretagne lebte einmal ein armer Mann, der konnte nur mühsam seine Frau und seine beiden Kinder ernähren. Jeden Morgen stand er in der Frühe auf, um im Wald Holz zu machen, und spät am Abend kehrte er dann mit seinem Eselchen, seinem einzigen Besitz, aus dem Forst zurück, beladen mit einer kärglichen Last an Holz.
Oft klagte der arme Mann, wenn er so im Wald alleine war: »Herrgott, du hast kein Mitleid mit mir. Mein Esel und ich sterben fast Hungers, ich bin schon so schwach, dass mir die Axt aus der Hand

fällt, kein Geld habe ich, Brot für meine Familie zu kaufen. Es ist ein sehr trauriges Los, als armer Mensch geboren zu sein!«

So klagte er oft, bis er eines Tages – er hatte noch kein Holz gefunden – auf einmal eine Stimme hörte, die aus einem Gebüsch kam. Die fragte ihn, warum er denn so jammere und klage; und der arme Holzhauer schüttete sein Herz aus und klagte sein Leid. Da antwortete ihm die Stimme: »Ich werde dir aus deiner Not helfen und dich reich machen für den Rest deiner Tage. Aber eines musst du mir versprechen: Zeige dich nicht undankbar, und hab immer Mitleid mit den Armen.«

Als der Holzfäller dies versprochen hatte, fuhr die Stimme fort: »Wisse, ich bin der Zauberer Merlin, der Herr dieses Waldes. Geh nun auf der Stelle nach Hause und grabe dort unter dem Holunder, dort wirst du einen großen Schatz finden. Und jedes Jahr sollst du an diesem Tag hierher in den Wald kommen und mir Rechenschaft abgeben und sagen, was du getan hast.« So sprach der Zauberer Merlin, und der arme Holzfäller kehrte mit seinem leeren Eselchen hocherfreut und glücklich nach Hause zurück.

Als seine Frau ihn nun so ohne Holz einherkommen sah, da hob sie an zu zetern und machte ihm bittere Vorwürfe. Wovon sollten sie jetzt leben? Der arme Holzhauer aber beruhigte sie schnell und erzählte ihr alles, was sich begeben hatte. Da gingen sie hinaus in den Garten und gruben mit Hacke und Spaten unter dem Holunder, und wirklich, sie fanden dort einen großen Schatz und trugen ihn ins Haus. Nun war des Elends ein Ende, und sie lebten reich und prächtig. Jetzt, wo der Holzhauer reich geworden war, war er von Freunden und Verwandten umgeben, die sich vorher nie um ihn gekümmert hatten. Doch an sein Versprechen, das er Merlin gegeben hatte, hielt er sich nicht: Um die Armen und Elenden kümmerte er sich nicht, ja, er zeigte nur Verachtung für sie, denn sie erinnerten ihn zu sehr an sein ehemaliges kümmerliches Dasein.

Ein Jahr war inzwischen ins Land gezogen, und der Tag war gekommen, an dem der ehemalige Holzfäller Merlin im Wald wieder aufsuchen sollte, um ihm über seine Taten Rechenschaft abzu-

legen. So ging er denn in den Wald zu jenem Gebüsch, aus dem er dereinst die Stimme vernommen hatte, und rief: »Gnädiger Herr Merlin, dank Euch bin ich reich geworden! Kommt und redet mit mir!«

»Was willst du von mir«, entgegnete da der Zauberer.

»Gnädiger Herr«, sagte der Holzfäller, »Ihr habt mir alles gegeben, Weib und Kindern geht es gut, und täglich werde ich reicher. Doch habe ich noch einen Wunsch. Ich möchte so gerne Schulze in meinem Dorf werden.«

»Geh«, antwortete da Merlin, »in sechs Wochen wirst du es sein. Aber denke an das Versprechen, das du mir gegeben hast.« Der Holzfäller bedankte sich und zog nach Hause. Und in sechs Wochen wurde er zum Schulzen seines Dorfes benannt. Doch gegen die Armen und Elenden war er hart und voller Verachtung wie immer, schimpfte sie sogar oft, und die Reichen, die ehrte und bediente er in seiner Macht.

Wiederum ging ein Jahr vorbei, und unser Holzfäller ging in den Wald und rief: »Herr Merlin, kommt, zeigt Euch und redet zu mir!«

»Was willst du«, kam alsbald die Antwort.

»Ich möchte«, entgegnete da der Schulze, »dass mein Sohn Bischof wird; denn der alte Bischof ist gestorben und vorgestern begraben worden. Weiter werde ich Euch dann nicht mehr mit Wünschen bedrängen.«

»Geh«, kam die Antwort, »in sechs Wochen wird er es sein.« Und der Elende ging heim, aber sein Verhalten gegen die Armen änderte sich nicht. Sein Sohn wurde Bischof, und der Vater glaubte nun, aller Sorgen enthoben zu sein.

Nach einem Jahr ging er wiederum wie abgemacht in den Wald und rief: »Merlin, wo bist du? Sprich sofort mit mir!«

»Was wünschst du«, hallte es ihm da entgegen.

»Mach doch, dass meine Tochter den Sohn eines reichen Edelmannes heiratet, sie ist schön, klug und zu allen höflich, makellos ist ihr Aussehen.«

»Geh hin«, hörte er da wieder, »in sechs Wochen wird die Hochzeit sein. Aber denke an unsere Abmachung!«
Und fürwahr, es ereignete sich, wie Merlin es gesagt hatte. Die Tochter des ehemaligen Holzhauers vermählte sich mit einem reichen Edelmann, und alles schien schön und gut. Jeder im Land neidete ihn um sein Glück. Der Holzhauer lebte nun in herrlichstem Prunk und in allen Ehren, doch sein Herz blieb vor den Bitten der Armen hart und verschlossen. Auch die Besuche bei Merlin im Wald begannen ihm lästig zu werden. So sprach er denn zu seiner Frau: »Ich werde nun nicht mehr in den Wald gehen, denn ich habe ja alles, was ich will: Geld, Schätze, Freunde und eine angesehene Verwandtschaft.« Die Frau indes riet ihm, doch noch ein letztes Mal hinzugehen, um sich höflich von Merlin zu verabschieden.
Als das Jahr wiederum verstrichen war, stieg der Mann auf sein Pferd, ritt mit zwei Knechten in den Wald und rief: »Merlinchen!« Da antwortete ihm eine Stimme von oben aus dem Baum.
»Warum bist du denn heute da oben im Baum?«, fragte da der hochmütige Mann, und Merlin antwortete: »Dein Pferd hätte mich beinahe getreten! Was willst du denn heute?«
»Oh Merlinchen«, entgegnete der Wicht, »heute will ich Abschied von dir nehmen. Ich kann mir wirklich nicht mehr die Mühe machen, so oft zu dir zu kommen. Ich brauche dich nicht mehr, denn nun habe ich alles, was ich will. Leb also wohl!« Da aber fuhr ihm zornig die Stimme des Zauberers entgegen: »Du elender Kerl! Im ersten Jahr, als du hierher kamst, warst du noch ehrerbietig und nanntest mich ›Gnädiger Herr Merlin‹, im zweiten Jahr war dein Stolz schon so gewachsen, dass du nur noch ›Herr Merlin‹ sagtest, im dritten gar genügte dir ›Merlin‹, und jetzt nennst du mich verächtlich ›Merlinchen‹. Du hast mir fürwahr meine Wohltaten schlecht gedankt, und grausam und hart hast du gegen die Armen gehandelt. Doch nun wisse: Ich werde dich wieder genauso arm machen wie du warst. So hoch du gestiegen bist, so tief wirst du auch wieder fallen. Und jetzt schere dich weg!«

Der Elende kehrte heim und konnte über die Drohungen Merlins nur lachen. Aber schon bald begann sein jäher Sturz: Innerhalb weniger Tage starben sein Sohn und seine Tochter. Darüber empfand er schon großen Schmerz, doch blieb sein Hochmut noch ungebrochen, hatte er doch, so glaubte er, noch genug Schätze. Da begann der König des Landes einen Krieg mit einem anderen, und als der Krieg zu Ende war, da waren auch des Königs Kassen leer. Da kam dem König zu Ohren, in seinem Land gäbe es einen Dorfschulzen, der habe Geld und Gut in Fülle, doch sei er weder gut noch milde. Da ließ der König ihn zu sich kommen und bat um tausend Pfund. Der Schulze indes lehnte ab und sagte, der König solle doch anderswo um Geld betteln. Darüber wurde der König aber so erzürnt, dass er dem ehemaligen Holzfäller nun alles, was er besaß, abnahm. Nun hatte er alles verloren: Kinder, Reichtum und Ehren, und nichts blieb ihm mehr. Und auch die falschen Freunde, die ihm ehedem geschmeichelt hatten, zogen sich zurück und ließen ihn in seinem Elend allein.
Fortan musste er wieder Tag für Tag hart im Wald arbeiten, und nach langer Zeit hatte er sich eine kärgliche Summe gespart, mit der er wieder einen Esel kaufen konnte, der ihm Holz und Reisig heim zur Hütte trug. Und in dieser Armut blieb er sein ganzes elendes Leben lang.

Der Habichtsritter (Yonec)

Einst lebte in der Bretagne ein reicher alter Mann, er war der Herr über Caerwent und das ganze übrige Land. Und weil er über riesige Ländereien verfügte, die einmal sein Erbe werden sollten, beschloss er, sich eine Frau zu nehmen, auf dass sie ihm ein Kind schenke. Und er freite und führte ein junges Mädchen als seine Frau heim, die war hoher Abkunft, klug, höfisch gebildet und wunderschön von Anblick; gar sehr hatte er sie daher lieb. Im ganzen Land gab es nicht ihresgleichen. Und gerade deshalb sann der alte Mann ängstlich darauf, sie zu bewachen und vor der Welt in Gewahrsam zu nehmen. So sperrte er sie denn in einen Turm seines Schlosses ein, in einem großen Gemach mit Steinboden. Nun hatte er auch noch eine Schwester, eine alte Witwe; die hieß er, wachsam auf seine junge Frau aufzupassen und sie in strenger Zucht zu halten. Auch waren schon noch andere Frauen da im Turm, in einer gesonderten Kammer, doch die junge Gemahlin durfte diese nie sprechen, ohne vorher die Alte um Erlaubnis gefragt zu haben.

Lange sieben Jahre hielt sie so ihr greiser Ehemann eingesperrt, ohne von seiner jungen Gemahlin Kinder zu bekommen. Nie durfte sie aus dem Turm heraus, um Verwandte oder Freunde zu sehen. Als der Alte sich zur Ruhe legte, war da kein Kämmerer oder Diener, der es wagte, bei ihr einzutreten und dort eine Kerze anzuzünden. Wie tief war das Leid und der Gram der jungen Frau, sich so eingesperrt zu sehen! Und vom vielen Weinen und Seufzen wich ihre ganze Schönheit; gehen ließ sie sich und sehnte den schnellen Tod herbei.

Und wieder war es April geworden, und die Vögel stimmten schon ihren ersten Gesang an. Der Alte war schon früh aufgestanden, um sich zur Jagd zu rüsten. Doch bevor er zum Weidwerk aufgebrochen war, hatte er seine grimmige Schwester angewiesen, hinter ihm die Türen und Tore fest zu verriegeln. Das tat sie auch wie immer, und während der Alte mit seiner Schar auf die Jagd zog, ging sie in eine andere Kammer, das Gebetbuch in der Hand, um fromme Sprüche zu lesen. Und als die junge Gemahlin erwachte und bemerkte, dass die Alte ihres Weges gegangen war und dass sie nun wieder mal allein im Turm ihr mühseliges Leben fristen musste, begannen Tränen ihre Wangen hinunterzulaufen, und sie seufzte:

»Ach, unter einem unglücklichen Stern bin ich geboren! Wie elend ist doch mein Schicksal! In diesem Turm werde ich Gefangene bis zu meinem Lebensende sein. Wovor hat denn mein alter Mann in seiner Eifersucht solch eine Furcht? In seiner Torheit glaubt er, Tag und Nacht von mir hintergangen zu werden. Könnte ich doch mit jemandem sprechen, ich zeigte ihm ein schönes Gesicht, auch wenn mir danach gar nicht zumute wäre. Doch noch nicht einmal zur Messe lässt er mich gehen; verflucht seien meine Eltern und alle, die mich diesem Unhold als Gattin aufgedrängt haben! Will er denn nie sterben! Ja früher, so habe ich oft erzählen hören, hat man in diesem Land mannigfaltige Abenteuer erlebt, welche Traurige wieder heiter gemacht haben. Da gab es noch mutige Ritter, die die Damen ihres Herzens fanden, und die holden Frauen fanden in ihnen wohlgestaltete und kühne Liebhaber, und keiner tadelte sie darob, wusste doch niemand davon! Oh, könnte denn nicht auch mir ein solches Abenteuer widerfahren, möge Gott doch diese meine Bitte erhören!«

Kaum aber hatte sie tief betrübt und sehnsuchtsvoll diese Worte gesprochen, da fiel ein großer Schatten ins einsame Gemach, und ein großer Vogel setzte sich in den engen Fensterbogen. Die junge Frau wusste nicht, wie ihr geschah. Der Vogel trug Riemen um die Krallen und schien ein Habicht in der fünften oder sechsten Mauser zu sein. Artig setzte er sich eine Zeit lang vor der Dame hin, und während diese ihn länger betrachtete, siehe, da verwandelte er sich in einen schönen und anmutigen Ritter. Wie begann da die junge Frau zu zittern, das Blut stockte ihr in den Adern, und vor lauter Furcht verhüllte sie ihr Haupt; der Ritter aber erwies sich als sehr höfisch und artig und richtete zuerst das Wort an sie: »Holde Frau, habt keine Furcht! Der Habicht ist ein edler Vogel, auch wenn seine Geheimnisse Euch noch dunkel sind. Habt Vertrauen zu mir und schenkt mir Eure Liebe, denn das ist der Grund, weshalb ich Euch aufgesucht habe. Schon lange habe ich Euch tief in meinem Herzen geliebt und keine andere außer Euch begehrt. Doch konnte ich nicht eher zu Euch kommen und mein Schloss

verlassen, als bis Ihr nach mir verlangt habt. Nun darf ich es, nun nehmt mich als Euren Geliebten!«
Als sie dies vernommen hatte, beruhigte sich die junge Frau und enthüllte ihr Haupt. Ja, gern wollte sie seine Geliebte werden, entgegnete sie, nur müsse er an Gott glauben, sonst könne es nicht geschehen. Wie schön und herrlich anzuschauen war doch der Ritter, noch nie hatte sie einen gleichen gesehen. »Herrin«, sprach er da zu ihr, »klug sind Eure Worte. Nie will ich einen Grund zum Argwohn oder Misstrauen geben. Ich glaube sehr wohl an Gott, der alle Sünden von uns nimmt und auch nehmen wird. Und wenn Ihr noch an meinem Glauben zweifelt, so ruft doch Euren Kaplan. Sagt ihm, Ihr wäret von einem großen Leiden befallen und wolltet unbedingt das Abendmahl empfangen. Dann werde ich Eure Gestalt annehmen, und mir wird er die Hostie geben, und ich werde ihm den Glauben sagen, auf dass Ihr meiner sicher seid.« Darauf sagte sie ihm, er habe gut geantwortet. Dann legte sich der Ritter neben sie aufs Lager, doch berührte er sie nicht, keine Umarmung und keinen Kuss gab er ihr.
Alsbald kam die alte Schwester des Hausherrn zurück und fand die junge Frau wach. Es sei Zeit aufzustehen und sich anzukleiden, sagte sie ihr da. Doch die junge Frau entgegnete, sie sei krank und wünsche rasch den Kaplan zu sehen, auf dass dieser ihr das Sakrament spende, denn große Angst hätte sie, dass es mit ihr zu Ende gehe. Zunächst wollte die Alte nicht, denn niemand außer ihr dürfe auf Befehl ihres Bruders die Kammer betreten. Da tat die junge Frau so, als falle sie in Ohnmacht, und die Alte bekam es mit der Angst. Schleunigst schloss sie die Tür der Turmkammer auf und lief nach dem Priester; dieser kam auch sogleich und gab dem Ritter, der die Gestalt der jungen Frau angenommen hatte, das Sakrament. Nachdem der Ritter die Hostie empfangen und den Kelch getrunken hatte, ging der Priester, und die Alte verschloss wieder fest die Turmtür.
Da legte sich die junge Frau an die Seite ihres geliebten Ritters, und noch nie hatte man ein schöneres Paar als dieses gesehen.

Und als sie genug gelacht, gespielt und von ihrer Liebe gesprochen hatten, da nahm der Ritter Abschied von seiner Dame und wollte wieder in sein Reich zurückkehren. Und zärtlich bat ihn die Geliebte, er solle sie doch so oft wie nur möglich besuchen. »Herrin«, erwiderte er ihr da, »wann immer Ihr mich sehen wollt, braucht Ihr nicht länger als eine Stunde zu warten, und ich bin schon an Eurer Seite. Aber habt gut acht, dass man uns nicht überrascht. Diese Alte wird uns verraten: Tag und Nacht lauert sie Euch auf, und sie wird unsere Liebe entdecken und davon ihrem Bruder erzählen. Wenn es so kommt, wie ich es fürchte und Euch voraussage, werde ich sterben müssen.« Dann entschwand der Ritter und ließ seine Geliebte in großem Glück zurück.
Als die junge Frau am nächsten Morgen aufstand, war sie wieder gesund, und die ganze Woche über war sie froh und strahlte vor Glück. Auch ließ sie sich nicht mehr gehen, sondern pflegte sich, und bald hatte sie wieder ihre frühere Schönheit erlangt. Nun wollte sie gar nicht mehr aus dem Turm heraus, um sich draußen zu ergötzen, denn so oft sie nur wollte, erschien ihr junger Geliebter, und überglücklich genossen beide die Freuden ihres Zusammenseins. Ob früh oder spät, Tag oder Nacht, sobald der Alte weg war, war ihr Geliebter immer bei ihr, und nie konnte sie von ihm genug bekommen.
Durch diese Heiterkeit ihres Herzens verwandelte sich in kurzer Zeit ihr Aussehen und ihr ganzes Gebaren. Doch ihr Alter war misstrauisch und bemerkte alsbald, dass sie sich verändert hatte. Argwöhnend rief er da seine Schwester und herrschte diese an: »Was putzt sich meine Frau in letzter Zeit so fein heraus? Was hat dies zu bedeuten?« Die Alte entgegnete ihrem Bruder, sie wüsste von nichts, niemand könne mit der jungen Frau sprechen, auch habe sie keinen Geliebten, nur sei sie eben nun viel lieber allein als früher. »Nun gut«, entgegnete der Alte, »gern will ich es dir glauben, doch verschaffe mir Klarheit: Eines Morgens, wenn ich aufgestanden bin und hinter mir die Tür verriegelt habe, dann tue so, als gingst du aus und lasse sie allein zurück. Aber stell dich dann

an einen geeigneten Ort und lauere ihr auf, woher es wohl kommen könnte, dass sie so guter Dinge ist.« Dann gingen beide auseinander.
Drei Tage später tat der Alte so, als verreiste er; seiner jungen Frau hatte er vorgelogen, der König habe ihn rufen lassen, doch sei er bald wieder zurück. Darauf verlies er das Turmgemach und verriegelte es fest wie immer. Doch schon hatte sich die Alte unter einem Vorhang versteckt, von wo sie gut hören und sehen konnte, wonach sie verlangte. Und nicht lange lag die schöne Frau wachend im Bett und dachte sehnsüchtig an ihren Liebhaber, da erschien dieser auch schon, bevor eine Stunde abgelaufen war. Im höchsten Liebestaumel genossen beide da ihr Glück, und ihre Liebkosungen wollten kein Ende nehmen, bis die Stunde für den Ritter gekommen war, sich vom Lager zu erheben und sie zu verlassen. Die Alte aber hatte ihn beobachtet, wie er gekommen und gegangen war, und eines vor allem bestürzte sie: dass sie bald einen Menschen, bald einen Habicht erblickte.
Kaum war ihr Bruder, der nicht weit weg gewesen war, zurückgekehrt, erzählte sie ihm auch, es sei wirklich ein Ritter in der Kammer gewesen. Unbändiger Zorn stieg da im Alten auf, und er sann darauf, dem Ritter den Garaus zu machen. So ließ er denn Eisenstäbe mit scharfen Spitzen schmieden und sie mit den Zinken nach außen in das Turmfenster einrammen, dicht nebeneinander an der Stelle, an der der Ritter durchmusste, wenn er seine Geliebte sehen wollte.
Am folgenden Tag war der Greis noch vor Sonnenaufgang in der Nacht erwacht und sagte, er wolle jagen gehen. Die Alte geleitete ihn hinaus, legte sich dann aber wieder hin, denn es war noch lange bis zum Morgen. Als der Alte nun die Turmkammer verlassen hatte, da stieg große Freude in der jungen Frau auf, und sehnsüchtig wünschte sie sich, ihr Geliebter möge doch kommen. Und wie immer, wenn sie sich ihn herbeisehnte, ließ dieser nicht lange auf sich warten, und schon war das Schlagen seiner Flügel zu hören. Doch wie Messer ragten die Eisenzinken aus dem Fenster;

eine davon durchbohrte den Habicht, und rot schoß das Blut aus ihm hervor. Tödlich getroffen riss er sich aus den Zinken und flatterte hinein in die Kammer aufs Bett der Geliebten; rot vom Sterbensblut färbten sich da die Linnen. Die Geliebte war schier von Sinnen, als sie den sterbenden Freund sah. »Nun ist geschehen«, sprach dieser da, »was ich befürchtet und Euch vorhergesagt habe. Um Eurer Liebe willen muss ich sterben, zu groß war die Freude, die aus Eurem Gesicht strahlte, die hat uns verraten.« Als die geliebte Frau dies vernahm, sank sie ohnmächtig zu Boden, und lange lag sie leblos dort, doch der Geliebte tröstete sie und sprach: »Lasst ab zu weinen. Eure Klagen können mein Schicksal auch nicht wenden. Doch wisset: Ihr tragt ein Kind von mir unter Eurem Herzen, das Euch Trost spenden wird, ein tapferer und mutiger Knabe wird es sein. Nennt ihn Yonec. Er wird uns beide dereinst rächen und unseren Feind töten.«
Doch nicht länger konnte er mehr in der Turmkammer verweilen, denn unaufhörlich strömte rotes Blut aus seiner Herzenswunde, und so entschwand er unter großen Schmerzen. Und laut schreiend folgte sie ihm und stürzte sich aus dem Fenster. Es war schier ein Wunder, dass sie dabei nicht zu Tode kam, denn die Mauer war gut zwanzig Fuß tief.
Sie war nackt und trug nur ein dünnes Hemd. So folgte sie denn der Spur des Blutes, das der fliehende Ritter überall verloren hatte. An diese heftete sie sich und kam schließlich zum Fuß eines Hügels; darin war ein Felsengang, der von Blut rot benetzt war und der so dunkel und düster war, dass man seine Hand vor den Augen kaum zu erkennen vermochte. Sie war sicher, dass ihr Geliebter sich dort hineingeflüchtet hatte, und so drang sie denn ohne zu zögern in die Höhle ein. Nirgends war hier ein Lichtschein zu sehen, bis sie schließlich tastend auf der anderen Seite einen Ausgang fand. Dort tat sich ihr eine herrliche Wiese auf. Feucht vor frischem Blut war das Gras, und groß war ihr Schrecken, als sie dies gewahrte. Und sie folgte weiter der frischen Blutspur und erblickte auf einmal vor sich eine Stadt, die ringsum von hohen

Mauern umgeben war. Und in ihr gab es kein Haus und keinen Turm, die nicht von Silber glänzten. Vor der prachtvollen Stadt lagen beschilfte Sümpfe, Wälder und Wälle, und rings um den Hauptturm auf der anderen Seite lag ein Fluss, darauf glitten wohl an die dreihundert Segel.

Das untere Stadttor stand geöffnet, und da hindurch gelangte die junge Frau in die Stadt, folgte ohne Ruh der Blutspur und erreichte durch Wege und Gassen schließlich die Burg. Noch war es früher Morgen, und sie begegnete weder Mann noch Frau. Auch das Burgpflaster sah sie voller Blut, und als sie angstvoll eintrat, da erblickte sie in einer schönen Kammer einen schlafenden Ritter, den sie nicht kannte; und weiter lief sie in ein noch größeres Gemach, wo sie auch einen ihr unbekannten Ritter erblickte, der in einem Bett lag und schlief. Und weiter lief sie und fand schließlich im dritten Gemach das Bett ihres Geliebten.

Die Pfosten des Bettes waren aus purem Gold, die Decken von unschätzbarem Wert, die Kerzen und Leuchter, die Tag und Nacht brannten, wogen das ganze Gold einer Stadt wohl auf. Sobald sie den Ritter erblickte, da erkannte sie ihn; und voller Furcht machte sie einige Schritte vorwärts; da fiel sie auch schon vor Ohnmacht. Ihr Geliebter aber fing sie auf, neigte sich zu ihr, und laut begann er zu jammern. Doch da fand die Liebste wieder das Bewusstsein und erwachte.

»Liebste Freundin«, sprach nun der Ritter tröstend zu ihr, »geht eiligst von hier und flieht! Noch an diesem Tag um die Mittagszeit werde ich sterben. Große Trauer wird darüber in der Burg losbrechen, und wenn man Euch fände, würdet Ihr sicherlich gefoltert. Denn dann wüssten meine Untertanen, dass unsrer beider Liebe mich zugrunde gerichtet hat.«

»Geliebter«, entgegnete sie ihm da, »lieber will ich mit Euch zusammen sterben, als die Qualen bei meinem alten Mann noch weiter durchzumachen. Wenn ich zu ihm zurückkehre, wird er mich gewiss töten.«

Der Ritter aber beruhigte sie, übergab ihr einen kleinen Ring und

sprach: »Solange Ihr dieses Ringlein bei Euch bewahrt, wird Euer Mann sich an nichts mehr, was geschehen ist, erinnern. Auch wird er Euch dann nicht mehr wie eine Gefangene halten.« Dann vertraute er ihr auch sein Schwert an und beschwor sie, es keinem anderen anzulegen und für ihrer beider Sohn aufzubewahren. Wenn der erwachsen und ein kühner Ritter geworden wäre, dann sollte sie ihn und ihren alten Mann zu einem Fest mitnehmen, auf das man sie laden werde. Zu einer Abtei würden sie gelangen und dort einen Grabstein entdecken, der von seinem Tod berichtete. Dann sollte sie ihrem Sohn das Schwert reichen, ihm die Geschichte seines unglücklichen Vaters erzählen. Und dann sähe sie schon, was ihr gemeinsamer Sohn machte.
Nach diesen Worten gab er der Liebsten noch ein kostbares Gewand, damit solle sie ihre Blöße verdecken, und hieß sie dann scheiden. Sie nahm Abschied von ihm und trug Ring und Schwert mit sich, was ihr Trost bescherte. Und kaum war sie eine halbe Meile aus der Stadt herausgegangen, da vernahm sie schon die Totenglocken, und laut hallte die Burg vor Wehgeschrei um den dahingegangenen Herrn. Da wusste sie, dass ihr Geliebter verschieden war. Und vor tiefem Schmerz und Gram fiel sie ohnmächtig zur Erde. Als sie sich wieder erholt hatte, raffte sie sich auf, drang wieder durch die düstere Felsenhöhle und kehrte heimwärts in ihr Land. Da lebte sie nun manche Tage und manches Jahr bei ihrem alten Gatten, und nie machte dieser ihr ob ihrer Tat Vorwürfe, ja fortan brauchte sie nicht mehr ihr Dasein unter strenger Bewachung zu fristen.
Ihr Sohn war geboren worden und wurde gut erzogen und herzlich geliebt. Yonec nannte sie ihn. Bald gab es im ganzen Königreich keinen mehr, der schöner, tapferer und edelmütiger war als er. Und als er das Alter hatte, wurde er zum Ritter geschlagen. Noch im gleichen Jahr trug sich folgendes zu: Man feierte in Carlion und anderen Städten der Gegend das Fest des Heiligen Aaron, und auch der Alte war eingeladen, nach altem Brauch daran teilzunehmen. So nahm er denn sein junges Weib und seinen Sohn

und machte sich mit feierlichem Gepränge auf den Weg. Da sie den Weg nicht recht kannten, gelangten sie zu einer befestigten Stadt, wie es auf der ganzen Welt wohl keine schönere gab. In ihren Mauern stand eine Abtei, in der besonders fromme Mönche lebten. Der junge Knappe, der ihr Führer war, riet ihnen, dort eine Unterkunft zu suchen. Und so taten sie. Der Abt empfing sie mit allen Ehren und bewirtete sie reichlich. Als sie aber am nächsten Morgen nach der Messe gleich aufbrechen wollten, ihre Reise fortzusetzen, bat der Abt sie, doch noch ein Weilchen zu bleiben, er wollte ihnen noch erst das ganze Kloster zeigen. Und da sie so gut aufgenommen worden waren, konnte der alte Herr dies dem Abt nicht abschlagen.

Noch am selben Tag besichtigten sie nach dem Mahl das prächtige Gebäude und kamen schließlich in den Kapitelsaal, wo sie ein großes Grabmal erblickten, das mit einer wunderschönen Decke mit golddurchwirkten Borten bedeckt war. Gar zwanzig Leuchter standen im Kranz um es herum. Sie waren aus purem Gold, aus Amethyst waren die Rauchfässer, mit denen den ganzen Tag ehrfürchtig die Mönche das Grabmal mit Weihrauch umhüllten. Verwundert wollten die Gäste wissen, wem denn dieses Grab gehöre. Und der Abt gab ihnen unter Tränen zur Antwort: »Hier ruht der beste, stärkste, stolzeste, schönste und am meisten geliebte Ritter, den es jemals auf der Welt gab. Er war der König in diesem Land, und edleren Sinnes war keiner. Schmählich verraten fand er um der Liebe einer Dame willen in Caerwent den Tod. Seitdem steht der Thron verwaist, und viele Jahre lang harren wir schon seines Sohnes, den ihm die fremde Dame aus Caerwent geboren haben soll; so hatte er es uns vor seinem Tod noch aufgetragen.« Als die junge Frau aber dies gehört hatte, rief sie laut ihren Sohn herbei und wandte sich an ihn: »Gottes Gnade, lieber Sohn, hat uns hierher geführt. Es ist dein eigener Vater, der hier unter diesem Stein ruht. Der Greis da hat ihn ruchlos umgebracht. Hier übergebe ich dir deines Vaters Schwert, lange Zeit habe ich es für dich aufbewahrt.« Und dann bekannte sie laut, dass alle es auch hören konnten, die Geschichte ih-

rer großen Liebe. Ohnmächtig sank sie darauf aufs Grabmal, und in ihrer Ohnmacht verschied sie für immer.
Als Yonec die tote Mutter sah, da schwang er das Schwert seines Vaters und hieb seinem Stiefvater mit einem Streich den Kopf ab. So hatte er Vater und Mutter auf einmal gerächt. Bald war diese wundersame Kunde durch die ganze Stadt, und man brachte einen prächtigen Sarg und legte die Leiche der Herrin darein. Herab ließ man sie dann in die Gruft zum toten Herrn, und fortan ruhten auf immer beide unglücklich Liebenden Seit an Seite. Yonec aber wurde zum neuen Herrn und König erhoben.

Der Werwolf (Bisclaveret)

In der Bretagne lebte einst ein Baron, den man in der ganzen Gegend über die Maßen rühmte. Er war ein guter und schöner Ritter und führte sein Leben in vornehmer Weise. Sein Herr mochte ihn ganz besonders, und alle Nachbarn waren ihm Freund. Zur Gattin hatte dieser edle Baron eine Frau, die sehr tüchtig und von sehr erlesener Erscheinung war. Beide Gatten liebten sich von ganzem Herzen. Doch etwas gab es, das bereitete der Dame großen Verdruss: Jede Woche verschwand er drei Tage lang, ohne dass sie wusste, was aus ihm wurde, noch wohin er ging. Auch keiner der Seinen konnte darüber etwas in Erfahrung bringen.
Eines Morgens nun, als er froh und heiter nach Hause zurückgekehrt war, sagte seine Gattin zu ihm:
»Herr, lieber guter Freund, noch etwas würde ich Euch gerne fragen, wenn ich es wagte. Aber ich fürchte so sehr Euren Unwillen, vor nichts in der Welt habe ich mehr Angst.«

Als er das hörte, zog er sie an sich und umarmte und küsste sie. »Herrin«, sagte er da, »sprecht doch nur! Ihr werdet gewiss nichts wissen wollen, was ich Euch nicht sage, wenn ich es weiß.«
»Fürwahr«, entgegnete sie, »nun bin ich beruhigt! Herr, ich habe große Angst an den Tagen, an denen Ihr weggeht von mir. In meinem Herzen empfinde ich darüber so große Pein, und ich habe solche Furcht davor, Euch zu verlieren, dass ich bald sterbe, wenn ich nicht rasch Trost erhalte. Ja, sagt mir, wohin Ihr geht, wo Ihr seid und Euch aufhaltet! Meiner Meinung nach habt Ihr eine Liebschaft, und wenn das so ist, wandelt Ihr auf sündigen Pfaden.«
»Herrin«, erwiderte er, »bei Gottes Gnaden, wenn ich es Euch sage, wird mir ein Unglück widerfahren. Denn das würde mich von Eurer Liebe trennen und mich sogar zugrunde richten.«
Als die Dame dies vernommen hatte, hielt sie es nicht für einen Spaß, und noch öfters stellte sie ihm die gleichen Fragen. Und sie schmeichelte ihm und liebkoste ihn so lange, bis er ihr sein Abenteuer erzählte, und nichts verheimlichte er ihr:
»Herrin, ich werde ein Bisclaveret, ein Werwolf. In diesen großen Wald dahinten begebe ich mich, in das wildeste Dickicht des Forstes, und dort lebe ich von Beute und Raub.«
Als er ihr das erzählt hatte, wollte sie unbedingt wissen, ob er sich auszieht oder bekleidet geht.
»Herrin«, sagte er, »ich gehe ganz nackt.«
»Aber sagt, wo lasst Ihr Eure Kleider?«
»Das, Herrin, möchte ich Euch nicht sagen. Denn wenn ich die verlieren würde, müsste ich für immer ein Werwolf bleiben. Nimmer würde mir geholfen werden, bis sie mir zurückgegeben würden. Deshalb möchte ich nicht, dass jemand weiß, wo meine Kleider bleiben.«
»Herr«, antwortete ihm da die Dame, »ich liebe Euch mehr als alles auf der Welt. Ihr dürft es mir nicht verheimlichen, noch dürft Ihr mir in irgendeiner Weise Argwohn hegen. Das wäre ein schlechter Liebesdienst mir gegenüber. Was habe ich denn Böses

getan, und welcher Sünde wegen beargwöhnt Ihr mich? Sagt es mir, und Ihr werdet gut daran tun.«

So sehr bedrängte sie ihn, so geschickt umgarnte sie ihn, dass er nicht anders konnte, als es ihr zu sagen:

»Nun gut, Herrin, nicht weit von diesem Wald da, am Weg, auf dem ich immer gehe, steht eine alte Kapelle, die mir schon manches Mal gute Dienste tat. Dort ist ein hohler und breiter Stein unter einem Gebüsch. Da lasse ich meine Kleider, bis ich wieder nach Hause zurückkehre.«

Die Dame vernahm jene merkwürdige Kunde, und aus Furcht wurde sie hochrot; dieses Abenteuer erfüllte sie doch mit Entsetzen, und auf mancherlei Weise überlegte sie sich, wie sie sich ihres Gatten entledigen könne, denn Seite an Seite mit ihm wollte sie nicht mehr liegen.

Nun gab es im Land einen Ritter, der sie seit Langem liebte, sie sehr umwarb und begehrte und ihr daher schon viele Dienste erwiesen hatte. Sie selbst hatte ihn nie geliebt noch ihrer Liebe versichert. Dem schickte sie eine Botschaft und ließ ihn kommen, um ihm ihr Herz zu öffnen.

»Freund«, sprach sie da, »seid guten Mutes. Das, worum Ihr Euch so lange bemüht habt, gewähre ich Euch ohne Aufschub, ich werde Euch nicht mehr widerstehen. Meine Liebe und meinen Körper gebe ich Euch; macht mich zu Eurer Geliebten!«

Der Ritter dankte ihr dafür mit guten Worten und nahm sich, was sie ihm gab. Dann nahm er ihr den Eid ab, dass sie ihre Zusicherung nie brechen würde. Sodann erzählte die Dame ihm, wohin ihr Gatte immer ging und was dann aus ihm wurde. Den ganzen Weg, den ihr Mann zum Wald hin einschlug, hat sie ihm kundgetan: Nun sollte der Ritter zum Wald gehen und die Kleider wegnehmen. So tat er auch.

So wurde Bisclaveret, der Werwolf, verraten, und es wurde ihm von seiner Frau gar übel mitgespielt. Und da er öfters verschwunden war, glaubten nun alle Leute, dass er diesmal für immer weggegangen war. Man hat zwar nach ihm gesucht und geforscht, aber

man konnte keine Spur mehr von ihm finden. So gab man schließlich die Suche auf. Und die Dame vermählte sich mit jenem Ritter, der sie so lange schon geliebt hatte.
Ein ganzes Jahr war inzwischen darüber hinweggegangen. Da war eines Tages der König auf der Jagd gerade in dem Wald, wo der Bisclaveret hauste. Und kaum waren die Hunde von der Leine, da hatten sie auch schon den Bisclaveret aufgestöbert. Nun hetzten die Hunde und Jäger ihn den ganzen Tag, und sie hätten ihn auch beinahe gefasst. Plötzlich erblickte Bisclaveret den König. Er lief auf ihn zu und bat um Gnade, er ergriff ihn am Steigbügel und küsste ihm Bein und Fuß. Als der König ihn anschaute, ward er von großer Furcht erfüllt, und er rief all seine Begleiter herbei.
»Meine Herren«, sprach er, »kommt hierher und schaut dieses Wunder, wie dieses Tier sich demütig zeigt. Es hat Menschenverstand und bittet um Gnade. Nehmt alle Hunde an die Leine, und niemand von Euch soll es schlagen! Beeilt Euch nun! Entfernen wir uns von hier! Dem Tier werde ich meinen Frieden gewähren. Für heute werde ich nicht mehr jagen!«
Als er dies gesagt hatte, wandte sich der König ab, und der Bisclaveret folgte ihm. Er hielt sich ganz in seiner Nähe und wollte sich nicht von ihm trennen. Der König nahm ihn mit auf sein Schloss, er war über ihn sehr froh und war ihm gar hold, denn noch nie hatte er so etwas wie ihn gesehen. Bald hatte er ihn sehr lieb gewonnen. Und all seinen Leuten befahl er, den Bisclaveret gut zu behüten, ihm kein Leid zuzufügen, und vor allem, ihn nicht zu schlagen. Auch soll er reichlich mit Speis und Trank versehen werden. Und so taten sie auch. Sie behüteten ihn wohl, und stets war auch der Bisclaveret beflissen, zwischen den Rittern und dicht beim König zu liegen. Niemand gab es bei Hofe, der ihn nicht lieb gewonnen hätte, so gesittet und von feiner Art war er. Nie suchte er, jemandem etwas Böses anzutun. Wohin auch immer der König gehen musste, immer folgte ihm Bisclaveret, man sah beide stets zusammen, und jeder merkte, dass der König ihn besonders mochte.
Doch vernehmt nun, wie es weitergeht.

Einmal gab der König ein großes Fest, zu dem alle Barone geladen waren, denen er ein Lehen gegeben hatte. Dorthin kam nun auch der Ritter, der Bisclaverets Frau geheiratet hatte. Reich und fein trat er auf und wusste und ahnte nichts davon, dass er den früheren Gatten seiner Frau so nahe finden sollte. Sobald aber der Ritter in den Palast kam und Bisclaveret ihn bemerkte, da sprang der in vollem Lauf auf ihn zu, packte ihn mit den Zähnen und zog ihn zu sich. Und er hätte ihn gar arg zugerichtet, wäre nicht der König gewesen, der ihn zu sich rief und ihm mit einem Stock drohte.
Zweimal wollte Bisclaveret an jenem Tag noch den Ritter beißen. Groß war darüber das Erstaunen der Barone, denn noch nie hatte er sich einem Menschen in dieser Weise genähert. Und alle sagten im Haus, dass er das nicht ohne Grund getan hätte. Sicher hätte der Ritter ihm etwas Böses zugefügt, denn sonst wolle sich Bisclaveret bestimmt nicht rächen.
Dabei blieb es diesmal, bis das Fest zu Ende ging. Die Herren Barone nahmen Abschied und kehrten nach Hause zurück, und bei den Ersten, die weggingen, war der Ritter, den Bisclaveret angesprungen hatte. Dass Bisclaveret ihn hasste, das war kein Wunder.
Wenig später kam der König in den Wald zurück, in dem er Bisclaveret gefunden hatte, und der war mit ihm gekommen. Als er nachts von der Jagd zurückkam, übernachtete die Begleitung des Königs in der Umgegend, und das erfuhr die ehemalige Frau von Bisclaveret, und sie richtete sich anmutig her. Am nächsten Morgen machte sie sich auf, um mit dem König zu sprechen, und brachte ihm ein prächtiges Geschenk. Doch als Bisclaveret sie kommen sah, konnte niemand ihn mehr halten. Wie wild stürzte er sich auf sie. Er riss ihr die Nase aus dem Gesicht. Was hätte er ihr Schlimmeres antun können? Da rannten von allen Seiten die Leute herbei, und gewiss hätten sie ihn in Stücke gerissen, wenn nicht ein weiser Mann gekommen wäre und zum König gesprochen hätte.
»Sire, hört mir gut zu! Dieses Tier hat mit Euch gelebt. Es gibt wohl niemanden von uns, der es nicht lange gesehen hat und oft in seiner Nähe gewesen ist. Niemals hat es je einem etwas zuleide

getan, noch hat es sonst eine Gemeinheit verübt, außer der Dame gegenüber, die ich hier sehe. Bei der Treue, die ich Euch schulde, es hegt gegen sie irgendeinen Zorn, und gegen ihren Gatten ebenso. Dies ist die Frau des Barons, den Ihr so lieb gewonnen habt und der seit Langem verschollen ist, und niemand konnte bislang erfahren, was aus ihm geworden ist. Wohlan, treibt die Dame in die Enge; dann werdet Ihr wissen, ob sie Euch sagt, warum das Tier sie so hasst. Zwingt sie dazu, sie soll gestehen, dass sie etwas weiß, denn manche wunderbare Geschichte haben wir gesehen, die sich in der Bretagne zugetragen hat.«

Und der König folgte diesem Rat. Den Ritter ließ er festnehmen, und die Dame ließ er ergreifen und in die Enge treiben. Teils aus Bedrängung, teils aus Furcht hat sie dann dem König alles von ihrem Gatten erzählt: wie sie ihn verraten und der Kleider beraubt hatte, wohin er immer gegangen war und was dann aus ihm geworden war. Nachdem sie ihm seine Kleider genommen hatte, hat niemand ihn mehr im Land gesehen. Daher war sie der festen Überzeugung, dass dieses Tier da der Werwolf, der Bisclaveret, sei.

Da ließ der König nach den Kleidern suchen, und ob es der Dame recht war oder nicht, er ließ sie Bisclaveret bringen und zeigte sie ihm. Doch als er sie sah, da wandte sich dieser ab. Der weise Mann aber, der vordem schon dem König einen Ratschlag gegeben hatte, neigte sich nun wieder zum König und sprach:

»Sire, Ihr macht es keineswegs richtig. Um nichts auf der Welt würde der Bisclaveret hier seine Kleider wieder anlegen und seine Tiergestalt wechseln. Ihr wisst nicht, wie wichtig das ist! Denn das bereitet ihm die größte Scheu. Lasst ihn doch in Eure Kammer führen und seine Kleider mit sich nehmen. Dort mag er eine ganze Weile alleine sein; dann werden wir wohl sehen, ob er wieder ein Mensch wird.«

So tat der König auch. Er brachte ihn selbst dorthin und schloss hinter ihm alle Türen. Nach einiger Zeit ging er mit zwei seiner Barone in die Kammer. Und auf dem Bett des Königs fand man den Baron schlafend, der König eilte, ihn in seine Arme zu schlie-

ßen. Über hundertmal küsste und umhalste er ihn. Und sobald sich ihm die Gelegenheit dazu bot, hat er ihm sein ganzes Land zurückgegeben, und er erwies ihm noch viel mehr Wohltaten, die ich hier gar nicht alle erzählen kann.
Die böse Frau des Barons aber hat der König des Landes verwiesen, und der Ritter, mit dem sie ihren Gatten betrogen hatte, zog mit ihr zusammen fort. Viele Kinder hatten beide bekommen. Aber alle Mädchen, die sie geboren hatte, konnte man daran erkennen, dass sie ohne Nase zur Welt kamen, und ihr Lebtag lang mussten sie so ohne Nasen zubringen.

Peronnik der Einfältige, ein bretonischer Parzifal

Ihr seid sicher schon einem dieser armen Einfältigen begegnet, die der Priester mit Hasenschmalz getauft hat und die nichts können, als an den Türen zu stehen und zu betteln. Sie sind wie Kälber, die den Weg zu ihrem Stall verloren haben. Sie schauen sich nach allen Seiten mit großen Augen und offenem Maul um, als ob sie etwas suchten, aber was sie suchen, das ist in diesem Land nicht so gemein, dass man es auf den Landstraßen findet: Es ist nämlich der Verstand.
Peronnik war einer von diesen armen Schelmen, die statt auf Vater und Mutter auf die Mildtätigkeit ihrer Brüder in Christo angewiesen sind. Er ging immer der Nase nach und wusste nicht, wohin. Wenn er Durst hatte, trank er aus den Quellen, und wenn er Hunger hatte, erbettelte er von den Frauen, die auf den Türschwellen standen, die Abfallkrusten. Wollte er schlafen, suchte er sich einen Strohhaufen und grub sich hinein wie eine Eidechse. Übrigens war Peronnik für seine Verhältnisse nicht schlecht gekleidet,

er hatte eine Leinenhose, der nichts als der Boden fehlte, eine Weste mit einem Ärmel und die Hälfte einer Mütze, die einst neu gewesen war. Daher sang Peronnik aus vollem Herzen, sooft er satt war, und dankte morgens und abends Gott, der ihm so viele Geschenke gab, ohne ihn dadurch zu etwas zu verpflichten.

Ein Handwerk hatte Peronnik nie gelernt, aber er war in vielerlei Dingen geschickt. Er aß so viel, als man wollte, er schlief länger als irgendjemand sonst und ahmte mit seiner Zunge den Gesang der Lerchen nach. Heute gibt es mehr als einen im Land, der solches nicht nachmachen könnte.

In der Zeit, von der ich spreche, das heißt vor tausend und mehr Jahren, war das Land des weißen Kornes noch nicht so beschaffen, wie ihr es jetzt seht. Seit jener Zeit haben viele Edelleute ihr Erbe aufgezehrt und ihre großen Wälder mit ihren hohen Bäumen in Holzschuhe verwandelt; so kam es, dass der Wald von Paimpont sich damals über mehr als zwanzig Gemeinden erstreckte.

Wie dem auch sei, jedenfalls kam Peronnik eines Tages auf einen Hof, der am Rande des Waldes erbaut war, und da es schon lange her war, dass es in seinem Magen das »Benedicite« geläutet hatte, trat er näher, um etwas Essen zu erbetteln. Die Bäuerin kniete gerade auf der Türschwelle und war dabei, ihren Breikessel mit harten Steinen zu säubern; aber als sie die Stimme des Einfältigen hörte, der sie im Namen Gottes um Nahrung bat, hielt sie inne und streckte ihm den Kessel entgegen: »Nimm!«, sagte sie, »mein armer Dummhans, iss das Zusammengescharrte und bete dafür ein Paternoster für unsere Ferkel, die nicht gedeihen wollen!« Peronnik setzte sich auf den Boden, nahm den Napf zwischen seine Beine und begann, ihn mit den Nägeln auszukratzen; aber er erwischte nur wenig, denn alle Löffel des Hauses waren schon darin gewesen. Indessen schleckte er sich die Finger ab und ließ ein befriedigtes Grunzen hören, als hätte er nie etwas Besseres genossen. »Es ist Hirsemehl«, sagte er halblaut, »Hirsemehl angerührt mit Milch von einer schwarzen Kuh, und das von der besten Köchin im ganzen Unterland.« Die Bäuerin, welche sich abgewandt hatte,

drehte sich geschmeichelt um. »Armer, dummer Bengel«, sagte sie, »es ist nur wenig mehr übrig, aber ich werde dir ein Stück Schwarzbrot dreingeben.« Sie brachte dem Burschen eine Schnitte von einem Laib, der gerade aus dem Backofen kam. Peronnik biss hinein wie ein Wolf in einen Lammschenkel und rief, dass der Teig vom Leibbäcker Sr. Eminenz des Bischofs von Vannes geknetet sein müsse. Die Bäuerin antwortete stolz, es wäre noch ganz etwas anderes, wenn man das Brot mit frisch gerührter Butter bestreicht, und um es zu beweisen, brachte sie ein wenig Butter in einer kleinen Schüssel, auf der ein Deckel war. Der Dummling pries die Butter aufs höchste, und um sein Lob zu bekräftigen, strich er alles, was sich in der Schale vorfand, auf seine Brotschnitte. Aber die Zufriedenheit über das Lob hinderte die Bäuerin, dies zu merken, und sie fügte dem, was sie schon gegeben hatte, noch ein Stück Speck hinzu, welches von der Sonntagssuppe übrig geblieben war. Peronnik rühmte ein Stück noch mehr als das andere und verschlang alles, als ob es Quellwasser gewesen wäre,

denn schon lange hatte er kein solches Mahl mehr gehabt. Die Bäuerin ging und kam und gab hin und wieder ein paar Brocken dazu, die er entgegennahm und dabei jedes Mal ein Kreuzeszeichen machte.
Während er so damit beschäftigt war, neue Kräfte zu erwerben, erschien ein bewaffneter Ritter an der Haustür und wandte sich an die Frau, um sie nach dem Weg zum Schloss Kerglas zu fragen.
»Jesus, mein Gott, Herr Ritter! Dorthin wollt Ihr?«, rief die Frau.
»Ja!«, antwortete der Krieger. »Und zu diesem Zweck bin ich aus einem so fernen Land hergekommen, dass ich drei Monate lang Tag und Nacht habe reiten müssen, um hierher zu gelangen.«
»Und was wollt Ihr in Kerglas?«, erwiderte die Bretonin.
»Ich suche das goldene Becken und die diamantene Lanze.«
»Das sind wohl zwei wertvolle Dinge?«, fragte Peronnik.
»Wertvoller als alle Kronen der Erde«, entgegnete der Fremde, »denn abgesehen davon, dass das goldene Becken augenblicklich alle Speisen und alle Reichtümer hervorbringt, die man sich nur wünscht, genügt es, daraus zu trinken, um von allen Leiden geheilt zu werden, und die Toten selbst stehen auf, wenn es ihre Lippen berührt. Die diamantene Lanze aber tötet und zerschlägt alles, was sie trifft.«
»Und wem gehören diese Lanze und dieses Gefäß?«, fragte darauf Peronnik verwundert.
»Einem Zauberer namens Rogéar, welcher im Schloss von Kerglas wohnt!«, antwortete die Bäuerin. »Man sieht ihn täglich am Waldrand, auf seiner schwarzen Stute sitzend, vorüberreiten, gefolgt von deren Füllen von dreizehn Monaten; aber niemand würde es wagen, ihn anzugreifen, denn er hält in seiner Hand die erbarmungslose Lanze.«
»Ja«, warf der Fremde ein, »aber ein Befehl Gottes verbietet ihm, sich ihrer im Schloss Kerglas zu bedienen. Sobald er dort ankommt, werden Becken und Lanze in der Tiefe eines dunklen Verlieses verwahrt, welches kein Schlüssel zu öffnen vermag; dort will ich den Zauberer angreifen.«

»Weh! Das wird Euch nicht glücken, Herr!«, entgegnete die Bäuerin. »Mehr als hundert andere Edelleute haben das Abenteuer vor Euch gewagt, aber nicht einer ist zurückgekommen.«
»Ich weiß es, gute Frau«, versetzte der Ritter, »aber sie haben nicht wie ich zuvor die Unterweisungen des Eremiten von Blavet erhalten.«
»Und was hat Euch dieser Eremit gesagt?«, fragte Peronnik.
»Er hat mich alles gelehrt, was ich tun muss«, antwortete der Fremde, »zunächst muss ich durch den Irrwald reiten, wo alle Arten von Zauber angewendet werden, um mich zu erschrecken und mich meinen Weg verfehlen zu lassen. Die meisten von denen, die mir vorangegangen sind, haben sich dort verirrt und sind erfroren oder vor Hunger und Ermattung gestorben.«
»Und wenn Ihr ihn durchschreitet?«, fragte der Einfältige.
»Wenn ich ihn durchschreite«, fuhr der Edelmann fort, »werde ich einem Zwerg begegnen, der mit einem feurigen Stachel bewaffnet ist, welcher alles, was er berührt, in Asche verwandelt. Dieser Zwerg bewacht einen Apfelbaum, von dem ich eine Frucht pflücken muss.«
»Und dann?«, fragte Peronnik weiter.
»Dann werde ich die lachende Blume finden; sie behütet ein Löwe, dessen Mähne aus Schlangen besteht, und ich muss diese Blume brechen. Darauf muss ich den Drachensee überschreiten, den schwarzen Mann mit der Eisenkugel bekämpfen, welche immer ihr Ziel erreicht und von selbst zu ihrem Herrn zurückkehrt; schließlich werde ich das Tal der Freuden betreten, wo ich alles schauen werde, was einen Menschen verführen und zurückhalten kann, und ich werde zu einem Fluss kommen, der nur eine einzige Furt hat. Dort wird sich eine schwarz gekleidete Dame befinden, die ich hinter mich aufs Ross nehme und die mir sagen wird, was ich weiter tun muss.«
Die Bäuerin versuchte dem Fremden zu beweisen, dass er niemals all diese Proben bestehen würde; aber dieser erwiderte, darüber könne eine Frau nicht urteilen; und nachdem er sich den Eingang

zum Wald hatte zeigen lassen, spornte er sein Ross und verschwand zwischen den Bäumen.
Die Bäuerin seufzte tief auf und meinte, das sei ein Toter mehr, der vor Gottes Gericht treten müsse; sie gab Peronnik noch einige Krusten und forderte ihn dann auf, seinen Weg weiterzugehen. Dieser folgte ihrem Rat, zumal der Bauer gerade vom Feld heimkehrte. Er hatte den Knaben, der seine Kühe am Rand des Waldes hütete, davongejagt und überlegte sich, wie er dafür Ersatz schaffen könne. Der Anblick des Dummlings war für ihn ein Lichtstrahl, denn er glaubte in ihm gefunden zu haben, was er suchte, und nach einigen Bemerkungen fragte er Peronnik gerade heraus, ob er auf dem Hof bleiben wolle, um das Vieh zu hüten. Peronnik hätte es vorgezogen, nur sich selber zu hüten, denn niemand war besser als er zum Nichtstun aufgelegt; aber er spürte noch den Geschmack des Specks, der frischen Butter, des Schwarzbrots und des Hirseschmarrens auf seinen Lippen, daher ließ er sich verleiten und nahm den Vorschlag des Bauern an. Dieser führte ihn sogleich an den Waldrand, zählte ihm laut die Kühe vor, ohne die Färsen zu vergessen, und schnitt ihm eine Haselgerte ab, damit er sie zusammenhalten könne; dann trug er ihm auf, die Tiere bei Sonnenuntergang heimzutreiben.
So war Peronnik Viehhüter geworden, er musste die Kühe davon abhalten, Schaden anzurichten, und musste von den schwarzen zu den roten und von den roten zu den weißen laufen, um sie gehörig beisammenzuhalten. Während er so von einer Kuh zur andern lief, hörte er plötzlich Pferdegetrappel und gewahrte in einem Baumgang des Waldes den Zauberer Rogéar, der auf seiner Stute saß, und dahinter das Füllen von dreizehn Monaten. Am Hals trug er das goldene Becken und in der Hand die diamantene Lanze, die leuchtete wie eine Flamme. Peronnik verbarg sich erschrocken hinter einem Busch; der Riese ritt nahe an ihm vorbei und setzte seinen Weg fort. Als er verschwunden war, verließ Peronnik sein Versteck und schaute in die Richtung, zu der jener sich gewandt hatte, ohne jedoch den Weg erkennen zu können, den er eingeschlagen hatte.

Indessen kamen unaufhörlich bewaffnete Ritter, die das Schloss Kerglas suchten, aber keinen von ihnen sah man wiederkehren. Vielmehr machte der Riese alltäglich seinen Rundgang. Der Dummling, der allmählich kühner wurde, verbarg sich nicht mehr, wenn er vorüberritt, und betrachtete ihn von Weitem mit neidischen Augen, denn das Verlangen, das goldene Becken und die diamantene Lanze zu besitzen, wuchs von Tag zu Tag in seinem Herzen. Aber es verhielt sich damit wie mit einem guten Weib: Man kann es sich leichter wünschen als erwerben.

Eines Abends war Peronnik wie gewöhnlich allein auf der Weide. Da stand mit einem Mal ein weißbärtiger Mann am Waldrand. Der Dummling glaubte, das sei wieder irgendein Fremder, der gekommen sei, um die Abenteuer zu wagen, und er fragte ihn, ob er etwa den Weg nach Kerglas suche.

»Ich suche ihn nicht, denn ich kenne ihn«, entgegnete der Unbekannte.

»Ihr seid ihn gegangen, und der Zauberer hat Euch nicht getötet?«, rief erstaunt der Einfältige.

»Weil er von mir nichts zu fürchten hat«, erwiderte der weißbärtige Greis. »Man nennt mich den Zauberer Bryak, und ich bin der ältere Bruder Rogéars. Wann auch immer ich ihn besuchen will, komme ich hierher, aber da ich trotz meiner Zaubermacht den Irrwald nicht durchschreiten könnte, ohne mich zu verirren, rufe ich das schwarze Füllen, damit es mich führt.«

Bei diesen Worten zog er drei Kreise mit seinem Finger in den Sand, murmelte einige Worte, wie sie der Teufel die Zauberer lehrt, und rief:

»Füllen mit den leichten Füßen, Füllen mit den scharfen Zähnen, Füllen, ich bin da, komm geschwind, ich wart' auf dich!« Und das kleine Ross erschien augenblicklich. Bryak legte ihm ein Halfter und eine Fußfessel an, stieg auf seinen Rücken und ließ es in den Wald zurückkehren.

Peronnik sagte keinem Menschen ein Wort von diesem Abenteuer; aber er wusste jetzt, dass es das erste war, wenn man nach

Kerglas wollte, das Füllen zu besteigen, welches den Weg kannte. Unglücklicherweise verstand er weder die drei Kreise zu zeichnen, noch die Zauberworte auszusprechen, die nötig waren, um den Anruf wirkungsvoll zu machen. Er musste also ein anderes Mittel finden, sich seiner zu bemächtigen, und dann den Apfel zu pflücken, die lachende Blume zu brechen, der Kugel des schwarzen Mannes zu entgehen und das Tal der Freuden zu durcheilen. Peronnik dachte lange darüber nach, und es schien ihm zuletzt, dass es ihm gelingen könne. Die Starken suchen der Gefahr mit ihrer Stärke zu begegnen und oft gehen sie dabei zugrunde, aber die Schwachen packen die Dinge von der Seite an. Da der Dummling nicht hoffen durfte, den Riesen zu bestehen, beschloss er, ihn zu überlisten. Vor den Schwierigkeiten schreckte er nicht zurück, er wusste, dass die Mispeln hart wie Kiesel sind, wenn man sie pflückt, und dass sie mit ein wenig Stroh und viel Geduld schließlich doch weich werden.

Er traf also alle Vorbereitungen für die Stunde, in welcher der Riese am Waldrand erscheinen musste. Er richtete zunächst ein Halfter und eine Fußfessel aus schwarzem Hanf her, dann eine Schnepfenschlinge, deren Haare er in Weihwasser tauchte, einen Leinenbeutel, den er mit Vogelleim und Lerchenfedern füllte, einen Rosenkranz, eine Holunderpfeife und ein Stück Brotrinde, bestrichen mit ranzigem Speck. Hierauf zerbröckelte er sein Frühstücksbrot längs des Weges, den Rogéar mit seiner Stute und seinem Füllen von dreizehn Monaten einschlagen musste.

Alle drei erschienen zur gewohnten Stunde und durchschritten die Weide, wie sie es alle Tage taten; aber das Füllen, das mit hängendem Kopf und auf dem Boden schnüffelnd einherging, roch die Brotbrocken und blieb stehen, um sie zu fressen, sodass es bald allein und außer Sichtweite des Riesen war. Dann schlich sich Peronnik heran, warf ihm sein Halfter über, fesselte zwei seiner Füße mit den Spannstricken, sprang auf seinen Rücken und ließ es nun laufen, wohin es wollte, denn er war sicher, dass das Füllen, welches den Weg kannte, ihn zum Schloss Kerglas führen werde.

Das Füllen schlug wirklich ohne Zaudern einen der wildesten Wege ein und lief so schnell, wie es ihm die Fußfesseln erlaubten. Peronnik zitterte wie ein Blatt, denn alle Zauber des Waldes vereinigten sich, um ihn zu schrecken. Bald schien es ihm, als öffne sich ein Abgrund vor seinem Reittier, bald schienen die Bäume in Flammen zu stehen und er sich inmitten einer Feuersbrunst zu befinden; oft, wenn er über einen Bach ritt, wurde der Bach zu einem reißenden Strom und drohte ihn mitzureißen; ein andermal, als er einem Pfad am Fuß eines Hügels folgte, schienen sich ungeheure Felsmassen abzulösen und auf ihn herabzustürzen, um ihn zu zerschmettern. Der Dummling mochte sich noch so oft sagen, dass dies Trugbilder des Zauberers waren, er fühlte doch sein Mark vor Angst erstarren. Schließlich zog er seine Kappe über die Augen, um nichts zu sehen und sich vom Füllen fortbringen zu lassen.

So kamen sie beide in eine Ebene, wo die Zauber aufhörten. Nun nahm Peronnik seine Mütze ab und blickte um sich. Es war eine dürre Heide und trauriger als ein Friedhof. Von Zeit zu Zeit sah man die Gerippe der Ritter, die gekommen waren, um das Schloss Kerglas zu suchen. Sie lagen da, neben ihren Rossen hingestreckt, und graue Wölfe nagten an ihren Gebeinen. Schließlich gelangte der Dummling auf eine Wiese, die ganz und gar von einem einzigen Apfelbaum überschattet wurde, der so mit Früchten beladen war, dass die Äste sich bis zur Erde hinunterbogen. Vor dem Baum stand ein Zwerg, der in seiner Hand die feurige Waffe hielt, die alles, was sie berührte, in Asche verwandelte. Als dieser Peronnik erblickte, schrie er wie eine Meerkrähe und erhob seine Waffe; aber ohne Erstaunen zu zeigen, zog der junge Mann höflich seine Mütze.

»Lasst Euch nicht stören, mein kleiner Prinz«, sagte er, »ich möchte nur vorüber, um mich nach Kerglas zu begeben, wohin mich der Zauberer Rogéar bestellt hat.«

»Dich?«, erwiderte der Zwerg. »Wer bist du denn überhaupt?«

»Ich bin der neue Diener unseres Herrn«, antwortete der Dummling, »Ihr wisst doch, der, den er erwartet.«

»Ich weiß von nichts«, sagte der Zwerg, »und du siehst mir ganz wie ein Schwindler aus.«
»Verzeihung«, unterbrach ihn Peronnik, »das ist nicht mein Beruf, ich bin lediglich Vogelsteller und Vogelabrichter. Aber, mein Gott, haltet mich nicht auf, denn der Herr Zauberer rechnet auf mich und hat mir sogar sein Füllen geliehen, wie Ihr seht, damit ich schneller ins Schloss gelange.«
Der Zwerg bemerkte nun wirklich, dass Peronnik das Füllen des Zauberers ritt, und begann zu glauben, dass jener die Wahrheit sagte. Der Dummling sah übrigens so unschuldig aus, dass man ihn nicht für fähig halten konnte, eine Geschichte zu erfinden. Indessen schien der Zwerg noch zu zweifeln und fragte ihn, wozu der Zauberer einen Vogelsteller brauche.
»Er hat ihn dringend nötig, wie es scheint«, entgegnete Peronnik, »denn, wie er sagt, wird gegenwärtig alles, was im Garten von Kerglas keimt und reift, von den Vögeln gefressen.«
»Und wie willst du sie daran hindern?«, fragte der Zwerg.
Peronnik zeigte ihm dann die kleine Falle, die er angefertigt hatte, und sagte, kein Vogel könne ihr entgehen.
»Davon will ich mich überzeugen«, versetzte hierauf der Zwerg, »denn mein Apfelbaum wird auch von den Amseln und Drosseln geplündert; stell deine Falle, und wenn du sie fangen kannst, lasse ich dich vorbei.«
Peronnik war damit einverstanden; er band sein Füllen an einen Baum und näherte sich dem Stamm des Apfelbaums, befestigte das eine Ende der Schlinge daran und rief dann dem Zwerg zu, er solle das andere Ende halten, während er die Futterhölzchen aufrichten wolle. Dieser tat, was der Dummling verlangte; nun zog Peronnik plötzlich den Schiebeknoten zu, und der Zwerg war selbst wie ein Vogel gefangen. Er stieß einen Wutschrei aus und wollte sich losmachen, aber die Schlinge, die in Weihwasser getaucht war, widerstand all seinen Anstrengungen. Der Dummling hatte nun Zeit, zum Baum zu laufen, dort einen Apfel zu pflücken und dann wieder auf sein Füllen zu steigen, welches nun seinen Weg fortsetzte.

So verließen sie die Ebene und befanden sich vor einem kunstvoll angepflanzten Wäldchen, das aus den schönsten Pflanzen zusammengesetzt war. Dort gab es Rosen in allen Farben, spanischen Ginster, rotes Geißblatt, und über alldem erhob sich eine Wunderblume, welche lachte; aber ein Löwe mit Schlangenmähne lief um das Wäldchen herum, rollte die Augen und knirschte mit den Zähnen wie mit zwei frisch geschliffenen Mühlsteinen. Peronnik blieb stehen und begrüßte ihn, denn er wusste, dass vor Großen die Mütze auf dem Kopf weniger am Platz ist als in der Hand. Er wünschte dem Löwen und seiner Familie alles erdenkliche Glück und fragte ihn, ob er auf dem richtigen Weg nach Kerglas sei.
»Und was suchst du in Kerglas?«, rief das wilde Tier mit fürchterlicher Miene.
»Mit Eurer Erlaubnis«, antwortete der Dummling furchtsam, »ich bin im Dienst einer Dame, welche eine Freundin des Seigneur Rogéar ist und welche ihm als Geschenk etwas sendet, wovon er eine Lerchenpastete machen kann.«
»Lerchenpastete?«, wiederholte der Löwe und schleckte mit der Zunge seinen Schnurrbart ab. »Es ist ein Jahrhundert her, dass ich keine gegessen habe. Hast du viel davon dabei?«

»Alles, was dieser Sack fassen kann, gnädiger Herr!«, erwiderte Peronnik und wies den Leinenbeutel vor, den er mit Federn und Leim gefüllt hatte.
Und um seinen Worten Glauben zu verschaffen, fing er an, das Zwitschern der Lerchen nachzumachen. Dieser Ton vergrößerte noch den Appetit des Löwen.
»Lass mal sehen«, sagte der und kam näher, »zeig mir deine Vögel, ich will wissen, ob sie fett genug sind, um unserem Herrn aufgetischt zu werden.«
»Ich wünsche mir nichts Besseres«, entgegnete der Dummling, »aber wenn ich sie aus dem Sack hole, fürchte ich, dass sie mir davonfliegen.«
»Öffne ihn nur so weit«, versetzte das wilde Tier, »dass ich hineinschauen kann!« Das war es, was Peronnik erhofft hatte; er hielt dem Löwen den Leinenbeutel vor, der seinen Kopf hineinsteckte, um die Lerchen zu packen, da aber sah sich das Tier in den Federn und dem Leim festgehalten. Der Dummling zog geschwind die Schnur des Sacks um seinen Hals zu, machte ein Kreuzzeichen über den Knoten, um ihn unauflöslich zu machen, und lief dann zur lachenden Blume, pflückte sie und eilte mit der ganzen Geschwindigkeit seines Füllens von dannen.
Aber alsbald traf er auf den Drachensee, den er durchschwimmen musste, und kaum war er darin, eilten die Drachen von allen Seiten herbei, um ihn zu verschlingen. Diesmal unterhielt sich Peronnik nicht damit, vor ihnen die Mütze zu ziehen, sondern er warf ihnen die Perlen des Rosenkranzes vor, wie man den Enten Korn vorwirft, und bei jeder verschluckten Perle drehte sich ein Drache auf den Rücken und verendete, sodass der Dummling das andere Ufer ohne Schaden erreichen konnte.
Es blieb also noch das Tal, das von dem schwarzen Mann bewacht wurde. Peronnik gewahrte ihn gleich am Eingang; er war mit den Füßen an den Felsen geschmiedet und hielt in der Hand die Eisenkugel, welche, nachdem sie ihr Ziel erreicht hatte, stets von selbst zurückkehrte. Er hatte sechs Augen rund um den Kopf, die

abwechselnd wachten, aber in diesem Augenblick hatte er alle sechs geöffnet. Peronnik wusste, dass die Eisenkugel ihn treffen würde, sobald der schwarze Mann ihn bemerkte, noch bevor er hätte reden können; daher zog er es vor, am Unterholz entlangzuschleichen. So kam er, hinter dem Gebüsch verborgen, bis auf einige Schritte an den schwarzen Mann heran. Dieser setzte sich gerade nieder und zwei seiner Augen waren zum Schlaf geschlossen. Peronnik glaubte, jener sei müde, und er begann halblaut den Anfang der Messe zu singen. Der schwarze Mann schien zuerst erstaunt und wandte den Kopf; dann aber, da der Gesang auf ihn wirkte, schloss er das dritte Auge. Peronnik stimmte nun das Kyrieeleison an, und zwar im Ton jener Priester, die vom Schlafteufel besessen sind. Der schwarze Mann schloss daraufhin sein viertes Auge und das fünfte zur Hälfte. Peronnik begann die Vesper, aber ehe er zum Magnifikat kam, war der schwarze Mann eingeschlafen.

Nun nahm der Bursche das Füllen beim Zügel und führte es leise über Moosflecke; dann gelangte er, rasch am Wächter vorbeigehend, ins Tal der Freuden. Das war die schwerste Probe, denn es handelte sich hier nicht darum, einer Gefahr zu entgehen, sondern

einer Versuchung zu widerstehen. Peronnik rief alle Heiligen der Bretagne zu Hilfe. Das Tal, das er durchquerte, glich einem Garten voller Früchte, Blumen und Quellen, aber die Quellen waren von Wein und süßen, berauschenden Getränken, die Blumen sangen mit zarten Stimmen wie die Cherubim im Paradies, und die Früchte boten sich von selber dar. Bei jeder Biegung des Weges sah Peronnik große Tafeln, die gedeckt waren, wie um Könige zu speisen; er roch den Duft des Backwerks, das man gerade aus dem Ofen zog, er sah Diener, die ihn zu erwarten schienen, während etwas weiter abseits schöne junge Mädchen aus dem Bad stiegen und auf dem Rasen tanzten; sie riefen ihn bei Namen und baten ihn, den Reigen anzuführen. Der Dummling machte zwar das Zeichen des Kreuzes, aber er verlangsamte doch den Schritt seines Füllens, ohne es zu merken; er hob die Nase in den Wind, um besser den Duft der Schüsseln zu riechen und die badenden Mädchen zu sehen; fast hätte er angehalten, und dann wäre es um ihn geschehen gewesen; da zuckte ihm der Gedanke an das goldene Becken und die diamantene Lanze durchs Hirn, und sogleich begann er auf seiner Holunderpfeife zu flöten, um die lockenden Stimmen nicht zu hören, er aß sein mit ranzigem Speck bestrichenes Brot, um den Duft der Schüsseln nicht zu riechen, und er betrachtete die Ohren seines Pferdes, um die Tänzerinnen nicht zu sehen. Auf diese Weise gelangte er, ohne diesen Lüsten zu verfallen, zum Ende des Gartens und sah nun endlich das Schloss Kerglas vor sich.

Aber noch trennte ihn von diesem der Fluss, von dem man ihm erzählt hatte und der nur eine einzige Furt besaß. Glücklicherweise kannte das Füllen diese und trat am rechten Ort ins Wasser. Peronnik schaute um sich, ob er nicht die Dame erblickte, die ihn ins Schloss führen sollte, und er bemerkte sie auf einem Felsblock sitzend. Sie war in schwarze Seide gekleidet, und ihr Antlitz war gelb wie das einer Maurin. Der Dummling zog wieder seine Mütze und fragte sie, ob sie nicht über den Fluss wolle.

»Deshalb warte ich ja auf dich«, entgegnete die gelbe Dame, »komm näher, damit ich mich hinter dich setzen kann!«

Peronnik ritt herzu, ließ sie hinten aufsitzen und begann die Furt zu durchreiten. Mitten im Fluss sagte die Dame zu ihm:
»Weißt du auch, wer ich bin, du armer Junge?«
»Verzeihung«, antwortete Peronnik, »aber nach Euren Kleidern zu urteilen, seid Ihr wohl eine adlige und mächtige Dame.«
»Adelig muss ich wohl sein, denn mein Stamm geht auf den ersten Sündenfall zurück; und mächtig bin ich auch, denn alle Völker der Erde beugen sich vor mir.«
»Und wie ist Euer Name, gnädige Frau, wenn ich bitten darf?«, fragte Peronnik.
»Man nennt mich die Pest!«, erwiderte die gelbgesichtige Frau.
Der Dummling machte einen Sprung auf seinem Pferd und wollte sich in den Fluss stürzen, aber die Pest sagte zu ihm:
»Bleib ruhig sitzen, armer Junge, du hast von mir nichts zu fürchten, und ich könnte dir sogar einen Dienst leisten.«
»Ist es möglich, dass Ihr so gütig sein wolltet, Frau Pest?«, sagte Peronnik und zog diesmal seine Mütze, um sie nicht wieder aufzusetzen. »Ich erinnere mich jetzt in der Tat, dass Ihr mir anzeigen solltet, wie ich mich des Zauberers Rogéar entledigen kann.«
»Soll der Zauberer denn sterben?«, fragte die Dame.
»Nichts wäre mir lieber«, erwiderte Peronnik, »aber er ist leider unsterblich.«
»Höre und suche mich zu verstehen!«, entgegnete die Dame. »Der Apfelbaum, den der Zwerg bewacht, ist ein Steckling des Baumes des Guten und Bösen, den Gott selbst ins irdische Paradies gepflanzt hat. Seine Frucht macht die Unsterblichen für den Tod empfänglich genauso wie jener Apfel, von welchem Adam und Eva aßen. Sieh zu, dass der Zauberer den Apfel genießt, dann brauche ich ihn nur zu berühren, damit er aufhört zu leben.«
»Ich will es versuchen«, sagte Peronnik, »aber wenn es mir gelingt, wie kann ich das goldene Becken und die diamantene Lanze bekommen, die in einem dunklen Verlies verborgen sind, das kein geschmiedeter Schlüssel aufzusperren vermag?«

»Die lachende Blume öffnet alle Tore und erhellt alle Nächte«, versetzte die Pest.

Nach diesen Worten erreichten sie das andere Ufer, und der Dummling schritt auf das Schloss zu. Vor dem Eingang befand sich ein großes Vordach, ähnlich dem Thronhimmel, unter dem S. Eminenz der Bischof von Vannes bei der Prozession des Heiligen Sakramentes an Fronleichnam schreitet. Hier lag der Riese vor der Sonne geschützt und hatte die Beine übereinandergeschlagen wie ein Landwirt, der sein Korn eingebracht hat, und rauchte aus einer Tabakspfeife von lauterem Gold. Als er das Fohlen erblickte, auf welchem Peronnik und die gelbe Dame in schwarzer Seide saßen, hob er den Kopf und sprach mit dröhnender Stimme:

»Bei Belzebub, unserem Herrn! Das ist mein Füllen von dreizehn Monaten, auf dem dieser Dummkopf angeritten kommt!«

»So ist es, größter aller Zauberer!«, erwiderte Peronnik.
»Und wie hast du es angestellt, um dich seiner zu bemächtigen?«, fragte Rogéar. »Ich habe die Worte wiederholt, die mich Euer Bruder Bryak gelehrt hat«, entgegnete der Dummling. »Als ich an den Waldrand kam, habe ich gesagt: ›Füllen mit den leichten Füßen, Füllen mit den scharfen Zähnen, Füllen, ich bin da! Komm geschwind, ich wart' auf dich!‹ Und das kleine Tier ist sogleich gekommen.«
»Du kennst also meinen Bruder?«, fragte der Riese.
»Wie man seinen Herrn kennt!«, erwiderte der Bursche.
»Und warum schickt er dich?«
»Um Euch zwei seltene Dinge zu überbringen, die er soeben aus dem Maurenland erhalten hat: hier den Apfel der Freuden und dort die unterwürfige Frau, die Ihr vor Euch seht. Wenn Ihr den ersteren verspeist, werdet Ihr immer einen so zufriedenen Sinn haben wie ein armer Mann, der einen Beutel mit hundert Talern in einem Holzschuh gefunden hat; und wenn Ihr die letztere in Euren Dienst nehmt, so habt Ihr auf der Welt keinen Wunsch mehr.«
»Nun, so gib den Apfel und lass die Maurin absteigen!«, entgegnete Rogéar.
Der Dummling gehorchte; aber sobald der Riese in die Frucht gebissen hatte, rührte ihn die gelbe Dame an, und er fiel zu Boden wie ein Ochse, den man niederschlägt.
Peronnik trat sogleich ins Schloss, in der Hand die lachende Blume. Er durcheilte nacheinander mehr als fünfzig Säle und gelangte endlich vor das Gewölbe mit der Silberpforte. Diese öffnete sich von selbst vor der Blume, welche dem Dummling voranleuchtete und ihm gestattete, bis zum goldenen Becken und zur diamantenen Lanze vorzudringen. Aber kaum hatte er sie ergriffen, bebte die Erde unter seinen Füßen, ein schreckliches Krachen ertönte, der Palast verschwand, und Peronnik befand sich inmitten eines Waldes, versehen mit seinen zwei Wunschdingen, mit denen er sich an den Hof des Königs der Bretagne begab.
Auf der Durchreise durch Vannes trug er nur Sorge, die reichsten Kleider zu kaufen, die er finden konnte, und das beste Ross, das in

der Bischofsstadt des Landes des weißen Kornes feilgeboten wurde. Als er nach Nantes kam, wurde diese Stadt gerade von den Franzosen belagert, welche die Felder rings umher derart verwüstet hatten, dass kaum ein Baum mehr übrig blieb, an dem eine Ziege hätte rupfen können. Obendrein war Hungersnot in der Stadt, und die Soldaten, die nicht an ihren Wunden starben, kamen aus Mangel an Brot um. Daher verkündete gerade an dem Tag, da Peronnik ankam, ein Trompeter an allen Straßenecken, dass der König der Bretagne denjenigen, der die Stadt befreien und die Franzosen verjagen würde, als Erben einzusetzen verspräche. Als der Dummling dieses Versprechen hörte, sagte er zu dem Trompeter:

»Rufe nicht länger, sondern führe mich zum König! Ich bin imstande zu tun, was er verlangt.«

»Du?«, sagte der Trompeter, der sah, dass er so jung und so klein war. »Schau, dass du weiterkommst, kleiner Stieglitz, der König hat keine Zeit, um Vögel zu fangen.« Aber statt einer Antwort streifte Peronnik den Soldaten mit seiner Lanze, und im gleichen Augenblick fiel dieser tot zur Erde zum großen Schrecken der zusehenden Menge, die nun entfliehen wollte. Aber der Dummling rief: »Ihr habt gesehen, was ich gegen meine Feinde vermag. Erfahrt jetzt, was ich für meine Freunde tun kann!« Und er näherte das Zauberbecken den Lippen des Toten, der augenblicklich wiederbelebt wurde.

Der König, der dieses Wunder vernahm, übertrug Peronnik den Befehl über die Soldaten, welche ihm noch geblieben waren; und da der Dummling mit seiner Lanze Tausende von Franzosen tötete, während er mit seinem Becken alle gefallenen Bretonen wieder zum Leben erweckte, vertrieb er in wenigen Tagen das feindliche Heer und erbeutete alles, was in ihrem Lager zurückblieb. Er schlug weiterhin die Eroberung der benachbarten Länder Anjou, Poitou und Normandie vor, was zu vollbringen ihm nur wenig Mühe machte. Endlich, als er alles dem König unterworfen hatte, erklärte er, er wolle abreisen, um das Heilige Land zu befreien, und er schiffte sich in Nantes mit dem ersten Adel des Landes auf großen Fahrzeugen ein. In Palästina vernichtete er alle Heere, die gegen ihn ausgesandt wurden, zwang den Kaiser der Sarazenen, sich taufen zu lassen, und heiratete dessen Tochter, mit welcher er hundert Kinder bekam, deren jedes ein Königreich erhielt. Manche sagen, dass er und seine Söhne dank des goldenen Beckens noch heute lebten und in diesem Land herrschten; aber andere versichern, dass der Bruder Rogéars, der Zauberer Bryak, die beiden Wunschdinge zurückerobert habe und dass diejenigen, welche sie zu erlangen wünschen, sie bloß zu suchen brauchen.

KORRIGANE

Die Rache der Korrigane

Viele Geschichten wurden früher in der ländlich geprägten Bretagne bei abendlichen Runden in den Häusern erzählt. Das geschah meist an den langen Abenden der Herbst- und Winterzeit, wenn die bäuerliche Arbeit oder der Fischfang ruhte und das unwirtliche Wetter die Menschen um das Feuer am Kamin zwang. Dann traf sich ein großer Kreis von Dorfbewohnern jeden Alters bei Verwandten oder Nachbarn, machte allerlei Handarbeiten und lauschte einem erfahrenen Geschichtenerzähler. Solche Abende wurden in der Bretagne Veillées genannt; in Irland und Schottland, wie die Bretagne ebenfalls vom keltischen Erbe geprägt, hießen sie ceilidh *und waren noch Ende des 19. Jahrhunderts weit verbreitet. Diese Erzählrunden, die abwechselnd mal in diesem oder jenem Haus stattfanden, trugen auch dazu bei, dass die alten Märchen und Sagen nicht verloren gingen, sondern an die jüngeren Generationen weitergegeben wurden.*

Der Wind blies an diesem Abend stark von Osten her, und im Mondlicht schimmerte auf dem Strohdach der Hütte eine dünne Schicht Schnee, der seit Sonnenuntergang gefallen war. Alle Bewohner des kleinen Weilers beeilten sich, schnell in das gemütliche Backhaus zu gelangen, in dem Alain Corré dabei war, einen Klumpen Haferteig zu kneten. Der Pfarrer, Pater Le Scour, war dabei nie der letzte, denn er hatte immer gern den besten Platz ganz vorn unmittelbar vor dem Backofen.

Victor hatte für diese Nacht eine hübsche Geschichte versprochen, die noch niemand kannte. Ich, der ich euch all dies hier erzähle, war damals nicht älter als vierzehn, aber wie alle Nachbarn beeilte ich mich, zeitig zur Stelle zu sein, um noch einen Platz zu erhaschen und Victor zuzuhören. Als ich kam, war meine Mutter schon da; sie hatte die Spindel dabei, saß im Schein einer Harzkerze und ließ die Wolle zwischen zwei Fingern hindurchschwirren; mein Bruder Yvon war auch schon da und schnitzte an einem hölzernen Butterlöffel. Alle paar Minuten gingen ich und mein kleiner Cousin ungeduldig aus dem Backhaus hinaus, um zu schauen, ob es noch schneit, und vor allem, ob Victor schon kommt. Schließlich war er da und trat ein; alle klatschten und die jungen Mädchen legten ihre Spindeln für einen Augenblick beiseite, um ihm Respekt zu zollen. Nachdem einige der alten Männer mehrmals laut gerufen hatten: »Ruhe jetzt! Lasst uns nun endlich anfangen!«, begann Victor mit seiner Geschichte und die ging so:

Früher lebten im Dorf von Kastel-Laer im Finistère zwei Nachbarn, der eine hieß Paol al Ludu und der andere Yon Rustik. Paol al Ludu war ein Bursche, der zu nichts taugte. Er verdiente sich seinen Lebensunterhalt damit, dass er jeden betrog oder seine Nachbarn bestahl. Immer war er gut gekleidet und zog sich so den Neid seiner ärmeren Kameraden zu. Yon Rustik hingegen war ein armer, kranker und ehrlicher Mann, der stets darauf aus war, Gutes zu tun; da er aber nicht arbeiten konnte, war er gezwungen, betteln zu gehen.

Eines Abends nun gab es zwischen diesen beiden Männern Streit. Paol al Ludu verhielt sich beschämend, denn er sagte, es sei unmöglich, dass so ein alter und lahmer Mann wie Yon nie bis Paris kommen könne. »Ich aber«, so brüstete er sich, »ich werde in die Hauptstadt gehen und mich dort wie ein reicher Bürger amüsieren.« Das ließ Yon nicht auf sich sitzen: Er bot dem Taugenichts eine Wette an, dass auch er trotz seiner Behinderung bis nach Paris gelangen könne. Und da er ein ehrlicher Mann war, setzte er all sein Vertrauen auf Gott. Die Wette wurde von den beiden Gesellen angenommen, und so machten sie sich auf verschiedenen Wegen auf in die Hauptstadt.

Paol al Ludu, der kerngesund und nicht behindert war, kam schon nach drei Wochen in Paris an. Dort setzte er sogleich sein Leben als Dieb und Betrüger fort, und weil er immer schön gekleidet war, hatten die Leute blindes Vertrauen in ihn. Der arme Yon hingegen kam mit seiner Reise nicht so schnell voran; er musste unterwegs betteln, und da er armselig gekleidet war, sah er sich gezwungen, im Freien zu übernachten, es sei denn, er hatte als Unterkunft eine Scheune oder einen Stall gefunden. Am Ende des Monats kam er in einen großen Wald in der Nähe von Versailles, und da er kein anderes Obdach für die Nacht fand, kroch er in eine alte Eiche, die hohl und voller Schimmel war. Vor dem alten Baum sprudelte eine Quelle, die irgendetwas Wunderbares an sich haben musste, denn ihr Wasser floss von Osten nach Westen, wie Yon gleich bemerkte.

Gegen Mitternacht erwachte Yon von einem fürchterlichen Lärm; an die hundert Korrigane tanzten um die Quelle herum, und er hörte, wie einer von ihnen zu den anderen sagte: »Ich muss euch etwas Neues erzählen: Ich habe die Tochter des Königs mit einem bösen Zauber belegt. Kein Sterblicher wird sie heilen können, und dabei wäre das so einfach. Er bräuchte dazu nur einen einzigen Tropfen aus dieser Quelle hier.« Der Korrigan, der dies sagte, ging an zwei Krücken und schien unter allen anderen das Sagen zu haben. Unser Bettler hatte diese Worte verstanden und wartete ungeduldig, bis die Korrigane gegangen waren. Dann schöpfte er etwas Wasser aus der Quelle und beeilte sich, so gut er eben konnte, nach Paris zu gelangen, wo er dann eines schönen Morgens ankam.

In dem Haus, in dem Yon eine Rast einlegte, um seine trockene Brotkruste zu essen, hörte er, wie die Leute davon redeten, dass die Tochter des Königs todkrank sei und dass die besten Ärzte Frankreichs auf dem Weg zu ihr seien.

Drei Tage später sprach Yon Rustik im Schloss vor und bat den

König um eine Audienz, aber seine Kleider waren derart zerschlissen, dass die Diener ihn nicht vorlassen wollten. Als er aber hartnäckig darauf bestand, setzten sie es schließlich doch durch, dass der König ihn empfing. Und Yon erzählte diesem, er sei gekommen, um die Prinzessin zu heilen. Daraufhin ließ der König den Bettler in neue Kleider stecken und zum Krankenbett führen. Da zog Yon die Flasche mit dem heilenden Quellwasser hervor und hieß die Königstochter trinken, und sie leerte die Flasche bis auf den letzten Tropfen. Und siehe da! Plötzlich begann sie, laut vor Freude zu lachen, und umarmte voller Dank den Bettler. Sie war nun völlig genesen, und sogleich erteilte der König den Befehl, die goldene Staatskarosse vorfahren zu lassen. Die Prinzessin und der Bettler nahmen darin nebeneinander Platz und fuhren durch die schönsten Straßen von Paris. Noch nie zuvor hatte man eine solche Menschenmenge in Paris gesehen, denn es war überall verkündet worden, dass der Mann, der die Prinzessin geheilt hatte, ein Bettler war.

Davon hatte natürlich auch Paol al Ludu erfahren, der immer noch in Paris weilte. Er drängte sich in der wartenden Menge vor, um die königliche Kutsche vorbeifahren zu sehen, und als er sah, wer neben der Prinzessin saß, war er außer sich vor Wut. Und bevor der Tag noch zu Ende war, machte er Yon in einer großen Herberge der Stadt ausfindig und fragte ihn, wie er denn die wunderbare Heilung fertiggebracht habe. Und der erzählte seinem alten Rivalen arglos von dem wundertätigen Wasser aus der Quelle und auch, wie sich alles zugetragen hatte; er beschrieb ihm sogar genau die Stelle, wo die hohle Eiche und die Quelle zu finden waren.

Paol wartete die Nacht nicht ab, sondern machte sich sofort auf, die Quelle zu finden. Als er endlich dort ankam, war es fast Mitternacht geworden. Er kroch in den hohlen Stamm in der Hoffnung, ebenfalls einige geheimnisvolle Enthüllungen belauschen zu können. Kaum war es Mitternacht, da brach ein fürchterlicher Lärm los. Diesmal fluchte der verkrüppelte Häuptling der Korrigane wie ein Dämon und brüllte die anderen an: »Die Tochter des

Königs ist von einem Bettler geheilt worden. Er muss sich da in der alten hohlen Eiche versteckt und uns belauscht haben. Schnell! Steckt sie in Brand, denn sie hat uns Unheil gebracht!«
Und in kaum einer Minute stand der Eichenbaum in hellen Flammen, und man hörte Paol al Ludus Angstschreie und sein Zähneklappern, als er mit dem Tode rang. So endete das Leben dieses bösen, betrügerischen Menschen, während Yon Rustik vom König eine Pension von zwanzigtausend Francs erhielt. Damit konnte er viele Jahre lang glücklich und sorgenfrei leben und obendrein den Armen noch viele Almosen zukommen lassen.
Hier endete die wundersame Erzählung Victors, und es erhob sich bei dieser Veillée drinnen im wohlig warmen Backhaus lauter Beifall, während draußen der kalte Ostwind die Schneeflocken in alle Winkel und Ecken wirbelte.

Der Pfeifer und die Korrigane

Heftig bläst der Wind vom Meer her, und die Sterne gehen schon auf. Die jungen Mädchen haben sich wieder auf den Heimweg zu ihren Höfen gemacht; am Finger tragen sie die Bleiringe, die ihre Liebsten ihnen auf dem Fest nach der Pardon-Wallfahrt* gekauft haben. Die jungen Leute haben eben die Heide durchquert, wobei sie das Lez Breizh** gesungen haben. Man hört

* Ein *pardon* ist in der Bretagne eine traditionelle Wallfahrt bei lokalen Heiligenfesten und endet meist in einem Volksfest, an dem Jung und Alt in ihren Trachten auch die althergebrachten Tänze aufführen, begleitet von einem *biniou* (Sackpfeife).
** Traditionelles bretonisches Lied zu Ehren des legendären Königs Morvan Lez Breizh, der im 8. Jahrhundert Karl dem Großen Widerstand leistete.

ihre klangvolle Stimme nun nicht mehr, und auch die weißen Trachten der Mädchen sind nicht mehr wahrzunehmen, denn es ist Nacht geworden.
Und trotzdem erscheint jetzt dort, wo das öde Heideland beginnt, Lao mit einer fröhlichen Truppe von Frauen. Lao ist ein berühmter Pfeifer, der aus den Bergen gekommen ist, um den Tanz beim Pardon von Armor, dem Land am Meer, anzuführen. Sein Gesicht ist so rot wie der Mond im März, seine schwarzen Haare flattern im Spiel des Windes, und unter einem Arm trägt er seinen Biniou*, dessen Klänge alle zum Schwingen bringen, selbst die alten Frauen mit ihren Holzschuhen.
Schon ist die Truppe an der Wegkreuzung angekommen, an der sich ein großes Granitkreuz erhebt, das ganz mit Moos bedeckt ist. Die Frauen machen halt und sagen: »Gehen wir lieber den Pfad hinunter, der zum Meer führt!« Aber Lao zeigt mit seiner Hand auf den Glockenturm von Ploujean, der dort über dem Hügel schon zu sehen ist, und ruft: »Warum nehmen wir denn nicht den Weg durch die Heide, wenn wir dahin gelangen wollen?«
»Weil sich mitten in der Heide die Wohnstatt der Korrigane befindet, und um da gefahrlos vorbeizukommen, muss man von jeder Sünde rein sein«, antworteten ihm die Frauen.
Da brach Lao in lautes Gelächter aus: »Beim Himmel! Ich habe schon gut dreißig Mal vom Pfarrer die Absolution bekommen, um Ostern kommunizieren zu dürfen. Ich bin auch schon nachts durch alle Wege gestreift, durch die die Pardons ziehen, und habe doch noch nie eure kleinen schwarzen Männchen gesehen, die beim Mondschein ihr Geld zählen, wie man es sich oft des Abends am Kamin bei den Veillées erzählt. Zeigt mir den Weg, der zu den Häusern der Korrigane führt, und ich werde ihnen ihr Lied von den Wochentagen singen.«

* Früher war der Pfeifer *(sonneur)* in der Bretagne eine geheimnisvolle Person, der aber auch ein liederliches Leben nachgesagt wurde. Das Instrument, mit dem er die Tänze hauptsächlich begleitete, war der *biniou*, eine Sackpfeife, die dem schottischen Dudelsack, der *bagpipe*, ähnelt.

Erschrocken schrien da alle Frauen:
»Man darf Gott nicht versuchen, Lao! Gott hat Dinge geschaffen, die man nicht wissen darf, und andere, die man fürchten muss. Lasst doch die Korrigane um ihre Häuser aus Granit herumtanzen!«
»Tanzen!«, rief da Lao. »Dann haben also die Korrigane auch ihre Pfeifer?«
»Zu ihrer Begleitung haben sie das Pfeifen des Windes in der Heide und den Gesang des Vogels der Nacht.«
»Nun gut«, sprach da der Mann aus den Bergen. »Ich will, dass sie heute Nacht Christenmusik haben. Dafür werde ich durch die Heide gehen und meine schönsten Jabadaos, die Tänze aus unserer Cornouaille*, spielen.«
Sprach's, nimmt er sein Biniou, entlockt ihm lustige Takte und folgt kühn dem Pfad, der sich wie eine weiße Linie quer durch die düstere Heide abzeichnet. Entsetzt machen die Frauen ein Kreuzzeichen und laufen den Hügel hinab zum Meer. Lao geht inzwischen furchtlos geradeaus vor sich hin und spielt dabei unentwegt auf seinem Biniou. Je weiter er geht, umso mutiger wird er, sein Atem wird lauter und sein Instrument klingt immer durchdringender. Er ist schon durch die halbe Heide hindurch, als er vor sich den Menhir erblickt, der sich in der Nacht wie ein Gespenst in die Höhe reckt; und nicht weit davon befindet sich die Wohnstatt der Korrigane.
Da kommt es ihm vor, als höre er ein Gemurmel, das immer lauter wird. Es ähnelt zuerst dem Plätschern einer Quelle, dann dem Rauschen eines Flusses, dann schließlich dem donnernden Brausen des Meeres, und in diesem Donnern sind Tausende von verschiedenen Geräuschen zu vernehmen. Bald hört man ein unterdrücktes Gelächter, bald wütende Pfiffe, bald ein leises Flüstern und dann wieder das Rascheln von Schritten auf dürrem Gras.

* Die Cornouaille ist eine historische Landschaft im Finistère; im Mittelalter war sie ein Königreich und später ein Teil des Herzogtums der Bretagne.

Auf einmal ist Laos Atem schon nicht mehr so stark; unruhig blicken seine Augen mal nach rechts und mal nach links auf die Heide; man könnte meinen, in den Heidekrautbüscheln sei Leben; sie scheinen sich alle zu regen und im Schatten hin und her zu gehen und nehmen schließlich die Gestalt hässlicher Zwerge an, und ihre Stimmen werden immer deutlicher.
Plötzlich geht der Mond auf und Lao stößt einen Schrei auf. Links, rechts, vor und hinter ihm, überall, soweit sein Auge reicht, ist die Heide voller Korrigane, die angelaufen kommen. Verzweifelt weicht Lao bis zum Menhir zurück und lehnt sich an ihn. Aber die Korrigane haben ihn bemerkt, umringen ihn, wobei sie grelle Schreie wie Zikaden ausstoßen: »Das ist ja der schöne Pfeifer aus der Cornouaille, der gekommen ist, um die Korrigane zum Tanzen zu bringen!« Lao macht ein Kreuzzeichen, aber all die Männchen umringen ihn und schreien: »Jetzt gehörst du uns, Lao! Du befindest dich nicht im Zustand der göttlichen Gnade. Jetzt spiel die Pfeife für uns und führe den Tanz der Korrigane an!«
Vergeblich versucht Lao, sich ihnen zu widersetzen, doch er fühlt,

dass sein Biniou wie durch Zauberkraft immer näher an seine Lippen kommt, und dann spielt er und tanzt von allein, ob er will oder nicht. Die Korrigane bewegen sich in ihrem Reigen um ihn herum, und jedes Mal, wenn er aufhören will, wiederholen sie im Chor: »Spiel doch, schöner Pfeifer, spiel und führe den Tanz der Korrigane an!« So ging es immer weiter, die ganze Nacht lang, und je mehr die Sterne am Himmel verblassten, desto schwächer wurden die Töne, die aus dem Biniou erklangen, und die Beine der Tänzer lösten sich immer schwerer vom Boden. Endlich dämmerte der Morgen auf, und auf den Höfen in der Ferne hörte man die Hähne krähen; und schon waren auf einmal alle Korrigane verschwunden. Da ließ sich unser Pfeifer atemlos am Fuß des Menhirs zu Boden fallen; das Biniou löste sich aus seinen verkrampften Lippen, seine Arme fielen ihm auf die Knie und sein Kopf senkte sich auf seine Brust, um sich dann nie wieder davon zu erheben, und in der Luft hörte man Stimmen, die immer wieder und wieder riefen:
»Schlafe doch, schöner Pfeifer, schlafe! Du hast den Tanz der Korrigane angeführt, den Tanz der Christen aber wirst du nie wieder anführen!«

Die zwei Buckligen und die Korrigane

Es waren einmal zwei Bucklige, Nonnic und Gabic hießen sie und waren gute Freunde. Sie waren Schneider ihres Zeichens und jeden Morgen machten sie sich in aller Frühe zu ihrem Tagwerk auf, jeder von ihnen ging dabei in eine andere Gegend zu den Höfen und Gutshäusern auf dem flachen Land, um dort zu nähen oder zu flicken.

Als Nonnic eines Abends allein von seiner Arbeit zurückkam, ging er über das Heidemoor von Penn-an-Roc'hou, das nicht weit vom Marktflecken Plouaret entfernt liegt. Da vernahm er auf einmal grelle Stimmchen, die sangen:

»Dilun, Dimeurz, Dimerc'her«
(Montag, Dienstag, Mittwoch)

»Wer kann denn nur solches Zeug singen?«, fragte er sich und ging ganz sachte näher. Inzwischen stand der Mond voll am Himmel, und er erblickte die Tänzer der Nacht; es waren die Korrigane, die sangen und dazu ihren Reigen tanzten, wobei sie sich im Kreis drehten und sich bei den Händen hielten. Einer von ihnen stimmte als erster das Lied an:

»Dilun, Dimeurz, Dimerc'her«

Dann fielen die anderen ein und wiederholten immer wieder dieselben Worte:

»Dilun, Dimeurz, Dimerc'her«

Das war alles, mehr Worte hatte das Lied nicht. Nonnic hatte schon öfter von den nächtlichen Reigentänzen der Korrigane gehört, hatte sie aber noch nie zu Gesicht bekommen. So versteckte er sich neugierig hinter einem Felsvorsprung, um den Zwergen zuzuschauen. Bald jedoch entdeckten sie ihn, fingen ihn ein und zerrten ihn in die Mitte ihres Kreises, wobei sie sich im Tanz um ihn herum bewegten und in einem fort ihr Liedchen wiederholten. »Tanz und sing auch mit uns!«, riefen sie dabei dem Buckligen zu. Nonnic war kein Angsthase und so fasste er seine Nachbarn bei ihren kleinen Zwergenhänden, gesellte sich zu ihrem Reigen und sang mit ihnen:

»Dilun, Dimeurz, Dimerc'her«

Doch als sie immer nur diese drei Wörter und sonst nichts sangen, fragte er sie:
»Und was kommt danach? Euer Liedchen ist doch recht kurz.«
»Das ist alles«, antworteten ihm die Tänzer der Nacht.
»Und warum macht ihr nicht weiter mit ›Donnerstag und Freitag‹?«
»Das stimmt«, riefen sie, »das ist sehr hübsch«, und sie sangen und sie sprangen und zappelten dabei vor Freude:

»Dilun, Dimeurz, Dimerc'her
Diriaou ha Digwener«
(Montag, Dienstag, Mittwoch
und dann Donnerstag und Freitag)

Und schon ging ihr Reigen wild und ausgelassen weiter, als ob der Teufel selbst sie antriebe. Als Nonnic dieses Treibens müde wurde und nicht mehr weiter mitmachen wollte, hielten die Korrigane Rat.
»Was sollen wir nun Nonnic zum Geschenk machen, weil er doch unser Liedchen länger und dadurch viel hübscher gemacht hat? Wir werden ihm das geben, was er sich wünscht: Gold und Silber, so viel er will, oder ihn von seinem Buckel befreien.«
»Oh ja!«, freute sich Nonnic. »Wenn ihr mir diese Last vom Rücken nehmen würdet, die ich schon Zeit meines Lebens mit mir herumschleppe, dann würde ich euch alles Gold und Silber lassen!«
»Das ist es! Nehmen wir ihm seinen Buckel weg!«
Und so rieben sie ihm seinen Rücken mit einer Zaubersalbe ein, und sogleich war der Buckel wie durch ein Wunder verschwunden. Da kehrte Nonnic nach Hause zurück, befreit und kerzengerade gewachsen war er jetzt und sogar ein hübscher stattlicher Bursche war er geworden.
Als ihn am nächsten Morgen sein Freund und Leidensgenosse Gabic erblickte, erkannte er ihn kaum wieder und war höchst erstaunt, Nonnic ohne Buckel zu sehen. Immer wieder ging er um

ihn herum und fragte ihn, wo denn sein Buckel geblieben sei. Dann erzählte ihm Nonnic alles, wie es sich in dieser Nacht zugetragen hatte.

»Ich werde auch nach Penn-an-Roc'hou zu den nächtlichen Reigentänzen der Zwerge gehen, heute Abend noch mache ich mich auf den Weg«, meinte Gabic sogleich.

Und das tat er auch. Als er auf der Heide angelangt war, waren die Zwerge schon am Tanzen und sangen:

»Dilun, Dimeurz, Dimerc'her
Diriaou ha Digwener«

Dabei drehten sie sich in ihrem Reigen, hopsten und sprangen wie wild im Kreis herum. Als Gabic näher heranschlich, entdeckten sie ihn und riefen:

»Komm und tanz mit uns im Reigen!«

Sogleich gesellte sich der Bucklige in ihre Reihe und sang mit ihnen:

»Dilun, Dimeurz, Dimerc'her
Diriaou ha Digwener«

»Was kommt aber danach?«, fragte Gabic.

»Das ist alles«, meinten die Zwerge, »oder weißt du vielleicht, wie es weitergeht?«

»Aber sicher!«, gab Gabic ihnen zur Antwort, als sie ihn weiter mit ihrer Frage bedrängten, und dann fuhr er fort:

»Ha Disadarn ha Disul«
(Und Samstag und Sonntag)

»Oh, das ist nicht gut! Das reimt sich überhaupt nicht! Er hat uns unser schönes Lied verdorben. Wir müssen ihn dafür bestrafen. Was sollen wir mit ihm machen?« So schrien auf einmal alle Kor-

rigane gleichzeitig und tobten und wimmelten wie in einem Ameisenhaufen wild im Kreis um Gabic herum.
»Geben wir ihm doch Nonnics Buckel noch zu dem Seinen hinzu!«, rief einer von ihnen, und alle stimmten dem begeistert zu.
Und im gleichen Augenblick wuchs Gabics Buckel um das Doppelte an. Ganz gebeugt und krumm unter dieser Bürde kehrte der Arme schließlich beschämt nach Hause zurück und musste sein Lebtag auch noch den Höcker seines Freundes mit sich herumschleppen, als machte ihm sein eigener nicht schon genug zu schaffen.*

Der Vogel Ozegan

Ein Gutsherr und seine Frau gingen einmal auf einen Jahrmarkt, um sich eine Magd zu suchen. Die Frau sagte:
»Da sehe ich ein junges Mädchen, das mir gut gefällt!«
»Welches?«, fragte der Mann.
»Die Große da!«
»Nein, um Himmels willen nicht die, die so lang wie eine Bohnenstange ist! Sie wird uns schlagen, wenn sie in Wut gerät. Da sehe ich eine Kleine, die mir gut gefällt!«
»Die gefällt mir auch«, entgegnete die Frau.
Und so nahmen sie diese in ihre Dienste. Und bei ihrer Rückkehr

* Nur weil das bretonische Wort für Sonntag *(disul)* sich nicht mit den anderen Wochentagen in dieser keltischen Sprache reimt, ist Gabic wohl nicht bestraft worden, sondern weil der Sonntag ein christlicher Tag ist, den die heidnischen Korrigane, Anhänger des alten Druidenglaubens, verachteten. So zumindest meint es François-Marie Luzel, dem das Märchen 1859 erzählt wurde und der es aufzeichnete. Die Wochentage auf Bretonisch:
Dilun, Dimeurz, Dimerc'her / Diriaou, Digwener / Disadarn, Disul

fragten sie sie, aus welcher Familie sie stamme, und sie antwortete ihnen, aus einer armen, aber anständigen Familie.
Die neue Dienstmagd arbeitete gut und führte alles aus, was man ihr auftrug. Eines Tages ging sie zu einem Markt, um dort eine Kuh zu verkaufen. Schon brach die Nacht herein, und der Gutsherr lief ihr eilig entgegen. Er traf auch auf sie und fragte:
»Bist du müde?«
»Nein, so müde auch nicht! Aber mein Korb ist schwer.«
»Was ist denn drin?«
»Was Madame mir zu bringen aufgetragen hat! Ich habe die Kuh für fünfundzwanzig Taler verkauft, aber beinahe hätte ich kein Geld zurückgebracht.«
»Wie das?«
»Nun, auf den großen Märkten gibt es Leute, die einem in der Tasche wühlen. Doch ein Zauberer hat mir auf die Schulter geklopft und gesagt: ›Pass auf, Mädchen, ein Dieb hat seine Hand in deiner Tasche!‹ Da hab ich meine Hand reingesteckt, und der Dieb hat seine schnell herausgezogen. Der Zauberer hat mir auch gesagt, ich solle mein Geld in eine Ecke meines Taschentuches knüpfen, denn ich würde es noch einmal mit einem Dieb zu tun bekommen, bevor ich wegginge. Und als ich mich auf den Heimweg machen wollte, ist der Zauberer wiedergekommen und hat mich geleitet. Er hat mir sogar gesagt, Ihr würdet mir entgegenkommen. Und nun sehe ich wohl, dass es wirklich ein Zauberer war, denn er hat mir die ganze Wahrheit gesagt. Er hat mir meinen Korb an den Arm gegeben, und ich spürte, dass der viel schwerer war als vorher.«
Und so trugen der Gutsherr und die Magd den Korb gemeinsam. Als sie zu Hause ankamen, zogen sie daraus Vorräte und eine Dose aus Blech hervor.
»Was ist in der Blechdose?«, fragte da der Gutsherr.
»Ich weiß es nicht«, entgegnete die Magd. »Aber ich bin sicher, dass der Zauberer sie in den Korb gelegt hat.«
Und auf dem Deckel der Dose konnte man folgende Worte lesen:

»Niemand kann mich öffnen außer dem jungen Mädchen, das den Korb getragen hat.«
Die Herrschaften der Magd versuchten es, aber sie konnten die Dose nicht öffnen. So sagten sie zu ihrer Magd:
»Öffne sie, denn es stimmt, dass nur du das vermagst!«
So tat sie. Als die Dose aber auf war, da kam ein Vogel heraus. So einen hatten die Herrschaften nie gesehen, und sie setzten ihn in einen Käfig.
Fünf Jahre lang gab man dem Vogel Hirse, Hanf und Wasser. Eines Tages aber, als die Herrschaften nicht in der Küche waren und der Käfig offen stand, hüpfte der Vogel auf die Schulter der Magd und flüsterte ihr ins Ohr:
»Nicht mit Hirse und Hanf soll man mich nähren, und Wasser ist es auch nicht, was ich zum Trinken brauche!«
Die Magd erschrak überhaupt nicht, als sie den Vogel sprechen hörte. Sie sagte nur:
»Vögel können also auch sprechen?«
»Ja, ich immer. Gib mir etwas Fleisch und Wein, denn ich habe ein Herz wie deines und das deiner Herrschaften.«
»Aber sag mir doch«, entgegnete die Magd, »wie ist es möglich, dass du sprechen kannst?«
»Morgen werden die Herrschaften auf Reisen sein«, war die Antwort des Vogels, »dann sind wir allein, und ich werde dir alles von Anfang bis zum Ende erzählen.«
Und tatsächlich! Am nächsten Morgen sagten die Herrschaften zur Magd:
»Wir werden für acht Tage auf Reise gehen. Sorge du gut für den Vogel!«
Und als sie weg waren, da sang der Vogel nur noch, und mittags kam er zum Tisch und aß dort. Am Abend ging er dann in seinen Käfig zurück. Am nächsten Tag stand die Magd schon zeitig auf, um die Kühe zu melken. Aber sie sah den Vogel nicht mehr in seinem Käfig. Da suchte sie überall im Haus, und sie fand ihn schließlich. Er blutete an einem Beinchen, denn die Katze hatte

ihn geschnappt. Da pflegte die Magd ihn, aber er war nicht mehr so fröhlich wie früher. Seit acht Tagen nahm er keinen Bissen mehr zu sich. Und am achten Tag sagte die Magd zu ihm:
»Wenn das so weitergeht, werden sie mich vor die Tür setzen!«
Der Vogel aber sprach:
»Weine nicht, man wird dich nicht entlassen. Und außerdem werden wir beide hier weggehen, und in einem Monat werden wir Hochzeit feiern.«
»Ich bin zu alt, um zu heiraten«, entgegnete die Magd, »ich bin schon siebenunddreißig!«
»Dann ist zwischen uns beiden nur ein Tag Unterschied«, sagte der Vogel.
»Aber was werden meine Herrschaften sagen, wenn ich einen Vogel heirate?«, fragte da die Magd.
»Mit einem Vogel wirst du dich nicht verheiraten! Erinnerst du dich nicht mehr an den Tag, als du auf dem Markt warst und ein Zauberer dir eine Dose in den Korb gelegt hatte? Nun, der Zauberer, das bin ich, denn ich bin ein Ozegan. Deine Herrschaften werden nicht glücklich sein, dich zu verlieren, und wenn du möchtest, werden wir bei ihnen bleiben. Wir können aber auch in mein Haus gehen!«
»Aber du hast doch kein Haus!«, sagte die Magd.
Bald darauf kamen die Herrschaften von ihrer Reise zurück und liebkosten den Vogel. Und als sie zu Tisch waren, sagte der Vogel zu ihnen:
»Ich will Eure Magd heiraten.«
»Er ist verrückt!«, entgegnete da die Frau.
»Ich bin nicht verrückt, Madame, und ich werde Euch zeigen, dass ich gar kein Vogel bin.«
Und schon verwandelte er sich in einen Ozegan. Da lachten die Herrschaften und sagten zu ihrer Magd:
»Willst du wirklich ein so kleines Männchen heiraten?«
»Mein ganzes Begehr richtet sich auf ihn«, sagte die Magd.
»Du bist nicht unser Kind, wir können dich also nicht davon abhalten, ihn zu heiraten. Aber du wirst bei uns bleiben!«

»Wie Ihr wünscht«, antwortete da der Ozegan. »Wenn wir hier überdrüssig sind, werden wir in unser Land gehen.«
Und die Hochzeit der beiden fand statt, und es ward ein wirklich großes Fest. Zwei Jahre lang blieben sie noch dort, und dann starben die Herrschaften. Nun besaßen beide, was im und um das Haus herum war.

Die Insel der Ozegane

Es war einmal ein alter Mann, der hatte drei Söhne. Eines Tages machten sich die beiden Ältesten auf den Weg und kamen zu einer fernen Insel. Dort stand an einigen Stellen hohes Gras, an anderen wiederum gar keines. Darüber waren sie sehr verwundert und sagten sich:
»Das ist aber seltsam. Hier ist das Gras hoch, und dort wächst gar keines.«
Auf einmal hörten sie eine Stimme:
»Wo Gras wächst, da sind auch Leute.«
»Wer spricht denn so?«, sagten sie da. »Wir sehen doch niemanden!«
»Ihr seht niemanden, aber wir sind nicht fern«, wurde ihnen entgegnet, »wir werden zu euch kommen.« Und schon kam jemand von unten aus der Erde heraus. Es war ein Ozegan. Sobald er an der Oberfläche war, fragte er die beiden, warum sie hier auf der Insel seien.
»Wir sind hierhergekommen«, sagten diese, »aber niemand hat es uns erlaubt.«
»Wenn ihr schon da seid, könnt ihr auch bei uns bleiben, solange es euch gefällt. Aber wenn ihr weggehen wollt, müsst ihr uns um Erlaubnis fragen.«

»Wir sind glücklich, hier bei euch bleiben zu können«, erwiderten die beiden Burschen.
»Wenn ihr gute Menschen seid«, sagte da der Ozegan, »dann seid ihr willkommen, seid ihr aber böse, dann sehen wir euch nicht gerne hier. Folgt mir jetzt, ich führe euch zu einem Haus, das auf der Insel steht. Dort werdet ihr über hundert so kleine Männchen sehen wie mich. Ihr werdet dort euren Spaß haben, aber jede Nacht müsst ihr zum Hexensabbat, und zwar zu Pferde. Passt auf! Wenn einer von euch vom Pferd fällt, ist er verloren.«
Eines Nachts nun ritten die beiden Brüder zum Sabbat. Die Ozegane kannten den Ritt und achteten nicht auf beide. So kamen sie auch auf eine große Ebene und begannen, ihre Pferde zu peitschen, damit sie sprangen. Da fiel einer der Brüder vom Pferd, das trampelte über ihn, und er war auf der Stelle tot. Da weinte der andere Bruder und sagte:
»Was soll ich nun mit dieser Horde von Ozeganen machen? Mein Bruder ist tot, und auch ich werde sterben.«
Doch fasste er wieder Mut, gab seinem Pferd die Peitsche und ließ es über sechs der Pferde der Ozegane springen. Damit hatte er gewonnen, denn er hatte verstanden, dass die kleinen Männchen auch seinen Tod wünschten. Nachdem er so den Sieg davongetragen hatte, sah er, wie sie alle auf ihn zu kamen und sich vor ihn knieten:
»Junger Mann«, sprachen sie, »wir bitten dich um Verzeihung, du hast dein Leben gerettet, aber auch das unsrige, denn um zwei Uhr morgens wären wir alle im Tal verschlungen worden.«
»Aber was hat es denn mit diesem Tal auf sich?«, wollte der Bursche wissen.
»Dort hat man mehr als hunderttausend Leute getötet, und die wären alle um zwei Uhr aus der Ebene aufgetaucht und hätten uns alle samt den Pferden getötet.«
Da sagte der junge Mann: »Ich werde meinen Vater aufsuchen, wenn er noch lebt, und auch meinen jüngsten Bruder.«
Und die Ozegane antworteten: »Wir werden mit dir kommen. Wenn dein Vater noch lebt, wird er mit uns auf die Insel kommen,

ebenso dein jüngster Bruder. Hier werden sie bis zu ihrem Lebensende glücklich sein, denn alles auf der Insel wird ihnen gehören. Das ist es, was du gewonnen hast.«

Und sie gingen alle zum alten Vater; als der Bursche dort ankam, umarmte er ihn, und der Vater sagte:

»Ich glaubte, du seist schon lange nicht mehr am Leben.«

Und der junge Bursche antwortete:

»Ich lebe noch, und ich bin gekommen, um Euch und meinen Bruder abzuholen und auf die Insel zu bringen. Dort wird es Euch an nichts fehlen, weder an Gold noch an Silber, bis zu Eurem Lebensende.«

MEERWESEN UND ANDERE UNHOLDE

Die Groac'h von der Insel Lok

In alten Zeiten, als die Wunder in der Bretagne so alltäglich waren wie heute Taufen und Begräbnisse, lebten in Lanillis ein junger Bursche namens Houarn Pogamm und ein junges Mädchen, das Bellah Postik hieß. Nach alter Sitte des Landes waren beide von gleicher Sippe, denn ihre Mütter hatten sie als Wickelkinder in der gleichen Wiege aufgezogen, wie man es in der Bretagne mit Kindern macht, die mit Gottes Erlaubnis und nach dem Willen der Eltern einmal Mann und Frau werden sollen. So waren auch diese beiden Kinder groß geworden und waren in Liebe einander zugetan. Aber beider Eltern waren kurz hintereinander gestorben, und da waren die beiden Waisen, die kein Erbe hatten, darauf angewiesen, beim gleichen Herrn in Dienst zu treten. Sie hätten dabei glücklich sein können, aber Verliebte sind wie das Meer, das immer klagt.

»Wenn wir nur so viel hätten, um eine kleine Kuh und ein mageres Schwein kaufen zu können«, sagte Houarn, »dann würde ich bei meinem Herrn ein Stück Land pachten, der Pfarrer würde uns verheiraten, und wir könnten zusammen leben in einem Haus.«

»Ja«, antwortete Bellah und seufzte tief, »aber wir leben in so harten Zeiten! Die Kühe und die Schweine sind beim letzten Markttag noch teurer geworden. Gewiss kümmert sich Gott nicht mehr darum, wie es in der Welt zugeht.«

»Ich fürchte, dass wir noch lange warten müssen!«, fuhr der junge Bursche fort, »denn nie bin ich es, der die Flasche leertrinkt, wenn ich mal mit Freunden im Wirtshaus zusammen bin. Ihr wisst ja, wer die Flasche leert, der wird im nächsten Jahr Hochzeit feiern.«

»Ja, sehr lange werden wir noch warten müssen«, erwiderte das Mädchen, »denn auch mir ist es noch nicht geglückt, den Kuckuck rufen zu hören.«

Solche Klagen tauschten sie jeden Tag von Neuem aus, bis Houarn schließlich die Geduld verlor. Eines Morgens suchte er Bellah auf, die in der Tenne gerade Korn worfelte, und verkündete ihr, er wolle nun in die weite Welt gehen, um sein Glück zu suchen. Als Bellah dies hörte, war sie sehr betrübt, und sie tat alles, was sie konnte, um ihn zurückzuhalten; aber Houarn, der ein entschlossener Bursche war, wollte nicht auf sie hören.

»Die Vögel«, sagte er, »fliegen so lange vor sich hin, bis sie ein Getreidefeld gefunden haben, und die Bienen, bis sie Blüten finden, um ihren Honig zu machen. Ein Mensch kann doch nicht weniger Verstand haben als diese Tiere. Auch ich will nun überall nach dem suchen, was mir fehlt, das heißt, nach dem Geld für eine kleine Kuh und für ein mageres Schwein. Wenn Ihr mich liebt, Bellah, werdet Ihr Euch nicht weiter meinen Plänen widersetzen, denn nur so kann der Tag unserer Hochzeit näherrücken.«

Das junge Mädchen hatte verstanden, dass es nachgeben musste, und obgleich ihr Herz sich schier umdrehte, sagte sie zu Houarn:

»So geht denn, wenn es sein muss, und Gott behüte Euch! Aber zuvor will ich das Beste, was ich vom Erbe meiner Eltern besitze, mit Euch teilen.«

Und sie führte den jungen Burschen zu ihrem Schrank und nahm ein Glöckchen, ein Messer und einen Stab heraus.

»Diese drei Reliquien«, sagte sie da, »sind immer in unserer Familie geblieben. Hier ist zunächst das Glöckchen des heiligen Kolédok. Seinen Klang hört man aus jeder Entfernung, so weit man auch weg sein mag. Es zeigt unseren Freunden an, dass wir in Gefahr sind. Dies Messer hat dem heiligen Corentin gehört, und alles, was man mit ihm berührt, ist gegen die Zaubereien der Hexenmeister und des Teufels gefeit. Und da ist schließlich der Stab, den der heilige Vouga getragen hat. Er bringt Euch, wohin Ihr auch wollt. Ich übergebe Euch das Messer, damit Ihr Euch gegen alle Hexereien schützen könnt, das Glöckchen, auf dass Ihr mir immer anzeigt, wenn Euch Gefahr droht. Den Stab aber behalte ich, um Euch zu Hilfe zu eilen, wenn Ihr mich braucht.«

Houarn dankte seiner Braut, weinte ein wenig mit ihr, wie es so üblich ist, wenn man Abschied nimmt, und machte sich dann auf den Weg in Richtung der Berge.

Aber damals war es wie heute auch noch: In allen Dörfern, wo er vorbeikam, liefen Bettler hinter ihm her, die hielten Houarn für einen großen Herrn, weil seine Hosen noch nicht verschlissen waren. »Bei Gott!«, dachte er da bei sich. »Dies ist ein Land, in dem ich mehr Gelegenheit habe, Geld auszugeben, als mein Glück zu machen. So will ich denn weiterziehen.«

Er zog also weiter, stieg zur Küste hinunter und kam nach Pont-Aven, ein hübsches Städtchen, das an einem mit Pappeln umsäumten Fluss liegt.

Als er dort vor der Tür eines Wirtshauses saß, hörte er zwei Salzhändler, die sich beim Beladen ihrer Maultiere unterhielten und von der Groac'h von der Insel Lok sprachen. Houarn fragte sie, was das denn eigentlich sei, und sie gaben ihm zur Antwort, diesen Namen gebe man einer Fee und Nixe, die in dem See der größten der Glénan-Inseln wohne. Von ihr gehe die Kunde, sie allein sei schon so reich wie alle Könige zusammen. Viele Leute, so sagten die Salzhändler noch, seien schon auf die Insel gefahren, um diese Schätze zu bekommen, aber niemand von ihnen sei je von dort zurückgekehrt.

Kaum hatte Houarn das gehört, da kam ihm der Gedanke, auch auf diese Insel zu fahren, um sein Glück zu versuchen; die beiden Maultiertreiber gaben sich alle Mühe, ihn davon abzuhalten. Sie brachten sogar die ganzen Leute ringsum gegen ihn auf und schrien, Christenmenschen dürften es nicht zulassen, dass einer der ihren so in sein Verderben renne. Mit Gewalt versuchte man, ihn zurückzuhalten. Houarn bedankte sich für das Interesse, das man ihm entgegenbrachte, und erklärte sich bereit, seinen Plan aufzugeben, wenn man nur eine kleine Sammlung veranstalte, deren Erlös es ihm erlaube, eine kleine Kuh und ein mageres Schwein zu kaufen. Als die Maultiertreiber und alle anderen diesen Vorschlag aber hörten, zogen sie sich zurück und wiederholten, er wäre ein Starrkopf, und man könne ihm eben nicht mehr helfen. So begab sich denn Houarn an die Küste zu einem Fährmann, der ihn zur Insel Lok überfuhr.

Dort angekommen, fand er mühelos den See, der in der Mitte der Insel lag und ringsum bewachsen war mit rosa blühendem Seegras. Als er um den See herumging, sah er an einem der äußersten Enden ein meerfarbenes Boot, das im Schatten eines Ginstergebüschs im ruhigen Wasser lag. Dieses Boot hatte die Gestalt eines schlafenden Schwanes, der seinen Kopf unter die Flügel gezogen hatte.

Houarn, der dergleichen nie gesehen hatte, ging neugierig näher und stieg in das Boot, um es besser betrachten zu können. Kaum aber hatte er seinen Fuß darauf gesetzt, als der Schwan auch schon zu erwachen schien; sein Kopf kam unter den Federn hervor, seine breiten Füße streckten sich auf dem Wasser aus, und auf einmal entfernte er sich vom Ufer. Da stieß der Bursche einen Schrei des Entsetzens aus; der Schwan indes schwamm immer schneller auf die Mitte des Sees zu. Schon wollte Houarn sich ins Wasser werfen, um ans Ufer zu schwimmen, als der Vogel plötzlich seinen Schnabel ins Wasser steckte und untertauchte, wobei er den Burschen mit sich nahm. Houarn konnte nicht schreien, ohne das übel riechende Wasser des Sees zu schlucken, und so war er gezwungen, still zu sein, und gelangte in die Wohnung der Groac'h.

Es war ein Palast aus Muscheln, der alles übertraf, was man sich vorstellen konnte. Ins Innere gelangte man über eine Kristalltreppe, und beim Betreten klang jede Stufe wie der Gesang eines Vogels. Ringsum sah man riesige Gärten, in denen wuchsen ganze Wälder von Meerespflanzen und Wiesen von grünen Algen, die alle statt mit Blumen mit Diamanten übersät waren. Im ersten Saal lag auf einem goldenen Bett die Groac'h. Sie war mit einem meergrünen Gewand angetan, das sich fein und geschmeidig wie eine Woge um sie hüllte. Ihre schwarzen Haare waren mit Korallen durchflochten und fielen ihr bis zu den Füßen, und ihr zartes und rosiges Antlitz glich dem Inneren einer Muschel. Vom Glanz eines solch schönen Wesens geblendet, blieb Houarn stehen, doch die Groac'h erhob sich lächelnd von ihrem Lager und schritt auf ihn zu. Ihr Gang war so leicht und geschmeidig wie die weißen Schaumkämme, die über das Meer laufen.

»Seid willkommen«, begrüßte sie Houarn und deutete mit ihrer Hand, er solle eintreten. »Hier ist immer Platz für Freunde und für schöne Jünglinge.«

Und beruhigt trat er nun ein.

»Wer seid Ihr, woher kommt Ihr, und was sucht Ihr hier?«, fragte da die Wassernixe.

»Ich heiße Houarn«, antwortete der Bursche. »Ich komme aus Lanillis und bin auf der Suche nach etwas, womit ich eine kleine Kuh und ein mageres Schwein kaufen kann.«

»Na gut, so kommt, Houarn«, fuhr die Nixe fort, »und seid nicht mehr bekümmert, denn hier werdet Ihr alles haben, was Euer Herz erfreut.«

Dann führte sie ihn in einen zweiten Saal, der ganz mit Perlen geschmückt war. Dort reichte sie ihm acht Sorten Wein in acht silbergetriebenen Bechern. Houarn trank sie leer und fand den Wein so köstlich, dass er nochmals acht Becher davon genoss. Und bei jedem Schluck fand er die Groac'h schöner als zuvor. Und sie ermunterte ihn noch und sagte, er brauche sich keine Sorgen zu machen, dass er sie ruiniere, denn der See auf der Insel Lok stehe mit dem Meer in Verbindung, und von dort kämen kraft einer Zauberströmung alle Schätze hergeschwommen, die das Meer mit den Schiffbrüchen in sich verschlinge.

»Bei meinem Seelenheil!«, sagte da Houarn, den der Wein lustig gestimmt hatte. »Nun verwundert es mich nicht mehr, wenn die Leute von der Küste schlecht von Euch sprechen. So reiche Leute wie Ihr werden immer beneidet. Was mich betrifft, ich wäre schon mit der Hälfte Eures Reichtums zufrieden.«

»Den könnt Ihr haben, wenn Ihr wollt, Houarn!«, sagte da die Fee.
»Wie das denn?«, fragte Houarn.
»Ich bin Witwe; mein Mann war der Korandon«, fuhr sie fort, »und wenn ich Euch gefalle, werde ich Eure Frau.«
Houarn war ergriffen von dem, was er da hörte. Er sollte die Groac'h heiraten, die ihm so schön schien, deren Palast so groß und kostbar war und die acht Sorten Wein hatte, von welchem man trinken konnte, soviel man wollte! ... Er hatte zwar schon Bellah versprochen, sie zu heiraten, aber Männer vergessen leicht solche Art von Versprechen: In dieser Beziehung sind sie wie die Frauen.
So gab er denn der Fee höflich zur Antwort, eine Frau wie sie könne man nicht abweisen und dass es für ihn eine große Freude und Ehre sei, ihr Gemahl zu werden.
Da sagte die Groac'h, dass sie unverzüglich das Willkommensmahl zubereiten wolle. Und sie tischte ihm die allerbesten Speisen auf, die er kannte, und dazu noch viele andere Sachen, die dem Jüngling unbekannt waren. Dann schritt sie zu einem kleinen Fischteich, der hinten im Garten lag, und begann zu rufen:
»He! Prokurator! He! Müller! He! Schneider! He! Kantor!«
Und bei jedem Ruf sah man einen Fisch herbeischwimmen, den sie in einem Stahlnetz fing. Als das Netz voll war, ging sie in ein Nebenzimmer und warf alle Fische in eine goldene Pfanne. Aber nun kam es Houarn vor, als hörte er inmitten des Gebrutzels leise Stimmen flüstern.
»Wer flüstert denn da unter der goldenen Pfanne, Groac'h?«, wollte er wissen.
»Das Holz knistert so«, antwortete sie und schürte das Feuer.
Doch alsbald begannen die leisen Stimmen von Neuem zu murmeln.
»Wer murmelt denn da so, Groac'h?«, fragte der Jüngling.
»Es ist das Bratenfett, das schmilzt«, erwiderte sie und drehte die Fische in der Pfanne um. Doch bald schrien die kleinen Stimmen lauter.
»Wer schreit denn da so, Groac'h?«, fragte Houarn wieder.

»Es ist das Heimchen am Herd«, entgegnete da die Fee und begann so laut zu singen, dass Houarn nichts mehr hörte.
Aber all diese Vorfälle hatten dem Jüngling zu denken gegeben, und im gleichen Maße, wie er Angst bekam, meldeten sich bei ihm auch die Gewissensbisse.
»Jesus, Maria!«, sagte er bei sich. »Ist es möglich, dass ich so schnell meine liebe Bellah vergessen habe um einer Groac'h willen, die wahrscheinlich die Tochter des Teufels ist? Mit einer solchen Frau werde ich mich nicht einmal trauen, meine Abendgebete zu sprechen, und ich bin sicher, dass ich wie ein Schweinebeschauer in die Hölle komme.«
Während er noch so zu sich sprach, hatte die Fee die gebratenen Fische aufgetischt und drängte ihn, doch zu essen. Dabei sagte sie, sie werde für ihn noch zwölf neue Sorten Wein holen.
Houarn zog seufzend das Messer, das ihm Bellah mitgegeben hatte, und wollte mit dem Essen beginnen. Kaum aber hatte dessen Klinge, die alle Zaubereien zunichtemacht, den goldenen Teller berührt, als alle Fische sich aufrichteten und wieder kleine Menschen wurden. Jeder trug die Tracht seines Standes. Da sah man einen Prokurator mit doppelten Streifen über dem Talar, einen Schneider mit violetten Strümpfen, einen Müller in mehlbestaubter Montur und einen Kantor im Chorhemd, und alle schrien zugleich, während sie noch im Bratensaft schwammen:
»Houarn! Rette uns, wenn du selbst gerettet werden willst!«
»Heilige Jungfrau! Wer sind denn diese Männchen, die da in der geschmolzenen Butter singen?«, rief da der Jüngling bestürzt.
»Wir sind Christenmenschen wie du«, antworteten diese. »Auch wir sind auf die Insel Lok gekommen, um unser Glück zu suchen; auch wir haben zugestimmt, die Groac'h zu heiraten. Aber am Tag nach der Hochzeit hat sie mit uns gemacht, was sie mit all unseren Vorgängern getan hat, die da im großen Fischteich schwimmen.«
»Was!«, rief Houarn. »Eine Frau, die noch so jung ausschaut, ist schon die Witwe all dieser Fische?«

»Und du wirst bald im gleichen Zustand sein, auch gebraten und von den Neuankömmlingen verspeist werden.«
Houarn machte einen Satz zurück und eilte zur Tür, nur von dem Gedanken getragen, der Groac'h zu entfliehen, bevor sie wiederkam. Aber die trat eben in den Raum und hatte alles mit angehört. Geschwind warf sie ihr Stahlnetz über Houarn, und sogleich verwandelte sich dieser in einen Frosch; dann trug sie ihn in den Fischteich, in dem schon ihre anderen Ehemänner schwammen.
Im selben Augenblick aber läutete das Glöckchen, das Houarn an seinem Hals trug; und Bellah hörte es in Lanillis, wo sie gerade damit beschäftigt war, die Milch vom Vortag abzurahmen.
Das war für sie wie ein Stich ins Herz, und sie stieß einen Schrei aus:
»Houarn ist in Gefahr!«
Und ohne abzuwarten, ohne jemanden um Rat zu fragen, lief sie schnell ihre Kleider und Schuhe anziehen, die sie sonst fürs Hochamt trug, legte ihr silbernes Kreuz an und verließ den Bauernhof mit ihrem Zauberstab. Als sie an den Kreuzweg kam, pflanzte sie den Stab in die Erde und murmelte dabei:

»Gedenke des heiligen Vouga,
du Stab aus Apfelbaum, und führe
mich über Land, durch die Lüfte, über Wasser,
wohin ich immer gehen muss!«

Und sogleich verwandelte sich der Stab in ein rotes Pferdchen des heiligen Théogenec; es war gestriegelt, gesattelt, aufgezäumt und hatte an jedem Ohr ein Band, auf der Stirn trug es ein blaues Federchen.
Ohne zu zögern stieg Bellah auf. Das Pferdchen ging zuerst im Schritt, dann im Trab, und schließlich galoppierte es so geschwind dahin, dass die Gräben, Bäume, Häuser und Kirchtürme an den Augen des Mädchens vorbeisausten wie die Arme einer Garnhaspel. Aber Bellah klagte nicht, denn sie wusste, dass jeder Sprung

sie ihrem lieben Houarn näher brachte. Im Gegenteil, sie spornte das Pferdchen noch an, indem sie immer wieder rief:
»Das Pferd ist nicht so schnell wie die Schwalbe, die Schwalbe ist nicht so schnell wie der Wind, der Wind ist nicht so schnell wie der Blitz. Du aber, mein Pferdchen, wenn du mich gern hast, musst schneller als alle eilen. Denn ein Teil meines Herzens leidet, die bessere Hälfte meines Herzens ist in Gefahr.«
Das Pferdchen verstand sie und lief so schnell wie ein Strohhalm, den ein Wirbelwind mit sich reißt. Und schon bald kam es zum Fuß des Arhès-Felsens, den man den »Hirschsprung« nennt. Dort aber hielt es inne, denn noch nie hatte ein Pferd oder eine Stute diesen Felsen erklommen. Bellah verstand, warum das Pferdchen unbeweglich stehenblieb, und begann von Neuem:

»Gedenke des heiligen Vouga,
du Pferdchen aus Léon, und führe
mich über Land, durch die Lüfte, über Wasser,
wohin ich immer gehen muss!«

Kaum hatte sie diese Worte ausgesprochen, da wuchsen Flügel aus den Flanken ihres Pferdes. Es wurde ein großer Vogel und trug sie auf den Gipfel des Felsens. Auf diesem Gipfel befand sich ein Nest, das war aus Töpfererde gemacht und mit trockenem Moos ausgelegt. Darauf hockte ein kleiner Korandon, ein Zwerg, der ganz schwarz und runzlig war. Sobald er Bellah erblickte, begann er zu schreien:
»Da ist ja das hübsche Mädchen, das gekommen ist, um mich zu erretten!«
»Dich erretten?«, frug Bellah. »Wer bist du denn, kleiner Mann?«
»Ich bin Jeannik, der Gatte der Groac'h von der Insel Lok. Sie hat mich hierhin geschickt.«
»Aber was machst du denn in diesem Nest?«
»Ich brüte sechs steinerne Eier aus, und erst dann werde ich meine Freiheit wiedererlangen, wenn aus ihnen etwas geschlüpft ist.«
Da konnte Bellah nicht anders, als herzlich zu lachen.

»Liebes, armes Hähnchen«, sagte sie, »und wie könnte ich dich befreien?«
»Indem du Houarn befreist, der in der Gewalt der Groac'h ist.«
»Ah! Sag mir, was muss ich dafür tun?«, rief Bellah. »Und wenn ich auf den Knien um vier Bistümer rutschen müsste, ich würde sofort damit beginnen.«
»Nun gut, zwei Dinge braucht es«, sagte der Zwerg, »zuerst musst du dich der Groac'h als ein schöner Jüngling vorstellen, und dann musst du ihr das Stahlnetz abnehmen, das sie an ihrem Gürtel trägt, und sie darin einsperren bis zum Jüngsten Tag!«
»Und wo soll ich die Jünglingskleidung finden, die mir passt, Korandon, mein lieber Zwerg?«
»Das wirst du gleich erfahren, hübsches Mädchen.«
Bei diesen Worten riss sich der Zwerg vier seiner roten Haare aus, blies sie in den Wind, wobei er ganz leise etwas vor sich hin brummte. Und schon wurden aus den vier Haaren vier Schneider: Der erste hielt einen Kohl in der Hand, der zweite eine Schere, der dritte eine Nadel und der vierte ein Bügeleisen. Alle vier setzten sich dann um das Nest, kreuzten die Beine und machten sich an die Arbeit. Aus dem ersten Kohlblatt wurde ein schönes Gewand, das an allen Nähten gesteppt war. Ein weiteres Kohlblatt wurde zur Weste; aber sie brauchten noch zwei für die weiten Hosen, die in Léon Mode waren. Schließlich formten sie aus dem Herz des Kohls einen Hut, und aus dem Strunk fertigten sie Schuhe.
Als Bellah diese Tracht angelegt hatte, da hätte man sie wirklich für einen Edelmann halten können, der in grünen Samt und weiße Seide gekleidet war.
Sie dankte dem Korandon, der ihr noch einige Hinweise gab, wie sie sich zu verhalten habe. Dann trug ihr großer Vogel sie in einem Flug übers Meer zur Insel Lok. Dort befahl sie ihm, wieder ein Stab aus Apfelbaumholz zu werden. Dann stieg sie in das Schwanenboot, das sie zum Palast der Groac'h führte.
Kaum aber hatte die Fee den schmucken Jüngling aus Léon erblickt, da schien sie schon wie verzückt.

»Bei Satan, meinem Vetter«, sagte sie sich, »das ist ja der schönste Knabe, der mich je aufgesucht hat, und ich glaube, ich werde ihn bis zu dreimal am Tag lieben.«

Sie begann also, sehr herzlich mit Bellah umzugehen, nannte sie Liebling oder Herzchen und trug ihr zu essen auf. Da entdeckte auf einmal das junge Mädchen auf der Tafel das Messer des heiligen Corentin, das Houarn dort hatte liegen lassen. Sie hob es auf, um sich seiner bei Gelegenheit zu bedienen. Dann folgte sie der Groac'h in den Garten. Die zeigte ihr Wiesen, die mit Diamanten übersät waren, Springbrunnen, die nach Lavendel dufteten, und vor allem den Fischteich, in dem Fische von tausenderlei Farben herumschwammen. Darüber schien Bellah so entzückt, dass sie sich am Rand des Teichs niederließ, um die Fischlein besser sehen zu können. Diese Entzückung aber nutzte die Groac'h aus, um Bellah zu fragen, ob es ihr nicht gefallen würde, für immer in ihrer Gesellschaft zu bleiben. Und Bellah gab zur Antwort, sie wünsche sich nichts Schöneres.

»Du würdest also einwilligen, mich auf der Stelle zu heiraten?«, fragte da die Fee.

»Ja!«, erwiderte Bellah. »Unter der Bedingung, dass ich einen dieser schönen Fische mit dem Stahlnetz fangen kann, das Ihr an dem Gürtel tragt.«

Die Groac'h hegte keinen Verdacht und hielt das Ganze für die Laune eines Jünglings. So gab sie denn das Netz her und sagte lächelnd:

»Nun los, schöner Fischer, lasst uns sehen, was du fangen kannst!«

»Ich werde den Teufel fangen«, rief da Bellah und warf der Groac'h das offene Netz über den Kopf. »Im Namen des Erlösers der Menschen, verfluchte Hexe, dein Körper soll werden, was dein Herz schon ist.«

Da konnte die Groac'h nur noch einen Schrei ausstoßen, der in einem Murmeln erstarb; denn der Wunsch des jungen Mädchens ging in Erfüllung, und die schöne Wassernixe war nur noch die hässliche Königin der Pilze, wie die Bretonen die Kröten nennen. Schnell zog Bellah das Netz zusammen und warf es in einen Brun-

nen. Darauf legte sie einen Stein, der mit dem Kreuzeszeichen versehen war, auf dass sich dieser erst am Jüngsten Tag mit den Grabsteinen erheben könne. Dann eilte sie rasch zum Fischteich zurück. Alle Fische aber waren unterdessen schon aus dem Wasser gestiegen und kamen ihr entgegen wie eine bunte Prozession von Mönchen und riefen mit ihren kleinen rauen Stimmen:
»Hier ist unser Herr und Meister, der uns aus dem Stahlnetz und der goldenen Pfanne befreit hat.«
»Und der wird es auch sein, der euch eure Gestalt als Christenmenschen wiedergibt«, sagte Bellah und zog das Messer des heiligen Corentin. Aber als sie den ersten Fisch berühren wollte, bemerkte sie ganz nahe bei sich einen grünen Frosch, der am Hals das Zauberglöckchen trug. Schluchzend lag er auf den Knien und hielt seine Vorderfüßchen auf sein kleines Herz. Bellah fühlte einen Stich in ihrem Herzen und rief:
»Bist du es, bist du es, mein kleiner Houarn, der König meines Herzens und meines Kummers?«
»Ich bin es«, antwortete der junge Bursche in der Froschgestalt.
Da berührte ihn Bellah sogleich mit der Klinge, die sie in der Hand hielt, und Houarn nahm seine menschliche Gestalt wieder an. Und beide umarmten sich, und mit einem Auge weinten sie um der Vergangenheit, mit dem anderen lachten sie um der Gegenwart willen.
Dann tat Bellah dasselbe für alle Fische, die daraufhin wieder das wurden, was sie früher gewesen waren. Als sie gerade fertig war, kam der kleine Korandon vom Hirschfelsen in seinem Nest angefahren wie in einer großen Kutsche. Sechs große Maikäfer oder, wie die Bretonen sagen, Eichenmücken, die aus den sechs Steineiern geschlüpft waren, zogen ihn.
»Da bin ich, hübsches Mädchen!«, rief er Bellah zu. »Der Zauber, der mich fern auf dem Fels zurückhielt, ist gebrochen. Ich komme, um Euch zu danken, denn Ihr habt aus einem Hahn wieder einen Menschen gemacht.«
Und er führte dann die beiden Liebenden zu den Schatztruhen

der Groac'h, die bis oben mit Edelsteinen gefüllt waren, und sagte ihnen, sie sollten sich nehmen, soviel sie wollten.
Beide füllten damit die Taschen, ihre Gürtel, ihre Hüte und sogar ihre weiten Hosen aus Léon. Als sie schließlich so viel genommen hatten, wie sie tragen konnten, befahl Bellah ihrem Stab, wieder ein geflügelter Wagen zu werden, der groß genug war, um sie mit allen, die sie befreit hatte, nach Lanillis zu tragen.
Dort wurde ihr Aufgebot bestellt, und Houarn heiratete Bellah, wie er es schon so lange gewünscht hatte. Doch statt eine kleine Kuh und ein mageres Schwein zu kaufen, kaufte er alle Ländereien der Pfarrei und setzte dort als Bauern die Leute ein, die er von der Insel Lok mitgebracht hatte.

Die Fee aus der Grotte von Corbière

Zur Zeit, als noch nicht einmal die Großväter der ältesten Leute der Pfarrei in den Windeln lagen, lebte eine Frau namens Agnès Depais mit ihrem Mann in einem einsamen Haus an der Straße bei der Klippe von Corbière. Dieses Haus lag am dichtesten von allen an der Feengrotte.
Oft hörte Agnès in der Stille der Nacht das Surren eines Spinnrads, und dieser dumpfe Ton schien unter dem Stein ihres Kamins herauszukommen. Ein anderes Mal krähte ein Hahn tief unter der Erde, oder es weinte ein Kind, oder es schien Agnès, als ob sie den Stößel eines Butterfasses die Milch schlagen hörte. Doch hatten weder sie noch ihr Mann Angst vor diesen unterirdischen Geräuschen, denn sie meinten, dass die Feen aus der Grotte von Corbière all dies verursachten, und die galten nicht als böse, und niemand hatte je Grund, ihnen einen Vorwurf zu machen.

Eines Nachts kam ein Fischer, der holte ihren Mann zum Fang in den sandigen Strandgewässern ab. Während ihr Mann sich ankleidete, sagte Agnès, die schon im Bett lag, zum Fischer:
»Weißt du, wie viel Uhr es ist?«
»Nein«, antwortete dieser, »genau weiß ich das nicht.«
Kaum aber hatte er diese Worte ausgesprochen, als sich eine Stimme unter ihnen erhob und schrie:
»Zwei Stunden nach Mitternacht.«
Weit davon entfernt, sich zu erschrecken, begannen Agnès und ihr Mann zu lachen, denn sie waren es gewohnt, unter dem Stein des Kamins Geräusche zu vernehmen. Sie glaubten, es seien die Feen, die geantwortet hätten, und so riefen sie laut: »Danke!«
Einige Zeit später wurde das Kind von Agnès so krank, dass es aussah, als müsse es sterben. Und tief betrübt war die Mutter, da sie nicht wusste, wie sie ihm helfen sollte.
»O Gott«, rief sie unter Tränen, »mein armer kleiner Junge wird sterben.«
Da hörte sie plötzlich ein dumpfes Geräusch, das aus dem Kamin kam. Es klang so, wie wenn jemand von unten gegen die Steine des Kamins pochte; und gleichzeitig sagte eine Stimme:
»Dein Kind hat den Krupphusten; steh auf und komm hierhin. Ich gebe dir etwas, womit du es heilen kannst.«
Diesmal aber bekam Agnès Angst, und sie schmiegte sich schnell unter ihre Decke. Doch da dachte sie an ihr Kind, das krank daniederlag, und fasste sich ein Herz. Sie sprang aus ihrem Bett und zündete eine Kerze an. Da sah sie, wie sich ein Stein des Kamins bewegte und sich langsam heraushob. Sie ging hin und half, den Stein herauszuholen. Es streckte sich eine Hand durch das klaffende Loch und gab Agnès eine kleine Flasche.
»Reibe deinem Kind den Hals und die Brust mit dieser Flüssigkeit ein«, sagte eine Stimme, die tief unten aus der Erde kam, »und bewahre diese Flasche sorgfältig auf!«
Der Kaminstein fiel wieder zurück, und es sah aus, als hätte er sich nie von der Stelle bewegt. Agnès aber rieb schnell ihren kleinen

Jungen ein, und sogleich hörte dieser auf zu jammern. Es dauerte auch nicht lange, da war er wieder ganz gesund. Darüber war sie so glücklich, dass sie unbedingt alles ihren Nachbarinnen erzählen musste. Die Neuigkeit ging schnell von Ohr zu Ohr, und bald wusste die ganze Gegend davon. Und Agnès, die gegenüber allen zuvorkommend war, borgte die Flasche denen, die kranke Kinder hatten, und die waren alle bald wieder auf den Beinen.

Lange Zeit danach befielen starke Leibschmerzen den Mann von Agnès; er wand sich hin und her, so heftig war der Schmerz. Da lief Agnès schnell zu ihrer Nachbarin, um die Flasche zu holen. Es war noch etwas Flüssigkeit darin. Die Nachbarin aber ließ die Flasche fallen, und die zersprang in tausend Splitter. Tief betrübt ging Agnès heim, denn ihrem Mann ging es immer schlechter; es sah aus, als müsse er bald sterben. Sie setzte sich zum Kamin, und unter Tränen sprach sie:

»O wohltätige Hand, die mir die Flasche gab, die meinen kleinen Jungen und so viele andere Leute gesund gemacht hat, wollt Ihr meinen Mann sterben lassen?«

Aber sie bekam keine Antwort. Da nahm sie ein Werkzeug und hob damit den Stein aus dem Kamin. Mit Leibeskräften schrie sie in das offene Loch und bat um Hilfe. Und wirklich, letzten Endes streckte die Fee wieder ihre Hand heraus und gab ihr eine Flasche mit den Worten:

»Gib gut acht, Agnès; dies hier ist die letzte Flasche, die ich dir geben kann; verleihe sie nur niemandem, und erzähle keiner Menschenseele davon.«

Sobald Agnès ihren Mann mit der Flüssigkeit eingerieben hatte, wurde er gesund. Dieses Mal hob Agnès die Flasche sorgfältig in ihrem Schrank auf.

Einige Zeit später hörte Agnès nachts einen Gesang, der tief aus der Erde drang; er war so süß und bezaubernd, dass sie schon vom Zuhören in Verzückung geriet, drei oder vier Stimmen hörte sie da im Einklang singen. So lief Agnès schnell zur Nachbarin, damit auch diese das hören könne. In der kommenden Nacht spielte eine

Geige mehrere Weisen. All diese Wunderdinge gaben Agnès zu denken, und sie sagte sich:

»Eines Tages werden sie alle hierhin emporsteigen und durch das Kaminloch in mein Haus kommen.«

Bald jedoch beruhigte sie sich wieder, als sie daran dachte, dass die Grottenbewohner ihr bislang nur Gutes getan hatten. Und sie dachte an ihre Kuh und ihre zwei Widder, die man ihr auf der Weide gestohlen hatte.

»Bei der erstbesten Gelegenheit«, sagte sie da zu sich, »muss ich die Feen fragen, wer sie mir gestohlen hat. Das werden sie mir sicher sagen.«

Während einer anderen Nacht hörte sie eine Stimme sagen:

»Gevatterin, hast du Feuer?«

»Ja«, antwortete Agnès, »zu Euren Diensten.«

Und schon hob sich der Kaminstein heraus; Agnès nahm ein halbverbranntes Stück Holz und hielt es ans Kaminloch, und an seinem Flammenschein sah sie eine schöne Frauenhand, die das Holzscheit ergriff. An jedem ihrer Finger glitzerten Ringe.

»O Madame«, sagte da Agnès, »könntet Ihr mir vielleicht sagen, wo ich meine Kuh und meine Widder wiederfinden kann? Dafür wäre ich Euch sehr dankbar, habe ich doch nichts, was ich meinen armen Kindern geben kann.«

»Hier ist eine kleine Dose«, antwortete die Fee, »sie enthält eine Salbe, die aus Kuh- und Widderhörnern gemacht ist. Schmiere damit die Stricke ein, an die deine Tiere angebunden waren, und du wirst wieder eine Kuh und Widder bekommen.«

Und schon fiel der Stein wieder zurück, und am folgenden Tag früh im Morgengrauen schmierte Agnès den Strick der gestohlenen Kuh ein, und sogleich erblickte sie eine prächtige Kuh. Sie schmierte auch den Strick ein, mit dem sie früher ihre zwei Widder zur Weide geführt hatte, und schon bekam sie zwei neue Widder, die waren viel schöner als die, die sie verloren hatte.

Agnès war überglücklich, doch bedauerte sie es, dass sie die Fee

nicht um Brot gebeten hatte. Dauernd musste sie daran denken und sagte sich:
»Wie kann ich es nur anstellen, die Fee zu bitten, mir Brot für mich und meine Familie zu geben, Feenbrot, das nie abnimmt?«
Eines Nachts, als keine Brotkrume mehr im Haus war, bekam das Kind von Agnès Hunger und bettelte weinend um ein Stückchen Brot. Da hörte sie plötzlich ein Geräusch unter der Erde, und gleich gab sie ihrem kleinen Jungen einen Hammer in die Hand und sagte zu ihm:
»Schlag jetzt fest auf den Kaminstein, und bitte die gute Frau, die uns schon so viel Gutes getan hat, um Brot!«
Dabei sprach sie sehr laut, denn sie glaubte, die Fee würde ihre Stimme schon hören. Der kleine Junge nahm denn den Hammer und klopfte aus Leibeskräften auf den Stein, wobei er mit schmeichelnder Stimme sprach:
»Gute Frau, gebt mir Brot, ich habe solchen Hunger.«
Da hörten sie ein Klopfen: bum, bum! unter dem Stein, der sich hob, und eine Hand legte ein Kuchenbrot auf den Kamin, und zugleich hörte man eine Stimme:
»Hier, mein Kleiner, hier hast du was zu essen für dein ganzes Leben, wenn du mein Geschenk aufbewahrst und niemandem als deinen Eltern davon abgibst.«
Das Kuchenbrot nahm nie ab und blieb immer frisch und ganz, auch wenn man davon abschnitt. So ging es mehr als zehn Jahre.
Aber eines Abends, als der Mann von Agnès von einer Zecherei kam, brachte er einen seiner Freunde mit. Er nahm das Feenbrot aus dem Schrank und schnitt für seinen Freund ein Stück ab, und sogleich entschwand das Feenbrot. Und obgleich Agnès und ihre Kinder gar oft die Feen aus der Grotte anflehten, ihnen ein anderes Brot zu geben, blieben diese den Bitten seither stumm.

Die Morgane von der Île d'Ouessant

Die Morgane (von Bretonisch mor *= Meer und* ganed *= geboren) sind ein Wasservolk von ausnehmender Schönheit, das vor allem in der See um die Île d'Ouessant beheimatet ist. Diese sturmumtoste Insel liegt etwa 20 Kilometer vor der Küste der Bretagne und ist die westlichste Siedlung Frankreichs. Das Feenvolk der Morgane hat einen König, der in einem Palast auf dem Grund des Meeres lebt. Die Morgane* (Morganed) *und ihre Frauen,* Morganez *genannt, sind von Natur aus friedliche Wasserwesen, können aber auch wie Dahut, die Tochter des Königs Grallon, in verführerische Sirenen verwandelte Menschen sein, die dazu verdammt sind, die Seeleute zu behexen und auf den Meeresgrund hinabzuziehen.*

Einst, vor langer, langer Zeit, vielleicht schon zu Zeiten, als Saint-Pol von Irland auf unsere Insel gekommen ist, lebte auf Ouessant ein hübsches junges Mädchen von siebzehn Jahren, das Mona Kerbili hieß. So hübsch war sie, dass alle, die sie erblickten, bass verwundert waren und zu ihrer Mutter sagten: »Da habt Ihr aber eine schöne Tochter, Jeanne! Sie ist hübsch wie eine Morganez, so etwas Schönes hat man auf unserer Insel noch nicht gesehen. Man könnte meinen, ihr Vater sei ein Morgan.«
»Sagt nur so etwas nicht«, entgegnete ihnen dann die gute Frau immer, »denn Gott weiß, dass mein Gatte Fanch Karbili ihr Vater ist, so gut wie ich ihre Mutter bin.«
Der Vater von Mona war Fischer und verbrachte fast seine ganze Zeit auf dem Meer; ihre Mutter bebaute ein kleines Stückchen Land gegenüber ihrem Wohnhaus oder saß am Spinnrad, wenn das Wetter schlecht war. Mona lief gern mit den anderen jungen Mädchen zum Strand hinunter, um dort Muscheln aller Art zu suchen, denn davon ernährte sich hauptsächlich ihre Familie. Man kann schon annehmen, dass die Morgane, von denen es damals sehr viele auf der Insel gab, auf sie aufmerksam gewor-

den sind und dass auch sie von Monas Schönheit hingerissen waren.
Eines Tages nun, als sie wie üblich mit ihren Freundinnen zum Strand hinunterging, kam das Gespräch auf ihre Verehrer; jedes der Mädchen lobte überschwänglich die Geschicklichkeit ihres Liebsten, Fische zu fangen und das Boot zwischen den zahlreichen Klippen um der Insel hindurchzusteuern.
»Du tust nicht gut daran, Mona, dass du Ervoan Kerdudal so zurückweist«, sagte da Marc'harit ar Fur zu der Tochter von Fanch Kerbili, »er ist ein hübscher Kerl; er trinkt nicht, streitet sich nie mit seinen Kameraden und keiner weiß besser sein Boot durch die gefährlichen Stellen der Vieille Jument* und der Landspitze von Stiff zu lenken.«
»Ich werde nie einen einfachen Fischer zum Mann nehmen«, erwiderte Mona abfällig, denn sie war eitel und hochmütig geworden, weil sie ständig hörte, wie schön sie doch sei. »Ich bin ebenso schön wie eine Morganez und werde nur einen Prinzen oder zumindest den Sohn eines großen und mächtigen Gutsherrn oder sogar einen Morgan heiraten.«
Das muss wohl ein alter Morgan gehört haben, der sich in der Nähe hinter einem Felsen oder im Tang versteckt hatte. Sogleich stürzte er sich auf Mona und trug sie hinunter auf den Grund der See. Bestürzt liefen die anderen Mädchen zurück, um Monas Mutter zu erzählen, was sich zugetragen hatte. Jeanne Kerbili saß gerade vor der Haustür und spann Wolle. Als sie hörte, was die Mädchen ihr erzählten, warf sie ihren Spinnrocken und die Spindel beiseite und lief zum Meeresufer hinab. Laut rief sie dort nach ihrer Tochter und ging sogar so weit wie möglich ins Wasser zu der Stelle, an der Mona in der Tiefe verschwunden war. Aber vergeblich: Keine Stimme antwortete ihren Tränen und verzweifelten Schreien.
Das Gerücht über Monas Verschwinden machte schnell auf der

* *La vieille jument* (frz.: die alte Stute) ist ein auch heute noch berühmter Leuchtturm an der Südwestspitze der Île d'Ouessant. Er war auch Schauplatz des Films *Die Frau des Leuchtturmwärters* von Philippe Lioret (Frankreich 2004)

ganzen Insel die Runde, und niemand schien so recht überrascht. »Mona war die Tochter eines Morgan, und nur ihr Vater kann der Entführer sein«, so hieß es überall auf Ouessant.
Wer sie entführt hatte, war der König der Morgane in diesem Seegebiet; er hatte das Mädchen in seinen Palast getragen, und der war ein wahres Wunderwerk, und kein Königsschloss auf dieser Erde, und sei es noch so schön, kam diesem an Pracht und Glanz gleich.
Nun hatte der alte Morgan einen Sohn, der schönste seiner Art unter allen, und dieser verliebte sich in Mona und bat seinen Vater, sie heiraten zu dürfen. Der König hegte indes hinsichtlich des Mädchens dieselben Absichten und gab ihm zur Antwort, er würde ihm nie die Einwilligung geben, eine Frau aus der Welt der Menschen zu heiraten. In seinem Reich gäbe es genug schöne Morganez, die sich glücklich schätzen würden, ihn zum Mann zu bekommen, so meinte er. Und wenn er eine von diesen auserwählt habe, werde er ihm seine väterliche Zustimmung schon nicht verweigern. Als der Sohn das hörte, stürzte er in tiefste Verzweiflung und erwiderte seinem Vater, er werde nie mehr in seinem Leben heiraten, wenn er nicht die Frau zu seiner Gemahlin nehmen dürfe, die er liebe, nämlich Mona, das Mädchen aus der Welt der Menschen.
Obwohl der alte Morgan sah, dass sein Sohn vor lauter Gram und Verzweiflung schier zugrunde ging, zwang er ihn, eine Morganez zu heiraten, die Tochter eines seiner Großen bei Hofe, ein Mädchen, das für seine Schönheit im ganzen Land unter Wasser berühmt war. Der Tag für die Hochzeit wurde festgelegt und viele Leute erhielten eine Einladung dazu. Die Brautleute machten sich auf den Weg zur Kirche, und zahlreich war der prächtige Festzug, der ihnen folgte. Es sieht nämlich ganz so aus, dass diese Meereswesen unter Wasser auch ihre Religion und ihre Kirchen haben, genauso wie wir auf der Erde, obwohl sie keine Christen sind. Sie haben sogar Bischöfe, wie mir Goulven Penduff, ein alter Seemann von Ouessant, versichert hat; der war auf allen Meeren dieser Welt zu Hause.
Die arme Mona aber bekam nun vom alten Morgan den Befehl, zu Hause im Palast zu bleiben, um das Hochzeitsmahl vorzubereiten.

Aber man gab ihr nichts, was man dazu brauchte, außer leeren Töpfen und Kochkesseln, die aus großen Meeresmuscheln bestanden. Und dann sagte man ihr auch noch, sie werde auf der Stelle zu Tode gebracht, wenn das Festmahl nicht prächtig und köstlich zubereitet wäre, sobald die Hochzeitsgesellschaft aus der Kirche käme. Man kann sich vorstellen, in welcher Bedrängnis und Not sich das arme Mädchen da befand.

Auch der Bräutigam selbst war nicht weniger trostlos und verzweifelt. Als der Festzug auf dem Weg zur Kirche war, schrie er plötzlich:

»Ich habe den Ring der Braut vergessen!«

»Sagt mir, wo er ist, und ich werde ihn holen lassen«, antwortete ihm der Vater.

»Nein, nein«, dann der Bräutigam, »ich gehe selbst. Denn wo ich ihn hingelegt habe, kann ihn keiner außer mir finden. Ich laufe schnell hin und bin im Nu zurück.«

Schon machte er sich auf den Weg und erlaubte es keinem, ihn zu begleiten. Er begab sich geradewegs in die Küche, wo die arme Mona weinte und der Verzweiflung nahe war.

»Beruhigt Euch«, sagte er da zu ihr, »Euer Festmahl wird rechtzeitig fertig auf dem Tisch sein. Habt nur Vertrauen in mich!«

Dann ging er näher zum Herd und sagte: »Gutes Feuer in den Herd!«, und das Feuer entflammte und brannte sogleich in hellen Flammen. Dann berührte er nacheinander mit seiner Hand die Kessel, Töpfe, Bratspieße und Servierplatten, wobei er sprach:

»Feiner Lachs in diesen Topf, Seezunge mit Austern in diesen anderen, Entenbraten hierhin an diesen Spieß, gebackene Makrelen dorthin und die besten und erlesensten Weine und Liköre in diese Kannen hier«, und sogleich füllten sich die Kessel, Töpfe, Platten und Kannen durch seine Zauberei mit Speisen und Getränken, sobald er sie nur mit seiner Hand berührt hatte, und Mona kam aus dem Staunen nicht mehr heraus, als sie sah, dass das Mahl im Handumdrehen fertig gerichtet war, ohne dass sie selbst etwas dafür getan hätte.

Dann lief der junge Morgan eilends zum Festzug zurück, und man begab sich in die Kirche. Die Feier wurde von einem Seebischof zelebriert, und danach ging es wieder in den Palast zurück, wo der alte Morgan unverzüglich die Küche aufsuchte.

»Wir sind jetzt wieder zurück«, wandte er sich an Mona. »Ist alles fertig?«

»Alles ist fertig!«, antwortete diese in aller Ruhe.

Erstaunt über diese Antwort, hob der Alte die Deckel der Kochgefäße auf, überprüfte die einzelnen Gerichte und Töpfe und sagte dann sichtlich unzufrieden:

»Da hat Euch jemand geholfen; aber damit sind wir beide noch nicht quitt!«

Dann begaben sich alle zu Tisch, aßen und tranken reichlich und sangen und tanzten darauf die ganze Nacht lang.

Gegen Mitternacht aber zogen sich die Jungvermählten in ihr prächtig geschmücktes Hochzeitszimmer zurück, und der alte Morgan hieß Mona sie dorthin zu begleiten und dortzubleiben, eine brennende Kerze in der Hand. Wenn die Kerze bis zu ihrer Hand abgebrannt sei, sollte sie zu Tode gebracht werden. Die arme Mona musste gehorchen. Der alte Morgan hielt sich indes in einem Zimmer nebenan auf und fragte von Zeit zu Zeit:

»Ist die Kerze schon bis zu Eurer Hand abgebrannt?«

»Noch nicht!«, gab Mona ihm zur Antwort.

Und er wiederholte mehrmals die gleiche Frage.

Als die Kerze nun fast ganz heruntergebrannt war, sagte der Jungvermählte zu seiner jungen Gattin:

»Nehmt Mona für einen Augenblick die Kerze aus der Hand und haltet sie selbst, derweil wird Mona für uns ein schönes Feuer hier drin anzünden.«

Und die junge Morganez, die die bösen Absichten ihres Schwiegervaters nicht kannte, nahm die Kerze und hielt sie. Im selben Augenblick auch wiederholte der alte Morgan seine Frage.

»Ist die Kerze in Eurer Hand schon nieder gebrannt?«

»Antwortet mit ja«, sagte ihr der junge Gemahl.

»Ja!«, war dann auch gleich die Antwort der Morganez.
Und sogleich auch kam der Alte ins Zimmer gerannt, stürzte sich auf diejenige, die die Kerze hielt, ohne sie anzuschauen, und schlug ihr mit einem Säbelstreich den Kopf ab; dann ging er aus dem Raum.
Gleich schon zu Sonnenaufgang, begab sich nun der Jungvermählte zu seinem Vater und sagte zu ihm:
»Ich komme, um Euch um die Erlaubnis zu bitten, mich zu verheiraten.«
»Die Erlaubnis zu heiraten? Aber du bis doch seit gestern verheiratet!«
»Ja«, entgegnete der junge Morgan, »aber meine Frau ist gestorben, Vater.«
»Deine Frau ist gestorben? Hast du sie etwa umgebracht, du Unglücklicher?«
»Nein, Vater. Ihr wart es, der sie umgebracht hat.«
»Ich soll deine Frau getötet haben?«
»Ja, Vater. Habt Ihr gestern Nacht nicht mit einem einzigen Säbelstreich derjenigen den Kopf abgeschlagen, die neben meinem Bett eine brennende Kerze in der Hand hielt?«
»Ja, der Frau aus der Welt der Menschen.«
»Nein, Vater. Es war die junge Morganez, die ich kurz vorher geheiratet hatte, um Euch zu gehorchen, und nun bin ich Witwer. Wenn Ihr mir nicht glaubt, so könnt Ihr Euch leicht davon überzeugen, ihre Leiche liegt noch in meinem Hochzeitszimmer.«
Und auf der Stelle rannte der Alte ins Hochzeitszimmer und erkannte seinen Irrtum; und sein Zorn darüber war gewaltig.
»Wen willst du denn nun zu deiner Frau haben?«, fragte er seinen Sohn, nachdem er sich etwas beruhigt hatte.
»Das junge Mädchen aus der Welt der Menschen, Vater.«
Der alte Morgan antwortete nicht weiter und ging von dannen. Einige Tage später aber hatte er wohl begriffen, wie unvernünftig es von ihm war, der Rivale seines Sohnes bei dem jungen Mädchen zu sein, und er gab ihm seine Einwilligung zur Heirat. Die

Hochzeit wurde darauf mit allem Glanz und Pomp feierlich abgehalten.
Der junge Morgan war seiner Frau gegenüber aufmerksam und zuvorkommend. Er gab ihr kleine köstliche Fische zu essen, die er selbst gefangen hatte, fertigte ihr Schmuckstücke aus feinen Perlen und suchte für sie hübsche Muscheln aus Perlmutt und die schönsten und seltensten Seepflanzen und Seeblumen. Trotz allem aber hatte Mona Heimweh und wollte zu ihrem Vater und ihrer Mutter auf die Erde zurück, in ihre kleine und ärmliche Strohhütte am Meer. Ihr Gatte aber wollte sie nicht ziehen lassen, denn er fürchtete, sie würde nicht mehr zu ihm zurückkommen. Da wurde Mona äußerst betrübt und weinte Tag und Nacht. Eines Tages sagte dann der junge Morgan zu ihr:
»Lächle doch ein bisschen mit mir, Liebling, und ich werde dich bis zum Haus deines Vaters geleiten.«
Mona lächelte, und der Morgan, der auch ein Zauberer war, sagte:
»Brücke, hebe dich!«
Und sogleich erschien eine schöne Kristallbrücke, auf der man vom Grund des Meeres bis zur Erde emporgelangen konnte. Als aber der alte Morgan das sah, merkte er, dass sein Sohn in Sachen Zauberei genauso viel wusste wie er, und sprach:
»Ich will mit euch zusammen nach oben gehen!«
So betraten sie alle drei die Brücke, Mona als erste, danach ihr Gatte, und der alte Morgan war einige Schritte hinter ihnen. Sobald aber Mona und er oben waren und ihren Fuß auf die Erde gesetzt hatten, sagte der junge Morgan: »Brücke, senke dich!«, und die Brücke senkte sich wieder bis tief hinab auf den Grund des Meeres und nahm den alten Morgan mit sich.
Da Monas Gatte sie nicht bis zum Haus ihrer Eltern begleiten konnte, ließ er sie allein gehen und gab ihr einige Ratschläge:
»Komm bei Sonnenuntergang hierhin zurück; ich werde hier sein und auf dich warten. Aber lass dich von keinem Menschen umarmen oder bei der Hand nehmen.«
Mona versprach ihm das und lief dann zum Haus ihres Vaters. Es

war gerade Essenszeit, und die ganze Familie war um den Tisch vereint.
»Guten Tag, Vater und Mutter! Guten Tag, liebe Brüder und Schwestern!«, sprach sie, als sie eilig in die Hütte lief. Die Leute, die da um den Tisch saßen, schauten sie verdutzt an, und niemand erkannte sie. Sie war so schön, so groß und so herrlich geschmückt. Dieses Verhalten in ihrem Vaterhaus bereitete ihr großen Kummer, und es überkamen sie Tränen. Darauf ging sie im ganzen Haus umher, berührte jeden Gegenstand mit der Hand und sprach dabei: »Das hier ist der Kieselstein aus dem Meer, auf den ich mich am heimischen Feuer setzte; das hier ist das kleine Bett, in dem ich geschlafen habe; das hier ist der Holznapf, aus dem ich meine Suppe gegessen habe, und dort hinter der Tür sehe ich den Ginsterbesen, mit dem ich das Haus gefegt habe, und hier ist der Krug, mit dem ich Wasser aus dem Brunnen schöpfen ging.« Als die Eltern das hörten, erkannten sie endlich ihre Tochter, Freudentränen flossen, und sie umarmten sie. Alle waren nun glücklich, wieder zusammen zu sein.
Monas Gatte hatte ihr indes gesagt, sie solle sich von keinem menschlichen Wesen umarmen lassen; und kaum hatte sie es doch getan, da verlor sie völlig die Erinnerung an ihre Heirat und ihren Aufenthalt unten im Reich der Morgane. Sie blieb bei ihren Eltern und hatte schon bald wieder viele Verehrer. Aber sie schenkte ihnen keine besondere Beachtung und heiraten wollte sie nicht.
Wie alle Bewohner der Insel hatte die Familie auch ein kleines Stück Land, auf dem man Kartoffeln, Gemüse und etwas Gerste pflanzte, und mit dem, was das Meer noch täglich an Fischen und Muscheln dazugab, reichte das für ihren Lebensunterhalt. Vor der Hütte befand sich ein Dreschplatz für das Getreide und auch ein Mühlstein war da für das Gerstenstroh.
Oft, wenn Mona des Nachts in ihrem Bett lag, schien es ihr, als höre sie an der Tür ihrer Hütte durch das Heulen des Windes und das dumpfe Gebraus der Wellen hindurch ein Stöhnen und ein Klagen. Aber sie war überzeugt, dass dies die armen Seelen der

Schiffbrüchigen waren, die die Lebenden um ein inniges Gebet baten, und sprach für deren Anliegen dann einige De profundis*, und klagte über das Los der Seeleute, die jetzt noch auf dem Meer waren; dann schlief sie ein.

Aber eines Nachts hörte sie ganz deutlich Worte, die eine Stimme sprach, die einem bis tief in die Seele drang:

»Oh Mona! Habt Ihr denn so schnell Euren Gatten, den Morgan, vergessen, der Euch so sehr liebt und Euch vor dem sicheren Tod bewahrt hat? Ihr hattet mir doch versprochen, so schnell wie möglich zurückzukommen, und habt mich doch so lange warten lassen! Wie unglücklich habt Ihr mich gemacht! Oh Mona, Mona! Habt Erbarmen mit mir und kommt doch schnell zurück!«

Da auf einmal erinnerte sich Mona wieder an alles. Sie stand sogleich aus ihrem Bett auf, ging aus der Hütte und fand vor der Tür ihren Gatten vor, der so herzzerreißend klagte und jammerte. Sie warf sich ihm in die Arme … und ward seit dieser Zeit nie wieder gesehen.

Die Wäscherinnen der Nacht

Wie alle anderen Menschen auch sind die Bretonen Kinder der Sünde, aber sie lieben ihre Toten; sie haben Erbarmen mit denen, die im Fegefeuer schmachten, und bemühen sich, diese von ihrer schweren Prüfung zu erlösen. Jeden Sonntag beten sie nach dem Gottesdienst auf der Erde, wo ihre armen Körper verwesen, für deren Seelen. Vor allem im November nehmen sie

* *De profundis* ist der Psalm Nr. 130 und gehört zu den Totengebeten der katholischen Kirche: »Aus der Tiefe rufe ich, Herr, zu dir …«

ihre Christenpflicht besonders ernst. Wenn Allerheiligen kommt, denkt jeder an die, die ihnen zur Gerechtigkeit Gottes vorangegangen sind. Man lässt für sie Messen lesen, zündet Kerzen an, empfiehlt sie der Fürsprache der besten Heiligen, geht mit den Kindern an ihre Grabsteine, und nach der Vesper zieht der Pfarrer mit seiner Gemeinde von der Kirche auf den Friedhof, um dort die Gräber zu segnen. In der Nacht vor Allerheiligen erleichtert Christus auch ein wenig die Pein der armen Seelen und erlaubt ihnen, diejenigen Häuser wieder aufzusuchen, in denen sie früher gewohnt hatten.* Dann sind die Häuser der Lebenden so voll von den zurückkehrenden Toten wie ein Hohlweg mit welken Blättern. Deshalb lassen die guten Christen in dieser Nacht den Tisch gedeckt und löschen das Feuer nicht im Kamin: So können die heimgekehrten Toten dort ihr Mahl einnehmen und ihre Glieder wärmen, die von der Kälte des Friedhofs ganz starr und klamm geworden sind.

Aber wie es gute Menschen gibt, die die Jungfrau Maria und ihren Sohn verehren, gibt es genauso die Kinder des Satans, die ihre nächsten Angehörigen vergessen. Einer von diesen war Wilherm Postik. Sein Vater war aus dieser Welt gegangen, ohne die Absolution bekommen zu haben, und wie das Sprichwort sagt: wie der Vater so der Sohn. So hatte denn der junge Postik nichts anderes im Sinn als verbotene Vergnügen: Wenn er konnte, ging er während des Gottesdienstes zum Tanz und trank dann mit den Pferdehändlern. Der liebe Gott hatte es indes nicht an Warnungen an ihn fehlen lassen: Seine Mutter, seine Schwestern und auch seine Frau waren im gleichen Jahr gestorben, aber das hatte er leicht verschmerzt. Auch der Pfarrer hatte ihn vergeblich in der Predigt gewarnt, er sei der Stein des Anstoßes in der ganzen Pfarrei. Aber diese öffentliche Warnung war kein Grund für Wilherm, sich zu

* Dies ist noch ein heidnisches Relikt des keltischen *Samhain*-Festes. In dieser Nacht stehen die Tore zur Anderswelt offen, und die Geister der Toten kommen dann oft wieder auf die Erde zurück und besuchen ihre Verwandten und Bekannten, um ihnen entweder Segen zu bringen oder auch zu schaden.

bessern; nein im Gegenteil: Sie führte nämlich nur dazu, dass er ganz mit der Kirche brach; und das war leicht vorauszusehen, denn ein entlaufenes Pferd holt man nicht dadurch zurück, dass man die Peitsche knallen lässt. So wurde denn Wilherms Leben immer liederlicher, ohne Gott und Gebot wie das eines Fuchses im Dickicht.

Die schönen Herbsttage waren inzwischen zur Neige gegangen, und das Fest der Toten war gekommen. Alle Getauften zogen ihre Trauerkleider an und gingen in die Kirche, um für ihre lieben Verstorbenen zu beten, nur Wilherm nicht. Der zog seine Festtracht an und machte sich auf den Weg in den nächsten Marktflecken, der ein Treffpunkt für gottlose Matrosen und leichte Mädchen war. Und die ganze Zeit, die die anderen an diesem Gedenktag mit Gebeten für die Erlösung der armen Seelen verbrachten, die weilte er an diesem gottlosen Ort: Er sprach dem Wein zu, machte Glücksspiele mit den Matrosen und erzählte den Mädchen unanständige Geschichten. So ging es dort bis fast Mitternacht zu, und er wollte nicht eher heim in sein Dorf gehen, bis seine anderen Spießgesellen von ihrem sündhaften Treiben müde geworden wären. Er selbst war standhaft im Feiern und ging als letzter aus dem Wirtshaus und war dabei noch genau so munter und sicher auf den Beinen wie vorher.

Nun hatte er vor lauter Trinken das Herz auf der Zunge. Laut grölte er auf allen Wegen die Lieder, die die Mutigsten sonst nur ganz leise brummen; und an den Wegkreuzen ging er vorbei, ohne leiser zu werden oder gar den Hut abzuziehen. Auf seinem Heimweg schlug er auch mit seinem Stock auf die Ginsterbüschel rechts und links des Weges und hatte keine Angst, damit die Seelen derer zu treffen und zu verletzen, die in dieser Nacht unterwegs waren. So kam er auch an eine Wegkreuzung, an der zwei Straßen nach seinem Dorf abgingen. Die längere stand unter dem Schutz Gottes, während die kürzere von den wiederkehrenden Toten heimgesucht wurde. Viele Leute, die hier nachts vorbeigekommen waren, hatten Geräusche gehört und Dinge gesehen, von denen man nur spricht, wenn man in Gesellschaft mehrerer Menschen ist oder wenn ein Weihwasserkessel nicht weit ist. Aber Wilherm hatte nur Angst vor dem Durst und vor hässlichen Mädchen. So schlug er denn den kürzeren Weg ein und ließ seine Holzschuhe so laut auf den Kieselsteinen krachen, dass man es weithin hören musste.

Es war aber eine mondlose Nacht, und der Wind wirbelte die welken Blätter hoch in die Luft, die Quellen entlang des Hügels plätscherten traurig vor sich hin, die Büsche zitterten wie ein Mensch, der große Angst hat, und mitten in dieser Stille klangen die Schritte Wilherms in der Nacht laut wie die von Riesen. Aber nichts konnte ihn erschüttern und ängstigen, und er ging seelenruhig weiter.

Als er an dem alten verfallenen Gutshaus vorbeikam, hörte er, wie der Wetterhahn ihm zurief: »Kehr doch um, kehr um!« Aber Wilherm ging weiter, bis er zu dem Wasserfall kam, der ihm zurief: »Geh nicht weiter, geh nicht weiter!« Wilherm aber setzte seine Füße auf die vom Fluss glattgeriebenen Steine und ging ans andere Ufer hinüber. Als er zu der alten wurmstichigen Eiche kam, flüsterten deren Zweige immer wieder: »Bleib hier, bleib hier!« Aber Wilherm schlug beim Vorbeigehen mit seinem Stock auf den morschen Baum und beschleunigte seine Schritte.

Schließlich war er in dem Tal angelangt, in dem die Geister ihr Unwesen treiben; vom Glockenturm dreier Pfarreien in der Ferne schlug es Mitternacht, und Wilherm begann, ein munteres Liedchen vor sich hin zu pfeifen. Aber als er gerade den vierten Vers pfiff, hörte er schon einen Karren kommen, dessen Räder nicht mit Eisen beschlagen waren, und bald auch sah er, wie dieser sich ihm näherte; er war bedeckt mit einem Leichentuch. Wilherm erkannte gleich, dass es der Karren des Todes war: Sechs Rappen zogen ihn, und vorne saß der leibhaftige Ankou und lenkte ihn. Er hielt eine eiserne Peitsche in der Hand und wiederholte immer wieder: »Weiche oder erbleiche!«

Wilherm machte Platz, ohne auch nur im Geringsten aus der Fassung zu geraten, und fragte noch frech:

»Was machst du denn hier, Bleichgesicht?«
»Ich überfalle und fälle!«, antwortete Ankou.
»Dann bist du also ein Dieb oder ein Mörder?«, fragte da Wilherm.
»Ich bin ein Schnitter ohne Rücksicht und Nachsicht auf jeden, wer er auch sei.«
»Also ein Dummkopf oder ein brutaler Schläger! Aber wohin bist du denn heute Nacht so eilig unterwegs?«, wollte Wilherm dann doch gerne wissen.
»Ich bin auf dem Weg, um Wilherm Postik zu holen«, versetzte das Gespenst, und weiter ging seine Fahrt.
Unser Lebemann aber brach in schallendes Gelächter aus und marschierte weiter. Als er zu der kleinen Schlehdornhecke kam, die zum Waschhaus führte, bemerkte er zwei ganz in Weiß gekleidete Frauen, die Wäsche zum Trocknen über das Gebüsch legten.
»Bei meinem Leben!«, rief er da. »Das sind aber zwei Mädchen, die keine Angst vor Tod und Teufel haben. Warum seid ihr noch so spät draußen auf der Wiese, meine Täubchen?«
»Wir waschen, wir trocknen, wir bleichen!«, antworteten die zwei im Gleichklang.
»Was denn?«, wollte der junge Mann wissen.
»Das Leichentuch für einen Toten, der im Augenblick noch spricht und jetzt noch unterwegs ist.«
»Für einen Toten? Verflixt noch mal! Sagt mir, wie er heißt?«
»Wilherm Postik«, kam von beiden die Antwort wie aus einem Mund.
Da lachte Wilherm noch lauter als zuvor und ging den kleinen holprigen Weg hinunter. Aber je weiter er voranschritt, desto deutlicher hörte er, wie die Wäscherinnen der Nacht mit ihren Klopfern auf die Steine des nahen Waschhauses schlugen; und bald schon erblickte er diese selbst, sie klopften auf die Leichentücher und sangen dabei ein trauriges Lied:

»Kommt kein Christ vorbei, der uns rettet,
Müssen wir bis zum Jüngsten Tage waschen,
Beim Mondenschein und Windsgeheul
Müssen wir waschen das Leichentuch weiß.«

Sobald sie den lustigen Gesellen erblickt hatten, liefen sie alle laut schreiend auf ihn zu, zeigten ihm ihre Leichentücher und brüllten, er solle sie auswringen. »Einen kleinen Dienst unter Freunden kann man nicht ablehnen«, meinte Wilherm fröhlich, »aber jede von euch schönen Wäscherinnen der Reihe nach; ein Mann hat schließlich nur zwei Hände sowohl zum Auswringen als auch zum Umarmen!«
Dann legte er seinen Stock beiseite und ergriff den Zipfel des Leichentuchs, den ihm eine der Toten darbot, und achtete genau darauf, immer auf der gleiche Seite wie diese auszuwringen, denn er hatte von älteren Leuten gehört, das sei das einzige Mittel, solchen Gespenstern zu entkommen, ohne von ihnen zermalmt zu werden. Aber währenddessen umringten andere Wäscherinnen Wilherm, der in ihnen seine Tante und seine Frau, seine Mutter und seine Schwestern erkannte. Alle riefen sie: »Tausendfaches Unheil

soll über den kommen, der die Seinen in der Hölle schmoren lässt. Tausendfaches Unheil!« Und dabei schüttelten sie ihr wirres Haar, hoben ihre weißen Klopfer hoch, und an allen Waschhäusern des Tals, entlang aller Hecken, oben auf allen Heidelandschaften hörte man Stimmen, die immer wieder riefen: »Tausendfaches Unheil! Tausendfaches Unheil!«

Jetzt war Wilherm außer sich und spürte, wie sich ihm die Haare auf dem Kopf emporstellten. Verwirrt wie er war, dachte er nicht mehr an die Vorsichtsmaßnahmen, die er vorher ergriffen hatte, und vergaß, das Tuch mit der Wäscherin über einen Strang zu drehen; er begann, es auf der anderen Seite auszuwringen, und im gleichen Augenblick schnürte dieses ihm die Hände wie ein Schraubstock zusammen, und er ging bewusstlos zu Boden, zermalmt an all seinen Gliedmaßen von den eisernen Händen der Wäscherin.

Bei Morgendämmerung kam ein junges Mädchen aus Henvik namens Fantik ar Fur an der Stelle vorbei und blieb stehen, um einen Zweig Stechpalme in ihren Topf Milch zu tun. Da erblickte sie Wilherm, wie er da ausgestreckt auf den blauen Steinen lag. Weil sie glaubte, dass es der Wein war, der ihn derart zu Boden hatte gehen lassen, trat sie näher und berührte ihn leicht mit einem Binsenhalm, um ihn aufzuwecken. Als sie aber sah, dass er sich nicht regte, wurde sie von Angst ergriffen und lief ins Dorf, um dort Bescheid zu sagen. Darauf gingen der Pfarrer, der Glöckner und der Notar, der auch Bürgermeister war, zu der genannten Stelle; sie hoben den Leichnam auf und legten ihn auf einen Ochsenkarren. Doch die gesegneten Kerzen, die man anzünden wollte, gingen immer wieder aus, was wohl bedeutete, dass Wilherm Postik für immer verdammt war. Daher bettete man auch seinen Leichnam außerhalb des Friedhofs unter die steinerne Kirchhofmauer, wo die Hunde und die Ungläubigen stehen bleiben.

Die weiße Herberge

Einst gab es in dem kleinen Dorf Le Ponthou, das im Finistère liegt, eine Herberge, die man wegen der weißen Farbe ihrer Fassade »Die weiße Herberge« nannte. Die Wirtsleute waren grundehrlich; jedes Jahr hielten sie gewissenhaft ihre Ostern, und man brauchte bei ihnen die Zeche nicht nachzuzählen. Viele Reisende stiegen dort ab, und ihre Pferde kannten die Stalltür der Herberge so gut, dass sie von allein davor stehen blieben.

Der Herbst, den die Bretonen Dibenn-éost, den »Enthaupter der Ernten« nennen, hatte begonnen, die Tage kürzer und trüber zu machen. Als nun eines Abends Floc'h, der Wirt der Weißen Herberge, vor der Tür stand, kam ein Reisender angeritten, der wie ein bedeutender Mann aussah und ein Pferd hatte, das nicht aus der dortigen Gegend zu stammen schien. Er hielt an der Schwelle an, grüßte mit der Hand an seinem Hut und sprach zum Wirt: »Ich möchte hier zu Abend essen und für die Nacht ein Zimmer für mich allein.« Floc'h nahm mal zuerst seine Pfeife aus dem Mund, dann seinen Hut vom Kopf und antwortete:

»Gott segne Euch, mein Herr! Euer Abendessen werdet Ihr bekommen; aber ein Zimmer für Euch allein können wir Euch nicht geben, denn wir beherbergen da oben noch sechs Maultiertreiber, die nach Redon zurückkehren und die sechs Betten der Weißen Herberge in Beschlag nehmen.«

»Mein Gott, guter Mann«, antwortete ihm da der Fremde, »versucht doch bitte, dass ich die Nacht über nicht draußen bleiben muss. Die Hunde haben einen Zwinger, und es ist nicht gerecht, dass Christenmenschen bei so einem Wetter keine Stelle finden können, wo sie ihr Haupt hinbetten können.«

»Fremder Herr«, sagte dann der Wirt untröstlich, »ich kann Ihnen nur sagen, dass die Herberge voll ist, und dass nur das rote Zimmer noch frei ist.«

»Na gut«, dann der Unbekannte, »dann gebt mir dieses!«

Aber der Wirt kratzte sich am Kopf und wurde traurig, dass er dem Reisenden das rote Zimmer nicht geben konnte.
»Seit ich hier Wirt in der Weißen Herberge bin«, sagte er dann schließlich, »haben nur zwei Männer in diesem Zimmer übernachtet, und am folgenden Morgen waren ihre Pferde, die am Abend noch schwarz waren, ganz weiß.«
»Habt Ihr hier denn wiederkehrende Tote, guter Mann?«, fragte da der Fremde.
»Ja, die gibt es hier in der Tat«, murmelte Floc'h.
»Na dann, bei der Güte des Lieben Gottes und der Jungfrau Maria, macht mir im roten Zimmer Feuer und legt eine Wärmflasche ins Bett, denn mir ist kalt.«
Der Wirt tat dann, was der Reisende verlangt hatte. Als dieser nun zu Abend gegessen hatte, wünschte er allen, die noch am Tisch saßen, eine gute Nacht und ging nach oben ins rote Zimmer. Der Wirt und seine Frau aber zitterten am ganzen Leib und begannen zu beten.
Als der Reisende oben in seinem Zimmer war, schaute er um sich. Es war ein großes feuerrotes Zimmer, mit großen Flecken an der Wand, die leuchteten so, dass man hätte glauben können, sie seien mit noch frischem Blut gemalt. Hinten im Raum stand ein viereckiges Bett, das von großen Vorhängen umgeben war. Sonst war alles leer im Zimmer, und man hörte den Wind im Kamin und in den Fluren heulen und klagen, als seien es Seelen, die um Gebete flehten. Der Reisende kniete nieder, betete ganz leise zu Gott und ging dann furchtlos zu Bett; bald war er auch schon eingeschlafen.
Aber als es gerade von der fernen Kirche her Mitternacht schlug, wurde er wach und hörte, wie sich die Bettvorhänge an ihren Stangen bewegten und sich zu seiner Rechten öffneten. Als er aus seinem Bett steigen wollte, stießen seine Füße an etwas Kaltes und voller Entsetzen wich er zurück: Vor ihm stand ein Sarg mit vier Kerzen an seinen vier Ecken, und das große schwarze Leichentuch darüber war mit weißen Tränen übersät. Schnell schwang sich der Reisende auf die andere Seite des Bettes, und sogleich auch war der Sarg auch dahin gekommen und versperrte ihm wieder den

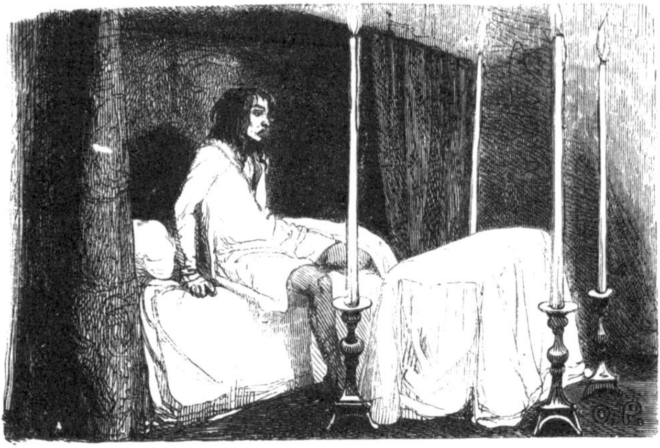

Weg. Fünf Mal versuchte er, aus dem Bett herauszukommen, und fünf Mal stellte sich der Sarg mitsamt Kerzen und schwarzem Tuch vors Bett unter seine Füße.

Da begriff der Reisende, dass es ein Toter war, der ihn um etwas bitten wollte. Er kniete in seinem Bett nieder, bekreuzigte sich und sagte:

»Wer bist du, Toter? Sprich! Ein Christ hört dir zu.«

Da erhob sich aus dem Sarg eine Stimme:

»Ich bin ein Reisender, der von den Wirtsleuten, die vor den jetzigen diese Herberge hatten, ermordet worden ist. Ich bin im Zustand der Sünde gestorben und muss jetzt im Fegefeuer büßen.«

»Womit kann ich dir, du Seele in großer Not, deine Pein lindern?«, fragte da unser fremder Reisender.

»Ich brauche sechs Messen, die für mich ein Priester in schwarzer und weißer Stola in der Kirche Notre-Dame von Le Folgoat liest; dann auch noch eine Pilgerfahrt, die ein Christ in meinem Anliegen zur Kirche Notre-Dame de Rumengol* macht!«

* Die Kirche Notre-Dame de Rumengol wurde 1534 in Le Faou im Département Finistère der Bretagne erbaut. Jedes Jahr pilgern auch heute noch Gläubige im Rahmen einer religiösen Prozession am Sonntag nach Pfingsten und Mariä Himmelfahrt zu dieser Kirche. Solche Prozessionen werden in der Bre-

»Du Seele in Pein, du wirst deine sechs Messen bekommen, und ich, der ich ein Christ bin, werde in deinem Anliegen auch eine Pilgerfahrt nach Notre-Dame de Rumengol machen.«
Kaum hatte der Reisende diese Worte gesprochen, da verlöschten die Kerzen, die Vorhänge ums Bett zogen sich von selbst zu, und alles war wieder ganz still. Der Reisende verbrachte indes den Rest der Nacht in Gebeten.
Am folgenden Morgen erzählte er dem Wirt alles, was vorgefallen war, und sagte ihm dann: »Guter Mann, ich bin Monsieur de Rohan*, aus der vornehmsten Familie der ganzen Bretagne. Ich werde eine Pilgerfahrt nach Rumengol machen und die sechs Messen bezahlen. Seid also von nun an nicht mehr beunruhigt, denn die arme Seele wird erlöst werden.«
Einen Monat später hatte das rote Zimmer seine rote Farbe verloren; es war wieder weiß und heiter geworden wie die anderen, und man hörte darin kein anderes Geräusch mehr als das der Schwalben, die ihr Nest im Kamin hatten, und drinnen sah man nichts anderes mehr als drei Betten und ein Kruzifix.
Der Reisende hatte Wort gehalten.

tagne *pardons* (»Bitte um Vergebung«) genannt. An den *pardons* sammeln sich bei lokalen Heiligenfesten die Gläubigen in der Kirche und folgen anschließend der Prozession, an deren Endpunkt meist Darbietungen des Brauchtums sowie ein Volksfest stattfinden.

* Neben dem Haus Clisson und dem Haus Laval war das französische Adelsgeschlecht Rohan die mächtigste Familie in der Bretagne. Sie führt ihren Ursprung auf die bretonischen Könige zurück.

GESPENSTER

Die rote Prinzessin

Ihr kennt alle die Ile du Château, die Schlossinsel am Eingang von Port-Blanc. Auf dieser Insel gibt es mehr Tote, als Kieselsteine zwischen Bruk und Buguélès liegen. Das hier ist die Geschichte von einer Toten, die vor langer Zeit an diesen Ort verbannt wurde. Zu ihren Lebzeiten war sie eine Prinzessin. Ihr werdet sogar Leute finden, die wie ich euch erzählen, dass sie Ahès hieß und die leibliche Tochter von Gralon, dem König der versunkenen Stadt Is, war. Vielleicht stimmt das, vielleicht auch nicht. Immerhin aber hatte sie, obgleich verbannt, alle sieben Jahre die Macht über Land und Meer sieben Meilen im Umkreis. Ich werde euch nun erzählen, wie sie dieser Macht beraubt wurde.

Doch vorher müsst ihr wissen, dass ihre Macht unheilvoll war. Durch einen großen, roten Nebel, der sich aus dem Meer erhob, kündigte sie sich an. Daher kommt sicher der Name »Die rote Dame«, den die Fischer der Prinzessin gegeben hatten. Dann folgte ein tobender Wind, der den dichten Nebel zerstreute und die Fluten bis in die Tiefen aufwühlte. An solchen Tagen wagten sich nicht einmal die kühnsten Fischer mit ihren Booten auf die hohe See hinaus. Selbst die Menschen, die sich in ihren Häusern eingeschlossen hatten, zitterten vor Entsetzen. Es flogen da ganze Büschel von Stroh aus den Dächern in die Lüfte, ein fürchterlicher Wind tobte. Er verfing sich im Schornsteinschacht und brüllte wie ein wütender Riese. Man verstand nicht recht, was er sagte, aber es waren sicher sehr grobe Worte, wie wenn ein Mann laut schimpft. Wegen all dieses Lärms wollte man die Prinzessin beschwören, und so ließ man mehr als eine schwarze Messe in Notre-Dame de Port-Blanc von den berühmtesten Priestern lesen. Aber es war vergebliche Mühe. Alle sieben Jahre gab es den gleichen wilden Lärm, tobten die gleichen wütenden Elemente. So kam man letztlich zu dem Schluss, dass es seitens der Menschen und auch Gottes kein Mittel gab, die Prinzessin zu besänftigen und unschädlich zu machen.

Als es wieder einmal soweit war, ging zu dieser unseligen Zeit eines Abends eine arme Frau von der Küste, es war gerade Nachtebbe, zur Ile du Château, um dort Muscheln zu suchen. Sie musste noch etwas warten, bis die Felsen vom Meerwasser frei waren. Und da sie nichts Besseres zu tun hatte, begann sie, ihren Rosenkranz herzubeten, denn sie war eine fromme Frau. Darum hatte man ihr im Land den Beinamen Fantès-ar-Pédennou, Françoise die Beterin, gegeben.

Sie war gerade beim dritten Rosenkranzzehner, als sie sich zufällig umdrehte. Da erblickte sie an der Stelle des riesigen Felsens, der das Inselchen beherrscht, eine hohe Kapelle, so groß wie eine Kirche in einem Bezirksort. Ihre Fenster waren strahlend erleuchtet. Schnell stand die Frau auf, ließ ihr Muschelnetz liegen und lief zum Tor der Wunderkapelle. Auf den Torflügeln aber stand in goldenen Buchstaben funkelnd eine bretonische Inschrift. Nun konnte Fantès das Bretonische lesen. Die Inschrift besagte:

»Wenn du durch das Schlüsselloch schauen kannst, ohne gesehen zu werden, dann wird es dir zuteil, dir und deinen Nächsten eine große Wohltat zu erweisen.«

Zuerst zögerte die Frau, doch dann dachte sie bei sich: »Bei Gott, da wollen wir doch mal reinschauen!«

Und sie legte ein Auge aufs Schlüsselloch. Da sah sie, wie die Prinzessin, die ihr den Rücken zukehrte, zum Altar ging, der sich im Chor inmitten eines goldenen Glorienscheins erhob. Schon drückte sie die Klinke, die aber war versperrt. Und so begann sie, draußen um die Kapelle herumzugehen, und kam zu einem zweiten Tor, auf dem stand geschrieben:

»Wenn du eintreten willst, dann pflücke drei Schritte von hier in einem Busch zwei Halme von weißem Gras, lege sie dann in Form eines Kreuzes in deine hohle rechte Hand.«
Fantès folgte dieser Empfehlung, ging zur Kapelle zurück und las auf einem dritten Tor:
»Nun tritt ein! Alle Schätze, die hier sind, gehören dir. Und außerdem liegt es nur an dir, die Prinzessin für immer zu verbannen und sie fortan daran zu hindern, Schaden anzurichten.«
Fantès ging in die Kapelle hinein. Die Prinzessin stand auf den Stufen des Altars, doch als sie auf den Steinfliesen die Holzschuhe der armen Frau klappern hörte, wandte sie sich um.
»Was willst du von mir?«, fuhr sie Fantès wutentbrannt an.
»Dich daran hindern, weiterhin Schaden anzurichten«, antwortete diese ruhig.
»Von dem Augenblick an, in dem du hier bist, ist dein Wille stärker als meiner«, sprach da die Prinzessin. »Ich bin in deiner Gewalt. Verbanne mich, wenn es dir gefällt. Wo du mich hingehen heißt, werde ich hingehen. Hier sind die Schlüssel zum Teich, den ich aus Quadersteinen habe anlegen lassen. Dort befinden sich alle meine Opfer. Ich überlasse sie dir. Ich überlasse dir auch meine Schätze. Versuche, sie gut zu gebrauchen!«
Während sie dies sagte, überreichte sie Fantès-ar-Pédennou einen Bund funkelnder Schlüssel. Die arme Frau wischte sich mehrmals die Hände an ihrer Schürze ab, bevor sie es wagte, die Wunderschlüssel anzufassen. Sie nahm sie und schlug mit ihnen das Kreuzeszeichen.
»Wohin befiehlst du mir, dass ich gehe?«, fragte da die Prinzessin.
»Weiter als die Erde und weiter als das Meer!«, sagte Fantès.
Und sogleich entschwand die Prinzessin in den Lüften. Seitdem hat man nie mehr etwas von ihr gehört. Zugleich auch stürzten ohne Geräusch die Mauern der seltsamen Kapelle ein, und keine Spuren waren mehr von ihr zu sehen. Da stand Fantès-ar-Pédennou vor einem Teich, der künstlich aus Quadersteinen angelegt worden war. Sein Wasser war klar und glitzernd. Hier und da

schwammen Leichen darauf, das Gesicht nach oben zum Himmel gewandt. Unter den Leichen, die dem Ufer am nächsten schwammen, erkannte Fantès zwei Männer aus der Gegend. Die waren im vergangenen Jahr an einem stürmischen Tag ertrunken, und niemand wusste genau, in welchen Gewässern.

Ein Stauwehr aus Stahl schloss den Teich ab, und mit einem ihrer Schlüssel öffnete die arme Frau dieses Wehr. Schäumend stürzte das Wasser zum Meer. Da erhoben sich die Toten wie auferweckt, und Fantès sah, wie sie friedlich wie dereinst Jesus über die Fluten wandelten und weggingen, wobei sie fromme Lobpreisungen sangen.

Als das ganze Wasser abgeflossen war, tat sich Fantès der Grund des Teiches auf; er war mit Goldstücken bedeckt. Davon sammelte sie, soviel sie tragen konnte, und kehrte zu ihrem Haus zurück.

Am nächsten Tag lief sie schon um die erste Stunde zur Beichte.

»Was soll ich mit all diesem Geld anfangen?«, fragte sie den Priester, nachdem sie ihm ihr Abenteuer erzählt hatte.

»Lasst für die Seelen, die dessen bedürfen, Messen lesen«, antwortete der Beichtvater, »und unter die Lebenden verteilt Almosen!«

Die zwei alten Bäume

Es hat sich in Plongaznon zugetragen vor noch nicht allzu langer Zeit. Dort lebten in einem kleinen Bauernhof ein braver Mann und seine Frau. Und da sie keine Mittel hatten, eine Dreschmaschine zu kaufen, mussten sie mit einem Flegel dreschen. Von Sonnenaufgang bis zu ihrem Untergang mühten sie sich im Konzert ab, der Mann schlug den Takt und seine Frau richtete ihren Schritt nach dem seinen.

Ihr könnt euch wohl denken, dass sie nach des Tages Arbeit gern in ihr Bett gingen, obgleich die Matratze nur mit Roggenstroh gefüllt und die Bettlaken aus grobem Hanftuch waren. Sie nahmen sich kaum Zeit, zum Abendessen ein paar Kartoffeln zu essen und ein kurzes Nachtgebet zu sprechen: Einen Augenblick später lagen sie schon Seite an Seite im Bett und schnarchten um die Wette.

Am letzten Abend jedoch, als die Drescherei zu Ende war, sprach der Mann zu seiner Frau: »Radegonda, bei den Reichen gibt es, wenn der August vorbei ist, für die Drescher am Abend ein Ragout zu essen. Wenn Ihr für mich das Ragout machen wollt, auf das ich Lust habe, dann macht mir doch Crêpes aus schwarzem Mehl, wie Ihr sie so gut zubereiten könnt, Radegonda.«

»Was, Crêpes? Mein armer Mann! Das schlagt Euch aus dem Kopf. Erstens sind meine Arme vom vielen Dreschen schon lahm, ich habe so hart geschuftet wie Ihr, stimmt's nicht? Und da ich nicht Eure Kraft habe, kann ich nun nicht mehr. Woher soll ich denn die Kraft nehmen, jetzt noch den Ofen anzuheizen, das Mehl zu verrühren und den Teig zu ziehen? Und wenn ich auch die Kraft hätte, Euren Wunsch zufriedenzustellen, so könnte ich es doch nicht zustande bringen, denn wir haben keine Prise Mehl mehr im Kasten. Wisst Ihr denn nicht, dass Ihr seit mehr als einer Woche, die wir an der Ernte schaffen, nicht hinunter zum Müller gegangen seid?«

»Oh, wenn es nur am Mehl hängt, darum werde ich mich schon kümmern!«

»Was? Ihr würdet bis zur Mühle gehen, wo Ihr so geschwitzt und Euch abgeplagt habt? … Euer Bauch ist wohl ein sehr harter Herr, Hervé Mingam?«

Und Hervé Mingam flehte sie an: »Ach, Radegonda! Nur einmal!«

Da war sie gerührt und sagte zu ihm: »Ich bin zu töricht, alles zu machen, wonach Euch der Kopf steht. Aber sei's drum! Geht und versucht, schnell wieder zurück zu sein, wenn Ihr nicht wollt, dass ich in der Zwischenzeit hier in meinen Kleidern einschlafe.«

Sie hatte den Satz noch nicht ausgesprochen, als ihr Mann schon zur Tür hinaus war und mit Riesenschritten zur Mühle eilte. Soweit er den Weg noch klar sah, lief er mehr, als dass er ging. Aber an einer Stelle, an der sich der Weg in die Erde zu graben schien, zwischen zwei hohen überhängenden Böschungen, musste er langsamer machen. Aber bald ging er nur noch auf gut Glück vorwärts, denn über sich hatte er nun außer dem Schatten der Böschungen noch den von uralten Bäumen, die dort wuchsen. So ging er denn vorsichtig weiter und achtete auf jeden seiner Schritte. Auf einmal, in der tiefen Stille, und obwohl die Luft unbewegt war, wie es gewöhnlich an heißen Augustabenden vorkommt, hörte er, wie über seinem Kopf das Laubwerk eigentümlich und in völlig unerwarteter Weise zu rauschen begann.

»Na, bei Gott, das ist ja recht seltsam«, dachte er bei sich. Und er schaute nach oben, und trotz der Dunkelheit erkannte er an der silberweißen Rinde, dass es zwei Buchen von stattlicher Größe waren, deren Blattwerk so rauschte. Sie standen sich an den Böschungen gegenüber und verflochten ihre Zweige, als wollten sie sich umarmen. Und was am seltsamsten war: Ihr Murmeln glich einem Geflüster von menschlichen Stimmen. Hervé Mingam verhielt seinen Schritt und begann zu lauschen. Kein Zweifel, die zwei Buchen unterhielten sich. Und unser Mann vergaß Mühle, Mehl und Crêpes, um ihnen zuzuhören.

Der erste der beiden Bäume, der rechts stand, sagte: »Ich glaube, dir ist kalt, Maharit. Du zitterst ja an allen Gliedern!«

Und der zweite Baum, der links stand, antwortete, vor Kälte zitternd: »Ja, Jelvestr, ich bin wie Eis, wirklich durchgefroren bis aufs Mark. Jedes Mal, wenn die Nacht hereinbricht, geht es mir so, dass es wie ein neuer Tod ist. Aber zum Glück gibt es heute Abend bei unserem Sohn Crêpes: Da wird ein rechtes Feuer angefacht, und sobald seine Frau und er zu Bett gegangen sind, können wir uns an der Glut wärmen.«

Darauf erwiderte der erste Baum: »Ich werde mit dir gehen und dich nicht allein lassen, Maharit. Aber wenn du mir zu deinen

Lebzeiten gehorcht hättest, dann brauchtest du jetzt nicht zu warten, bis man bei unserem Sohn Crêpes macht, um dich ein bisschen aufzuwärmen. Wie oft habe ich dich gebeten, zu den Armen doch mildtätiger zu sein! Aber unter dem Vorwand, dass du selbst wenig besitzt, wolltest du ihnen nichts geben. Und jetzt wirst du dafür bestraft! Weil du immer ein kaltes Herz hattest, musst du jetzt mit Kälte dafür büßen. Und ich werde auch mit dir bestraft dafür, dass ich zu schwach deiner Sünde gegenüber war. Aber zumindest leide ich nicht so wie du. Die Armen, die du weggestoßen hast, habe ich nach meinen Kräften getröstet, ohne dass du etwas davon gewusst hast. Zum Beispiel habe ich ihnen zur Fastenzeit Butterstückchen gegeben, die ich in Kohlblätter eingewickelt habe, und zur Fastnacht Speckstückchen in etwas Papier eingewickelt. Und seit dieser Zeit sind das Papier und die Kohlblätter mir Kleidung und halten mich warm.«

»Ach!«, seufzte da der zweite Baum und war dabei so traurig, als wollte er seinen Geist aufgeben.

Mehr hörte Hervé Mingam nicht mehr. Selbst auf die Gefahr hin, sich zwanzigmal den Hals zu brechen, stürzte er sich, über die Steine des Hohlwegs stolpernd, den Hang hinunter bis zur Furt der Mühle von Trohir. Bei seiner Rückkehr nahm er einen zweimal längeren Weg, um ja nicht wieder unter den alten Bäumen durchzukommen

»Mein Gott«, sagte seine Frau da zu ihm, »ich habe schon geglaubt, Ihr würdet gar nicht mehr zurückkommen.« Und als sie sein verstörtes Aussehen bemerkte, sagte sie: »Was habt Ihr denn? Ihr seht ja ganz bleich aus!«

»Das kommt davon, dass ich am Ende meiner Kräfte bin. Mir tun alle meine Glieder weh. Nach der harten Tagesarbeit war dieser Gang wirklich zu viel!«

»Das habe ich Euch ja vorher gesagt! Doch tröstet Euch. Wenn Ihr schon Mehl mitgebracht habt, werde ich Euch auch Crêpes machen!«

»Ja«, murmelte er, »mehr denn je müsst Ihr sie jetzt machen!«

Radegonda glaubte, damit wolle er andeuten, sein Verlangen nach Crêpes sei durch das lange Warten noch gestiegen, und so machte sie sich daran, ihm besonders sorgfältig aufzuwarten.

Gewöhnlich machten ihm zwölf Crêpes keine Angst. Aber diesmal war er schon mit der dritten satt und sagte: »Ich habe jetzt entschieden mehr Bedürfnis zu schlafen als zu essen.«

»Nun gut, wenn ich das gewusst hätte, hätte ich nicht ein so großes Feuer gemacht«, versetzte da seine Frau, nahm die Pfanne vom Ofen und machte sich daran, die halbverbrannten Scheite aus dem Feuer zu räumen. Aber ihr Mann gebot ihr Einhalt: »Lasst brennen, was brennt. Wir wollen zu Bett gehen.«

Er wartete, bis sie sich ausgezogen hatte, und während sie ihm den Rücken zudrehte, um ins Bett zu steigen, warf er eine Handvoll Späne in die Flamme. Kaum lag Radegonda im Bett, als sie auch schon eingeschlafen war. Ihr Gatte aber hielt Augen und Ohren offen und lag auf der Lauer.

Durch die durchbrochenen Vorhänge des Schrankbetts, das gerade gegenüber dem Fenster stand, konnte man das Bauerngärtchen und die Landschaft in der Ferne sehen, denn es war Vollmond. Die Nacht war still, kein Windhauch regte sich. Es schlug zehn Uhr, elf Uhr, und niemand kam. Und unser Mann begann schon zu zweifeln. Aber als es halb zwölf Uhr schlug, hörte er ein leises Geräusch, wie wenn Zweige sich dahinschleppen und Blätter rascheln. Dann wurde das Geräusch immer stärker, wuchs an zu einem Rauschen, ähnlich, wie wenn der Wald von einem Windstoß bewegt wird. Und Hervé sah deutlich die zwei großen Schatten der Buchen, die sich auf das Haus zubewegten. Beide gingen so dicht wie möglich nebeneinander; man hätte meinen können, dass die Erde sie trug. Im Schein des Mondes sah man ihre silbernen Stämme unter dem riesigen Laubwerk glitzern. Zuletzt durchquerten sie das Gärtchen.

»Fru-u-u, fru-u-u!«, seufzten ihre riesigen Äste.

Unser Mann klapperte mit den Zähnen unter seiner Bettdecke. Nie hätte er sich vorgestellt, dass zwei Bäume allein das Rau-

schen eines ganzen Waldes hervorzubringen vermochten. Nun war ihr Rascheln um ihn herum, über ihm, schier überall schien es zu sein.
»Sie werden mir das ganze Haus umwerfen«, sagte er sich. Er hörte, wie die dicken Äste sich an den Mauern und an dem Strohdach rieben. Dreimal gingen die beiden Buchen um das Haus; ohne Zweifel suchten sie die Eingangstür. Plötzlich öffnete die sich. Der Mann barg den Kopf in seinen Händen, denn er wollte nicht mehr sehen, wie es weiterging. Als er aber nach drei oder vier Minuten kein Rumoren mehr bemerkte, erkühnte er sich und schaute durch die Löcher des Bettvorhangs. Was aber sah er da?
Sein Vater und seine Mutter saßen auf Holzschemeln zu beiden Seiten des Feuers. Sie hatten nun nicht mehr die Gestalt von Bäumen, sondern sahen aus wie zu ihren Lebzeiten und plauderten leise miteinander. Seine alte Mutter hatte ihren roten Rock aus Barchent hochgeschürzt, um sich die Beine zu wärmen, und der greise Vater fragte sie: »Spürst du ein wenig die Wärme?«
»Ja«, antwortete sie. »Unser Sohn war so klug und hat eine Handvoll Späne ins Feuer geworfen.«

Da weckte Hervé Mingam ganz sachte seine Frau und sprach: »So seht doch her!«
»Was? Wo?«
»Da, in der Stube, die zwei Alten, erkennt Ihr sie nicht?«
»Entweder träumt Ihr oder leidet unter bösem Fieber, armer Gatte! In der Stube sehe ich nichts als das funkelnde Feuer.«
»Legt doch Euren Fuß auf meinen, Radegonda, dann seht Ihr, was ich sehe.«
Und sie legte ihren Fuß auf den seinen und sah tatsächlich die beiden Alten.
»Der Herr möge den Verstorbenen vergeben! … Aber das sind ja Euer Vater und Eure Mutter«, stammelte sie vor Erstaunen und Entsetzen zugleich und fasste seine Hände.
»Um Himmels willen«, antwortete er, »macht und sagt nichts, was sie stören könnte!«
»Was wollen sie von uns?«
»Das werde ich Euch erklären, wenn sie weggegangen sind.«
Beim Herd sagte dann der greise Vater zur Mutter: »Habt Ihr Euch genug aufgewärmt, Maharit? Bald ist unsere Stunde gekommen!«
Und die Alte sagte zu ihrem greisen Mann: »Ja, mir ist nicht mehr so kalt, Jelvestr. Aber es kommt mir lange vor, bis meine harte Bußzeit zu Ende ist.«
Da erscholl schon von der Kirche der erste Glockenschlag der Mitternacht. Die zwei Alten standen auf und verschwanden. Und von Neuem erhob sich das laute Rauschen von Blattwerk um das Haus herum: »Fru-u-u! Fru-u-u!«
Dann entfernte sich das Geräusch im gleichen Maß, wie auch der Schatten der beiden Bäume im Mondlicht entschwand.
Radegonda lief es eiskalt über den Rücken, denn sie verstand all die außergewöhnlichen Dinge nicht, die sie da gesehen hatte. Als die Nacht wieder still und schweigsam war, erzählte ihr der Mann, was ihm im Hohlweg begegnet war und wie er das Geheimnis der beiden Toten entdeckt hatte.

»Es ist gut«, sagte da Radegonda, die verstanden hatte. »Morgen werde ich den Armen in der Pfarrei eine schöne Torte bringen, und wir werden zwei Messen in der Kirche bestellen.«
Das taten sie denn auch, und seit dieser Zeit sprachen die beiden Buchen nie mehr wieder.

Eine Veillée mit einer Gespenstergeschichte

In einem einsam gelegenen Gutshaus mitten in der Heide der bretonischen Cornouaille hat sich eine abendliche Gesellschaft eingefunden, um alte Geschichten und Sagen zu hören. Nach dem Abendessen hat man gemeinsam laut gebetet und in bretonischer Sprache das Leben des Tagesheiligen gelesen. Dann beginnt die eigentliche Veillée.
Die Männer, die den ganzen Tag lang bei rauem Wetter auf den Feldern gearbeitet hatten, sitzen im Kreis vor einem schönen Feuer, das in einem großen mit einem Wappen verzierten Kamin fröhlich knistert und lodert; das Gespräch geht über Pferde, Ochsen und die Arbeit auf den Feldern, die gerade bei dieser Jahreszeit anfällt. Die Frauen sitzen an ihren schnurrenden Spinnrädern und singen altbekannte Liebeslieder und auch tragische Weisen über Krieger und Helden, die man in der Bretagne Soniou und Gwerziou nennt. Die Kinder laufen im ganzen Raum umher, klettern auf die Knie ihrer Eltern und quengeln: Da sie sich bei den langen und ernsthaften Gesprächen der Alten langweilen, rufen sie laut nach schönen alten Geschichten, nach solchen über Riesen, Zwerge, Kobolde, Hexen, über nächtliche Erscheinungen und über Geister und Gespenster, alles Geschichten, die ihnen große Angst einjagen.

Draußen ist es bitterkalt; es ist November, der schwarze Monat, die Bretonen nennen ihn *miz duff*. Der Wind tobt und heult um das alte Gutshaus und lässt oben auf den Dachtürmchen den verrosteten Wetterhahn knarren und ächzen. Von Zeit zu Zeit setzen sich Uhus und Käuzchen auf die Dachkamine, und schaurig und unheilvoll klingen ihre Rufe im Dunkel der Nacht. Ach, wie angenehm und anheimelnd ist es doch jetzt, gemütlich am flackernden Kamin zu sitzen und schaurige Gespenstergeschichten zu hören!
Der alte Gorvel hat auf dem Schemel Platz genommen, auf dem allabendlich der Geschichtenerzähler zu sitzen pflegt, und hat es sich schon mit ein paar Schlucken von diesem goldgelben Cidre gut gehen lassen, dem er gerne seine Inspiration und Erzählergabe zuschreibt. Hören wir ihm zu:
Zur Zeit des großen heiligen Jubiläums, in dem man alle fünfzig Jahre den Nachlass all seiner Sünden erlangen kann, kamen so viele Leute in die Kirche geströmt, dass vom frühen Morgen bis

tief in die Nacht alle Beichtstühle besetzt waren. Wann das genau war, weiß ich nicht mehr so genau, aber es muss wohl schon mindestens vierzig Jahre her sein. Da man bei der Beichte also kaum an die Reihe kommen konnte, hatte man an allen Pfeilern der Kirche in unserem Marktflecken Plouaret zusätzliche Beichtstühle angebracht; die bestanden aus weißen Tüchern, die man an Ringen im Halbkreis aufgehängt hatte, und hinter diese konnte man sich mit den Beichtvätern zurückziehen. Damals war ich ebenso wie auch Ewenn Pasquiou, den ihr alle kennt, Kirchendiener in meinem Heimatort Kériavily, der noch recht weit von Plouaret entfernt liegt. Seit zwei Tagen schon harrten wir die ganze Zeit in der Kirche von Plouaret aus und warteten dort, dass wir an die Reihe kämen, und da wir noch nicht einmal bis zum Beichtstuhl vorankommen konnten, waren wir sehr verärgert. Am zweiten Tag kam Pasquiou auf den Gedanken, die Nacht in der Kirche zu verbringen, und zwar im Beichtstuhl selbst. Er meinte zu Recht, dann käme niemand anders am nächsten Morgen vor ihm dran und so sei er der erste. Ich selber aber ging heim zum Schlafen nach Kériavily, wo ich wohnte, und wollte am nächsten Morgen wieder nach Plouaret in die Kirche kommen.

Als die Nacht schon fortgeschritten war und der Priester seinen Beichtstuhl verlassen hatte, schlich sich Pasquiou dort hinein, ohne dass jemand dies bemerkte, und versteckte sich, so gut er konnte. Alle Leute hatten das Gotteshaus inzwischen schon verlassen, und wie gewöhnlich machte der Küster seinen Rundgang, und als er niemanden mehr drinnen sah, schloss er die Tore. »Gut so«, sagte sich Pasquiou, »jetzt bin ich sicher, dass es klappt. Morgen früh werde ich der erste sein, der beichtet, und dann hab ich die Sache hinter mir. Es ist ja schon sehr ärgerlich, jeden Tag von Kériavily hierherzukommen, und das vor allem noch umsonst, das ist ja schon eine ganz schöne Strecke!«

Bald war er eingeschlafen, doch gegen Mitternacht wurde er plötzlich wach und fuhr auf; er hatte nämlich gehört, wie das

Fensterchen, durch das der Priester mit dem Beichtwilligen spricht, mit einem lauten Geräusch geöffnet wurde. »Der Herr Pfarrer beginnt aber seinen Tag sehr früh«, dachte er bei sich. »Umso besser! Dann kann ich noch eine Messe hören, bevor ich nach Hause gehe, und komme dort früh genug an, um mein Tagwerk mit den anderen zu beginnen.« So trug er denn sein Confiteor vor, beichtete und erhielt die Absolution, wobei ihm nichts Besonderes auffiel. Doch als er sich anschickte, den Beichtstuhl zu verlassen, fragte ihn der Beichtvater, ob er zur Messe dienen könne. »Nicht so gut, fürchte ich«, gab er zur Antwort, »aber mit Hilfe eines Messbuchs, werde ich es einigermaßen hinbekommen, denn in meiner Jugend war ich Messdiener.«

»Das schickt sich gut«, sprach da der Priester zu ihm, »ich werde die Messe lesen, Ihr werdet dienen, und wenn dann die heilige Kommunion gekommen ist, dann kommt Ihr an den Altar.«

Sie gingen aus dem Beichtstuhl. Der Priester begab sich in die Sakristei, um die Gewänder anzulegen, und Pasquiou kniete sich auf die Altarstufen und wartete auf ihn. Die Kerzen gingen auf einmal von selbst an, und der Raum füllte sich mit Kirchgängern, doch herrschte drinnen eine vollständige Stille. Dann kam der Priester aus der Sakristei, er hatte ein Messgewand mit einer Stola an und trug vor sich den Kelch. Darauf stieg er hoch zum Altar, und die Messe begann.

Pasquiou nahm ein Messbuch und antwortete ihm, ohne dass er stecken blieb, und alles ging gut. Der Priester weihte dann die Hostie und gab sie ihm in den Mund. Da erst bemerkte unser Messdiener, dass der Priester weder Haut noch Fleisch an seinen Händen hatte, dass seine Augenhöhlen leer waren und seine Zähne in der Mundhöhle freilagen – mit einem Wort, dass er es mit einem Toten zu tun hatte. Sein Entsetzen aber war so groß auch nicht, und so fuhr er fort, zur Messe zu dienen. Als diese zu Ende ging und das *ite, missa est* gesprochen war, kam der Priester zu Pasquiou und sagte: »Ihr habt mir den größten Dienst erwiesen, den ein Mensch einem anderen erweisen kann. Seit hundert

Jahren schon komme ich jede Nacht hier hin, um die heilige Messe zu feiern, ohne dass ich je jemanden gefunden hätte, der sie mir dient. Und ich hätte ewig so weitergemacht, bis ich einen Christen gefunden hätte, einen lebenden, der mir zur Messe dient und die Kommunion aus meinen Händen empfängt. Dann erst werde ich nämlich wieder von Gott in Gnaden aufgenommen, ich und auch all die, die an dieser Messe teilgenommen haben, und das sind sehr viele. Seid gesegnet und mögen wir uns eines Tages im Paradies wiedersehen.«

So sprach er und ging dann zurück in die Sakristei; auch alle, die so zahlreich der Messe beigewohnt hatten, verschwanden, die Kerzen erloschen von selbst, und nun stand Pasquiou allein an den Stufen zum Altar; verwirrt und benommen war er und unfähig, an irgendwas zu denken. Wie von selbst ging er wieder zum Beichtstuhl, setzte sich auf die Stufen und kam nur allmählich aus dieser körperlichen und geistigen Erstarrung heraus. Da erst kam in ihm der Gedanke auf, wie seltsam und übernatürlich all das war, was er eben erlebt hatte. Für den Augenblick war er nicht zu sehr darüber erschrocken, und der Gedanke, dass er so viele arme Seelen aus ihrer Pein und Not erlöst hatte, tröstete und beruhigte ihn und gab ihm genug Kraft und Mut, um den kommenden Tag abzuwarten.

Als der Küster am folgenden Morgen das Angelus läutete und die Kirchenpforten aufsperrte, war er überrascht, drinnen einen Menschen anzutreffen. Zuerst dachte er, er hätte es mit einem Dieb zu tun, aber Pasquiou erzählte ihm, wer er sei, und erklärte ihm auch, in welcher Absicht er die Nacht in der Kirche hatte verbringen wollen.

Als ich gegen acht Uhr morgens in unserem Marktflecken Plouaret ankam, kam Pasquiou gleich zu mir. Bleich und traurig war er und machte einen verwirrten Eindruck, als er mir erzählte, was er erlebt hatte. Ich gab ihm den Rat, sofort den Pfarrer aufzusuchen, ihm alles zu erzählen, was sich zugetragen hatte, und ihn um Rat zu fragen. Das tat er dann auch auf der Stelle.

Der Pfarrer beruhigte ihn und sagte, er hätte sich so verhalten, wie es richtig ist, und alles sei durch den Willen Gottes geschehen. Auch bräuchte er weder künftiges Unheil noch einen nahen Tod zu fürchten, wie er es tat.
Bald hatte Pasquiou wieder seine frühere innere Ruhe und sein seelisches Gleichgewicht gefunden, doch wurde er immer trauriger und ernster, und auch heute noch erzählt er nicht gern von seinem nächtlichen Abenteuer. Er fürchtet nämlich, dass ein ungläubiger oder gedankenloser Mensch sich über die Dinge lustig macht, von denen man nur mit allem Ernst und aller Hochachtung sprechen darf.
Damit endete Gorvel seine schaurige Geschichte. Es gab an diesem eisigen Abend noch einige andere Geschichten beim flackernden Schein des Kamins und bei reichlich fließendem goldgelben Cidre zu hören. Aber lassen wir jetzt die fröhliche Gesellschaft bei ihrer Veillée unter sich!

Noch eine Geistermesse

In einer Allerseelennacht schlief eine Frau in der Kirche von Plévenon ein, und der Küster, der sie nicht gesehen hatte, versperrte die Türen. Als sie erwachte, war sie sehr erstaunt, sich um diese Zeit in der Kirche zu finden. Aber eine noch größere Überraschung stand ihr bevor. Um Mitternacht erblickte sie einen Priester, der in seinen Messgewändern zum Altar trat, dessen Kerzen sich von selbst entzündeten. Nachdem er sich vor dem Altar verneigt hatte, wandte er sich zum Schiff der Kirche und sagte dreimal: »Ist hier jemand, der mir zur Messe dienen will?« Die Frau konnte vor Angst kein Wort herausbringen, und der Priester kehrte in die Sakristei zurück, während die Kerzen verlöschten. Sobald die Kirche geöffnet wurde, lief die Frau ins Pfarrhaus und erzählte dem Geistlichen, was sie gesehen und gehört habe. »Seid Ihr dessen ganz sicher?«, sagte der Pfarrer. »Wenn das wahr ist, was Ihr da sagt, so könnt Ihr einer armen Seele einen hervorragenden Dienst erweisen. Geht wieder in die Kirche und nehmt Euren Knaben mit, der noch keine zehn Jahre zählt, dieser soll ihm zur Messe dienen, und wenn sie aus ist, wird ihn der Priester fragen, was er für seine Mühe verlange. Dann müsst Ihr ihm raten, dass er sagt: ›Ich verlange das Himmelreich!‹«

In der folgenden Nacht wurde die Frau samt ihrem Knaben in der Kirche eingeschlossen. Um Mitternacht kam der Priester wieder wie in der Nacht zuvor und fragte mit langsamer und tiefer Stimme: »Ist hier jemand, der mir zur Messe dienen will?«

»Ich will es!«, erwiderte der Knabe und trat näher.

»Du, mein Kind? So komm her!« Der kleine Knabe diente zur Messe, und als sie beendet war, wandte sich der Priester um und sprach: »Du hast mir einen großen Dienst erwiesen, denn seit fünfundzwanzig Jahren komme ich jede Nacht hierher; nun aber bin ich mit deiner Hilfe erlöst. Was verlangst du zum Lohn, mein Kind?«

»Das Himmelreich!«, antwortete der Knabe.

»In drei Tagen sollst du darinnen sein.«

Und am dritten Tag starb der Knabe.

Die Steine von Plouhinec

Plouhinec ist ein kleiner Ort in der Gegend von Hennebont, dem Meer zu gelegen. Rings in der Gegend sieht man nur öde Heidelandschaft oder kleine Tannenwäldchen, und noch nie gab es in der Pfarrei genug Grasland, um Rinder oder Schweine zu ziehen. Aber wenn auch die Leute dort kein Getreide oder gar Vieh haben, so besitzen sie doch mehr Steine, als man braucht, um noch einmal die Stadt Lorient zu bauen. Und jenseits des Ortes Plouhinec gibt es eine große Heide, in die die Korrigane zwei Reihen von langen, hohen Steinen gepflanzt haben, sodass man meinen könnte, es wäre eine Allee, wenn sie irgendwohin führte.
Dort, am Ufer des Flüsschens von Intel, lebte einst ein Mann namens Marzinn. Für die Gegend war er reich, das heißt, er konnte alle Jahre ein kleines Schwein pökeln, Schwarzbrot essen, soviel er wollte, und sich jedes Jahr zu Ostern ein neues Paar Holzschuhe kaufen. Daher galt er auch im Land als hochmütig und hatte seine Schwester Rozenn vielen jungen Burschen verweigert, die ihr Leben im Schweiße ihres Angesichts verbringen mussten.
Unter diesen Freiern war auch Bernèz, ein braver Bursche und guter Christ, der auf dem Land arbeitete. Der hatte aber als einziges Erbe nur den guten Willen mit auf die Welt gebracht. Bernèz war aus Ponscorff-Bidrée gekommen, um in Plouhinec zu arbeiten, und er kannte Rozenn schon, als sie ganz klein war. Und oft war sie ihm nachgelaufen und hatte ihn mit dem Liedchen geneckt, das die Kinder gern den Leuten aus dieser Gegend nachsangen:

»Ponscorff-Bidrèe
Ziegenfleisch, määh!«

So hatten sie sich kennengelernt, und je größer Rozenn wurde, desto größer ward auch die Zuneigung, die Bernèz für sie empfand, und eines Tages hatte er sich unsterblich in sie verliebt.

Da kann man verstehen, dass die Ablehnung von Marzinn ihm schier das Herz brach; doch er verlor nicht den Mut, denn Rozenn behandelte ihn weiter freundlich und neckte ihn immer wieder mit dem Reim, den man auf die Leute aus Ponscorff gedichtet hatte.

An einem Heiligen Abend nun gab es ein so starkes Gewitter, dass niemand zur Mette gehen konnte. So saßen denn alle Leute aus dem Bauerndorf in der Stube zusammen, und unter ihnen waren auch Bernèz und andere Burschen aus der Nachbarschaft. Um sein großes Herz zu zeigen, hatte der Hausherr fürs Abendessen Blutwürste und eine mit Honig angesetzte Weizensuppe kochen lassen; da waren aller Augen auf den Kessel im Kamin gerichtet. Nur Bernèz schaute unentwegt seine geliebte Rozenn an. Und als man gerade die Bänke an den großen Tisch rückte und die Holzlöffel schon rundherum im Kessel steckten, da stieß plötzlich ein alter Mann die Haustür auf und wünschte jedem einen guten Appetit. Es war ein Bettler aus Pluvigner, der nie in die Kirche ging und vor dem alle anständigen Leute Angst hatten. Man verdächtigte ihn in der Gegend, das Vieh zu verhexen, das Korn in der Ähre schwarz werden zu lassen und den Raufbolden Zauberkräuter zu verkaufen. Es gab sogar Leute im Land, die argwöhnten, er könne sich nach Belieben in einen Werwolf verwandeln.

Da der Mann aber wie ein Armer gekleidet war, erlaubte der Bauer es ihm, an den Kamin zu kommen; er ließ ihm sogar einen dreibeinigen Schemel und eine Portion Essen bringen.

Als nun der Hexer zu Ende gegessen hatte, da bat er noch um eine Unterkunft für die Nacht, und Bernèz sperrte ihm den Stall auf, in dem nur ein alter, harmloser Esel und ein magerer Ochse standen. Der Bettler legte sich zwischen beide Tiere, um es warm zu bekommen, und bettete seinen Kopf auf einen Sack von zerstampftem Heidekraut.

Und als er gerade einschlafen wollte, schlug es Mitternacht. Da schüttelte der alte Esel seine langen Ohren und wandte sich zum mageren Ochsen.

»Nun, mein Vetter«, fragte er freundschaftlich, »wie geht es seit dem letzten Weihnachtsfest, wo ich mit Euch gesprochen habe?«
Statt darauf eine Antwort zu geben, warf das gehörnte Tier einen Blick zum Bettler und sprach mürrisch:
»War es das wert, dass uns der Herrgott zu Weihnachten die menschliche Sprache verlieh und uns und unsere Vorfahren, die bei der Geburt des Jesuskindes dabei waren, damit belohnte, dass wir nun diesen Taugenichts von Bettler als Zuhörer haben?«
»Ihr seid sehr hochmütig, Herr Brüllochse«, erwiderte der Esel heiter, »ich hätte doch mehr Recht, mich zu beschweren, ich, dessen Vorfahr einst das Kind nach Jerusalem brachte, wie es das Kreuz beweist, das uns seitdem auf dem Rücken zwischen den Schulterblättern steht. Aber ich bin mit des Herrgotts Gabe zufrieden. Seht Ihr übrigens nicht, dass der Hexer eingeschlafen ist?«
»All seine Zauberkünste haben ihn nicht reich machen können«, fuhr der Ochse fort, »und er geht wegen sehr wenig der Verdammnis entgegen. Der Teufel hat ihn nicht einmal auf das Glück aufmerksam gemacht, das er hier in einigen Tagen finden wird.«
»Welches Glück?«, fragte der Esel.
»Wie!«, fuhr der Ochse fort. »Wisst Ihr denn nicht, dass die Steine aus der Heide von Plouhinec alle hundert Jahre zum Flüsschen Intel trinken gehen und dass während dieser Zeit die Schätze, die sie verborgen halten, offen stehen?«
»Ah, jetzt erinnere ich mich«, unterbrach ihn der Esel, »aber die Steine kommen so schnell wieder an ihre alte Stelle zurück, dass es unmöglich ist, ihnen aus dem Weg zu gehen, ohne dass sie einen zermalmen. Es sei denn, man hat zu ihrer Abwehr einen Zweig von Kreuzkraut, der mit einem fünfblättrigen Kleeblatt umwunden ist.«
»Und dann«, fügte der Ochse hinzu, »verfallen noch die Schätze, die man mitnimmt, sofort zu Staub, wenn man dafür keine getaufte Seele gibt. Es braucht den Tod eines Christenmenschen, damit der böse Geist einen in Ruhe die Reichtümer von Plouhinec genießen lässt.«

Der Bettler aber hatte dieses ganze Gespräch mit angehört und wagte es nicht, dazwischen zu atmen.
»Ah, meine lieben Tiere, meine Herzchen«, dachte er bei sich, »ihr habt mich soeben reicher gemacht als alle Bürger von Vannes und Lorient zusammen. Doch seid nur beruhigt! Der Hexer von Pluvigner wird sich hinfort nicht mehr für nichts der Verdammnis anheimgeben.«
Und sogleich schlief er ein. Doch schon bei Tagesanbruch war er auf dem freien Feld und suchte das Kreuzkraut und das fünfblättrige Kleeblatt. Lange musste er suchen und tief ins Land gehen, dort, wo die Luft wärmer ist und die Pflanzen immer grün bleiben. Endlich aber, am Tag vor Neujahr, tauchte er wieder in Plouhinec auf und machte ein Gesicht wie ein Wiesel, das den Weg zum Taubenschlag entdeckt hat.
Als er gerade über die Heide kam, erblickte er Bernèz, der damit beschäftigt war, mit einem spitzen Hammer auf den größten Stein zu schlagen.
»Um Himmels willen«, rief der Hexer und lachte, »wollt Ihr Euch ein Haus aus diesem dicken Pfeiler schlagen?«
»Nein«, antwortete Bernèz ruhig, »aber da ich für den Augenblick keine Arbeit habe, dachte ich mir, ich meißle ein Kreuz auf einen dieser verfluchten Steine. So tue ich dem Herrgott ein wohlgefälliges Werk.«
»Ihr wollt also etwas von ihm erbitten?«, bemerkte der alte Mann.
»Alle Christen müssen ihn um das Heil ihrer Seele bitten«, entgegnete der junge Bursche.
»Und habt Ihr ihm auch nichts von Rozenn zu sagen?«, fügte der Bettler leise hinzu. Bernèz schaute ihn an.
»Ah, Ihr wisst es also«, fuhr da Bernèz fort, »nach allem ist es weder eine Schande noch eine Sünde; und wenn ich das junge Mädchen suche, dann nur, um sie vor den Altar zu führen. Unglücklicherweise will Marzinn einen Schwager, der mehr Dukaten besitzt als ich rote Heller.«
»Und wenn ich Euch mehr Louisdor beschaffe, als Marzinn Dukaten hat?«, sagte da der Hexenmeister halblaut.

»Ihr?«, rief da Bernèz.

»Ich!«

»Und was würdet Ihr dafür von mir verlangen?«

»Nichts als ein Gedenken in Euren Gebeten.«

»Ich brauche mein Seelenheil also nicht aufs Spiel zu setzen?«

»Hier braucht es nur Mut!«

»Dann sagt mir, was ich tun muss«, rief da Bernèz und ließ seinen Hammer fallen, »ich bin bereit, und wenn ich mich auch dreißigmal dem Tod ausliefern müsste, denn ich hänge weniger am Leben als an einer Hochzeit mit Rozenn.«

Als der Bettler nun diese Entschlossenheit sah, erzählte er ihm, dass in der kommenden Nacht die Schätze der Heide offen daliegen würden. Doch verheimlichte er ihm, wie man den Steinen bei ihrem Rückweg ausweichen könne: Der junge Bursche war der Meinung, hier brauche es nur Mut und Behändigkeit, und so sagte er:

»So wahr es die Dreifaltigkeit gibt, ich werde die Gelegenheit ausnutzen, alter Mann, und ich werde Euch wegen dieses Hinweises immer zu Gefallen sein. Lasst mich nur noch das Kreuz, das ich zu meißeln begonnen habe, zu Ende führen. Wenn es die Zeit ist, werde ich zu Euch am kleinen Tannenwäldchen kommen.«

Und Bernèz hielt Wort und kam eine Stunde vor Mitternacht zur vereinbarten Stelle. Dort fand er den alten Mann vor, der einen Bettelsack in jeder Hand und einen weiteren um den Hals hängen hatte.

»Nun setzt Euch dahin«, sagte er zum jungen Burschen, »und denkt darüber nach, was Ihr machen werdet, wenn Ihr zur Genüge Silber, Gold und Edelsteine habt!«

Der Bursche setzte sich auf den Boden und antwortete: »Wenn ich Silber zur Genüge habe, dann werde ich meiner lieben Rozenn all das geben, was sie sich wünscht und schon immer gewünscht hat, vom Stoff bis zur Seide, vom Brot bis zur Apfelsine.«

»Und wenn Ihr Gold zur Genüge habt?«, fügte der Bettler hinzu.

»Dann«, antwortete Bernèz, »werde ich alle Verwandten von Rozenn und alle Freunde ihrer Verwandten bis in den letzten Winkel der Pfarrei reich machen.«

»Und wenn Ihr Edelsteine habt, wie Ihr sie nur wollt?«, sagte der Alte schließlich.

»Dann werde ich alle Menschen auf der Welt reich und glücklich machen, und ich werde ihnen sagen, dass meine Rozenn es so gewollt hat«, rief er da freudig.

Während sie so plauderten, war die Stunde vorübergegangen, und es ward Mitternacht. Da erhob sich auf der Heide ein lauter Lärm, und im Schein der Sterne sah man, wie alle großen Steine von ihrer Stelle rückten und zum Flüsschen von Intel hinstürzten. Sie stiegen den Hang hinunter, zerstampften den Boden und stießen dabei aneinander wie eine Herde von Riesen, die zuviel getrunken hatten. So gingen sie in wildem Durcheinander an den beiden Männern vorbei und verschwanden in der dunklen Nacht.

Da stürzte sich der Bettler auf die Heide, und Bernèz folgte ihm. Und an der Stelle, an der sich noch kurz vorher die großen Steine erhoben hatten, entdeckten die beiden Brunnen, die waren bis zum Rand voll von Gold, Silber und Edelsteinen. Bernèz stieß einen Schrei der Verwunderung aus und bekreuzigte sich. Der Hexer aber machte sich sogleich daran, seine Bettelsäcke zu füllen, und lauschte angestrengt nach dem Flüsschen zu. Schon war er dabei, seinen dritten Bettelsack zu Ende zu füllen, während der Bursche erst die Taschen seiner Jacke vollmachte, als ein dumpfes Grollen wie das eines anziehenden Gewitters in der Ferne zu hören war. Die Steine waren mit dem Trinken fertig und schickten sich an, wieder auf ihre alten Stellen zu rücken. Vorwärtsgebeugt kamen sie herbeigeeilt wie Läufer und zermalmten alles, was sich ihnen in den Weg stellte. Als der junge Bursche sie nahen sah, stand er schnell auf und schrie:

»Jungfrau Maria, wir sind verloren!«

»Nein, nicht ich«, entgegnete da der Hexer und nahm das Kreuzkraut und das fünfblättrige Kleeblatt in die Hand. »Das hier ist meine Rettung«, fuhr er da fort, »aber es war noch nötig, dass ein

Christenmensch sein Leben verliert, um mir diese Reichtümer zu sichern, und dein böser Engel hat dich mir auf den Weg gebracht. Verzichte also auf Rozenn und bereite dich auf den Tod vor!«
Während er noch so sprach, war das Heer der Steine herangekommen. Aber der Alte zeigte seinen Zauberstrauß, und die Steine wichen nach rechts und links aus, um sich auf Bernèz zu stürzen.
Als dieser begriffen hatte, dass nun alles verloren war, ließ er sich auf die Knie fallen und schloss die Augen. Doch der große Stein an der Spitze des Heeres blieb auf einmal stehen und stellte sich wie eine Sperre vor ihn, um ihn vor den anderen zu schützen. Erstaunt hob Bernèz den Kopf und erkannte den Stein, auf den er das Kreuz gemeißelt hatte! Das war nun ein getaufter Stein, der keinem Christen mehr schaden konnte.
Der Stein blieb unbeweglich vor dem jungen Burschen stehen, bis alle seine Brüder ihren Platz wieder eingenommen hatten. Dann schwang er sich wie ein Meeresvogel davon, um auch wieder an seine Stelle zu rücken. Auf seinem Weg aber stieß er auf den Bettler, der schwer an den drei mit Gold gefüllten Säcken trug.
Als der Alte den Stein nun nahen sah, wollte er ihm seine Zauberpflanzen zeigen; doch der Stein war christlich geworden und unterlag nicht mehr den Verhexungen des Dämons, und so fuhr er jählings über den Hexer hinweg und zermalmte ihn wie ein Insekt.
Und außer den Schätzen, die er selbst gesammelt hatte, bekam Bernèz auch die drei Säcke des Bettlers und war nun reich genug, um Rozenn zu heiraten und ebenso viele Kinder großzuziehen, wie der Zaunkönig Junge in seinem Nest hat.

Der Arzt von Fougeray

Die Einwohner von Fougeray sind nicht sehr gastfreundlich und sie lieben die Beamten der Regierung nicht sehr, noch weniger aber jene Leute, die sie die Hergezogenen nennen, das heißt die Landfremden, welche sich dort ansiedeln. Das ist jederzeit so gewesen.

Einstmals ließ sich ein junger Mann, den man gar nicht kannte, in Fougeray als Arzt nieder. Er war ein großer blonder Bursche mit einem ausländischen Akzent, lebte sehr zurückgezogen und wollte mit keinem Menschen Bekanntschaft schließen. Er hatte in diesem Ort ein Häuschen gemietet, das aus zwei Zimmern im Erdgeschoss und zwei Kammern im ersten Stock bestand. Im Winter sah man ihn fast nie, aber man bemerkte die ganze Nacht Licht in seiner Kammer. Im Sommer saß er vor seiner Tür auf einer Holzbank, rauchte aus einer großen deutschen Pfeife und schaute den Schwalben zu, die um den Kirchturm segelten. Niemals verließen seine Augen die Vögel, welche in ihm Erinnerungen an seine ferne Heimat wachzurufen schienen. Wenn ihn jemand zufällig anredete, so antwortete er kaum und ließ sich niemals auf ein Gespräch ein. Wie sollte man sich erklären, dass er einen im hintersten Winkel des Erdbodens versteckten Flecken statt eines großen Ortes gewählt hatte, in dem viele Leute ein und aus gingen? Man wusste es nicht, und niemand hätte es gewagt, ihn darum zu fragen. Er hatte keinen Empfehlungsbrief mitgebracht und war keinem Menschen vorgestellt worden.

Ein Diener, der ebenso eisig war wie sein Herr, besorgte den Haushalt, die Küche und das Pferd, das der Arzt geglaubt hatte kaufen zu müssen, um seine Gänge zu machen. Ach! Er brauchte keine Gänge zu machen, denn nur höchst selten wurde er zu den Kranken gerufen. Und trotzdem hielt man ihn für gelehrt und geschickt.

Es gab um diese Zeit in Fougeray auch einen alten Kurpfuscher, welcher zwar nur den Titel eines Wundarztes hatte, aber nichtsdestoweniger das Gewerbe eines Arztes ausübte. Er machte allerdings nur Aderlässe und verschrieb nichts als Klistiere. Dies genügte jedoch, um eine Menge Kranker wieder auf die Beine zu bringen, die, von einem Studierten behandelt, sicher umgekommen wären. Er behauptete, die Tiere seien weniger dumm als wir. »Schaut den Hund an«, sagte er, »wenn er sich krank fühlt, so hört er zu fressen auf und legt sich hin. Wenn der Mensch es ebenso machen würde, könnte er den Arzt entbehren.«

Der arme Doktor kam um vor Langeweile und begann schon den Mut zu verlieren, als er eines Abends sehr spät von einem Besuch bei einem Arbeiter zurückkam, der sich beim Einsturz eines Steinbruchs das Bein verletzt hatte. Er durchquerte die ungeheure Heide von Morelles, die heute urbar gemacht ist. Inmitten dieser Heide, die zur Gemeinde St.-Anne-sur-Villaine gehörte, bemerkte er auf einmal Tausende von kleinen brennenden Lampen, die voneinander getrennte Gruppen bildeten. Er hielt sein Pferd an, um dieses seltsame Schauspiel genauer zu betrachten. Ohne dass er das geringste Geräusch gehört hatte, war plötzlich ein Reiter an seiner Seite und sprach zu ihm: »Das ist etwas, das dich in Staunen setzt, junger Mann, und wenn ich dir erkläre, was das bedeutet, wird deine Überraschung noch größer sein.«

»Wer seid Ihr?«

»Das geht dich nichts an. Alle diese Lichter sind die Seelen der Bewohner dieses Landes und sind nur meinen Augen sichtbar und den deinigen. Sie sind auf der Heide nach Maßgabe der Städte und Dörfer in den Gemeinden, die uns umgeben, verteilt. Der Name jeder Person ist auf der Lampe eingeschrieben und der Grad der Intensität des Lichtes deutet die Lebenskraft eines jeden von ihnen an. Ferner lassen sich genaue Angaben über die Zahl der Jahre, Monate, Tage und Stunden erkennen, die sie noch zu leben haben.«

»Nochmals«, erwiderte der Doktor, »wer seid Ihr?«

»Ich kann dir nicht darauf antworten, denn ich frage dich auch nicht, aus welchem Grund du deine Heimat verlassen hast.« Und bei diesen Worten heftete er auf den jungen Mann einen durchdringenden Blick, der diesen erbeben machte.

»Schließlich, da du so innig wünschst, mich kennenzulernen, ich bin Satan, aber Satan als guter Teufel, der deine Verzweiflung sieht, mit dir Mitleid hat und dir seine Dienste anbietet. Da du kraft meiner Lampen die Lebensdauer aller Einwohner der Gegend erkennst, so wirst du alsbald dein Glück machen. Denke nur: Du kannst den Kranken am Rand des Grabes versichern, dass du für ihr Leben einstehst, und kannst deinem Konkurrenten die armen Teufel überlassen, deren Tage gezählt sind. Du wirst Tag und Nacht keine Ruhe haben. Da! Schau dort unten, weit unten das flackernde Licht: Das ist der Wirt von Bréherais, der gerade sein Leben aushaucht.« Plötzlich verschwand das Licht in der Ferne: Die Seele des Greises hatte die Erde verlassen. Eine Schar von Nachtvögeln erhob sich mitten aus der Ebene und stieß grauenvolle Schreie aus. Es gab Lampen, die in einem gewaltigen Glanz strahlten: Das waren die Seelen der Jugend, die stark und kräftig waren und noch lange Jahre zu leben hatten. Der junge Doktor sprach zum Satan: »Ich suche vergeblich meine eigene Lampe bei denen meiner Nachbarn. Ich bemerke sie nicht.«

»Du kannst sie nicht sehen. Es steht nicht in meiner Macht, dich die Dauer deines Lebens erkennen zu lassen. Ich kann dir die der anderen angeben, aber deine eigene nicht. Jene Lampen werden dir jede Nacht auf dieser Heide sichtbar sein, und du kannst hierherkommen, um sie zu befragen.«

»Und was fordert Ihr als Entgelt?«, fragte der Doktor.

»Nichts oder so gut wie nichts. Du brauchst nur, um mich zufriedenzustellen, zu notieren – aber sehr genau –, welche Fehler und Laster die Leute haben, zu deren Behandlung du gerufen wirst.«

»Das ist ein trauriges Amt, das Ihr mir da aufbürdet«, erwiderte der junge Mann.

»Es steht dir frei, es auszuschlagen.«

»Nein, ich nehme es auf mich, denn ich muss bald mein Glück machen!«

»Sehr gut! Aber erfülle gewissenhaft diese Verpflichtungen, oder es geschieht dir ein Unglück!«

»Ich werde meine Pflicht tun.«

Als der Doktor bedürftige Sterbende ins Leben zurückgerufen und sich geweigert hatte, reiche Leute zu behandeln, betrachtete man ihn allgemein als einen großen Gelehrten. Es gab keine Kriecherei, die man nicht vor ihm beging, nachdem man ihn zuvor solange verachtet hatte. Sogar sein Diener wurde zum Gegenstand der Aufmerksamkeit seitens der Würdenträger des Landes. Die Geschenke strömten zum Überfluss in das Haus des Arztes, der trotz seiner Erfolge verdrießlicher aussah als je. Er wurde geizig und häufte Gold und Silber auf, um möglichst bald dieses Land verlassen zu können, das ihm verhasst geworden war. Die nächtlichen Ritte auf die Heide von Morelles ließen ihn erschauern, wenn er daran dachte, und seine Begegnung mit dem Teufel machte ihn starr vor Grauen. Sein bekümmerter Sinn ließ es ihn vergessen, seine Notizen so genau zu machen, wie er es versprochen hatte, oder hatte seine Lampe wohl ihr Öl aufgezehrt? Kurz, eines Morgens kam er nicht nach Hause. Es war im Winter und es hatte die ganze Nacht geschneit. Als es taute, wurde seine Leiche von Hirten auf einer Ginsterstaude gefunden. Der unglückliche Doktor hielt in der Hand eine Lampe von höchst eigenartiger Form und von einem unbekannten Metall. Der Diener des Arztes verschwand ohne Zweifel mit den Schätzen seines Herrn, denn nie wieder erblickte man ihn in Fougeray, und in dem verlassenen Haus fand man nichts.

ANDERE SCHAURIGE GESCHICHTEN AM KAMIN ZU ERZÄHLEN

Wie die Stadt Is im Meer unterging

In alten Zeiten lebte im bretonischen Königreich Cornouaille ein mächtiger König namens Grallon. Es war ein Mann, der wie sonst keiner das Gute liebte, und er empfing an seinem Hof alle berühmten Männer, ob sie nun von Adel waren oder nicht. Unglücklicherweise hatte er aber eine Tochter, die ein gar liederliches Leben führte. Um der Aufsicht ihres Vaters zu entgehen, hatte sie ihren Wohnsitz in der Stadt Is genommen, einige Meilen von Quimper entfernt.

Eines Tages ging der König mit seinem Gefolge auf die Jagd in einen Wald, der am Fuße des Ménéhom lag. Da verirrten sie sich und kamen in die Einsiedelei des einsamen Corentin. Grallon hatte schon von diesem heiligen Mann reden hören, und so war er erfreut darüber, zu seiner Wohnstätte geführt worden zu sein. Seine Diener aber, die sehr hungrig waren, sahen die ärmliche Klause des Heiligen mit trauriger Miene, und sie sagten sich untereinander, jetzt müssten sie als Speise mit frommen Sprüchen vorliebnehmen. Corentin erhielt indes von Gott eine Erleuchtung und erriet ihre Gedanken. Er fragte den König, ob er nicht hungrig sei, und da Grallon zur Antwort gab, er habe seit dem ersten Hahnenschrei nichts mehr gegessen, rief der heilige Mann den Mundschenk und den Koch des Königs und hieß sie nach einer so langen Enthaltsamkeit ein gutes Mahl zubereiten. Er führte die beiden an den Brunnen nahe der Einsiedelei, füllte den goldenen Krug, den der Mundschenk mit sich trug, mit Wasser und schnitt ein Stück von dem kleinen Fisch ab, der in der Quelle umherschwamm, und gab ihn dem Koch. Und beiden empfahl er, dem König und seinem Gefolge den Tisch zu richten. Der Mundschenk und der Koch aber brachen in schallendes Gelächter aus und fragten den heiligen Mann, ob er denn die Hofleute für Bettler halte, dass er ihnen seine Fischgräten und seinen Gänsewein vorzusetzen wagte. Corentin antwortete ihnen, sie sollten sich keine Sorgen machen, Gott würde schon alles vorsehen.

So entschlossen sie sich, das zu machen, was Corentin sie geheißen hatte, und zu ihrer großen Überraschung wurde alles wirklich, was der heilige Mann vorausgesehen hatte: Das Wasser, das er in dem goldenen Krug geschöpft hatte, verwandelte sich in Wein, der so süß wie Honig und so leuchtend wie Feuer war, und das kleine Stückchen Fisch vermehrte sich derart, dass zweimal so viel Gäste, wie der König in seinem Gefolge hatte, davon hätten satt werden können.

Sogleich berichteten zwei Diener ihrem König von diesem wundersamen Geschehen und zeigten ihm ein noch größeres Wunder: Der kleine Fisch, von dem Corentin ein Stückchen abgeschnitten hatte, schwamm in der Quelle herum und war so munter und unversehrt, als hätte das Messer des Heiligen ihn nie angerührt. Als der König das sah, wurde er von großer Ehrfurcht ergriffen, und er sagte zum Einsiedler:

»Heiliger Mann! Nicht hier ist Euer Platz, denn Euer Herr und der meinige hat verboten, sein Licht unter den Scheffel zu stellen. Ihr werdet diese Einsiedelei verlassen, um nach Quimper zu kommen. Dort werde ich Euch zum Bischof ernennen. Mein Palast soll Euch als Wohnstatt dienen, und die ganze Stadt soll Euch gehören. Für Eure Jünger werde ich in Landevennec ein Kloster bauen, und Ihr selbst sollt dafür den Abt bestimmen.«

Und der König hielt sein Versprechen. Er übergab seine Hauptstadt dem neuen Bischof und ging selbst in die Stadt Is.

Diese Stadt erhob sich genau an der Stelle, an der heute die Bucht von Douarnénèz liegt. Sie war so groß und so schön, dass die Menschen in alter Zeit, um die Hauptstadt aller Franzosen zu loben, nichts Besseres fanden, als sie »Paris« zu nennen, das heißt »gleich Is«.

Is war tiefer als das Meer gebaut und wurde von Deichen geschützt, deren Tore man zu gewissen Zeiten öffnete, um die Fluten ein- und ausströmen zu lassen. Die Prinzessin Dahut, Tochter des Königs Grallon, trug immer die silbernen Schlüssel dieser Deichtore um ihren Hals, und deshalb nannte das Volk sie Alc'huèz oder kurz nur Ahèz.

Da sie eine große Zauberin war, hatte sie die Stadt mit Dingen geschmückt, die nicht von Menschenhand stammen konnten. Alle Korrigane von Cornouaille und von Vannes waren auf ihren Befehl hin gekommen, um die Deiche zu bauen und die eisernen Tore dazu zu schmieden. Sie hatten den Palast mit einem Metall überzogen, das dem Gold ähnlich war, denn die Korrigane sind geschickte Falschmünzer. Um die Gärten hatten sie Geländer gebaut, die wie blanker Stahl glänzten. Sie besorgten auch Dahuts Pferdeställe, die mit schwarzem, rotem oder weißem Marmor gepflastert waren, je nach der Farbe der Pferde. Und sie hielten auch den Hafen instand, in dem man die Meeresdrachen ernährte. Denn durch ihre Zauberkunst hatte sich Dahut auch die Meeresungeheuer dienstbar gemacht und einem jeden der Einwohner von Is eines davon gegeben. Man bediente sich ihrer sozusagen als Laufburschen, um jenseits des Meeres die seltenen Waren abzuholen oder um an die Schiffe der Feinde heranzukommen.

So nimmt es auch nicht wunder, dass alle Bürger der Stadt so wohlhabend waren, dass sie sogar ihr Korn mit silbernen Scheffeln maßen.

Aber der Reichtum hatte sie lasterhaft und hart gemacht: Die Bettler wurden aus der Stadt gejagt wie wilde Tiere. Überall wollte man nur Menschen sehen, die heiter waren, die gesund und in

Tuch und Seide gekleidet waren. Selbst Christus hätte man abgewiesen, wenn er in Linnen gekommen wäre. Die einzige Kirche, die noch in der Stadt stand, war so verkommen und leer, dass der Küster den Schlüssel dazu verloren hatte. Brennnesseln wuchsen an ihrem Eingang, und die Schwalben nisteten in den Fugen des Eingangsportals. Die Bewohner der Stadt verbrachten Tag und Nacht in den Wirtshäusern, den Tanzsälen, bei den Schauvorstellungen, und alle waren einzig damit beschäftigt, ihre Seele zu verlieren.

Dabei ging Dahut mit ihrem Beispiel voran. Den ganzen Tag und die ganze Nacht gab es in ihrem Palast nur Feste. Aus den entferntesten Ländern sah man Edelleute kommen, es kamen sogar Prinzen, die der Ruf dieses Hofes angezogen hatte. Grallon empfing sie freundschaftlich, und Dahut noch besser. Denn wenn es junge Männer von schönem Aussehen waren, gab sie ihnen eine Zaubermaske. Damit konnten sie, sobald der Abend gekommen war, heimlich zu ihr in einen Turm kommen, der am Rande der Schleusen errichtet worden war. Dort blieben sie mit ihr zusammen, bis die Meerschwalben wieder an den Turmfenstern vorüberzufliegen begannen. Dann sagte ihnen die Prinzessin sehr schnell wieder Lebewohl. Und damit sie so ungesehen, wie sie gekommen waren, auch wieder weggehen konnten, überreichte sie ihnen wiederum die Zaubermaske. Aber diesmal zog sich die Maske von selbst immer enger und enger zusammen und erwürgte sie schließlich. Dann kam ein schwarzgekleideter Mann, legte den Leichnam wie einen Sack Getreide quer über sein Pferd und warf ihn zwischen Huelgoat und Poulaouën in einen tiefen Abgrund. Das ist die reine Wahrheit, denn heute noch hört man in dunklen Nächten tief unten aus der Schlucht die Klagen ihrer Seelen. Die Gläubigen mögen ihrer in ihren Gebeten gedenken!

Corentin wurde über das alles, was sich in Is zutrug, unterrichtet und hatte Grallon darauf aufmerksam gemacht, dass nun Gottes Geduld zu Ende sei. Doch der König hatte seine Macht verloren und lebte allein in einem Flügel des Palastes. Alle hatten ihn im Stich gelassen wie einen Großvater, der seinen Kindern das Erbe schon ausgehändigt hat. Daher schlug auch Dahut die Drohungen des heiligen Mannes in den Wind.

Nun, eines Abends, als es wie immer bei ihr ein Fest gab, meldete man ihr einen mächtigen Prinzen, der vom anderen Ende der Welt gekommen war, um sie zu sehen. Es war ein groß gewachsener Mann, ganz in Rot gekleidet, und er war so bärtig, dass man kaum seine beiden Augen sehen konnte, die wie Sterne funkelten. Und er richtete an die Prinzessin ein so wohlgereimtes Kompliment, wie es kein Freier aus der Cornouaille hätte erfinden können. Dann begann er so geistreich zu reden, dass alle darüber erstaunt waren.

Was die Freunde von Dahut aber am meisten überraschte, war, dass der Fremde im Bösen geübter war als sie. Er kannte nicht nur alles, was die menschliche Bosheit seit Beginn der Schöpfung in allen Gegenden der Erde, wo Menschen leben, erfunden hatte, er wusste vielmehr noch, was sie noch erfinden wird bis zu dem Augenblick, da die Toten sich aus ihren Gräbern erheben werden, um gerichtet zu werden. Ahès und ihr Hofstaat erkannten, dass sie nun ihren Meister gefunden hatten, und so entschlossen sich alle, von dem bärtigen Prinzen zu lernen.

Zu Beginn schlug dieser ihnen einen neuen Tanzschritt vor, der nichts anderes war als der, der in der Hölle durch die sieben Todsünden aufgeführt wird. Dafür ließ der Prinz einen Bläser eintreten, den er mitgebracht hatte. Es war ein winziger Zwerg, der in eine Bockshaut gehüllt war und unter seinem Arm einen Dudelsack trug. Kaum hatte er aber zu blasen begonnen, als Dahut und all ihre Leute von einer Art Raserei ergriffen wurden und sich wild wie ein Wirbelwind drehten. Dies aber machte sich der Unbekannte zunutze, um der Prinzessin die silbernen Schlüssel für die Schleuse zu entwenden und sich schnell vom Fest zu entfernen.

Währenddessen war Grallon allein in einem abgelegenen Teil des

Palastes; er befand sich in einem großen dunklen Saal und saß an einem Kamin, dessen Feuer fast verloschen war. Große Trauer fühlte er in seinem Herzen, als plötzlich die Türflügel aufgestoßen wurden und der heilige Corentin auf der Schwelle erschien. Um die Stirn hatte er einen feurigen Reif, in der Hand hielt er den Bischofsstab, und er schritt in einer duftenden Wolke herbei.
»Erhebt Euch, großer König«, sprach er zu Grallon, »nehmt, was noch an Kostbarem hier ist, und ergreift die Flucht, denn Gott hat diese verfluchte Stadt dem Teufel anheimgegeben.«
Entsetzt erhob sich sogleich Grallon, rief einige alte Diener herbei und nahm seinen Schatz. Dann bestieg er sein schwarzes Pferd und folgte dem Heiligen, der wie eine Feder vor ihm in die Lüfte voranschwebte.
Als sie über die Deiche kamen, hörte er das gewaltige Tosen der Fluten und erblickte den bärtigen Fremden, der seine Teufelsgestalt wieder angenommen hatte. Der war dabei, alle Schleusen mit den silbernen Schlüsseln zu öffnen, die er Dahut entwendet hatte. Schon schoss das Meer in Riesenwellen über die Stadt, und man sah die Fluten mit den weißen Kämmen über die Dächer brausen, so als gingen sie zum Sturmangriff über. Und die Meeresdrachen, die im Hafen angekettet waren, brüllten vor Entsetzen, denn auch die Tiere spüren, wenn der Tod naht.
Grallon wollte einen Warnschrei ausstoßen, aber Corentin sagte ihm wieder eindringlich, er solle schnell fliehen, und so stürzte er sich im Galopp dem Ufer zu. Von den Fluten verfolgt und die Hinterläufe immer in den Wogen, durchquerte sein Ross die Straßen, Plätze und Wegkreuzungen. Als er an Dahuts Palast vorbeikam, da sah er sie plötzlich auf der Treppe erscheinen. Aufgelöst wie bei einer Witwe waren die Haare, und sie sprang schnell hinter ihren Vater auf das Pferd. Doch dieses blieb plötzlich stehen, wankte, und das Wasser stieg bis an die Knie des Königs.
»Zu mir, heiliger Corentin!«, schrie er da entsetzt.
»Schüttelt die Sünde ab, die Ihr hinter Euch tragt«, erwiderte der Heilige, »dann werdet Ihr mit Gottes Hilfe gerettet werden.«

Aber Grallon, der trotz allem das Herz eines Vaters in seiner Brust trug, wusste nicht, wie er sich entscheiden sollte. Da berührte Corentin mit seinem Bischofsstab die Schulter der Prinzessin, und schon glitt diese vom Pferd hinab ins Meer und versank tief in einem Meeresschlund, den man seither den Schlund der Ahès nennt.

Als das Pferd nun seiner Last befreit war, schwang es sich vorwärts und erreichte den Felsen von Garrec, auf dem man heute noch die Spuren eines seiner Hufe sehen kann.

Der König fiel zuerst auf die Knie, um dem Himmel für seine Rettung Dank zu sagen, dann wandte er sich nach der Stadt Is um, um die Gefahr zu ermessen, der er auf wunderbare Weise entronnen war. Aber er suchte vergeblich die einstige Königin der Meere. Dort, wo die Stadt vor wenigen Augenblicken stand, da, wo es noch kurz vorher einen Hafen, Paläste, so viel Reichtümer und Tausende von Menschen gab, konnte man nur noch eine tiefe Meeresbucht erkennen, in der sich die Sterne spiegelten. Am Ho-

rizont aber stand ein rotgekleideter Mann auf den letzten Trümmern der versunkenen Deiche und zeigte mit triumphierender Gebärde die silbernen Schlüssel.
Inzwischen hatten mehrere Eichenwälder die Zeit, zu entstehen und zu vergehen, seit dem Tag, als dieses Beispiel gegeben wurde. Und bis zu unserer Zeit haben die Väter ihren Kindern von Geschlecht zu Geschlecht davon erzählt. Vor der großen Französischen Revolution fuhr die Geistlichkeit der Ufergemeinden jedes Jahr in Fischerbooten hinaus aufs Meer, um über der versunkenen Stadt die Messe zu lesen. Doch seither ist dieser Brauch, wie viele andere auch, verloren gegangen. Aber wenn das Meer ruhig ist, dann kann man noch heute tief unten in der Bucht die Überreste der großen Stadt erblicken, und die Dünen der Umgebung sind voll von Ruinen, die von ihren Reichtümern zeugen.

Comorre, ein zweiter Blaubart

Lange Zeit vor der französischen Revolution soll Vannes eine noch schönere und größere Stadt gewesen sein als heute, und an Stelle des Herrn Präfekten gab es damals einen König, der Herr über alles war. Die Leute, die mir erzählt haben, was ich euch nun weitergeben werde, haben mir seinen Namen nicht genannt. Er scheint aber ein gottesfürchtiger Mann gewesen sein, von dem man im Land nichts Schlechtes hat sagen hören.
Seit langer Zeit war er schon Witwer und lebte glücklich mit seiner Tochter, die als das schönste Geschöpf der ganzen Welt galt. Ihr Name war Triphyna. Diejenigen, die sie gekannt haben, versicherten, dass sie das Alter erreicht hatte, in dem man den jungen Leuten ihre Güter übergibt, ohne auch nur eine einzige Todsünde

begangen zu haben. Daher hätte ihr Vater lieber seine Pferde, seine Schlösser und all seine Gehöfte verloren, als Triphyna unglücklich mit ihrem Leben zu sehen.

Eines Tages aber geschah es, dass Gesandte aus Cornouaille, einem Fürstentum im Finistère, ihr Kommen ankündigten. Sie kamen im Auftrag von Comorre, der damals ein mächtiger Fürst war und über das Land des schwarzen Kornes regierte, wie Triphynas Vater über das Land des weißen Kornes regierte. Nachdem sie dem König Geschenke überreicht hatten, wie Honig, Garn und ein Dutzend Ferkelchen, erklärten sie ihm, dass ihr Herr auf dem letzten Jahrmarkt von Vannes gewesen wäre, und zwar als Soldat verkleidet, und dass er dort seine Tochter, die junge Prinzessin, zu Gesicht bekommen hätte und sich sogleich so unsterblich in sie verliebt hätte, dass er sie zu seiner Gemahlin haben wolle, koste es, was es wolle.

Dieser Heiratsantrag stürzte den König und Triphyna in großen Kummer, denn der Graf Comorre war ein Riese, der als der böseste Mensch galt, den Gott seit Kain erschaffen hatte. Schon in seiner frühesten Jugend war er es gewohnt, sein Vergnügen im Bösen zu finden, und seine Bosheit war so groß, dass sogar seine eigene Mutter, wenn er das Schloss verließ, eiligst die Sturmglocke am Turm läuten ließ, um die Leute der Umgebung zu warnen, damit sie sich vor ihm in Acht nehmen sollten. Später, als Comorre der alleinige Herr geworden war, wurde seine Grausamkeit noch größer. Man erzählte sich, dass er eines Morgens, als er vom Schloss aufgebrochen war, seine Flinte an einem kleinen Kind ausprobiert hätte, welches gerade ein Fohlen aufs Brachland führte, und dass er dieses dabei getötet hätte. Ein andermal, als er ohne die geringste Beute von der Jagd zurückkehrte, ließ er seine Hunde los und hetzte sie auf arme Leute, die sich auf dem Feld verspätet hatten, und ließ sie von der Meute zerreißen wie Raubtiere. Aber am furchtbarsten war, dass er nacheinander vier Frauen gehabt hatte, die alle plötzlich verstorben waren, und dies ohne die Sterbesakramente erhalten zu haben, sodass man ihn

verdächtigte, sie mit dem Messer, Feuer, Wasser oder Gift ums Leben gebracht zu haben.
Der König von Vannes gab also den Gersandten zur Antwort, dass seine Tochter zu jung und von zu schwacher Gesundheit sei, um ihren Familienstand zu verändern. Aber die Leute aus der Cornouaille erwiderten barsch, wie es ihre Gewohnheit war, dass der Graf Comorre solchen Entschuldigungen keinen Glauben schenke und dass sie den Befehl hätten, dem König von Vannes den Krieg zu erklären, wenn sie die junge Prinzessin nicht mit in ihr Land brächten. Dieser antwortete, dass ständen ihnen frei. Da zündete der älteste der Gesandten eine Handvoll Stroh an, warf es hoch in den Wind und sagte, so würde auch Comorres Zorn über das Land des weißen Korns hinwegfegen. Darauf zog er mit den anderen von dannen.
Triphynas Vater war ein mutiger Mann und ließ sich von derartigen Drohungen nicht einschüchtern: Er rief alle Soldaten, die er auftreiben konnte, zur Verteidigung seines Landes zusammen; doch wenige Tage später schon erfuhr er, dass der Graf aus der Cornouaille mit einem mächtigen Heer gegen Vannes zog. Und in der Tat: Bald erblickte er ihn, wie er mit Trompeten und Kanonen gegen die Stadt heranzog. Da stellte sich auch der König von Vannes an die Spitze seiner Truppen, und die Schlacht stand kurz vor ihrem Beginn, als auf einmal der heilige Gildas*, den die Bretonen Veltas nennen, Prinzessin Triphyna aufsuchte, die in ihrer Betstube saß und betete.
Der Heilige trug den Mantel, der ihm als Schiff gedient hatte, um das Meer zu überqueren; ebenso hatte er den Pilgerstab dabei, den er damals als Mast aufgestellt hatte, um den Wind aufzufangen, und ein feuriger Heiligenschein schwebte um sein Haupt. Er verkündete der Prinzessin, dass die Männer von Vannes und der

* Der heilige Gildas (etwa 500–570 n. Chr.), auch Gildas der Weise genannt, war ein herausragender Vertreter des keltischen Christentums im nachrömischen Britannien und berühmt für seine Bildung. Später zog er als Missionar in die Bretagne, wo er das Kloster Saint-Gildas-de-Rhuys gründete.

Cornouaille im Begriff stünden, sich gegenseitig umzubringen, und bat sie deshalb, sie sollte doch einwilligen, die Frau des Grafen Comorre zu werden, um doch das Sterben so vieler Christen zu verhindern.

»Ach, so verlangt also Gott, dass all meine Freude und mein ganzes glückliches Leben enden!«, rief das junge Mädchen unter Tränen. »Warum bin ich denn keine Bettlerin? Dann könnte ich wenigstens den Bettler heiraten, den ich mir aussuche. Oh! Wenn es der Wille des Herrn des Himmels und der Erde ist, dass ich diesen Riesen heirate, der mir solche Furcht einflößt, dann, heiliger Mann, lest für mich die Totenmesse, denn der Graf wird mich töten, wie er auch seine anderen Frauen getötet hat.«

Aber St. Gildas sprach zu ihr:

»Habt keine Furcht, Triphyna! Hier gebe ich Euch einen silbernen Ring, so weiß wie Milch, der wird Euch als Warnzeichen dienen. Denn wenn Comorre etwas zu Eurem Schaden planen sollte, würde er so schwarz wie die Flügel eines Raben. Seid also guten Mutes und rettet die Bretonen vor ihrem sicheren Tod!«

Durch das Geschenk dieses Ringes wurde die junge Prinzessin beruhigt und willigte ein, das zu tun, worum der Heilige sie gebeten hatte. Daraufhin ging dieser unverzüglich zu den beiden Heeren zurück, um deren Anführern die gute Nachricht zu verkünden. Der König von Vannes dachte indessen trotz des Entschlusses seiner Tochter nicht daran, die Einwilligung zu dieser Heirat zu geben, doch Comorre machte ihm so viele Versprechungen, dass er ihn schließlich als Schwiegersohn annahm.

Die Hochzeit wurde mit solchen Lustbarkeiten gefeiert, wie man es seither in den beiden Bistümern nicht mehr erlebt hat. Am ersten Tag wurden zehntausend Gäste beköstigt, tags darauf waren so viele arme Leute zum Empfang geladen wie die Jungvermählten, trotz ihres hohen Standes, bei Tisch selbst bedienen konnten. Danach gab es eine Tanzveranstaltung, zu der man alle Dudelsackpfeifer aus der ganzen Basse-Bretagne zusammengerufen hatte, dann fanden Ringkämpfe statt, bei denen die Kämpfer aus

der Gemeinde Brévelay ihre Gegner aus der Cornouaille zu Boden warfen.
Als dann die Töpfe doch einmal leer und auch die Fässer mit Wein bis zum Boden hin geleert waren, kehrte jeder auf seine Besitzungen zurück, und Comorre führte seine junge Gemahlin mit sich heim, wie ein Sperber eine arme Zaunammer davonträgt.
Während der ersten Monate indessen machte ihn die Liebe zu Triphyna sanfter, als es bei seiner bösen Natur zu erwarten war. Die Gefängnisse des Schlosses blieben leer, und auch an den Galgen fanden die Vögel keine Nahrung mehr. Die Leute des Grafen flüsterten sich schon zu: »Was hat denn unser Herr, dass er auf einmal keine Tränen und kein Blut mehr liebt?« Doch diejenigen, die ihn besser kannten, warteten ab, ohne etwas zu sagen.
Triphyna aber konnte sich nicht beruhigen und sich über nichts mehr freuen trotz der Güte, die der Graf ihr anfangs entgegenbrachte. Jeden Tag ging sie in die Schlosskapelle hinunter und betete dort an den Gräbern der vier Frauen, zu deren Witwer sich Comorre selbst gemacht hatte, und bat Gott, er möge sie vor einem gewaltsamen Tod bewahren.
Zu jener Zeit nun fand eine große Versammlung der bretonischen Fürsten in Rennes statt, und Comorre sah sich gezwungen, auch dorthin zu gehen. Er gab Triphyna alle Schlüssel des Schlosses, selbst die für den Keller; und bevor er mit seinem großen Gefolge aufbrach, sagte er ihr noch, sie möge sich in seiner Abwesenheit ganz nach ihrem Belieben zerstreuen. Erst nach fünf Monaten kam er zurück und hatte es sehr eilig, Triphyna wiederzusehen, um die er während seiner Abwesenheit sehr besorgt gewesen war. Deshalb hatte er sich auch nicht die Zeit genommen, ihr über seine Rückkehr eine Nachricht bringen zu lassen, und trat gerade in dem Augenblick in ihr Zimmer, als sie dabei war, ein Mützchen zu schneidern, das mit silbernen Spitzen besetzt war. Als Comorre dieses Kindermützchen sah, wurde er bleich und fragte, wozu es denn dienen solle. Die Gräfin glaubte, sie würde ihm eine große Freude bereiten, und so erklärte sie ihm, sie würden noch vor Ab-

lauf von zwei Monaten ein Kind haben. Als der Graf dies hörte, war er außer sich und wich zurück; er warf Triphyna einen furchterregenden Blick zu und ging dann auf der Stelle aus dem Zimmer, ohne ein Wort zu sagen.

Nun hätte die neue Gräfin glauben können, das sei eine der Launen, die der Graf manchmal hatte, wenn sie nicht, als sie den Blick senkte, bemerkt hätte, dass ihr silberner Ring schwarz geworden war. Da schrie sie vor Entsetzen auf, denn sie erinnerte sich an die Worte des heiligen Gildas und begriff, dass ihr eine große Gefahr drohte. Aber sie konnte nicht erraten, warum, und wusste auch kein Mittel, ihr zu entrinnen. Den Rest des Tages und auch einen Teil der Nacht verbrachte die arme Frau damit, darüber nachzusinnen, warum denn der Graf derart erzürnt war. Als ihre Angst immer größer wurde, ging sie schließlich hinunter in die Kapelle, um zu beten. Nachdem sie aber ihren Rosenkranz zu Ende gebetet und sich erhoben hatte, um die Kapelle zu verlassen, schlug es oben von der Turmuhr Mitternacht, und im selben Augenblick sah sie, wie die vier Gräber der vier Frauen Comorres sich langsam öffneten und diese, in Leichentücher gehüllt, heraustraten. Halbtot vor Angst, wollte Triphyna fliehen, aber die Gespenster riefen:

»Hüte dich, du arme Verlorene! Comorre erwartet dich, um dich zu töten.«

»Mich? Aber was habe ich ihm denn getan, dass er mich zu töten wünscht?«, fragte sie.

»Du hast ihm verkündet, dass du in zwei Monaten Mutter sein wirst, und dank des bösen Geistes weiß er, dass sein erstes Kind ihn töten wird. Uns Vieren hat er auch das Leben deswegen genommen, weil er von uns das erfahren hat, was er soeben von dir erfahren hat.«

»Mein Herr und Gott!«, rief da Triphyna weinend. »Ist es denn möglich, dass ich in so grausame Hände gefallen bin? Wenn dem so ist, welche Hoffnung bleibt mir dann noch und was kann ich tun?«

»Such deinen Vater im Land des weißen Kornes auf!«, antworteten die Gespenster.
»Aber wie soll ich denn entkommen, da doch Comorres riesiger Hund den Hof bewacht?«, fragte da Triphyna.
»Gib ihm von diesem Gift, das mich getötet hat«, sagte die erste Tote.
»Und wie kann ich die hohe Mauer herunterklettern?«, fragte sie ratlos.
»Nimm dazu diesen Strick, mit dem er mich erdrosselt hat!«, erwiderte die zweite Tote.
»Aber wer wird mir in der Nacht den Weg weisen und mich führen?«
»Diese Flamme, die mich verbrannt hat«, dann die dritte Tote.
»Und wie kann ich einen so weiten Weg zurücklegen?«, wollte Triphyna schließlich wissen.

»Nimm diesen Stock, der mir die Stirn zerschlagen hat!«, beendete die letzte Tote das Gespräch.
Da nahm Comorres Frau den Stock, die Flamme, den Strick und das Gift; sie brachte den Hund zum Schweigen, stieg die hohe Mauer hinunter, sie sah hell in der dunklen Nacht und machte sich auf den Weg nach Vannes in das Schloss ihres Vaters.
Als Comorre am nächsten Morgen erwachte und sie nicht vorfand, ließ er von einem seiner Pagen in allen Zimmern seines Schlosses nach ihr suchen. Der Page kehrte zurück und musste seinem Herrn melden, dass Triphyna nicht mehr im Schloss sei.
Da stieg der Graf hoch oben auf den Schlossturm und hielt in alle vier Himmelsrichtungen Ausschau nach ihr. Im Norden, der Richtung der halben Nacht, erblickte er einen Raben, der krächzte, im Osten, in Richtung Sonnenaufgang, eine Schwalbe, die flog, im Süden, in Richtung des Mittags, eine Seemöwe, die in der Luft schwebte, und im Westen, Richtung Sonnenuntergang, gewahrte er eine Turteltaube, die auf der Flucht war. Sofort schrie er, dass Triphyna in dieser Richtung zu suchen sei, ließ sein Pferd satteln und machte sich auf, sie zu verfolgen.
Die arme Frau war noch nicht weit gekommen und befand sich erst am Rand des Waldes, der das Schloss ihres Gatten umgab; aber als sie sah, dass ihr Ring immer schwärzer wurde, begriff sie, dass Comorre ihr nahe auf der Spur war. Da eilte sie flugs in die Heide und gelangte in die Hütte eines Schafhirten, in der sich nur eine Elster in ihrem Käfig oben an der Decke befand. Dort blieb die arme betrübte Frau den ganzen Tag, und klagte und betete. Als es endlich Nacht geworden war, setzte sie ihren Weg auf Pfaden fort, entlang von Flachs- und Getreidefeldern. Comorre aber war dem breiten Hauptweg gefolgt und konnte sie deshalb nicht finden. Nachdem er zwei Tage lang unterwegs gewesen war, kehrte er um und erreichte die Heide. Aber wie das Unglück es will, ging er dort in die Hütte des Hirten und hörte die Elster, wie sie versuchte, das Wehklagen nachzuahmen, das sie mitbekommen hatte, und so wiederholte sie immer wieder: »Arme Triphyna! Arme Tri-

phyna!« Comorre begriff sofort, dass die Gräfin auf ihrer Flucht hier drinnen gewesen sein musste; er rief seinen Spürhund und setzte ihn auf die Verfolgung seiner Frau an.

Inzwischen war Triphyna, von ihrer Angst getrieben, immer weiter gegangen und schon ganz in die Nähe ihrer Heimatstadt Vannes gelangt. Aber dort spürte sie, dass ihre Zeit gekommen war und sie nicht mehr weiterkonnte; so ging sie in den Wald hinein, legte sich aufs Gras und brachte ein Kind zur Welt, das von wunderbarer Schönheit war. Später wurde es St. Trever genannt.

Als sie den Säugling in ihren Armen hielt, halb vor Glück weinend und halb vor Trauer, erblickte sie einen Falken, der ein Halsband aus Gold trug; er saß auf einem nahen Baum, und sie erkannte, dass es der Falke ihres Vaters war, des Königs über das Land des weißen Kornes. Schnell rief sie den Vogel bei seinem Namen, und der flog vom Baum herunter und ließ sich auf ihren Knien nieder. Da gab sie ihm den Warnring, den sie vom heiligen Gildas bekommen hatte, und sagte zu ihm: »Falke, fliege zu meinem Vater und bringe ihm diesen Ring. Wenn er ihn sieht, wird er erkennen, dass mir große Gefahr droht, und er wird seinen Soldaten befehlen, die Pferde zu besteigen; und du, kluges Tier, wirst sie hierher leiten, um mich zu retten.« Das hatte der Vogel verstanden, er ergriff den Ring und flog sogleich wie ein Blitz nach Vannes.

Aber fast im gleichen Augenblick erschien Comorre auf dem Weg mit seinem wilden Hund, der immer noch der Spur Triphynas gefolgt war. Da diese aber nicht mehr den Ring hatte, der sie warnte, erkannte sie sein Nahen erst, als sie die Stimme des Unholds hörte, der seinen Hund immer weiter antrieb. Da spürte die arme Unglückliche das Blut in ihren Adern stocken; sie hatte gerade einmal die Zeit, das Neugeborene in ihren Mantel zu hüllen und es in einem hohlen Baum zu verstecken, als auch schon am Eingang der Lichtung Comorre auf seinem langmähnigen Pferd erschien. Kaum hatte er Triphyna erblickt, stieß er einen wilden Schrei aus wie ein Raubtier und stürzte sich auf die Unglückliche, die auf die Knie gesunken war. Mit einem Streich seines Jagdmessers hieb er ihr das Haupt ab. So glaubte er, sich der Mutter und des Kindes zugleich entledigt zu haben, pfiff seinen Hund herbei und ritt in die Cornouaille zurück.

Aber der Falke war inzwischen am Hof des Königs von Vannes angekommen, der gerade mit dem heiligen Gildas beim Mahl saß. Das Tier flog bis zum Tisch und ließ den silbernen Ring genau in den Becher seines Herrn fallen. Kaum hatte dieser ihn erkannt, da rief er: »Wehe! Ein Unglück ist meiner Tochter zugestoßen, da der Falke mir ihren Ring zurückbringt. Sattelt schnell die Pferde, und der heilige Gildas soll uns begleiten, denn ich fürchte, wir werden bald seine Hilfe benötigen.«

Die Diener gehorchten auf der Stelle, und der König brach mit dem Heiligen und einer zahlreichen Truppe auf. Ihre Pferde liefen alle im vollen Galopp, und die Truppe folgte dem Flug des Vogels, der sie bald an die Lichtung brachte, wo sie Triphyna tot und ihr Kind am Leben fanden. Der König sprang von seinem Pferd und schrie so herzerbärmlich, dass er damit Eichen hätte zum Weinen bringen können. Aber St. Gildas hieß ihn schweigen.

»Schweigt«, sprach er, »und betet mit mir zu Gott; er allein kann noch alles wieder gutmachen.«

Bei diesen Worten knieten er und alle, die da waren, nieder, und nachdem der Heilige ein inbrünstiges Gebet an den Himmel gerichtet hatte, sagte er zum Leichnam:

»Steh auf!«

Und der Leichnam gehorchte.

»Nimm dein Haupt und dein Kind«, fuhr der Heilige fort, »und folge uns zum Schloss von Comorre.«

Und die Tote machte, wie ihr geheißen.

Darauf stieg die ganze Truppe wieder voller Entsetzen auf ihre Pferde und gab ihnen die Sporen in Richtung der Cornouaille. Aber so rasend schnell der Ritt auch war, die enthauptete Frau war zu Fuß immer vorn an ihrer Spitze und hielt in einem Arm ihr Kind, in dem anderen ihr bleiches abgeschlagenes Haupt. So gelangten sie vor das Schloss des Mörders.

Comorre hatte sie nahen sehen und ließ die Zugbrücke hochziehen. Der heilige Gildas ging dann mit der Toten an den Schlossgraben und rief mit lauter Stimme: »Graf der Cornouaille! Ich bringe dir deine Frau so zurück, wie deine Bosheit sie zugerichtet hat, und dein Kind, wie Gott es dir gegeben hat. Willst du sie unter deinem Dach empfangen?«
Comorre wahrte Schweigen. Dann wiederholte der Heilige die gleichen Worte ein zweites Mal, dann ein drittes Mal, und als keine Stimme ihm antwortete, nahm er das Neugeborene aus den Armen der toten Mutter und legte es auf die Erde. Und da konnte man ein Wunder erleben, das die Allmacht Gottes offenbarte, denn das Kind ging auf einmal von allein, frei, bis an den Rand des Schlossgrabens; dort nahm es eine Handvoll Sand, warf diesen nach dem Schloss und rief:
»Die Dreifaltigkeit übt Gerechtigkeit!«
Und im gleichen Augenblick wankten die Türme des Schlosses

mit einem großen Getöse, die Mauern begannen zu reißen, und das ganze Schloss brach in sich zusammen und begrub den Grafen der Cornouaille, und alle, die ihm bei seinen Untaten geholfen hatten, unter sich.
Darauf setzte der heilige Gildas Triphyna wieder ihr Haupt auf die Schultern, legte ihr die Hände auf, und die heilige Frau kehrte ins Leben zurück, zur großen Freude des Königs von Vannes und aller, die zugegen waren.

ZAUBERMÄRCHEN

Der Hexenmeister Marcou-Braz

Es war einmal ein Prinz, der war der Sohn eines Königs von Frankreich und hieß Calaman. Und da er die weite Welt kennenlernen wollte, machte er sich mit einem zahlreichen Gefolge auf den Weg. Sie nahmen Verpflegung und viel Geld mit, und so führten sie ein lustiges Leben.

Aber bald ging die Verpflegung aus, das Geld ebenso. Da machten sich die Begleiter des Prinzen aus dem Staub und ließen ihren Herrn allein. Dennoch ging der Prinz weiter in Richtung untergehende Sonne, und als er immer so vor sich hin marschierte, gelangte er plötzlich an den Saum eines großen Waldes, in den ein mit Eichen bestandener Weg führte. An dessen Ende gewahrte er ein schönes Schloss, das in den Strahlen der untergehenden Sonne vor Licht nur so funkelte, als sei es aus purem Gold. Und es kam unserem Prinzen in den Sinn, sich das Schloss anzuschauen. Aber es war von hohen Mauern umgeben, und vergeblich lief er da herum, er fand kein Tor. Was sollte er tun? Als er noch überlegte, entdeckte er ein Pförtnerhäuschen und daneben eine Schranke mit Pfosten aus wunderschönem Kristall. So ging er denn in das Häuschen und fand dort einen Greis vor, der einen langen weißen Bart hatte.

»Was wollt Ihr, junger Mann?«, fragte ihn der Greis.

»Ich möchte mir das Schloss anschauen«, entgegnete Calaman.

»Hütet Euch davor, mein Sohn, denn da wohnt ein Hexenmeister, der Euch verschlingen würde. Viele Leute sah ich in dieses Schloss eintreten, junge, schöne und kräftige wie Ihr, aber herauskommen sah ich von denen noch keinen Einzigen.«

»Ob ich dort sterbe und von dem Hexenmeister gefressen werde oder ob ich woanders vor Hunger zugrunde gehe, was macht das nach allem schon für einen Unterschied!«

»Erzählt mir doch Eure Geschichte, denn Ihr macht einen guten Eindruck, und ich beginne schon, auf Euch neugierig zu werden.«

Und Calaman erzählte dem Greis, wie er der Sohn des Königs von Frankreich war und wie alle seine Begleiter ihn, als das Geld auf der Reise ausgegangen war, im Stich gelassen hatten.

»Euer Schicksal rührt mich, mein Sohn«, fuhr da der Greis fort, »aber auch ich bin in keiner glücklicheren Lage als Ihr. Auch ich bin der Sohn eines Königs, und das schöne Schloss, das Ihr da seht, gehörte meinem Vater und sollte mir nach seinem Tode zufallen. Mein Großvater hatte nun das Unglück, ich weiß nicht aus welchem Grund, der Mutter des Hexenmeisters Marcou-Braz zu missfallen. Die war eine mächtige Hexe und verwandelte meinen Vater und meine Mutter und unsere ganze Familie in Bäume, die Ihr um dieses Schloss herum im Wald stehen seht. Einzig ich bewahrte meine natürliche Gestalt, um Pförtner dieses Schlosses zu sein.«

»Und es gibt kein Mittel, all diese Leute zu befreien?«

»Das ist recht schwierig; viele tapfere Prinzen und andere wackere Männer sind gekommen, um sich des Hexenmeisters habhaft zu machen, doch er hat sie alle in die Bäume dieses Waldes verwandelt. Ach, das wird auch Euer Schicksal sein, wenn Ihr das Schloss betretet.«

»Das ist noch nicht so sicher. Sagt mir, was ich machen soll, um zum Ziel zu gelangen, und wir werden sehen.«

»Nun also … aber wozu soll es nutzen? Es hieße, in Euer Verderben zu laufen.«

»Sprecht nur, und lasst mich machen!«

»Der Hexenmeister fährt jeden Tag um die ganze Welt, unsichtbar in einem Wirbelwind, und wo er vorbeikommt, nimmt er alles auf sein Schloss mit, was ihm gefällt: schöne Prinzessinnen und Prinzen, Schätze aller Art; und daher kommt es, dass alle Kammern hier gefüllt sind mit Gold, Perlen und Diamanten. Aber Ihr werdet hier nur eine einzige Prinzessin sehen, denn mehr als eine auf einmal behält er nicht. Und wenn er sieht, dass sie ihm keine Kinder schenken kann, frisst er sie auf und holt sich eine andere, die dann bald auch das gleiche Schicksal ereilt. Doch hat die Tochter des Königs von Spanien, die für den Augenblick im Schloss ist, das Ungetüm so sehr durch ihre Schönheit verzaubert, dass er sie seit einiger Zeit verschont. Aber auch die wird er eines Tages, wenn er zurückkommt, wie alle anderen fressen, denn sie kann ihm gleichfalls kein Kind schenken.«

»Welches Ungeheuer! Und Ihr glaubt, es gibt kein Mittel, mit ihm fertig zu werden?«

»Ich glaube kaum; es sei denn, die Prinzessin hilft Euch. Seit sie im Schloss ist, hat sie die Zauberbücher des Hexenmeisters lesen können und kennt vielleicht deren Geheimnisse. Ihr seid jung und ein hübscher Bursche, Ihr könntet ihr womöglich gefallen …«

»Sagt mir, wie ich es anstellen soll, und ich werde das Abenteuer versuchen, komme, was da wolle.«

»Nun, geht zum Schloss über diesen schönen Weg, der mit Eichen gesäumt ist, jede davon ist ein verzauberter Prinz. Ihr werdet auf kein Hindernis treffen, und überall findet Ihr offene Türen. Schaut Euch alle Zimmer der Reihe nach an. Hinter Euch werden sich die Türen von selbst schließen, wenn Ihr von einem Zimmer in das andere geht. Nirgends werdet Ihr auch nur einen Menschen antreffen; aber allerlei köstlich gedeckte Tafeln, Haufen von Gold, Edelsteinen, prächtigen Perlen, von Schmuck und herrlichen Kleidern sind überall zu sehen. Von alledem rührt aber ja nichts an!«

»Hunger habe ich schon, und eine fein gedeckte Tafel, wie Ihr sagt, könnte mich schon in Versuchung bringen!«

»Rührt nur nichts an, sage ich Euch, oder Ihr seid verloren. Schaut nur hin, solange es Euch Spaß macht, und geht immer geradeaus vor Euch hin. Wenn Ihr das letzte Zimmer verlasst, werdet Ihr in einen schönen Garten treten; der ist voll von Blumen und Singvögeln, und zwischen den Blumen wird sich die Tochter des spanischen Königs ergehen, sie ist wie das seltene Wunder, das das Licht der Sonne erstrahlen lässt. Der Hexenmeister hatte sie, in seinem Wirbelwind versteckt, inmitten ihrer Gefährtinnen aus dem Garten ihres Vaters entführt. Wenn es Euch gelingt, ihr zu gefallen, wird alles gut gehen, denn mit ihrer Hilfe könnt Ihr den Riesen und seine Mutter, die bei ihm wohnt, töten und alle Unglücklichen befreien, die hier als Bäume verzaubert sind, und mich mit ihnen.«

»Ist gut«, antwortete Calaman, »ich werde hingehen, Gott möge mich schützen!«

Und entschlossen wandte der Prinz seine Schritte dem Schloss zu. Ohne Hindernis ging er durch den Hof hinein. Dann kam er in die Küche, wo ein riesiger Topf auf dem Feuer stand und ein ganzer Ochse sich am Spieß drehte. Aber ringsum war niemand zu sehen, und alles ging nach Wunsch, nichts roch verbrannt. Dann ging er in den Speisesaal und stand vor einer reich gedeckten Tafel. Da standen dampfende Speisen darauf, die einen köstlichen Duft verbreiteten. Schon wollte er sich setzen und essen und trinken, denn die Gelegenheit war zu günstig, und außerdem hatte er Hunger. Da erinnerte er sich aber der Warnung des alten Pförtners, und aus Furcht, er könne der Versuchung erliegen, ging er schnell in einen anderen Saal.

Dort wurde er geblendet vom Glanz des Goldes, das in Haufen dalag. In einem anderen Raum lagen Edelsteine, die unvergleichlich funkelten, in wieder einem anderen sah er kostbares Tuch und Schmuck aller Art. So ging er und kam aus dem Staunen nicht mehr heraus, und er ging schneller, weil er Angst hatte, er könnte doch der Versuchung erliegen, etwas zu berühren oder gar mitzunehmen. Schließlich ging er aus dem letzten Saal hinaus und gelangte zum Garten.

Dort entdeckte er ein anderes Wunder, das ihn noch mehr blendete als alle anderen, die er bis dahin gesehen hatte: Es war die

Tochter des spanischen Königs, sie erging sich inmitten der Blumen und Vögel, die sangen und um sie herumflatterten. Calaman blieb zunächst stehen, mit offenem Mund, um sie zu betrachten. Über diesen unerwarteten Besuch war die Prinzessin doch recht erstaunt. Der junge Prinz aber gefiel ihr, und sie lächelte ihm zu. Durch diesen Empfang ermutigt, richtete Calaman das Wort an sie, so anmutig er nur konnte. Schließlich hatten beide Gefallen aneinander gefunden, und schon bald beschlossen sie, den Hexenmeister zu täuschen, sein Zauberwissen auszuspielen und gemeinsam aus dem Schloss zu fliehen.

»Ich habe die Zauberbücher von Marcou-Braz studiert«, sagte die Prinzessin, »ich kenne so viel davon wie er, wenn nicht noch mehr, und wenn Ihr meinen Anweisungen folgt, können wir ihm entkommen. Habt also keine Furcht. Wenn er heute Abend kommt, werde ich ihm Euch als meinen Vetter vorstellen, und als solchen wird er Euch verschonen. Aber morgen früh wird er Euch auf die Probe stellen, und dann werde ich Euch zu Hilfe eilen.«

Und tatsächlich, als die Sonne unterging, kam der Riese zurück, er war ausgehungert. Für sein Abendessen warf er sich einen Prinzen in den großen Kessel, in dem das Wasser schon auf dem Feuer wallte. Dann entdeckte er Calaman und wollte auch ihn schon in den Kessel werfen, als die Prinzessin dazwischentrat und rief:

»Heda! Tut meinem netten Vetter Calaman nichts Böses. Er ist der Sohn des Königs von Frankreich und hatte viel Mühe, hierherzukommen, um mich zu sehen.«

»Er ist Euer Vetter! Dann will ich ihn heute Abend nicht auffessen!«

Darauf setzte man sich zum Mahl an die Tafel. Der Hexenmeister verschlang zuerst fast einen ganzen Ochsen, dann den Prinzen, den er sich im Kessel gekocht hatte, dazu trank er ein Fass Wein. Und Calaman machte große Augen, als er so viel Gefräßigkeit sah, aber beunruhigt war er kaum.

»Hast du keine Angst, Kleiner?«, fragte ihn der Riese, als sein Hunger allmählich gestillt war.
»Nein«, erwiderte Calaman.
»Du bist also ein Witzbold! Aber morgen früh werde ich dich auf die Probe stellen, dann werden wir sehen!«
Und am nächsten Morgen, bevor er zu seiner täglichen Rundreise aufbrach, stellte der Hexenmeister dem jungen Prinzen im Hof des Schlosses fünfhundert bewaffnete Männer entgegen und sprach zu ihm:
»Verteidige dich!«
Aber die Prinzessin, die an ihrem Fenster stand, rief durch ihre Zauberkraft fünfhundert weitere Bewaffnete herbei. Die stürzten sich auf die Ersten und rieben sie auf. Dann kehrten sie in den Wald zurück und wurden wieder Bäume wie früher.
»Oh, du Unglückselige«, rief da der Hexenmeister und wandte sich zur Prinzessin, die immer noch am Fenster stand, »du hast mich verraten! Aber morgen wird der Kampf gegen meine Mutter gehen; sie ist seit fünfhundert Jahren nicht mehr auf die Erde gekommen.«
Am nächsten Morgen stand Calaman im Hof einem siebenköpfigen Drachen gegenüber. Doch zum Glück war die Prinzessin wieder am Fenster und machte ihm mit ihrem Blick und ihrer Stimme Mut. Auf ihren Rat hin sprang er dem Drachen auf den Rücken, und mit einem Schwert, das die Prinzessin ihm gegeben und das er in Natternblut getaucht hatte, schlug er dem Drachen zunächst den Schwanz, dann den mittleren Kopf ab; danach hatte er keine Mühe mehr, ihm auch die übrigen Häupter abzuhauen. Da öffnete sich die Erde und verschlang den Drachen.
Der Hexenmeister warf einen wütenden Blick auf die Prinzessin und rief:
»Du verfluchte Hexe! Aber morgen werden wir sehen …«
»Morgen«, sagte die Prinzessin zu Calaman, als sie ihn sprechen konnte, »morgen werdet Ihr gegen Marcou-Braz selbst kämpfen

müssen. Er wird ein überlanges Schwert haben, das er schwerfällig und ungeschickt führt. Versucht, diesem Schwert aus dem Weg zu gehen. Nähert Euch Marcou-Braz, soweit es geht, und stoßt ihm dann ins Herz.«

Am nächsten Morgen gingen Marcou-Braz und Calaman schon sehr früh in den Hof hinunter. Der Riese führte sein großes Schwert wie eine Sense und wollte Calaman entzweischlagen, mitten durch seinen Körper hindurch. Aber der Prinz sprang ihm behänd über die Waffe, näherte sich dem Ungeheuer und stieß ihm das Schwert mitten ins Herz. Da fiel der Hexenmeister wie ein entwurzelter Baum um und brüllte so fürchterlich, dass das Schloss bis zu seinen Grundfesten erbebte.

»Sieg!«, rief sogleich der Prinz der Prinzessin zu, die wieder am Fenster stand. Und sie stieg in den Hof hinunter und warf sich ihm um den Hals.

Da wurden auch alle Bäume des Waldes wieder Menschen, und sie kamen und dankten Calaman, dass er sie befreit hatte. Dann kehrte jeder von ihnen in sein Land zurück. Auch der alte Pförtner übernahm sogleich das Erbe seiner Väter.

Was Calaman und die Prinzessin anlangte, so beluden sie mehrere Wagen mit Gold und Edelsteinen und machten sich auf den Weg nach Frankreich. Ein Heer von Franzosen und Spaniern, die der Hexenmeister verzaubert hatte und die nun erlöst worden waren, begleitete sie. Als sie einige Meilen vom Schloss entfernt waren, rief plötzlich die Prinzessin:

»Ach, mein Gott! Ich habe vergessen, den großen Leuchter aus dem Schloss mitzunehmen; in seiner Art ist er ein einzigartiges Wunderwerk.«

»Ich werde ihn holen«, sagte Calaman, »setzt Ihr nur Euren Weg nach Osten fort. Mein Pferd ist so schnell, dass ich Euch leicht wieder einholen werde.«

Und er ritt zum Schloss zurück, nahm den Leuchter ab, stieg damit aufs Pferd und beeilte sich, die Prinzessin und ihr Gefolge wieder einzuholen. Doch er verirrte sich im Wald, und aus lauter

Ärger darüber warf er den Leuchter in einen Teich und kehrte aufs Schloss zurück. Dort erzählte er dem alten Pförtner, dem Sohn eines Königs, sein Missgeschick. Der war wieder in den Besitz seines Schlosses gelangt, das der Hexenmeister ihm weggenommen hatte. Der Alte beklagte Calamans Missgeschick und bedauerte den Verlust des Leuchters, denn dieser war ein Zauberding, an dem das Schicksal seiner Familie hing.

Um den Leuchter wiederzubekommen, sagte er, müsste er nun den ganzen Teich leeren, und der sei riesig!

Calaman indes kam nach Paris zurück. Der Alte des Schlosses hatte ihm ein gutes Pferd und noch dazu viel Gold gegeben. Sein greiser Vater, der König, war überglücklich, ihn wiederzusehen, denn er hatte ihn schon tot geglaubt. Seit seiner Abreise war er ganz betrübt und kränklich gewesen und fand an nichts mehr Gefallen. Doch die Heimkehr seines geliebten Sohnes erfreute sein Herz und gab ihm die Gesundheit wieder zurück.

Aber schon bald erfuhr der alte König, dass ein feindliches Heer von Norden in sein Reich eingefallen war und bei seinem Durchzug alles verwüstete. Da wurde Calaman an die Spitze des königlichen Heeres gestellt, um dem Angriff zu trotzen.

Als sich nun die beiden feindlichen Heere gegenüberstanden, hatten die beiden Anführer eine Unterredung, in der sie sich verständigten und einen Friedensvertrag schlossen. Als Calaman aber gerade unterzeichnen wollte, da beleidigte ihn der General des feindlichen Heeres und nannte ihn einen treulosen Menschen und Verräter. Dieser General aber war niemand anderes als die spanische Prinzessin selber, die er von dem Hexenmeister Marcou-Braz befreit hatte. Jetzt beschuldigte sie ihren Befreier, sie im Stich gelassen zu haben. Calaman erklärte ihr nun alles, und sie erkannte, dass es ein Missverständnis, aber kein Verrat war.

»Ich habe Euch empfohlen«, sagte Calaman, »immer gen Osten zu marschieren; und habt Ihr es gemacht?«

»Nein, wir sind gen Norden marschiert.«

»Warum denn gen Norden?«
»Der General, der uns befehligte, hat es so gewollt.«
Nun, dieser General hatte sich in die Prinzessin verliebt, wollte sie in die Irre führen, vom Weg nach Frankreich abbringen und sie heiraten. Die Prinzessin aber widerstand ihm, und als sie seinen Verrat erkannt hatte, übernahm sie selbst die Führung des Heeres und führte es, wenn auch mit großer Verspätung, nach Frankreich.
So fand alles seine Erklärung. Da heiratete Calaman die Prinzessin, und groß waren die Feste überall.
Bald darauf starb auch der alte König, und Calaman folgte ihm auf den Thron von Frankreich.

Die drei Haare vom Goldbart des Teufels

Kement-man oa d'ann amzer Ma ho devoa dennt ar ier.
Dieses Märchen trug sich in einer Zeit zu,
als die Hühner Zähne hatten.

Es war einmal ein Mann, der hieß Malo und war Gärtner am Hof des Königs. Da er aber schon recht alt war, arbeitete er kaum mehr und hatte die Aufsicht über die anderen Gärtner des Hofes.
Eines Tages erging sich der König in seinem Garten, und da er immer gerne mit Malo plauderte, sprach er zu ihm:
»Deine Frau ist also wieder guter Hoffnung, Malo?«
»Ja, Sire, bald werde ich zum sechsten Mal Vater, denn ich habe schon fünf Kinder, wie Ihr wisst. Was mir aber am meisten Sorge macht, Sire, wo soll ich einen Paten für das sechste Kind finden?«
»Nun gut, lass dir darüber keine grauen Haare wachsen. Suche

mich auf, wenn das Kind geboren ist, ich werde schon einen Paten für es finden.«

Und acht Tage später suchte Malo den König auf und sagte:

»Soeben hat mir meine Frau einen sechsten Knaben geschenkt, Sire.«

»Na gut«, antwortete der König, »ich selbst werde sein Pate sein.«

Die Taufe wurde feierlich abgehalten, und man gab dem Kind den Namen Charles. Dann fand ein großes Essen im Palast des Königs statt. Der alte Gärtner hatte ein bisschen mehr als sonst getrunken und war lustig und vergnügt. So hob er gegen Ende des Mahls sein Glas und sprach zum König:

»Auf Euer Wohl, Sire, und Gott möge meinem neugeborenen Sohn die Gnade erweisen, eines Tages mit Eurer Tochter, der Prinzessin, vermählt zu werden.«

Vor einigen Tagen erst war nämlich dem König ein Töchterchen geboren worden. Über diesen Wunsch war der Herrscher so missmutig, dass er den alten Gärtner entließ.

So trat Malo denn in die Dienste eines großen Edelmannes, der König aber vermisste schon bald seinen alten Gärtner und bat ihn, wieder wie vordem an den Hof zu kommen. Und Malo, der sich auch nach den schönen Gärten, in denen er sein ganzes Leben verbracht hatte, und nach den Plaudereien mit seinem König sehnte, kam gerne zurück. Der König wollte sich um die Erziehung von Charles kümmern, und Malo willigte da gerne ein.

Doch hatte der alte Herrscher nicht die unbesonnenen Worte vergessen, die der Gärtner beim Taufmahl gesprochen hatte, und er wollte schon früh Vorkehrungen treffen, auf dass des Gärtners Wunsch nicht in Erfüllung gehe. So ließ er denn bald Charles in einer gläsernen Wiege auf offenem Meer aussetzen und übergab ihn auf Gedeih und Verderb der tobenden See.

Nun wartete der König schon lange auf seinen Weinhändler aus Bordeaux, der sollte an den Hof kommen und ihm Wein bringen. Der Weinhändler aus Bordeaux aber war auf dem Meer auf die Wiege getroffen, in der Charles ausgesetzt worden war. Er nahm das Kind auf sein Schiff, staunte, wie schön es war, und beschloss, es seiner Frau zu bringen und an Kindes statt anzunehmen. Und in seiner großen Freude und Begeisterung, es seiner Frau zu zeigen, ließ er sein Schiff umkehren und segelte sofort nach Bordeaux zurück.

Seine Frau war überglücklich über das Geschenk, das ihr Mann ihr machte, denn beide hatten keine Kinder, obwohl sie schon seit Langem verheiratet waren. Nun wurde Charles erzogen und unterwiesen, als ob er das eigene Kind des Händlers wäre. Man ließ ihn wiederum taufen, weil man fürchtete, er wäre es noch nicht, und der Zufall wollte es, dass man ihm auch wieder den Namen Charles gab. Er bekam Lehrer jeglicher Art und nannte den Händler und seine Frau auch Vater und Mutter, denn beide hatten ihn über seine ersten Lebensjahre völlig unwissend gelassen.

Unterdessen machte der alte König einige Jahre später eine Reise nach Bordeaux. Als er Charles sah, bewunderte er dessen schönes Aussehen und fragte den Händler, ob es sein Kind wäre. Und der Händler erzählte dem König, wie er Charles in einer gläsernen Wiege auf offenem Meer gefunden hatte, dass er ihn aufgenommen und an Kindes statt angenommen habe. Da wusste der König gleich, dass es das Kind seines Gärtners war, das er selbst aus dem Weg räumen wollte. Und er bat den Händler, er solle ihm Charles überlassen, er wolle ihn später zu seinem Sekretär machen. Der Händler überließ dem König das Kind, wenn auch sehr ungern.

Der König, der noch nicht gleich nach Paris zurückkehrte, schickte Charles vor und gab ihm einen Brief für die Königin. Darin hatte er den Befehl an die Königin aufgeschrieben, den Überbringer des Briefes auf der Stelle töten zu lassen. Und er hatte noch dazugeschrieben, er werde auch unverzüglich zurückkommen, doch sein Befehl müsste noch vor seiner Ankunft ausgeführt werden.

Charles nahm den Brief und machte sich auf den Weg, doch er ahnte nicht, dass er sein Todesurteil trug. Er verbrachte die Nacht

in einem Dorf am Rande der Straße und aß dort mit drei Unbekannten, Steuereintreiber von Beruf.
Nach dem Abendessen spielten sie Karten, und Charles verlor sein ganzes Geld und sogar noch seine Uhr. Dann gingen sie zu Bett. Die drei Steuereintreiber schliefen in der gleichen Kammer und Charles in einem kleinen Raum daneben. Nur eine dünne Bretterwand trennte sie, und er hörte ihr Gespräch:
»Der arme Junge!«, sagte einer von ihnen. »Er hat sein ganzes Geld verloren. Wie wird er wohl seine Zeche zahlen und nach Hause kommen können? Mich dauert er; wie wär's, wenn wir ihm sein Geld zurückgäben?«
»Ja«, erwiderten die beiden anderen, »wir wollen ihm sein Geld zurückgeben!«
Und einer der drei kam in Charles' Zimmer, um ihm das Geld zurückzugeben. Charles schlief unterdessen tief, denn er war todmüde von seinem Weg. Auf dem Nachttisch entdeckte der Steuereintreiber einen versiegelten Brief, es war der, den der König Charles für die Königin gegeben hatte. Und da der Steuereintreiber neugierig war, erbrach er das Siegel, las den Brief und war über dessen Inhalt doch recht erstaunt.
»Der arme Junge!«, dachte er. »Er trägt selbst sein Todesurteil und weiß es nicht.«
Dann zeigte er den Brief seinen zwei Kameraden, und sie schrieben einen neuen Brief, in dem sie der Königin empfahlen, den Überbringer wohl aufzunehmen und gut zu behandeln. Den legten sie Charles dann heimlich wieder auf den Nachttisch.
Am nächsten Morgen, als Charles aufstand, waren die Steuereintreiber schon abgereist. Er fand in seinen Taschen sein Geld und seine Uhr wieder, und der Brief lag auch auf dem Nachttisch, wie er ihn hingelegt hatte. Er bezahlte den Wirt und machte sich auf den Weg. Dass der Brief ausgetauscht worden war, davon ahnte er nichts. So ging er immer weiter und kam schließlich nach Paris, wo er schnurstracks zum Königspalast eilte und der Königin den Brief überbrachte. Diese nahm ihn aufs Beste auf, ließ ihn an ihrer

Tafel speisen und nahm ihn mit ihrer Tochter zu Besuchen und Spaziergängen mit.
Einen Monat später kam der König nach Paris zurück, und groß war sein Erstaunen, ebenso groß sein Zorn, als er Charles in Gesellschaft seiner Gemahlin und seiner Tochter fand.
»Wie!«, sagte er zur Königin. »Ihr habt also nicht gemacht, was ich Euch in meinem Brief empfohlen habe?«
»Aber doch«, antwortete diese, »hier ist Euer Brief! Lest ihn wieder!«
Und der König las den Brief, den ihm die Königin gab, und erkannte, dass er hinters Licht geführt worden war. Von wem, wusste er nicht.
Da schickte er Charles als einfachen Soldaten zur Armee. Und er war ein ausgezeichneter Soldat! Schon nach kurzer Zeit brachte er es zum Offizier, und da er sich in allen Gefechten als tapfer erwies und mehr als jeder andere zum Sieg beitrug, stieg er bald zu den höchsten Rängen auf, und in Paris und in der Armee sprach man nur noch von ihm. Die Prinzessin verliebte sich in ihn und bat ihren Vater, ihn doch heiraten zu dürfen.
»Nie!«, antwortete ihr der Vater.
Da kam ein großer Krieg, und der König von Frankreich war gerade dabei, eine entscheidende Schlacht zu verlieren, als Charles mit seinen Soldaten eintraf. Und sogleich wechselte das Kriegsglück, und die Franzosen trugen einen großen Sieg davon statt der verheerenden Niederlage, die ihnen eben noch gedroht hatte.
Und wieder bat die Prinzessin ihren Vater, sie doch den jungen Helden heiraten zu lassen.
»Das will ich gern«, antwortete der alte König dieses Mal, »aber eine Bedingung stelle ich: Er muss mir drei Haare vom Goldbart des Teufels bringen.«
»Und wo soll ich den Teufel suchen?«, fragte Charles.
»In der Hölle natürlich!«, antwortete ihm da die Prinzessin.
»Das ist leicht gesagt! Aber wie soll ich in die Hölle kommen?«
Trotzdem machte er sich auf den Weg und stellte sich Gottes Gnade anheim.

Nachdem er nun lange marschiert war und viele Länder durchquert hatte, kam er an den Fuß eines hohen Berges. Dort sah er eine alte Frau, die kam gerade von einer Quelle zurück, wo sie Wasser in ein Fass geschöpft hatte, das keinen Boden hatte. Das Fass trug sie auf ihrem Haupt.

»Wohin des Weges, junger Mann?«, fragte ihn die Alte, »hierhin kommen keine lebenden Menschen. Ich bin die Mutter des Teufels.«

»Das trifft sich gut, ich suche Euren Sohn, führt mich bitte zu ihm!«

»Aber mein Kind, er wird dich umbringen oder dich lebendig fressen, wenn er dich sieht.«

»Mag sein! Macht, dass ich mit ihm sprechen kann, und wir werden schon sehen.«

»Du hast keine Angst, wie es scheint. Aber sag mir: Was willst du von meinem Sohn?«

»Der König von Frankreich hat mir die Hand seiner Tochter versprochen, wenn ich ihm drei Haare aus dem Goldbart des Teufels bringe, und ich meine, Großmütterchen, eine so schöne Heirat werdet Ihr mir doch nicht wegen drei Barthaaren entgehen lassen.«

»Nun gut, folge mir, und wir werden schon sehen. Du gefällst mir!«

Und Charles folgte der Alten, die ihn zu einem Schloss führte: Das war verfallen und ganz schwarz. Sobald sie dort angekommen waren, begann sie, auf einem Ofen, der breiter als ein Mühlstein war, für ihren Sohn Crêpes zu backen. Und bald vernahm man schon einen fürchterlichen Lärm.

»Da kommt mein Sohn«, sagte die Alte, »versteck dich schnell unter meinem Bett!«

Charles versteckte sich unter dem Bett, und schon trat der Sohn der Alten ein und schrie:

»Ich habe einen Bärenhunger, Mutter, einen Bärenhunger!«

»Dann iss doch, mein Sohn, hier habe ich gute Crêpes!«

Und gierig begann er, die Crêpes zu verschlingen, die wie in einem Abgrund verschwanden. Als er auf diese Weise einige Dutzend verschlungen hatte, hielt er einen Augenblick lang inne und sagte:
»Ich rieche hier das Fleisch eines Christenmenschen; davon muss ich essen.«
»Du redest dummes Zeug, mein Sohn«, sprach da die Alte, »iss deine Crêpes und denk nicht an die Christenmenschen. Du weißt genau, dass nie einer hierhin kommt.«
Und er verschlang noch einige Dutzend Crêpes, dann schnupperte er und wiederholte:
»Ich rieche hier einen Christenmenschen, und ich muss davon essen.«
»Lass mich doch in Ruhe mit deinen Christenmenschen«, entgegnete ihm die Alte, »iss deine Crêpes oder geh schlafen, wenn dein Bauch voll ist.«
»Ja, gutes Mütterchen«, sagte er da besänftigt, »ich bin müde und gehe schlafen.«
So legte er sich denn zu Bett, und kurz darauf schnarchte er schon. Da näherte sich ihm die Alte und riss ihm ein Haar aus seinem goldenen Bart. Er kratzte sich am Kinn, wachte aber nicht auf. Einen Augenblick später riss ihm die Alte ein zweites, dann endlich ein drittes Haar aus. Schließlich wurde er doch wach, sprang aus seinem Bett und sprach:
»Ich kann in diesem Bett nicht schlafen, Mutter, da sind zu viele Flöhe drin. Ich werde mich in den Pferdestall legen.«
»Geh in den Pferdestall, wenn du willst, mein Sohn. Morgen werde ich dir neue Bettlaken auflegen.«
Und der Teufel ging aus seiner Kammer in den Pferdestall.
»Komm jetzt schnell«, sagte die Alte da zu Charles und zeigte ihm die drei Haare, die sie eben aus dem Bart ihres Sohnes gerissen hatte.
»Hier sind die drei Haare aus dem Goldbart des Teufels. Nimm sie schnell mit und heirate die Tochter des Königs von Frankreich.«
Charles nahm die drei Haare, bedankte sich und machte sich sogleich auf.

Als er zum Palast des Königs von Frankreich kam, ergingen sich gerade die Königin und ihre Tochter im Garten. Schnell begab er sich zu ihnen, und sobald die Prinzessin ihn erblickte, fragte sie:
»Wo sind die drei goldenen Haare aus dem Bart des Teufels?«
»Hier habe ich sie«, antwortete er und zeigte sie ihr.
Schnell lief die Prinzessin zu ihrem Vater und erzählte ihm alles. Als der alte König aber die drei goldenen Haare sah, geriet er in solch unbändige Wut, dass er sich selbst den Dolch ins Herz stieß und sogleich tot umfiel.
»Geh doch zum Teufel«, sagte Charles, als er dies sah.
Nun stand nichts mehr der Heirat von Charles und der Prinzessin im Weg. Er schrieb dem Händler von Bordeaux einen Brief und bat ihn, sogleich nach Paris zu kommen. Der kam sofort, offenbarte alles, und alle erfuhren, dass Charles der Sohn des alten Palastgärtners und das Patenkind des Königs war. So hatte sich auch der Wunsch des alten Gärtners erfüllt, als er beim Taufmahl mit dem König angestoßen und gesagt hatte:

»Auf Euer Wohl, Sire, und Gott möge Eure Tochter und meinen Sohn eines Tages zusammenführen!«
Und die Hochzeit wurde gefeiert, und was war das für eine schöne Hochzeit! Da gab es Festmähler, Tänze und Spiele aller Art, vierzehn Tage lang!
Ich, die euch diese Geschichte erzählt habe, weiß es, denn ich war die Köchin!

Die Prinzessin, die in eine Maus verwandelt wurde

Selaouit holl, mar oc'h eûs c'hoant,
Hag e clewfet eur gaozic koant,
Ha na eûs en-hi netra gaou,
Mès, marteze, eur gir pe daou.
Lauscht nun alle, wenn ihr wollt,
und ihr werdet ein hübsches Märchen hören!
Drin gibt es keine Lüge,
vielleicht nur ein oder zwei Wörtchen.

Es war einmal ein König von Frankreich, der war schon alt und hatte keine Kinder, und das bekümmerte ihn gar sehr. Endlich, als beide schon keine Hoffnung mehr hegten, schenkte die Königin ihm eine Tochter. Wie wurde da deren Geburt mit Gelagen und Festen gefeiert!
Eine alte Hexe aber, die in einem nahen Wald hauste, war nicht zu den Festlichkeiten geladen. Darob war sie derart erzürnt, dass sie sich zu rächen entschloss: Die Prinzessin sollte sich in eine Maus verwandeln und so lange diese Gestalt behalten, bis eine der

Schwestern der Hexe, die man noch nie hatte lachen sehen, zum Lachen gebracht würde.
Und eines Tages stieß die Amme, die das Kind eben im Palast säugen wollte, plötzlich einen Schrei aus:
»Ach, mein lieber Gott, da ist mir doch jetzt die Prinzessin aus meinen Armen entschlüpft, sie hat die Gestalt eines Mäuschens bekommen!«
»Welch Unglück«, jammerte der König, »aber es ist Gottes Wille, und dem müssen wir uns beugen.«
Kurze Zeit später kam es zum Krieg zwischen dem König von Frankreich und dem von Spanien. Der König von Frankreich saß schon im Hof seines Palastes auf seinem Ross und war zum Aufbruch bereit, als er plötzlich sah, wie seine Tochter, die eine Maus geworden war, auf ihn zulief. Seit ihrer Verwandlung hatte man sie übrigens nicht aus den Augen gelassen und sorgsam auf sie aufgepasst. Die nun sprach zu ihm:
»Ich will mit Euch in den Krieg ziehen, lieber Vater!«
»Was willst du denn da anfangen, mein armes Kind, in dem Zustand, in dem du bist?«
»Fürchtet nichts und nehmt mich mit, sage ich Euch. Setzt mich in das Ohr Eures Pferdes, und dann geht's ab.«
So tat der König auch. Er setzte die Maus in das Ohr seines Pferdes, und sie ritten davon. Und als sie auf dem Schlachtfeld vor dem Feind angekommen waren, da vernahm man plötzlich von beiden Seiten eine bezaubernde Musik.
»Oh, welch berückende Weisen«, rief der Sohn des Königs von Spanien. »Ich muss unbedingt wissen, woher sie kommen.«
Und als die Soldaten der beiden Lager diese Weisen hörten, waren sie eher geneigt, sich zu umarmen, als sich zu bekämpfen. So suchte denn auch der Sohn des Königs von Spanien den König von Frankreich auf und fragte ihn:
»Was soll diese Musik bedeuten, Sire, und woher kommt sie?«
»Es ist meine Tochter, die singt«, antwortete dieser.
»Eure Tochter? Aber wo ist sie denn?«

»Hier, ganz nah bei mir, im linken Ohr meines Pferdes.«
»Ihr wollt Euch wohl über mich lustig machen, Sire.«
»Keineswegs, ich sage Euch die reine Wahrheit.«
»Nun, gut, wenn Ihr mir die Hand Eurer Tochter gebt, dann ist der Krieg zwischen uns zu Ende.«
»Was! Ihr wollt eine Maus heiraten!«
»Eine Maus? Nun, auch gut! Ja, wenn sie mich will.«
»Ja, das möchte ich gern, lieber Vater«, fiel da schnell die Maus ein.
So ließ man also Krieg Krieg sein. Man feierte die Hochzeit, und statt sich an die Köpfe zu geraten, nahmen die beiden Heere an den Feierlichkeiten und Festmählern teil. Die dauerten ganze acht Tage, und alle tranken Brüderschaft, das Glas in der Hand.
Nun hatte aber der König von Spanien noch zwei weitere Söhne, die waren auch verheiratet: der eine mit der Tochter des Königs von Portugal, der andere mit der Tochter des Königs der Türkei. Eines Tages rief der Vater seine drei Söhne zu sich und tat ihnen kund, er wolle nun seine Krone seinem ältesten Sohn übergeben und den Rest seiner Tage in Frieden und Stille beenden.
»Ich meine, lieber Vater«, entgegnete da der Zweitälteste, »es wäre gerechter, dem von uns die Krone zu übergeben, der die größte Tat vollbringt, denn alle drei sind wir Eure Kinder und haben das gleiche Anrecht.«
»Nun gut«, sprach der alte Herrscher, »ich werde euch auf die Probe stellen: Meine Krone wird demjenigen von euch gehören, der mir das schönste Stück Tuch bringt.«
»So sei es«, war die einmütige Antwort der Brüder.
Und jeder von ihnen ging nach Hause zurück und teilte seiner Frau den Willen des Vaters mit. Als der Jüngste, der Gemahl der Maus, zurückkehrte, erwartete ihn schon seine Frau. Sie saß auf einem der Fenster des Palastes in der Sonne und sang mit wunderschöner Stimme.
»Lasst gut sein damit«, sagte ihr da der Gatte, »ich hätte es viel lieber, wenn Ihr geschickt die Spindel zu drehen vermöchtet!«

»Wieso das denn? Was gibt es denn Neues?«, fragte sie ihn da.
»Nun, neu ist, dass mein Vater dem seiner drei Söhne die Krone versprochen hat, der ihm das schönste Stück Tuch bringt.«
»Ach was, Unsinn! Die Krone meines Vaters, des Königs von Frankreich, wiegt hundertmal so viel wie Eure. Beunruhigt Euch aber nicht, und lasst Eure beiden Brüder sich mit dem Tuch um die Krone streiten.«
»Nein, wie schön auch die Krone Eures Vaters sein mag, so will ich auf die meines Vaters doch nicht verzichten!«
Schon war der Tag, an dem sie dem alten König das Tuch vorführen sollten, nahe gerückt. Da beklagte sich am Vorabend der festgesetzten Frist unser Prinz bei seiner Frau und sprach zu ihr:
»Morgen müssen wir unserem Vater das Tuch vorführen, und ich habe noch nichts, was ich ihm zeigen könnte. Wie soll ich es nur anstellen?«
»Beruhigt Euch und grämt Euch nicht ob solcher Kleinigkeiten«, entgegnete ihm da die Maus, »nehmt diese Schachtel, und wenn Eure beiden Brüder ihr Tuch gezeigt haben, dann öffnet sie, und Ihr werdet dann finden, was ihnen Schande bereitet.«
Und sie gab ihm eine kleine Schachtel, die sorgsam verschlossen war.
»Wie soll denn dieses Schächtelchen ein Stück Tuch enthalten, das mir den Sieg zukommen lässt?«, sprach da der Prinz und machte sich mit dem Schächtelchen auf den Weg, aber beruhigt war er nicht.
Als er in seines Vaters Palast gekommen war, erblickte er im Hofeingang mehrere Maultiere, die waren mit Ballen von Tuch beladen, das seine Brüder aus den entferntesten Ländern mitgebracht hatten. Und sie zeigten dem König ihr Tuch. Der prüfte es sorgsam und war des Lobes voll, wie schön, fein und weich einiges davon war.
»Und du, mein Sohn, was bringst du mir?«, fragte er den Jüngsten, als der an der Reihe war.
»Nur dies«, und er reichte seinem Vater das Schächtelchen mit

den Worten: »Öffnet es, lieber Vater.« Da brachen seine beiden Brüder in schallendes Gelächter aus; der König aber öffnete die Schachtel, und sogleich enthüllte sich daraus ein Stück feinsten Stoffes, das glänzte wie Seide. Das Tuch seiner beiden Brüder war, damit verglichen, wie ein grober Hanfstoff. Und was am wunderbarsten war: Das Tuch des Jünglings schien ohne Ende, denn so weit man es auch aus der Schachtel herauszog, man fand keinen Abschluss. Da lachten aber die beiden älteren Prinzen nicht mehr.

»Meinem jüngsten Sohn gebührt meine Krone«, sprach da der König sehr verwundert.

»Jetzt aber!«, wehrten sich da die beiden anderen verdrossen. »Man soll nie so hastig auf den ersten Blick urteilen. Fordert eine zweite Probe, Sire, und wir werden schon sehen!«

»Das will ich gern«, sprach der König, »aber was soll ich wohl als zweite Probe verlangen?«

»Versprecht Eure Krone dem von uns, der Euch die schönste Frau bringen wird«, sprach der Älteste, der mit der Tochter des Königs der Türkei verheiratet war, einer Prinzessin von wunderbarer Schönheit.

»Ja, das ist es«, erwiderte der alte König, »dem, der mir die schönste Frau vorführt!«

Und so zogen die drei Brüder wieder ab, jeder in sein Land. Der Jüngste kam ganz betrübt heim und war überzeugt, diesmal nicht mithalten zu können, da seine Frau ja eine Maus war.

»Warum seid Ihr so betrübt, mein Prinz«, fragte ihn diese, als sie sein jammervolles Antlitz sah, »hat meine Schachtel ihren Dienst nicht getan?«

»Doch, das Schächtelchen hat sich wundervoll aufgeführt.«

»So gehört also nun die Krone Spaniens Euch?«

»Die Krone Spaniens! … Die zu tragen, davon bin ich noch weit entfernt!«

»Warum denn?«

»Weil mein Vater eine zweite Probe verlangt.«

»Welche denn? Sagt sie mir, ich bitte Euch.«

»Wozu soll das denn noch gut sein?«
»Sprecht nur, wir werden schon weitersehen!«
»Nun gut, auf Verlangen meines ältesten Bruders, der mit der Tochter des Königs der Türkei verheiratet ist, hat mein Vater jetzt dem von uns dreien die Krone versprochen, der ihm die schönste Frau vorführen wird, und Ihr versteht …«
»Wenn es nichts weiter ist, dann beruhigt Euch und habt Vertrauen zu mir.«
Als nun der Tag gekommen war, an dem dem alten König die Frauen vorgestellt werden sollten, sagte die Maus zu ihrem Mann, dem Prinzen:
»Ich werde mit Euch zu Eurem Vater gehen.«
»Ich brauche keine Maus, die ich meinem Vater vorstellen kann, sondern eine Frau«, entgegnete dieser.
»Macht Euch jetzt keine Sorgen, sage ich Euch, und nehmt mich mit.«
»Um mir Schande zu bereiten?«
Und sogleich bestieg er seine Karosse, fuhr los und ließ die Maus zu Hause zurück. Die aber sagte zu einem jungen Hirten, der sich eben anschickte, mit seinen Schafen aufzubrechen:
»Hirt, fang mir diesen großen roten Hahn, den du da hinten immer um seine Hühnerschar siehst, und bring ihm an seinem Schnabel ein Zaumzeug aus Weidenrinde an. Dann werde ich auf seinen Rücken steigen, um zu meinem Gatten zu reiten, der bei meinem Schwiegervater weilt.«
Der Hirte machte, was man ihm aufgetragen hatte, und die Maus stieg auf den Rücken des Hahns, nahm das Zaumzeug aus Weidenrinde zwischen ihre Vorderpfoten, und ab ging's zum spanischen Hof. Dabei kam sie auch am Schloss der Hexe vorbei, die sie in eine Maus verwandelt hatte. Beim Schloss aber war ein morastiger Sumpf, da wollte der Hahn nicht hinein. Die Maus hatte gut schreien, ›Hopp, hopp, vorwärts‹, doch sobald der Hahn einen Schritt vorwärts gemacht hatte, machte er gleich wieder zwei zurück. Die Schwester der Hexe stand gerade am

Fenster, und als sie dieses komische Reitgespann sah, brach sie in so schallendes Gelächter aus, dass es aus allen Ecken des Schlosses widerhallte. Schon eilte auch die alte Hexe herbei, und als sie sah, was ihre Schwester so zum Lachen gebracht hatte, sagte sie zur Maus:

»Jetzt ist der Zauber gebrochen. Ich hatte dich so lange in eine Maus verwandelt, bis ich meine Schwester lachen hörte. Nun hat sie gelacht, und du bist erlöst. Du wirst sogleich die schönste Prinzessin unter der Sonne werden, dein Zaumzeug wird sich in eine schöne goldene Karosse verwandeln, und dein Hahn wird ein prächtiges Pferd.«

Und tatsächlich, im Handumdrehen war alles verwandelt.

»Geh nun«, sprach noch die Hexe, »geh zum Hof des Königs, deines Schwiegervaters, und hab keine Angst, dass eine Schönere als du dort auftaucht.«

Und die Prinzessin setzte ihren Weg in dieser prächtigen Ausstattung fort, und bald hatte sie ihren Gatten eingeholt, der sich unterwegs nicht besonders beeilt hatte. »Was, Ihr seid erst hierhin gekommen!«, sprach sie zu ihm.

Der Prinz war bass vor Erstaunen, und da er in dieser wunderschönen Prinzessin seine Frau nicht wiedererkannte, gab er keine Antwort.

»Los«, fuhr sie da fort, »kommt in meine Karosse und lasst Euren hässlichen Karren und die Schindmähre stehen, die Euch zieht.«

»Macht Euch nicht über mich lustig, Prinzessin«, antwortete er endlich, »wenn auch Eure Karosse schöner und Euer Pferd besser ist als meines.«

»Aber schaut mich doch genau an, erkennt Ihr in mir nicht Eure Gattin?«

»Nein, Ihr seid nicht meine Gattin, leider. Meine Frau ist die Tochter des Königs von Frankreich, und die ist von einer bösen Hexe in eine Maus verwandelt worden. Wie es aber auch sei, ich liebe sie so, wie sie ist.«

Nun erst erzählte ihm die Prinzessin, wie sich alles zugetragen

hatte, und überzeugte ihn schließlich doch, wenn auch mit Mühe, dass sie wirklich die Tochter des Königs von Frankreich und seine Gemahlin sei.
Dann setzten beide ihren Weg in der goldenen Karosse fort, die vor lauter Licht nur so funkelte, und bald kamen sie auch schon an den Hof des Königs von Spanien. Ihre Ankunft brachte viel Aufsehen. Der Hof des Palastes war ganz geblendet von ihrem Glanz und ihrer Schönheit. Die zwei älteren Prinzen hatten zwar schöne Frauen, das war gewiss, aber als sie die Frau ihres jüngsten Bruders erblickten, waren sie ganz verwirrt und fassungslos. Und als der alte König eine solch vollkommene Schönheit sah, ward er heiter und aufgeräumt, reichte ihr die Hand, um ihr aus der Karosse zu helfen, und sprach:
»Ihr seid die schönste Prinzessin, die meine Augen je gesehen haben, und die würdigste, Euch neben meinen jüngsten Sohn auf den spanischen Thron zu setzen.«
Am Abend dann gab es ein großes Fest, und der alte König wollte, dass sich die Prinzessin neben ihn an die Tafel setzte. Von jedem Gericht, das man auftrug, und von jedem Trank, den man ihr ausschenkte, nahm sie ein Stückchen oder einen Tropfen und gab es auf ihren Schoß. Darüber wunderten sich alle Gäste.
Nach dem Mahl kam der Tanz, und als die Prinzessin tanzte, da verstreute sie bei ihren Schritten Perlen und Blumen; die fielen aus ihren Rockschößen, ohne zu versiegen. Ihre beiden Schwägerinnen waren ganz blass vor Ärger darüber.
Am nächsten Tag gingen die Feiern weiter, und die Frauen der zwei älteren Prinzen taten auch ein Stück oder einen Tropfen von dem, was man ihnen auftrug, in ihren Schoß. Dabei hofften sie, dass sich das auch in Perlen und Blumen verwandeln würde. Aber ach! Als der Tanz begann, da verstreuten sie keine Perlen und Blumen bei ihren Schritten wie ihre Schwägerin, sondern nur Speisereste und Saucen. Damit waren ihre schönen Kleider ganz befleckt und beschmutzt, sodass sich ihre Tänzer schämten und wegblieben. Später wurden die Hunde und Katzen aus allen Ecken des Pa-

lastes von diesem Unrat angezogen, stürzten in den Ballsaal, bellten und miauten und richteten ein wildes Wirrwarr an.
Als der alte König dessen gewahr wurde, geriet er in unbändigen Zorn und jagte seine zwei ältesten Söhne und deren Frauen aus seinem Palast. Dann dankte er ab und überließ seinem jüngsten Sohn die Krone.

Der kleine Vogel mit dem goldenen Ei

Es war einmal ein Gärtner, der hatte zwei Söhne. An einem schönen Maientag bemerkte er plötzlich einen kleinen Vogel, wie er nie einen gesehen hatte.
»Das ist aber ein schöner Vogel!«, sagte er zu sich selber. »Wenn ich ihn nur fangen könnte!«
Und es gelang ihm, den kleinen Vogel zu fangen, und er setzte ihn in einen Käfig, denn er wollte ihn seinem Gutsherrn zum Geschenk machen. Der Vogel legte bald ein Ei, und das war gelb wie pures Gold.
Am nächsten Tag musste die Frau des Gärtners in die Stadt gehen, um ihrem Gutsherrn Eier zu bringen, und es fehlte ihr eines, um ihre drei Dutzend voll zu machen. So nahm sie einfach das Ei des kleinen Vogels und legte es zu den anderen; dann ging sie in die Stadt.
Als der Gutsherr das goldgelbe Ei bemerkte, war er erstaunt und sprach zur Frau des Gärtners:
»Was ist denn das für ein Ei?«
»Mein Gott, Monseigneur, es fehlte mir eines, um meine drei Dutzend voll zu machen, da habe ich dieses gelbe Ei genommen. Ein kleiner Vogel, den wir im Haus haben, hat es gelegt.«

»Wie habt Ihr diesen Vogel bekommen?«
»Mein Mann hat ihn im Garten gefangen.«
»Sagt Eurem Mann, er soll mich nächsten Sonntag aufsuchen und mir den kleinen Vogel mitbringen!«
»Ich werde es ihm ausrichten, Monseigneur …«
Am nächsten Sonntag begab sich der Gärtner in die Stadt und nahm den Vogel in seinem Käfig mit. Auch seine beiden jungen Söhne kamen mit ihm. Sobald nun der Gutsherr den kleinen Vogel erblickte, da rief er aus:
»Gott, welch schöner Vogel! Aber was steht da um seinen Kopf herum geschrieben?« Und der Gutsherr las um den Kopf des Vogels herum: »Wer mein Herz isst, findet jeden Morgen unter seinem Kopfkissen hundert Taler!«
»Heda!«, dachte er sich. »Das ist ja ein Wundertier!«
»Ihr müsst mir unbedingt Euren Vogel überlassen!«, sagte er da zum Gärtner.
»Gerne Monseigneur, wenn er Euch so gefällt!«
Die Stunde des Hochamts war inzwischen gekommen; doch bevor sich der Gutsherr in die Kirche begab, empfahl er seiner Köchin, ihm den kleinen Vogel fürs Essen zu braten. Sie solle gut aufpassen und nur nicht sein Herz verlieren oder es der Katze geben, denn das sei das beste Stück.
Dann ging der Gutsherr zur Messe, und der Gärtner mit ihm. Seine zwei Söhne waren an den Steg gegangen, um sich dort die Boote anzuschauen. Und als sie genug herumspaziert waren, kehrten sie zum Haus des Gutsherrn zurück. Sie kamen in die Küche und fanden dort nur die Köchin vor. Auf dem Tisch sahen sie den kleinen Vogel, der war schon gerupft, und daneben in einem Schüsselchen lag sein Herz. Die zwei Knaben hießen François und Allain. Als François das Herz des kleinen Vogels im Schüsselchen sah, hielt er es für eine rote Kirsche und schluckte es hinunter. Dann gingen beide in den Garten spielen.
Beim Essen wurde der Vogel aufgetragen, und der Gutsherr suchte rasch nach dem Herzen, doch fand er es nicht.

»Wo ist denn das Herz des Vogels, Köchin?«, fragte er da.
»Wie, Monseigneur, findet Ihr es denn nicht?«
»Aber nein, ich finde es nicht. Habt nur acht, dass Ihr es nicht gegessen habt!«
»Ich, Monseigneur? Die Katze könnte es vielleicht gefressen haben, denn ich war einen Augenblick aus der Küche weg.«
Da war der Gutsherr tief enttäuscht und zornig: Er stand von der Tafel auf, denn er mochte einfach nicht mehr zu Ende essen.
Am Abend kehrte der Gärtner mit seinen beiden Söhnen nach Hause zurück. Die zwei Kinder gingen gleich schlafen, jedes in sein Bett wie üblich. Und als ihre Mutter am nächsten Morgen ihre Betten machte, fand sie unter François' Kopfkissen hundert Goldtaler.
»Nanu!«, sagte sie sich ganz erstaunt. »Wo kommt denn dieses Gold her?«
Sie nahm es weg, erzählte ihren Kindern aber nichts davon, nur ihrem Gatten sagte sie es: Der war darüber ebenso verwundert wie sie. Am Morgen darauf fand sie wieder hundert Taler unter dem Kopfkissen von François. So ging es nun jeden Morgen, sodass sie schon bald reich wurden, und niemand wusste, wie das vor sich gegangen war. Die beiden Söhne selbst wussten es auch nicht, aber sie wollten in die Welt aufbrechen. Ihr Vater und ihre Mutter baten sie vergeblich, doch mit ihnen im Haus zu bleiben, da es ihnen dort an nichts fehlte, doch umsonst, sie mussten ihnen ihren Willen lassen. So gaben sie ihnen denn Geld, daran mangelte es im Haus nicht mehr, und dann machten sich beide auf den Weg.
Als sie nach Guingamp gekommen waren, stiegen sie in einem Wirtshaus ab und fragten nach einer Unterkunft.
»Aber sicher, Messeigneurs«, gab ihnen die Wirtin zur Antwort, »wir werden Euch aufs Beste aufwarten.«
Sie aßen gut zu Abend und legten sich dann schlafen. Am nächsten Morgen, als die Wirtin ihr Bett machte – sie hatten im gleichen Bett geschlafen –, fand sie hundert Goldtaler unter ihrem Kopf-

kissen. Sie sagte niemandem etwas davon. Am übernächsten Morgen fand sie wieder die gleiche Geldsumme. Und als die beiden Brüder davon sprachen, sie wollten ihren Weg fortsetzen und ihre Zeche begleichen, baten die Wirtin und ihr Mann sie inständig, doch noch etwas zu bleiben. Sie behandelten sie so gut, dass sie schließlich einen ganzen Monat dort im Wirtshaus verbrachten. Der Wirt war inzwischen reich geworden, denn seine Frau fand jeden Morgen ihre hundert Taler und ließ niemand anderes das Bett der beiden Brüder machen. Sobald sie aufgestanden waren, eilte sie schon hin. Unseren beiden Knaben ging es schon gut in Guingamp! Als der Monat jedoch zu Ende war, verlangten beide wieder die Rechnung, um weiterziehen zu können. Die Wirtsleute drängten sie von Neuem, doch noch zu bleiben, aber diesmal vergeblich.

»Macht uns unsere Rechnung, Wirtin«, sagten sie, »damit wir aufbrechen können!«

»Wenn Ihr zurückkommt, könnt Ihr zahlen, Messeigneurs. Macht Euch darüber keine Sorgen! Und wenn es Euch hier gut ergangen ist, dann sucht Euch wieder unser Haus als Bleibe aus.«

Und sie versprachen, bei ihrer Rückkehr wieder in diesem Wirtshaus abzusteigen. Als sie gerade abreisen wollten, nahm die Wirtin François etwas zur Seite und sagte ganz leise zu ihm:

»Ihr habt mir viel Gutes getan, und um Euch meine Dankbarkeit zu bezeugen, will ich Euch etwas sagen: Schaut jeden Morgen, wenn Ihr aufsteht, unter Euer Kopfkissen, und Ihr werdet dort hundert Goldtaler finden.«

François lächelte, denn er war überzeugt, die Wirtin habe mit ihm gescherzt, und so sagte er seinem Bruder nichts davon. Doch den ganzen Weg über gingen ihm die Worte der Wirtin nicht mehr aus dem Kopf, und er sagte sich: »Vielleicht sagt die Wirtin doch die Wahrheit?«

Als die Nacht hereinbrach, gingen sie in ein Wirtshaus am Rande des Weges. Und am nächsten Morgen schaute François eilig unter sein Kopfkissen.

»Hundert Goldtaler! Die Wirtin ist sicher eine Zauberin«, dachte er bei sich.
Schnell steckte er die hundert Taler in seine Tasche und sagte seinem Bruder nichts davon. Dann machten sie sich wieder auf den Weg und gingen in Richtung Paris. Und jeden Morgen, wo auch immer sie schliefen, fand François fortan hundert Goldtaler unter seinem Kopf.
Bald kamen sie in Paris an; dort trennten sie sich, und jeder ging seines Weges, um sein Glück zu machen. François, der die Taschen voller Gold hatte, stieg in einem großen Hotel ab. Er nahm sich einen Schulmeister, der ihm das Lesen und Schreiben beibringen sollte, denn davon verstand er noch nichts. Er kleidete sich wie ein Prinz, machte riesige Ausgaben, denn Gold hatte er ja reichlich. Zudem war er ein hübscher junger Mann.
Eines Tages sah ihn die Tochter des Königs, und sogleich entbrannte sie in Liebe zu ihm. Der König indes wollte seine Tochter nicht einem Mann geben, den er nicht kannte. Die Prinzessin jedoch bestand darauf, sodass er schließlich einwilligte, und bald verlobten sich die beiden und heirateten dann.
Von da an aber führte François ein gar liederliches Leben. Alle Tage trank er, machte Glücksspiele und den jungen Mädchen schöne Augen. Mit seiner Gemahlin sah man ihn nie zusammen, und die arme Prinzessin war darüber todunglücklich.
»Wie stellt er es nur an?«, sagte sie sich. »Er gibt viel aus, und doch bittet er weder mich noch meinen Vater je um Geld. Da muss etwas dahinterstecken! Das muss ich unbedingt herausfinden!«
Und sie suchte eine alte Hexe auf und erzählte ihr den Fall.
»Ach, mein armes Kind«, sagte ihr die Hexe, »dein Gemahl hat das Herz des kleinen Vogels mit dem goldenen Ei gegessen, und seit diesem Tag findet er jeden Morgen hundert Goldtaler unter seinem Kopfkissen. Wenn du das Herz des Vogels haben könntest, welche Frau würdest du dann sein!«
»Und wie soll ich es bekommen, da er es schon gegessen hat?«
»Mach, wie ich es dir sagen werde, und vielleicht wirst du es dann

besitzen können! Jede Nacht musst du doch aufstehen, um ihm zu trinken zu bringen: Mische dann in einem Glas Cidre, Wein, Schnaps, Salz und Pfeffer, und gib ihm diese Mixtur zu trinken. Er wird sie unversehens hinunterschlucken und sogleich das Herz des Vogels herausspucken. Nimm es dann und iss es!«

Die Prinzessin ging nach Hause zurück, und gegen Mitternacht kehrte auch ihr Gatte heim, betrunken wie ein herumziehender Dorfgeiger. Kaum lag er im Bett, da verlangte er auch schon zu trinken. Da reichte ihm seine Frau die Mixtur, die sie vor dem Schlafengehen zubereitet hatte. Mit einem Zug kippte er sie hinunter, und sogleich begann er auch zu husten, dann spuckte er das Herz des kleinen Vogels aus. Die Prinzessin ergriff es und schluckte es hinunter. Und am nächsten Morgen fand sie hundert Goldtaler unter ihrem Kopfkissen. Unter dem von François lag nichts mehr. Da war er sehr erstaunt und dachte bei sich:

»Was soll das heißen, dass ich kein Geld mehr habe …?«

Am nächsten Morgen fand die Prinzessin wieder ihre hundert Taler, und er wieder nichts! Darob wurde er sehr betrübt. Seine Zechkumpane suchten ihn im Palast auf, aber er wollte nicht mehr mit ihnen gehen. Niemand außer seiner Frau wusste, was vorgefallen war. Jetzt, da er kein Geld mehr besaß, wurde er so bösartig, dass niemand im Palast ihn mehr ausstehen konnte. Darüber war der König sehr verdrossen und die Prinzessin auch. So kehrte sie zu der alten Hexe zurück und sprach zu ihr:

»Ich habe es so gemacht, wie Ihr mir empfohlen habt, und nun befindet sich das Herz des kleinen Vogels in meinem Magen. Aber seit mein Gemahl nicht mehr seine hundert Taler jeden Morgen unter seinem Kopfkissen findet, ist er so bösartig geworden, dass ihn niemand mehr im Palast ausstehen kann. Er gleicht schon einem rasenden Dämon.«

»Ist schon gut! Nimm diesen Zauberstab, und wenn du zu Hause bist, so sage: ›Durch die Kraft meines Stabes, ich wünsche, dass mein Gatte fünfhundert Meilen von hier auf eine Insel mitten im Meer gebracht wird.‹ Und es wird auf der Stelle geschehen.«

Die Prinzessin kehrte mit ihrem Stab nach Hause zurück; als sie ankam, tobte ihr Gatte schlimmer denn je. Sie wartete, bis er im Bett eingeschlafen war. Dann näherte sie sich ihm, den Stab in der Hand, und sprach: »Durch die Kraft meines Stabes, ich wünsche, dass mein Gatte fünfhundert Meilen von hier auf eine Insel mitten im Meer gebracht wird.«

Und sogleich wurde er vom Palast hinweggetragen und durch die Lüfte auf eine Insel mitten im Meer gebracht. Während der Reise, die nicht lange dauerte, schlief er übrigens. Und als er aufwachte, war er doch recht erstaunt.

»Wo zum Teufel bin ich hier?«, schrie er da. »O du verfluchte Hexe (so sprach er von seiner Frau!), du hast mir übel mitgespielt! Aber was soll's, ich werde dich schon noch bekommen!«

So begann er also auf der Insel herumzugehen. Er erblickte weder eine menschliche Behausung noch Bewohner. Hunger überkam ihn, und da er nichts anderes zu essen fand, begann er, Muschelschnecken am Strand zu suchen. Lange Zeit über hatte er nichts anderes zu essen.

Eines Tages, das Wetter war klar und schön, war er erstaunt, dass urplötzlich Dunkelheit hereinbrach.

»Was ist das denn?«, fragte er sich selbst. Und einen Augenblick später sah er, wie ein Adler sich auf den Strand hinunterstürzte und sich daranmachte, auch Muscheln zu suchen.

»Was für ein großer Vogel!«, sagte er sich. »Wenn ich dem auf den Rücken steigen könnte, würde er mich von dieser Insel forttragen!«

Und sachte, sachte näherte er sich ihm, wobei er sich immer wieder hinter den Klippen versteckte. Es gelang ihm tatsächlich, dem Adler auf den Rücken zu steigen. Sogleich erhob sich der Riesenvogel und trug ihn hoch in die Lüfte, so hoch, dass er das Meer nicht mehr sehen konnte. Und als der Adler des Fliegens müde war, ließ er sich mitten in einem großen Wald auf einer Eiche nieder. Da stieg François von ihm ab und kletterte zur Erde. Er hatte einen Bärenhunger. Als er so durch den Wald ging, stieß er auf einen Kirschbaum, der trug schöne rote Kirschen. Und wie stürzte sich da François auf die Kirschen! Er hatte aber noch nicht viele davon gegessen, da verwandelte er sich in ein Pferd. Er begann zu wiehern und in dieser Gestalt durch den Wald zu laufen. Und obgleich er Pferd war, sagte er zu sich:

»Da bin ich aber schön hineingeraten, wenn ich etwa immer Pferd bleiben sollte!«

Und er sah einen weiteren Kirschbaum, der trug Kirschen von einer anderen Farbe.

»Bei Gott! Was soll's, jetzt kann ich auch davon welche essen«, sagte er sich. Und er begann, Kirschen von diesem Baum zu essen, und ward sogleich wieder ein Mensch.

»Was Wunder«, sprach er da, »ich werde schon wissen, wozu diese Kirschen gut sind!« Und er füllte sich die Taschen vom ersten Kirschbaum voll; vom zweiten aber nahm er keine mit. Dann ging er in Richtung Paris.

Als er dort ankam, setzte er sich sogleich vor das Tor der Kirche, in der die Prinzessin, seine Frau, die Messe zu hören pflegte. Seine Kirschen legte er zum Verkauf auf ein Tuch vor sich. Die Messe hatte bereits begonnen. Als sie zu Ende ging, sah er seine Frau in Begleitung ihrer Kammerzofe aus der Kirche kommen. Sie sah die Kirschen und fand sie so schön, dass sie welche essen wollte. Den Händler bemerkte sie nicht einmal. So schickte sie denn ihre Zofe, sie solle Kirschen kaufen.

Schon bei der ersten Kirsche, die die Prinzessin aß, wurde sie in eine Stute verwandelt. Da wieherte sie, schlug um sich aus und galoppierte durch die Straßen der Stadt wie ein wild gewordenes Tier. Alle Leute flüchteten entsetzt, und niemand wagte es, sie anzuhalten.

»Gebt mir einen Zügel«, sagte der Kirschenhändler, »ich werde schon mit ihr fertig werden!«

Und man gab ihm einen Zügel; es war ein Leichtes für ihn, diesen der Stute um den Hals zu legen. Dann stieg er ihr auf den Rücken und galoppierte mit ihr durch die Stadt. Mit einem Stock, den er in der Hand hielt, schlug er erbarmungslos auf das Tier ein, sodass alle, wenn er vorbeikam, sagten: »Das arme Tier! Er wird es noch totschlagen!«

Schließlich hatte er die Stute so geritten und gequält, dass sie auf dem Pflaster zusammenbrach und nicht mehr weiterkonnte. Dann zog er ein Messer und schnitt ihr den Magen auf; dort fand er das Herz des kleinen Vogels mit dem goldenen Ei, und er schluckte es auf der Stelle hinunter.

Sogleich auch kehrte er in sein Land zurück. Nun hatte er Gold in Hülle und Fülle. Wie vordem fand er jeden Morgen seine hundert Taler unter dem Kopfkissen.

Als er eines Tages durch den kleinen Marktflecken Plou-nevez-Moëdec kam, ging er in ein Wirtshaus, und dort schmeckte ihm der Cidre so gut, dass er über die Maßen davon trank. Es waren aber auch Pferdehändler in der Schenke, die kamen von einem Markttag in Bré. Man bekam sich in die Haare, und bald setzte es auch Fausthiebe. François wurde geschlagen, bestohlen und fast nackt aus dem Haus hinausgeworfen. Er hatte kein Gold mehr, denn man hatte ihm alles weggenommen, und so konnte er sich auch keine Kleider kaufen. Was sollte er nun tun? In diesem Zustand konnte er auch nicht zu seinem Vater zurückkehren. So verbrachte er die Nacht auf einem Feld.

Am nächsten Morgen, als die Sonne aufging, wachte er auf und fand, wie gewöhnlich, hundert Taler unter seinem Kopf. Da kaufte er sich Kleider und kehrte nach Hause zurück.

Sein Vater und seine Mutter waren inzwischen wieder arm geworden. Sein Bruder war auch schon aus Paris zurück, er hatte sein Glück dort nicht gemacht. Es war höchste Zeit, dass François zurückkam!

Seit diesem Tag änderte sich das Leben des alten Gärtners. Es fehlte ihm an nichts mehr. Er ließ ein schönes neues Haus bauen, kaufte Felder, Pferde, Ochsen und Kühe, und François heiratete bald darauf die reichste Erbin seines Landes.

Seitdem habe ich, die ich euch das erzählt habe, nichts mehr von ihm gehört. Aber wenn er weiter jeden Morgen seine hundert Goldtaler unter dem Kopfkissen findet, brauchen wir uns um ihn keine Sorgen zu machen.

Bihanic und der Menschenfresser

Es war einmal ein alter Fischer aus Douarnenez, der war schon lange Witwer und hatte drei noch junge Söhne. Als einzige Habe besaß er sein Boot und seine Netze. Jeden Tag fuhr er mit seinen drei Söhnen aufs Meer hinaus, und sie lebten mehr schlecht als recht von ihrem Fang. Aber eines Tages ließ Gott seine letzte Stunde kommen, und der alte Mann starb. So waren die drei Brüder ohne Unterstützung, und als einziges Gut blieben ihnen das Boot und die Netze, die ihr Vater ihnen hinterlassen hatte. Wie früher fuhren sie weiter jeden Tag aufs Meer, und das bei jedem Wetter. Da sie aber auch keine Erfahrung im Fischfang hatten, fingen sie fast nichts.

Eines Tages nun wurde ihr Boot von einem Windstoß weit aufs offene Meer getrieben, und bei fürchterlichem Wetter mussten sie auf Gedeih und Verderb die Nacht draußen verbringen. Gegen Morgen ließ der Wind nach, und sie landeten auf einer Insel, die ihnen unbekannt war. Als sie dort irgendeine menschliche Behausung suchten, stießen sie auf ein altes Schloss, das war von hohen Mauern umgeben. Aber wie oft sie auch um es herumliefen, sie fanden kein Tor. Wie sollten sie es nur anstellen, hier Einlass zu finden? Da war guter Rat teuer. Schließlich kletterte der Jüngste der drei, der den Namen Bihanic trug, das heißt »der Kleine«, auf eine große Eiche, die an der Schlossmauer stand. Er glitt an einem Ast entlang und sprang dann in einen großen Garten, in dem Blumen und Obst aller Art in Hülle und Fülle vorhanden waren. Und als er nun einmal im Garten war, da warf er seinen Brüdern Birnen, Äpfel, Apfelsinen und Pfirsiche über die Mauer. Nachdem er sich selbst auch an den Früchten gütlich getan hatte, wollte er sich auch das Innere des Schlosses anschauen. Die Tore standen weit offen, und er trat ein. So kam er zunächst in eine Küche, fand jedoch niemanden darin vor. Nur ein ganzer Ochse briet am Spieß, und auf dem Tisch lag ein Haufen von Weißbrotkrümeln, die waren noch ganz frisch. Davon nahm er einige, lief wieder hinaus und warf sie schnell seinen Brüdern über die Mauer. In die Küche zurückgekehrt, schnitt er sich eine Scheibe vom Ochsen ab und begann ganz ruhig zu essen, als sei er zu Hause bei sich. Doch kurz darauf hörte er jemanden, der stieg so langsam und schwerfällig die Steintreppe hinunter, als hätte er ein Gewicht von zweihundert Pfund an jedem Fuß zu tragen. Schnell versteckte sich Bihanic unter dem Tisch und sah einen Menschenfresser kommen, der war gut zehn Fuß groß und fünf oder sechs breit. Der Menschenfresser nahm den Ochsen vom Spieß und legte ihn auf den Tisch. Dann ging er in den Keller und brachte von dort ein Weinfass herauf, das er unter seinem Arm trug. Er stellte es auf den Boden, machte es auf, und dann begann er zu trinken und zu essen. Und das hättet ihr mal sehen sollen, wie er aß und trank! Plötzlich ließ er einen Furz los, der war so stark wie ein halbes Dutzend Kanonenfeuer! Durch diesen Windstoß wurde Bihanic bis hinten in die Küche geweht. Flink aber stand er wieder auf, ging zu dem Menschenfresser und stellte sich ihm, die Mütze in der Hand, ungezwungen vor: »Guten Tag, mein Vater!«

»Wie, dein Vater, du Missgeburt«, antwortete ihm der Menschenfresser überrascht, »woher kommst du?«

»Aus Eurem Bauch, mein Vater!«

»Wie das?«

»Ja, Ihr seid wirklich mein Vater, und Ihr habt mich eben mit Eurem Furz in die Welt gesetzt! Habt Ihr denn nichts Außergewöhnliches gefühlt?«

»Ja, es stimmt, dass ich mich nicht daran erinnere, je so viel Geräusch von mir gelassen zu haben, dahinter muss irgendetwas Außergewöhnliches stecken.«
»Das war ich!«
»Wenn du auch ein Winzling bist, so bin ich doch froh, dich zu haben, um mir Gesellschaft zu leisten. Zumindest werde ich jetzt in diesem riesigen Schloss nicht mehr allein sein. Manchmal habe ich mich schon gelangweilt! Setz dich hin zu mir und iss und trink!«
Und Bihanic setzte sich dem Menschenfresser gegenüber an den Tisch, aß und trank und war doch schon etwas beruhigter. Als außer den Knochen nichts mehr vom Ochsen übrig war, sprach der Menschenfresser zu ihm:
»Jetzt muss ich zu einer Reise aufbrechen, ich gehe auf Menschenjagd, und es ist möglich, dass ich einige Zeit wegbleibe. Aber beunruhige dich nicht, es wird dir hier an nichts fehlen. Du findest reichlich zu essen und zu trinken, und mein Garten ist voll von köstlichem Obst jeder Art. Meine Hündin werde ich dir hierlassen, um dir Gesellschaft zu leisten. Und damit du auch sonst noch etwas Kurzweil hast, gebe ich dir hier die Schlüssel für alle Zimmer des Schlosses. Es sind siebzig Schlüssel, und alle sind ganz aus Diamant. Damit kannst du dir alles anschauen und überall im Schloss hingehen. Nur ein einziger Schlüssel ist dabei, von dem wirst du nicht wissen, für welche Tür er ist.«
Dann machte sich der Menschenfresser auf den Weg.
Zunächst wollte Bihanic sich vergewissern, ob seine Brüder noch vor der Schlossmauer auf ihn warteten. Aber als die gesehen hatten, dass er nicht mehr zurückkam, hatten sie sich nach einer Weile gesagt:
»Sicher hat der Menschenfresser, der in diesem Schloss wohnt, Bihanic verschlungen«, und sie waren weggegangen.
So machte sich Bihanic denn daran, mit seinem Schlüsselbund alle Säle und Zimmer des Schlosses zu erkunden, und er fiel von einer Überraschung in die nächste, überall gab es Wundervolles

zu sehen: Er fand Haufen von Silber, Gold, Diamanten und herrliche Dinge aller Art. Doch war weder ein Mensch noch ein Tier im Schloss zu sehen. Schließlich blieb nur noch ein Schlüssel übrig, den er noch nicht benutzt hatte. Aber so gut er auch suchte, er fand nicht das Schloss für diesen siebzigsten Schlüssel und war darob sehr verärgert. Da sah er plötzlich die Hündin, die ihm überall nachgefolgt war, wie sie ihre zwei Vorderpfoten gegen eine Mauer lehnte, bellte und ihn dabei so ansah, als wollte sie ihm ein Zeichen geben. Er schaute sich die Stelle genau an und entdeckte tatsächlich ein Schlüsselloch, auf das sein siebzigster Schlüssel genau passte. Er steckte ihn hinein, schloss auf und erblickte an einem versteckten Platz eine Truhe, die ganz mit Diamanten besetzt war. Da öffnete er die Truhe – der Schlüssel steckte im Schloss – und fand darin einen Diamanten, der war viel größer und funkelnder als alle, die er je gesehen hatte. Und im Inneren der Truhe, auf einer der Wände, konnte er folgende Worte lesen:

»Wer diesen Diamanten besitzt, braucht nur zu sagen: ›Durch die Kraft meines Diamanten soll das und das geschehen!‹, und sogleich werden all seine Wünsche, welche sie auch seien, Wirklichkeit.«

»Herrlich«, sagte sich Bihanic, und er nahm den Diamanten in seine Hand und sprach die folgenden Worte: »Durch die Kraft meines Diamanten sollen die Hündin und ich nach Paris gebracht werden.« Diese Hündin war übrigens die Königin der Hunde.

Und im Nu wurden Bihanic und die Hündin durch die Lüfte nach Paris gebracht. Es war Nacht, als sie vor den Palast des Königs kamen. Da sagte Bihanic:

»Durch die Kraft meines Diamanten will ich, dass hier ein prächtiges Schloss steht, ein viel schöneres als das des Königs!«

Und auf der Stelle stand auf dem Platz ein Schloss, wie er es gewünscht hatte. Seine Mauern waren aus Silber, seine Fenster aus Gold, und auf dem Dach lagen Diamanten, wo sonst die Schieferschindeln liegen.

Als am nächsten Morgen die Sonne darüber aufging, waren aller Augen davon geblendet, und niemand konnte länger hinsehen. Und als der König erwachte, steckte er seinen Kopf zum Fenster hinaus, und beinahe wäre auch er vom Funkeln des Lichts geblendet worden.
»Was ist das denn?«, schrie er da zornig und rief seinen ersten General und sagte zu ihm:
»Wer war denn so dreist, neben mein Schloss eines zu bauen, das derart funkelt, sodass es mich fast blendet?«
»Ach, Sire, niemand weiß es, und wir alle sind genauso erstaunt und entrüstet darüber wie Ihr. Es ist in der Nacht geschehen, und sicher steckt da irgendeine Zauberei dahinter.«
»Geht schnell zum Herrn dieses Schlosses und sagt ihm, er solle auf der Stelle zu mir kommen!«
So ging der General zum Schloss und hatte Truppen und Kanonen dabei. Als Bihanic sie kommen sah, ging er ihnen entgegen.
»Seid Ihr es«, fragte der General, »der die Frechheit besessen hat, dieses Schloss zu errichten, um das meines Königs in den Schatten zu stellen?«
»Das war ich, General, nichts für ungut!«
»Nun gut! Kommt sofort zu meinem Herrn, aber schnell, sonst seid Ihr des Todes!«
»Sachte, Herr General! Sagt Eurem König, wenn er mich sprechen möchte, dann soll er selbst zu mir kommen!«
»Welche Unverschämtheit! Wir werden Euer Schloss mit unseren Kanonen in Schutt und Asche legen, wenn Ihr uns nicht auf der Stelle folgt!«
»Wie Ihr wollt, General. Aber was mich betrifft, so bin ich überhaupt nicht willens, Euch zu folgen.«
Da wurden die Kanonen auf das Schloss gerichtet, und der Beschuss begann. Aber die Kugeln verursachten überhaupt keinen Schaden an Bihanics Schloss, im Gegenteil: Sie prallten daran ab, flogen zurück, töteten einige Soldaten des Generals und warfen deren Kriegsgerät um. Als der General das sah, verstand er, dass

Zauberei im Spiel war, und ließ von der Sache ab. So kehrte er ganz verschämt zum König zurück und erzählte ihm alles. Auch der alte König war der Ansicht, nun klug handeln zu müssen. So ging er persönlich zu dem Unbekannten und bat ihn, ob er wohl so freundlich sei, mit ihm in des Königs Palast zu speisen. Und Bihanic sagte sogleich zu.

Beim Abendessen saß er neben der einzigen Tochter des Königs, einer jungen Prinzessin von einzigartiger Schönheit. Sobald er sie erblickte, ward sein Herz von Liebe ergriffen, und er bat ihren Vater, den König, um ihre Hand. Der König hütete sich wohl davor, einen so galanten Prinzen, der ein so schönes Schloss hatte, abzuweisen, und so wurde acht Tage später die Hochzeit gefeiert. Da gab es im ganzen Reich große Festlichkeiten und Volksbelustigungen. Auch Bihanics Brüder waren dabei, und von da an ließen sie ihre Boote und Netze, um im Schloss ihres jüngsten Bruders zu wohnen.

Als die Feste und Belustigungen beendet waren, das heißt nach ungefähr einem Monat, gingen die drei Brüder oft gemeinsam zur Jagd in einen Wald in der Nähe, wo es reichlich Wild aller Art gab. Bihanic ließ dann immer seinen Zauberstein auf dem Schloss und machte sich darob keine Sorgen, denn nur seine Frau wusste, wohin er ihn legte; zudem kannte sie nicht dessen Zauberkraft.

Unterdessen war, kurz nachdem Bihanic von dort aufgebrochen war, der Menschenfresser in sein Schloss zurückgekehrt. Er war untröstlich über den Verlust seines Zaubersteines und seiner Hündin, und mehrere Tage jammerte er; die ganze Umgegend erhallte von seinem wilden Geschrei und Geheul. Dann machte er sich auf die Suche nach dem Räuber. Folgende List ließ er sich einfallen, um ihn ausfindig zu machen: Sein Schloss war, wie gesagt, voll von Diamanten jeder Größe und jeden Wertes. Damit füllte er sich einen Sack, lud ihn auf seine Schultern und machte sich auf den Weg. Durch alle Länder zog er da und überall, wo er vorbeikam, rief er:

»Zwei neue Diamanten für einen alten! Wer will zwei neue Diamanten für einen alten?«

Nach einem Monat kam er auch nach Paris, lief durch die Stadt und rief:
»Zwei neue Diamanten für einen alten! Wer will zwei neue Diamanten für einen alten?«
Und alle, die alte Diamanten besaßen, tauschten sie für neue ein. Bihanic war gerade mit seinen beiden Brüdern auf der Jagd. Aber seine Frau hörte das Schreien: »Zwei neue Diamanten für einen alten« und machte es so wie alle anderen. Sie nahm den Diamanten ihres Mannes und tauschte ihn schnell für zwei neue ein.
Sobald der Menschenfresser den Diamanten sah, erkannte er ihn als seinen Zauberstein; eilig ergriff er ihn, warf den Sack samt Inhalt zu Boden und rannte weg, was die Füße geben konnten.
Als Bihanic nun von der Jagd zurückkam, sagte ihm seine Frau nichts von dem Tausch, den sie getätigt hatte. Er aß zu Abend, dann legte er sich wie gewöhnlich ins Bett, ohne sich Sorgen zu machen. Aber mitten in der Nacht wurde ihm kalt, und er wachte auf. Wie erstaunt war er, als er über sich die Sterne des Himmels sah, und merkte, dass er im Freien neben seiner Frau auf der blanken Erde lag!
Er rieb sich die Augen und sagte sich: »Ich träume gewiss!« Aber leider träumte er nicht, und bald musste er die traurige Wirklichkeit erkennen. Mit seinem Zauberstein war auch sein ganzes Schloss und alles, was darin war, weggegangen, wie es gekommen war!
Als am nächsten Morgen der alte König seine Tochter mit Tränen und vor Kälte zitternd kommen sah und erfuhr, wie ihr Mann sein Schloss verloren hatte und sie unter freiem Himmel schlafen musste, da sagte er wütend:
»Ich ahnte es schon, dass er einer von denen ist, von dem man nichts Gutes zu erwarten hat. Man soll ihn in den Kerker werfen und bei der passenden Gelegenheit einen Kopf kürzer machen.«
Und Bihanic wurde in den Kerker geworfen.
Unterdessen war aber die Hündin in den Königspalast gelaufen und hörte dort alles, was gesagt wurde. Eines Tages hörte sie, dass

ihr Herr am nächsten Morgen um zehn Uhr hingerichtet werden sollte. Und sie fand auch ein Mittel und einen Weg, zu ihm ins Gefängnis zu gelangen und sprach so zu ihm (denn sie war auch eine Zauberin): »Der König will Euch morgen früh sterben lassen. Aber macht Euch keinen Kummer, ich werde Euch aus der Gefahr helfen. Während der Nacht werde ich eine Reise machen, morgen früh werde ich zurück sein, um Euch zu retten, dann, wenn Ihr aufs Schafott steigen werdet. Ich sage es Euch noch einmal, seid ohne Sorge!«

Voller Dankbarkeit umarmte Bihanic die Hündin, die sogleich zu ihrer geheimnisvollen Reise aufbrach. Sie begab sich zur Königin der Katzen, erzählte ihr die Sache und bat sie, ihr zu helfen.

»Von mir aus vermag ich nichts, um Euch aus den Schwierigkeiten zu helfen«, entgegnete ihr die Königin der Katzen, »aber lasst uns gemeinsam die Königin der Ratten aufsuchen; ich meine, sie wird uns nützlich sein können.«

So gingen denn beide zur Königin der Ratten, erklärten ihr den Fall und baten sie um ihren Beistand.

»Der Menschenfresser«, fügte die Königin der Hunde noch hinzu, »trägt seinen Zauberstein, seit er ihn wiedergefunden hat, in einem großen hohlen Backenzahn ganz hinten im Mund; da muss man ihn ihm herausnehmen!«

Die Königin der Ratten überlegte ein Weilchen, dann sagte sie:

»Seid beruhigt, ich werde Euch den Diamanten wiederbringen, und so will ich es anstellen: Ich werde Essig, Salz, Pfeffer und Tabaksaft mischen und meinen Schwanz hineintauchen. Wenn dann die Nacht gekommen ist, schleiche ich in die Kammer des Menschenfressers durch ein Loch in der Mauer, das ich gut kenne. Während er schläft, fahre ich ihm zwei- oder dreimal durch den Mund. Dann wird er so stark niesen, dass er den Diamanten auswirft. Ich nehme ihn dann sofort und bringe ihn euch in den Hof des Schlosses; wartet dort auf mich!«

Diese List wurde für ausgezeichnet befunden und ausgeführt. Die Mixtur wurde hergestellt, die Königin der Ratten tauchte ihren

Schwanz hinein, als sie den Menschenfresser schnarchen hörte. Der hatte wie üblich zum Abendessen einen ganzen Ochsen zu sich genommen und ein Fass Wein dazu getrunken. Dann ging die Rattenkönigin in seine Kammer, und alles verlief nach Wunsch. Als sie dem Menschenfresser ihren Schwanz zum zweiten Mal durch den Mund gezogen hatte, nieste dieser dreimal, sodass das ganze Schloss erzitterte. Beim dritten Mal nieste er wieder, und der Diamant sprang aus seinem hohlen Zahn auf den Boden der Kammer. Sogleich ergriff die Königin der Ratten diesen und brachte ihn der Hündin, die schon im Schlosshof wartete.

Die machte sich sofort auf den Weg nach Paris und hastete hin. Und sie kam gerade in dem Augenblick, als ihr Herr aufs Schafott stieg. Das war höchste Zeit! Als Bihanic sie kommen sah, fasste er neuen Mut, er hatte schon zu verzweifeln begonnen! Er wandte sich zum König, der auf einem goldenen Thron saß und sprach:

»Sire, als letzten Wunsch bitte ich Euch, dass Ihr mir erlaubt, meine Hündin zu umarmen, die ich da kommen sehe. Sie ist mir, ihrem Herrn, bis zur letzten Stunde treu geblieben.«

Der König nickte Zustimmung, und man führte die Hündin hinauf aufs Schafott. Bihanic umarmte sie und nahm ihr dabei den Diamanten aus dem Mund. Und als er den in seiner Hand hielt, sagte er: »Durch die Kraft meines Diamanten will ich, dass alle, die hierhin wie zu einem Fest gekommen sind, um meinen Kopf fallen zu sehen, bis zum Hals in der Erde versinken!«

Und sogleich geschah es. Da nahm er den Säbel des ersten Generals und hieb allen den Kopf ab, die ihm Böses gewollt hatten; die anderen ließ er leben. Dann ließ er mithilfe seines Zaubersteins sein Schloss wiedererstehen, vor dem Palast des Königs wie ehedem. Und da wurde die Hündin in eine schöne Prinzessin verwandelt. Er heiratete sie und lebte im schönen Schloss mit ihr glücklich bis zum Ende ihrer beider Tage.

Petit-Jean und die Rätselprinzessin

Es war einmal ein König von Frankreich, der hatte eine Tochter, die sehr geschickt darin war, Rätsel zu lösen. Damit verbrachte sie den ganzen Tag. Sie hatte es schon so weit gebracht, dass sie keine Rätsel mehr fand, die für sie schwierig genug waren; selbst die verzwicktesten waren für sie nur ein Kinderspiel.

So ließ sie denn im ganzen Königreich verkünden, sie nehme den zum Gatten, wer es auch sei, der ihr ein Rätsel stellen könne, das sie nicht binnen drei Tagen löse. Wenn sie aber das Rätsel lösen könne, so wäre der, der es gestellt habe, sofort des Todes.

Da kamen aus allen Gegenden des Königreichs und sogar aus der Fremde viele Freier, Leute aller Art, von Prinzen bis zu Köhlern und Schneidern vom Land. Sie alle hatten Rätsel und Aufgaben, von denen sie meinten, sie seien unlösbar. Die Prinzessin empfing sie, hoch oben auf dem Balkon im Hof des Königsschlosses. Sie war ganz in Rot gekleidet, trug eine goldene Krone auf ihrem Haupt und einen diamantenen Stern auf ihrer Stirn. In der Hand hielt sie einen weißen Stab; dabei sah sie so hochmütig und grau-

sam aus wie eine Tyrannin. Um den ganzen Hof herum konnte man an Mauern und Galgen die Leichen und die Gerippe ihrer Opfer sehen. Gewöhnlich gab sie ihre Antworten gleich vom Balkon herab, und sofort ergriffen vier Knechte mit wilder Miene die unglücklichen Verlierer und hängten sie erbarmungslos.

In der Gegend von Tréguier nun gab es einen jungen Edelmann namens Fanch de Kerbrinic. Er war nicht einer der Klügsten, und doch wollte auch er der Prinzessin ein Rätsel aufgeben. Er wohnte ganz allein mit seiner alten Mutter in seinem Gut Kerbrinic. Die Mutter hatte alles getan, was sie konnte, ihren Sohn von diesem waghalsigen Plan abzubringen, doch vergeblich!

Eines Tages, als Fanch de Kerbrinic zur Jagd ausgeritten war, begegnete er auf der Landstraße einem Soldaten, der aus dem Krieg heimkehrte. Der hieß Petit-Jean. Der Soldat grüßte den Jäger, sie kamen ins Gespräch und gingen in ein Wirtshaus, das am Straßenrand lag. Dort tranken sie einige Schoppen Cidre und schlossen nähere Bekanntschaft. Und Petit-Jean, der ein Schlitzohr war, merkte bald, wie schlau sein neuer Kamerad war. So erzählte er ihm viel von seinen Reisen, seinen Kämpfen und pries in überschwänglichen Worten die Schönheiten, Wunder und Vergnügungen all der fernen Städte und Länder, die er gesehen hatte. Fanch de Kerbrinic aber, der nie weiter als bis nach Tréguier oder Lannion gekommen war, lauschte ganz verdutzt und gebannt den Erzählungen und Schilderungen des Soldaten.

»Wie kommt es denn, Monseigneur«, sagte da Petit-Jean, »dass Ihr nie daran gedacht habt, der Königstochter ein Rätsel aufzugeben? Ein so schöner und geistreicher junger Mann wie Ihr, davon bin ich überzeugt, wird es schon schaffen; denn bis jetzt hat die Prinzessin es nur mit Dummköpfen zu tun gehabt.«

»Daran habe ich schon gedacht«, antwortete ihm der junge Herr von Kerbrinic, »aber meine Mutter will mich nicht ziehen lassen.«

»Was? Ihr habt daran gedacht? Dann habt Ihr zweifellos ein gutes Rätsel parat?«

»O ja, ich habe sogar zwei!«

»Das lässt sich hören! Wollt Ihr es mir nicht verraten?«
»Ich will schon, aber verratet niemandem etwas davon, darum bitte ich Euch, denn ein anderer könnte dann vor mir mit meinem Rätsel kommen und mir die Prinzessin abspenstig machen.«
»Habt keine Angst, großes Soldatenehrenwort! Ich werde kein Sterbenswörtchen davon verraten.«

»Na gut! Hier ist das Erste:
Devinn a dolan dreist ann ti,
Ha me krog'n eur penn anezbi.
Rat, was werf ich übers Haus,
hab doch das End' noch in der Hand.«

»Einen Fadenknäuel. Das war zu leicht! Ein Kind von fünf Jahren kann das ja erraten. Und nun das andere!«

»A dolan unan dreist an ti,
Pa'z an da welet, kavan tri.
Eins werf ich übers Haus,
Sehe ich nach, so sind es drei.«

»Ein Ei! Wenn es zerschlagen ist, findet man das Weiße, das Gelbe und die Schale, das macht drei. Nein, das ist wirklich nicht stark. Um vor der Prinzessin bestehen zu können, braucht es schon Besseres als das. Aber nehmt mich mit Euch, befolgt genau, was ich Euch sage, und ich bürge für Euren Erfolg. Ihr werdet die Prinzessin besiegen, sie heiraten und König von Frankreich werden.«
»Wirklich?«, fragte da unser Fanch de Kerbrinic erstaunt.
»Dafür bürge ich mit meinem Kopf«, antwortete da der Soldat.
»Na gut, kommt mit mir zum Abendessen und übernachtet auf meinem Gut. Sprecht dann mit meiner Mutter und bringt sie dazu, mich mit Euch ziehen zu lassen.«
»Das will ich gern, wenn Ihr mir versprecht, mir morgen früh zu folgen, ob Eure Mutter es will oder nicht.«

»Das verspreche ich Euch. Morgen früh werden wir zusammen aufbrechen, komme, was wolle.«
So machten sie sich auf den Weg zum Gut von Kerbrinic und waren schon die besten Freunde auf der Welt! Die alte Schlossherrin nahm den Gast, den der Sohn mitbrachte, gut auf, und es machte ihr Spaß, den Geschichten und Abenteuern zu lauschen, die der Soldat erzählte. Sie kamen auch auf die Königstochter zu sprechen, die berühmte Rätselprinzessin. Petit-Jean sagte, im ganzen Königreich spreche man nur von ihr. Er habe sie gesehen, sie sei von einer Schönheit ohnegleichen, und er wundere sich nur, dass der junge Herr nicht auch sein Glück versuche, denn jung, schön und geistreich, wie er sei, hätte er die besten Aussichten auf Erfolg. Die alte Schlossherrin war da aber ganz anderer Meinung und sagte zum Soldaten:
»Ich bitte Euch, meinem Sohn mit solchen Grillen nicht den Kopf zu verdrehen. Ich habe es ihm schon mehr als einmal gesagt und sage es noch einmal: Nie werde ich es ihm gestatten, sich auf ein so gefährliches Abenteuer einzulassen.«
»Ich verbürge mich mit meinem Kopf für alles«, antwortete ihr da Petit-Jean, »lasst Euren Sohn mit mir ziehen, morgen früh schon, und ich werde ihn Euch als König von Frankreich zurückbringen.«
»Niemals«, entgegnete die Mutter, »lieber würde ich ihn vor meinen Augen sterben sehen.«
Und sie stand vom Tisch auf und verließ den Speisesaal. Fanch de Kerbrinic und Petit-Jean blieben noch eine Weile sitzen, plauderten und tranken; dann legten auch sie sich zu Bett, fest entschlossen, sich schon früh im Morgengrauen gemeinsam auf den Weg nach Paris zu machen.
Als die alte Herrin den Speisesaal verließ, da fühlte sie wohl, dass ihr Sohn sich auf den Weg machen werde, was auch immer sie versuchen werde, ihn zurückzuhalten. Sie hatte sich sogleich zu einer alten Hexe begeben, die in einer Hütte nahe des Guts hauste. Von der erbat sie sich einen Zaubertrank, mit dem sie auf der Stelle zwei Personen töten könne, derer sie sich entledigen wolle. Die

Hexe gab ihr in einem Fläschchen den gewünschten Trank und sagte, sie könne sich darauf schon verlassen, der Trank wirke blitzschnell. Dann legte sich die Frau von Kerbrinic schlafen und sagte niemandem ein Sterbenswörtchen.
Am nächsten Morgen standen Fanch de Kerbrinic und Petit-Jean in aller Herrgottsfrühe auf und machten sich zur Abreise bereit. Als sie gerade auf ihre Pferde stiegen, kam die alte Herrin zu ihnen; in der einen Hand hielt sie ein Fläschchen, in der anderen zwei Gläser auf einem Tablett. Sie trat ihrem Sohn näher und sprach zu ihm:
»Da du ja den guten Ratschlägen deiner Mutter gegenüber taub bleibst und unbedingt darauf bestehst, sie zu verlassen, so nimm wenigstens etwas von diesem edlen Trank. Deine Mutter hat ihn mit eigenen Händen für dich bereitet, er wird dich stärken für die gefährliche Reise, die du auf dich nehmen wirst.«
Und sie goss ihm ein vom Gift der alten Hexe und bot auch Petit-Jean ein Glas an. Dann schlug sie die Augen nieder und tat, als ob sie weine. Petit-Jean aber hatte bemerkt, wie sonderbar der Trank aussah, und witterte sogleich einen Verrat. Leise sagte er zu seinem Freund, dessen Pferd das seinige berührte:
»Trinkt nicht! Macht nur so, als ob Ihr trinkt und schüttet den Trank ins Ohr Eures Pferdes.«
So schütteten beide ihre Gläser in die Ohren ihrer Pferde, ohne dass die alte Herrin etwas merkte. Dann galoppierten sie davon.
»Auf Wiedersehen, mein Sohn, und viel Glück«, rief ihm Frau von Kerbrinic nach, und wunderte sich, dass beide nicht wie vom Blitz getroffen umgefallen waren. »Sie werden aber nicht weit kommen«, dachte sie.
Unsere beiden Kameraden kamen bis zum Abend gut voran. Aber als die Sonne unterging, fielen ihre Pferde um und waren mausetot. Da gingen die beiden Reisenden ein Stück des Wegs zurück und kehrten in einem Wirtshaus ein, das an der Straße lag. Dort übernachteten sie und machten sich früh am nächsten Morgen, sobald die Sonne aufgegangen war, wieder auf den Weg. Als sie

wieder an die Stelle kamen, wo ihre Pferde tot umgefallen waren, sahen sie vier tote Elstern, die auf den Rossen lagen.

»Da seht Ihr die Wirkung des Gifts!«, sagte Petit-Jean zu seinem Kameraden.

Und er nahm zwei der toten Elstern und hieß Fanch de Kerbrinic die zwei anderen nehmen, sie würden ihm noch von Nutzen sein. Dann setzten sie ihren Weg fort. Kurze Zeit später kamen sie zu einer Waldlichtung, und da sie das Land nicht kannten, traten sie in eine Gemeindebackstube ein, um sich nach dem kürzesten Weg nach Paris zu erkundigen. Drinnen waren viele Frauen aus den benachbarten Höfen, die bereiteten ihren Teig zu, um ihn in den Backofen zu stellen. Der Bäcker erklärte den beiden Reisenden, der kürzeste Weg führe mitten durch die Wälder. Aber, so sagte er noch, im Wald hause eine Räuberbande, die die Reisenden ausplündere. Es gebe aber noch eine andere Straße, die sei sicherer, aber viel länger; sie führe um die Wälder herum, und gewöhnlich nähmen die vorsichtigen Leute diesen Weg.

»Wir werden den kürzesten Weg gehen«, sagte da Petit-Jean, »wir werden den Wald durchqueren.«

Dann bat er die Frauen aus der Backstube, jede solle ihm ein Stück Teig geben, daraus wolle er sich kleine Kuchen machen. Die könnten sie dann im Wald essen für den Fall, dass sie dort die Nacht verbringen müssten. Die Frauen gaben ihm von dem Teig, und er machte acht kleine Kuchen daraus. In jeden legte er eine halbe Elster, von denen, die sie tot auf ihren Pferden gefunden hatten. Als die Kuchen gebacken waren, steckten die beiden sie in ihre Taschen und machten sich auf, ihre Reise fortzusetzen. Da aber die Nacht anbrach, sagte der Bäcker zu ihnen, es sei nicht ratsam, um diese Zeit noch in den Wald zu gehen. Sie sollten lieber den anderen Weg nehmen.

»Bah! Die Räuber machen uns keine Angst«, sagte Petit-Jean, und wild entschlossen gingen sie in den Wald. Dort gab es aber mehrere Wegekreuzungen, und sie verirrten sich. Schon brach die Nacht herein. Doch mehr als die Räuber fürchteten sie die wilden

Tiere, die sie ab und zu heulen und kreischen hörten. Nachdem sie lange so vor sich aufs Geratewohl hingegangen waren, sahen sie plötzlich tief in einem Hohlweg Licht und gingen darauf zu. Und bald schon erblickten sie sechzehn Männer, die saßen auf Steinen und Baumstümpfen um ein Feuer herum, auf dem sie am Spieß einen ganzen Hammel brieten.

»Das sind die Räuber«, sagte der Herr von Kerbrinic, »machen wir uns lieber davon!«

»Denkt Ihr!«, erwiderte Petit-Jean. »Im Gegenteil, wir gehen hin und machen ihre Bekanntschaft. Dann bitten wir sie, uns setzen und mitessen zu dürfen. Gewöhnlich sind es keine so bösen Menschen, wie man sagt.«

Und Petit-Jean ging zur Runde, den Hut in der Hand, und sprach: »Entschuldigen Sie, meine Herren, wenn ich störe; wir sind zwei arme Reisende, die sich im Wald verirrt haben. Da das Gerücht umgeht, hier in der Gegend gebe es Räuber, bitten wir Euch, die Nacht in Eurer Gesellschaft verbringen und uns an Eurem Feuer wärmen zu dürfen, denn die Nacht ist kalt.«

Da schauten sich die Räuber an und lächelten, und derjenige, der ihr Hauptmann zu sein schien, antwortete:

»Nehmt beide Platz in unserer Runde und fürchtet nichts von den Räubern, solange ihr in unserer Gesellschaft seid. Morgen früh bringen wir euch wieder auf den richtigen Weg zurück.«

Petit-Jean und sein Kamerad setzten sich ohne Umschweife nieder. Sie zogen ihre Pfeifen aus der Tasche und begannen wie die anderen ruhig zu rauchen und zu plaudern. Als der Hammel gar war, nahmen ihn die Räuber vom Spieß, und jeder schnitt sich das Stück ab, das ihm gefiel. Auch Petit-Jean und Fanch de Kerbrinic wurden eingeladen, es den anderen gleichzutun, und das ließen sie sich nicht zweimal sagen. So war der ganze Hammel im Nu aufgezehrt, und Petit-Jean sagte:

»Da ihr uns so großzügig eingeladen habt, euer Mahl mit uns zu teilen, wollen auch wir euch geben, was wir haben. Es ist wenig, aber wir geben es von ganzem Herzen.«

Und er bot den Räubern die acht Kuchen an. Die teilten sie sich und aßen sie auf der Stelle. Sogleich aber wurden sie von heftigen Leibschmerzen befallen, sie standen auf, drehten sich um sich selbst und rollten ins Feuer und kamen darin um. Petit-Jean und sein Kamerad fanden aber eine Kiste, die war voll mit Gold und Edelsteinen. Damit füllten sie sich die Taschen, und als der Tag anbrach, zogen sie weiter.

Bald danach kamen sie durch eine Stadt, wo man gerade Markt abhielt, und jeder kaufte sich dort ein Pferd. Bald waren sie nur noch etwa zehn Meilen von Paris entfernt. Da sagte Petit-Jean zu seinem Kameraden:

»Wir kommen nun Paris immer näher und müssen ans Geschäft denken. Habt Ihr ein Rätsel für die Prinzessin gefunden, etwas, was nicht kinderleicht ist?«

»Ich weiß nichts anderes, als was ich Euch schon gesagt habe«, antwortete Fanch de Kerbrinic.

»Nun gut; ich will Euch eines beibringen. Hört gut zu und versucht, es zu behalten. Sagt also der Prinzessin:

›Als wir von zu Hause aufbrachen, da waren wir vier; von den vieren sind zwei gestorben, von den zweien sind vier gestorben. Aus vier haben wir acht gemacht, von den acht sind sechzehn gestorben. Und jetzt sind wir noch zu viert gekommen, um Euch aufzusuchen.‹ Versteht Ihr?«

»Meiner Treu, ich verstehe überhaupt nichts. Erklärt mir bitte, was das alles zu bedeuten hat!«

»Nichts ist einfacher: Als wir vom Gut von Kerbrinic aufgebrochen waren, da waren wir vier, Ihr und ich und unsere beiden Pferde. Klar? Von den vieren sind zwei gestorben, nämlich unsere beiden Pferde, die wurden ja vergiftet durch den Trank, den wir ihnen bei der Abreise in die Ohren geschüttet haben. Von diesen zweien sind viere gestorben, das sind die vier Elstern, die wir am nächsten Morgen tot auf unseren Pferden fanden. Verstanden? Na gut! Aus den vieren haben wir acht gemacht. Das sind die acht vergifteten Kuchen, die wir mit den vier Elstern gefüllt haben. Und weiter: Von den acht sind sechzehn gestorben, das sind die sechzehn Räuber, die sich an den Kuchen vergiftet haben und gestorben sind. Verstanden? Und weiter: Wir sind noch zu viert hierhergekommen, um die Prinzessin zu sehen. Tatsächlich haben wir mit dem Geld der Räuber zwei Pferde gekauft; die zwei Pferde und wir beide macht zusammen vier, so wie wir von Kerbrinic aufgebrochen waren. Alles klar?«

»Sonnenklar, das wird die Prinzessin nie erraten.«

»Wiederholt mir das Rätsel, denn Ihr müsst es lernen, um es der Prinzessin aufzugeben.«

»Ja, ja, ich werde Euch wiederholen, nichts ist leichter. Als wir von zu Hause aufgebrochen waren, da waren wir vier, von den vieren sind zwei gestorben, von den zweien sind drei gestorben.«

»Aber nein, so ist es nicht, hört noch einmal zu und sagt es dann schnell nach!«

Und Petit-Jean trug ein zweites Mal das Rätsel vor, aber sehr schnell. Der Herr von Kerbrinic wollte es ihm gleichtun, aber er verhaspelte sich immer wieder. Den ganzen Weg über übte und übte er, und als sie in Paris angekommen waren, brauchte er noch zwei ganze Tage, bevor er es so einigermaßen vortragen und erklären konnte. Am dritten Tag sagte Petit-Jean zu ihm:

»So, geht jetzt in den Palast, und bittet darum, bei der Prinzessin vorgelassen zu werden; gebt ihr dann das Rätsel auf, und habt gut acht, dass Ihr nichts falsch macht!«

»Ihr könnt beruhigt sein, ich kann es jetzt so gut vortragen und erklären wie Ihr!«

Der Herr von Kerbrinic legte also sein schönes Festgewand an, ging zum Palast und klopfte, seiner Sache sicher, an. Der Pförtner öffnete und sagte zu ihm:

»Was wünscht Ihr, guter Mann?«

»Ich komme, um der Prinzessin ein Rätsel aufzugeben.«

»Na gut, dann folgt mir!«

Das tat er auch, und er grüßte die Prinzessin mit einer tiefen Verbeugung.

»Ihr kommt, um mir ein Rätsel aufzugeben?«, fragte diese hochmütig.
»Ja, Prinzessin, ich werde Euch ein Rätsel stellen, und ein gutes, Ihr werdet sehen.«
»Ihr wisst sicher, was Euch erwartet, wenn ich Euer Rätsel löse, und ich werde es lösen!«
»Ich weiß es, Prinzessin, aber ich habe keine Angst, Ihr werdet mein Rätsel nicht lösen.«
»Na gut, lasst hören!«
Und der Herr von Kerbrinic sagte sein Rätsel sehr schnell und auf bretonisch, folgendermaßen:

»Pa oamp dent euz ar gèr, ez oamp pevar;
a bevar e varvas daou;
euz a daou a varvas pevar;
euz a bevar a oe grêt eiz;
euz a eiz a varvas c'huezec, hag ez omp deut c'hoas
pevar d'ho kwelet.
Petra eo kement-se?«

Da schien die Prinzessin verwirrt, sie überlegte etwas und sprach dann:
»Sagt es mir noch einmal bitte, ich fürchte, ich habe es nicht richtig verstanden.«
Der Herr von Kerbrinic wiederholte sein Rätsel, einmal, dann ein weiteres Mal. Und die Prinzessin, die es gewohnt war, jede ihr gestellte Aufgabe sofort zu lösen, schien doch stark verstimmt. Endlich sagte sie, sie wolle in drei Tagen die Antwort geben.
»Werden mein Diener und ich mit unseren beiden Pferden während dieser Zeit auch hier wohnen und essen können?«, fragte da der Herr von Kerbrinic.
»Aber gewiss«, antwortete die Prinzessin, »ich werde gleich die Befehle dazu erteilen.«
Daraufhin zog sich Kerbrinic zurück, ging zu Petit-Jean und er-

zählte ihm, wie sich alles zugetragen hatte, und schon am selben Abend wohnten beide mit ihren Pferden im Palast. Die Prinzessin hatte sich in ihre Studierstube zurückgezogen und wälzte Bücher, große und kleine. Aber wie sie auch suchte, rechnete und überlegte, es war umsonst, sie verstand nichts von Petit-Jeans Rätsel, und ihre Laune war fürchterlich. Da kam ihr der Gedanke, dass der Kamerad des Mannes, der sie in so große Verlegenheit gebracht hatte, vielleicht das Geheimnis seines Herrn kenne. Es wäre doch möglich, es ihm mit Geld zu entlocken. So schickte sie denn eine ihrer Kammerzofen mit hundert Talern zu Petit-Jean. Der war gerade im Pferdestall dabei, die Pferde zu besorgen. Dort suchte ihn die Kammerzofe auf und sprach zu ihm:

»Meine Herrin schickt mich, Euch fragen, ob Ihr das Lösungswort des Rätsels kennt, das Euer Herr ihr gestellt hat.«

»Ja, natürlich kenne ich es«, kam die Antwort, »aber ich verrate es niemandem.«

»Indes, wenn man Euch gut bezahlte? Ich habe hier hundert Taler.«

»Geld! Das ist es wahrlich nicht, was mir fehlt. Davon habe ich genug!«

Und er zeigte ihr eine Handvoll Gold, von dem, was ihnen noch von den Räubern übrig geblieben war.

»Was begehrt Ihr denn?«

»Nun, Ihr seid so hübsch und nett, dass ich etwas für Euch tun will. Besucht mich heute Abend zwischen zehn und elf Uhr auf meinem Zimmer, und ich werde Euch das Geheimnis meines Herrn wissen lassen, und die hundert Taler Eurer Herrin könnt Ihr für Euch behalten.«

Zuerst zierte sich das junge Mädchen, willigte aber doch schließlich ein und versprach zu kommen, wenn ihre Herrin nichts dagegen habe.

So ging sie zur Prinzessin und teilte dieser die Forderungen von Petit-Jean mit. Die Prinzessin meinte, sie müsse das Geheimnis auf jeden Fall kennen, koste es, was es wolle, also müsse das Kammerfräulein zum Rendezvous gehen. Und sie versprach ihr hundert Taler dafür.

Petit-Jean erzählte Kerbrinic alles und sagte zu ihm:

»Mein Zimmer liegt über Eurem. Wenn Ihr wach bleibt und die Ohren spitzt, könnt Ihr hören, wenn die Kammerzofe der Prinzessin bei mir eintritt. Wenn sie etwa eine halbe Stunde bei mir gewesen ist, dann werde ich laut husten. Fangt dann sogleich an, lauten Krach zu schlagen, flucht und wettert und sagt, man wolle Euch bestehlen. Dann kommt in mein Zimmer herauf, wütend, oder tut wenigstens so, als ob Ihr es wärt, und habt den blanken Degen in Eurer Hand.«

Kerbrinic versprach, so zu tun, wie Petit-Jean ihm gesagt hatte.

Gegen zehn Uhr gingen die beiden Kameraden dann auf ihre Zimmer und machten so, als legten sie sich ruhig zum Schlaf. Kurze Zeit später hörte Petit-Jean es leise an der Tür klopfen. »Das ist sie ja schon, die Kammerfrau der Prinzessin«, sagte er sich und ging öffnen. Und es war sie wirklich, er hieß sie eintreten und sagte:

»Potztausend! Ihr seid so pünktlich, wie Ihr hübsch seid«, und er wollte sie küssen.

»Nein, nein«, rief sie und wich zurück.

»Dann werdet Ihr das Geheimnis meines Herrn nie erfahren.«

»Nun gut, wenn es sein muss!« Und sie ließ sich einen Kuss geben und sprach:

»Lasst mich jetzt das Geheimnis Eures Herrn wissen!«

»Sachte, so eilig ist es auch nicht. Ich werde es Euch sagen, aber erst morgen früh, wenn Ihr von hier fortgeht.«

»Morgen früh, aber ich will doch jetzt gleich gehen.«

»Wie Ihr wollt, aber dann werdet Ihr nichts erfahren.«

Schließlich gab sie nach und blieb, um die hundert Taler der Prinzessin und die anderen hundert, die Petit-Jean ihr versprochen hatte, zu verdienen. Außerdem wollte sie nicht den Zorn ihrer Herrin heraufbeschwören.

Petit-Jean hieß sie sich ausziehen und hinlegen, ohne Hemd, denn er habe den Eid abgelegt, so sagte er, nie das Hemd einer Frau zu berühren. Dann rollte er all ihre Kleider, auch ihr Hemd, zu einem Paket zusammen und warf es, ohne dass sie es bemerkte, unters Bett. Bald darauf hustete er laut, und schon gab es auf der Treppe einen Riesenkrawall, und man hörte Schreie wie »haltet den Dieb« und fürchterliche Flüche.

»Was soll das denn bedeuten, um Gottes willen?«, fragte die Kammerzofe, die vor Schreck fast starb.

»Das ist mein Herr«, antwortete Petit-Jean, »er ist ein sehr jähzorniger Mensch und hat wie gewöhnlich viel getrunken, und in diesem Zustand ist er überhaupt nicht gemütlich. Er kommt die Treppe herauf, er kommt hierhin, lauft schnell weg, schnell ...!«

»Wo sind meine Kleider?«, fragte die arme Zofe, als sie ganz verwirrt aus dem Bett sprang.

»Ich weiß es nicht, aber Ihr habt keine Zeit mehr, Euch anzuziehen. Lauft schnell weg, schnell, sage ich Euch, schnell ...!«

Und vor Angst wie verrückt, stürzte sie sich, nackt wie sie war, hinaus auf die Treppe und ließ ihre Kleider und ihr Geld zurück. Und dank der Dunkelheit, die in den Fluren herrschte, gelangte sie in ihr Zimmer ohne irgendeine unangenehme Begegnung. Dort kleidete sie sich wieder an und begab sich sogleich zu ihrer Herrin.

»Nun«, sagte diese, »Ihr bringt mir die Lösung des Rätsels?«

»Leider nein! Dieser Mann ist ein Bösewicht und Betrüger, der es verdiente, gehängt zu werden. Er hat mir nicht nur nichts über das Rätsel erzählt, nein, er hat sogar noch das Geld behalten.«

Von den anderen Dingen, die sich zugetragen hatten, sagte sie kein Wörtchen.

Nun aber war die Prinzessin erst recht ärgerlich. Sie verbrachte noch den Rest der Nacht und den ganzen folgenden Tag damit, die Lösung des Rätsels herauszufinden oder aber Petit-Jean zum Sprechen zu bringen. Aber sie fand kein besseres Mittel, als in der folgenden Nacht eine andere Kammerzofe mit der doppelten

Summme Geldes zu Petit-Jean zu schicken, um diesen listigen Kumpan zu verführen. Um es kurz zu machen, dieser ging es ganz genauso wie der Ersten: Auch sie ließ ihr Hemdchen und ihr Geld da und kam splitternackt in ihre Kammer zurück, ohne das Geringste vom Rätsel erfahren zu haben.

In der dritten Nacht, der letzten, entschloss sich die Prinzessin, selbst zu Petit-Jean zu gehen. Aber es erging ihr wie ihren Kammerzofen, sie hatte nicht mehr Erfolg, und auch sie musste ohne ihr Hemdchen, ohne des Rätsels Lösung und tief gedemütigt zurückkehren. Und obendrein ließ sie noch sechshundert Taler in den Händen von Petit-Jean. Und am nächsten Morgen sollte die Frist ablaufen. So war sie denn voller Wut und wusste nicht, welch bösem Geist sie sich verschreiben sollte.

Am folgenden Morgen traten der Herr von Kerbrinic und Petit-Jean zusammen vor die Prinzessin.

»Die drei Tage, um die Ihr gebeten hattet, sind verstrichen«, sprach Kerbrinic zu ihr, »und ich komme, um zu hören, ob Ihr mir die Lösung des Rätsels geben könnt.«

Da konnte die Rätselprinzessin nicht umhin zuzugeben, dass sie besiegt sei, und sie bat den Herrn von Kerbrinic, das Rätsel zu erklären. Der aber hatte Angst, etwas falsch zu machen, und ließ Petit-Jean die Lösung erklären. Der war gewitzter und hatte eine gewandtere Zunge als er. Die Prinzessin musste zugeben, dass alles stimmte, und das fiel ihr sehr schwer, denn bislang hatte ihre Fähigkeit als Rätsellöserin sie noch nie im Stich gelassen.

»Ich hoffe, schöne Prinzessin«, sprach da Kerbrinic mit anmutigster Stimme zu ihr, »dass es Eure feste Absicht ist, aufs Genaueste und vollständig die Vertragsbedingungen zu erfüllen, die wir miteinander ausgemacht haben.«

»Aber gewiss«, war ihre Antwort, »doch da Ihr so weise und schlau seid, möchte auch ich Euch zuvor eine Aufgabe stellen.«

»Gerne, ich stehe zu Euren Diensten«, entgegnete Kerbrinic, dem Petit-Jean Zeichen gegeben hatte, er solle annehmen.

»Nun gut«, sagte sie und zeigte ihm einen großen Sack, »füllt mir diesen Sack mit Wahrheiten; dann will ich nichts weiter verlangen, und wir werden bald Hochzeit zusammen feiern.«
»Das wird also dann bald sein«, entgegnete Kerbrinic, »versammelt für morgen früh um zehn Uhr den ganzen Hofstaat um Euch, und ich werde Euch den Sack mit Wahrheiten füllen.«
»Einverstanden«, sprach die Prinzessin, »auf morgen früh.«
Am nächsten Morgen um zehn Uhr war der Hofstaat im großen Königssaal versammelt. Der alte König saß auf seinem Thron, die Krone auf dem Haupt und das Zepter in der Hand, zu seiner Linken saß die Königin, zur Rechten die Prinzessin, seine Tochter. Kerbrinic und Petit-Jean standen zu Füßen des Thrones, und neben ihnen stand der Wahrheitssack.
»Was mag da wohl drin sein«, fragten sich alle ungeduldig.
Da ergriff der König das Wort und sprach:
»Nun, Herr von Kerbrinic, habt Ihr Euren Sack mit Wahrheiten gefüllt?«
»Ja, Sire, er ist voll von Wahrheiten«, entgegnete Kerbrinic.
»Dann tretet den Beweis an!«
»Ja, Sire, mein Diener wird es Euch beweisen.«
Und Petit-Jean knüpfte den Sack auf und zog zum großen Erstaunen aller Anwesenden zuerst einen Frauenrock hervor und hielt ihn hoch, dass jeder ihn gut sehen konnte. Dann fragte er:
»Ist hier eine Dame zugegen, die diesen Rock als ihr eigen erkennt?«
Doch niemand meldete Anspruch auf den Rock. Da wandte sich Petit-Jean an die Kammerzofe der Prinzessin und sprach:
»Es scheint mir, mein Fräulein, dass dieser Rock dem sehr gleicht, den Ihr in den letzten Tagen getragen habt.«
Das arme Mädchen wurde rot, senkte den Kopf und sagte nichts.
Dann zog Petit-Jean aus seinem Sack noch ihre Unterröcke, ihr Mieder, ihre Strümpfe und endlich ihr Hemdchen heraus, und jedes Mal fragte er:
»Wem gehört das?« Man kicherte und scherzte um die Wette, und

die arme Kammerzofe starb schier vor Scham und Verlegenheit.
»Das ist also eine Wahrheit aus meinem Sack«, sagte Petit-Jean, »kommen wir aber nun zu einer anderen!«
Und er kramte weiter im Sack und zog zuerst einen anderen Rock heraus, einen aus Seide, und fragte wiederum:
»Erkennt eine der Damen diesen Rock als den ihren?«
Jeder sah gleich, dass es der Rock einer Hofdame der Königin war. Die Hofdame erhob sich und wollte gehen, aber der König hieß sie bleiben und sprach:
»Keiner verlässt diesen Saal, bevor der Sack nicht ganz geleert ist!«
Und Petit-Jean zog nacheinander alle Kleidungsstücke der Hofdame aus dem Sack, zuletzt das Hemdchen und sprach:
»Nun sind zwei Wahrheiten aus dem Sack heraus, kommen wir nun zur dritten!«
Aber da stand die Prinzessin sogleich auf und sprach in herrischem Ton:
»Haltet ein, macht nicht weiter, ich befehle es Euch!«
»Lasst mich doch meinen Sack leeren«, versetzte Petit-Jean, »das Schönste ist ganz unten drin, Ihr werdet sehen …«
Aber die Prinzessin stieg rasch von ihrem Sitz, nahm seinen Arm und sprach:
»Macht nicht weiter, sage ich Euch, und schließt den Sack!«
Da waren alle bass vor Erstaunen, und selbst der König verstand, dass es klug sei, den Sack nicht bis auf den Grund leeren zu lassen, und er sagte zu Petit-Jean:
»Gehorcht der Prinzessin!«
Dann wandte er sich zu Fanch de Kerbrinic und sprach:
»Herr von Kerbrinic, Ihr seid der geistvollste und gelehrteste Mann meines Königreichs. Ich bin glücklich darüber, Euch als Schwiegersohn zu bekommen, und in vierzehn Tagen wird glanzvoll und prächtig Hochzeit gefeiert. Aber macht uns noch die Freude und erklärt uns hier vor dem ganzen Haus Euer Rätsel. Es ist das wunderbarste, von dem man je gehört hat!«
»Gern, Schwiegervater«, entgegnete Kerbrinic, und er erklärte

noch sein Rätsel oder vielmehr, er ließ es von Petit-Jean aufsagen und erklären, und der ganze versammelte Hofstaat klatschte Beifall.
Schon am nächsten Tag schickte man eine schöne vergoldete Kutsche aus, um Frau von Kerbrinic auf ihrem Gut abzuholen, und bald wurde dann Hochzeit gefeiert. Acht Tage und länger gab es da Feste, Spiele und Gastmähler an einem Stück.
Einen Monat später schon starb der alte König. Böse Zungen behaupteten, er habe zu maßlos gegessen, getrunken und gefeiert. Und Fanch de Kerbrinic folgte ihm auf seinen Thron und wurde König von Frankreich, dank der Klugheit von Petit-Jean. Deshalb vergaß er ihn auch nicht und machte ihn zu seinem ersten Minister.

Der goldgierige Jean

Es war einmal ein Mann, der keine andere Leidenschaft besaß als den Reichtum. Daher hatte man ihm den Beinamen »der goldgierige Jean« gegeben. Von Haus aus war er Bauer, und Tag und Nacht rackerte er sich nur dafür ab, künftig einmal seinen Schrank voller Taler zu haben. Aber so sehr er sich auch plagte und schwitzte, umsonst war es, jene Zeit des Reichtums wollte nicht so schnell kommen. Die Basse-Bretagne (Nieder-Bretagne) nährt ihren Mann, wie ihr alle wisst, aber sie macht ihn nicht reich. Und so beschloss der goldgierige Jean, ein solch armes Land zu verlassen. Er hatte von wundervollen Gegenden gehört, in denen es genügte, so sagte man, den Boden mit den Fingernägeln anzukratzen, und schon hätte man richtige Felsen von Gold freigelegt. Nur, diese Gegenden lagen jenseits des Landes vom lieben

Gott, im Gebiet des Teufels. Der goldgierige Jean war wie ihr und ich getauft, und so lag ihm recht wenig daran, in die Klauen des Satans zu geraten. Aber seine Geldgier hielt ihn so sehr gefangen, dass er sich trotzdem auf den Weg machte.

»Es ist noch gar nicht bewiesen«, so sagte er sich, »dass die Goldfelsen im Besitz des Teufels sind. Die Leute, die solches behauptet haben, wollten sicher jenen Dummköpfen, die da hin wollten, den Mut nehmen, nur um den Schatz für sich selbst zu behalten. Als der liebe Gott die Welt unter dem Satan und sich selbst aufgeteilt hat, da war er doch sicher nicht so dumm, seinem Todfeind ein so schönes Stück abzugeben.«

Ihr seht, dass der goldgierige Jean Gott nach seiner eigenen Elle maß und so schloss er:

»Ich will auf jeden Fall meinen Weg in diese Richtung einschlagen. Ich möchte zumindest wissen, woran ich bin, und wenn wirklich Gefahr besteht, dann ist es noch immer Zeit, schnell umzukehren.«

Und so legte er denn Meile um Meile zurück und gelangte endlich zu dem Strich, der das Gebiet des lieben Gottes von dem Satans trennt. Und er kniete sich diesseits des Striches hin und begann, den Boden aufzukratzen. Doch dabei holte er sich nur blutige Fingernägel an dem steinigen Untergrund, der so hart und so wertlos war wie der seines Feldes in der Basse-Bretagne.

»Meiner Treu«, schimpfte er, »soll ich denn einen so weiten Weg umsonst zurückgelegt haben! Ich muss einfach wissen, ob der Teufel reicher als der liebe Gott ist. Ich werde es mir anschauen, aber nichts anrühren.«

Und so ging er über den Strich, kniete wieder nieder und begann von Neuem, die Erde aufzukratzen. Hier aber war der Boden weich wie Sand. Kaum hatte er seine Hände hineingetaucht, als er schon einen Kiesel von der Größe eines Eis herauszog, einen Kiesel aus purem Gold, der nur so glänzte und funkelte. Dann zog er einen weiteren Kiesel heraus, der war so groß wie der Stein, den unsere bretonischen Schuster immer benutzen, um ihr Leder darauf geschmeidig zu schlagen. Dann einen dritten, der war so breit wie ein Mühlstein. Diesen versuchte der goldgierige Jean nicht einmal mehr aus der Erde herauszunehmen, und noch weniger diejenigen, die er dann freilegte und die eine Art goldenes Pflaster bildeten.

»Wie schön ist das doch«, rief er aus, als er all diese Wunder freilegte. »Wie reich wäre ich, wenn ich auch nur den zehnten Teil dessen, was ich hier sehe, mitnehmen könnte!«

Dabei erinnerte er sich daran, dass er geschworen hatte, nichts anzurühren.

»Ach was!«, sagte er sich doch schließlich, von der Goldsucht besiegt, »den Kiesel hier werde ich in meine Tasche stecken, und den anderen da unter meine Achsel. Das wird schon keine Folgen haben. Der Teufel wird es überhaupt nicht bemerken.«

Und er steckte sich den Kiesel, der so groß wie ein Ei war, in die Tasche, und unter seine Achsel den, der so groß wie ein Schusterstein war. Schon wollte er sich schleunigst aus dem Staub machen, wie ihr euch denken könnt, als plötzlich der Leibhaftige vor ihm stand. Nun muss man dabei sagen, dass der Satan an diesem Tag gerade seine Ländereien bereiste. Er hatte den goldgierigen Jean kommen sehen und auf alles, was er machte, genau aufgepasst, hinter einem Gebüsch lauernd.

»Na, na, Kamerad!«, kicherte er da. »So geht man doch nicht einfach weg, ohne den Leuten, die man bestohlen hat, einen guten Abend zu wünschen!«

Da wäre der goldgierige Jean gerne irgendwoanders gewesen, aber an Flucht war nicht mehr zu denken. Der Teufel hatte ihm die Hand auf die Schulter gelegt, und diese Hand war fürchterlich brennend und schwer, als ob sie aus glühendem Eisen wäre. Der goldgierige Jean schrie, zappelte und flehte den Teufel an. Aber der Teufel hat eine feste Hand und ein Herz aus Stein. »Mach keine Umstände und folge mir!«, sagte er und pfiff sein Pferd herbei, das in der Nähe graste. Er bestieg es, warf den goldgierigen Jean wie einen Kohlensack quer darauf und hü! hott!, ab ging's!

»Was wollt ihr mit mir machen, Herr Teufel?«, fragte der goldgierige Jean mit jammernder Stimme. Und der Teufel antwortete:
»Dein Fleisch werde ich für das Essen meiner Gäste braten, und deine verbrannten Knochen werde ich meinen Pferden zum Mahl vorwerfen.«
Da gab der goldgierige Jean klein bei, und bald schon gelangten sie zur Hölle. An deren Eingang schon stürzte sich ein kleines Teufelchen vor Satans Pferd und sprach:
»Meister, der Stallknecht ist von den Tieren aufgefressen worden!«
»Verflucht!«, schrie da der Teufel, und sein Gebrüll war dabei so fürchterlich, dass die verdammten Seelen, die unweit davon in einem Pfuhl von kochendem Pech schmachteten, wie Karpfen immer wieder hochsprangen und Verzweiflungsschreie ausstießen. Doch plötzlich legte sich des Teufels Zorn. Seine Augen fielen auf den goldgierigen Jean, der sich zu Boden hatte gleiten lassen und nun kauernd dasaß, den Kopf in den Händen verbarg und stöhnte.
»Steh auf und komm näher, du Nichtsnutz«, sagte er da zu ihm, und mit verdrießlichem Gesicht gehorchte der goldgierige Jean.
»Hör nun gut zu!«, fuhr der Teufel fort. »Es steht gut für dich. Bis zu einem neuen Befehl wird dein Fleisch nicht gebraten und deine Knochen nicht verbrannt. Aber wie du dir wohl denken kannst, werde ich dich hier nicht fürs Nichtstun behalten. Folgendes wird deine Aufgabe sein: In meinem Stall stehen drei Pferde, inbegriffen dasjenige, das ich eben geritten habe. Du wirst sie versorgen. Jeden Morgen wirst du sie striegeln, putzen, bürsten und ihnen als Futter verbrannte Knochen geben. Gib nur acht, dass du deine Arbeit gut machst! Sonst weißt du, was dich erwartet!«
Der goldgierige Jean fühlte sich nicht besonders geschmeichelt, Stallknecht des Teufels zu werden; aber er hatte keine Wahl, und immerhin war es noch besser, die Pferde zu versorgen, als ihnen zum Futter hingeworfen zu werden.
Vierzehn Tage lang ging alles gut. Der goldgierige Jean scheute

keine Mühen und war darauf bedacht, seinen fürchterlichen Herrn zufriedenzustellen. Doch jeden Abend, wenn er in seinem Bett in der Ecke des Stalls lag, blieb er noch lange wach, beklagte sein Schicksal und sehnte sich nach seiner Basse-Bretagne zurück. Wie bereute er jetzt seine verfluchte Goldgier! Als er sich so eines Nachts auf seinem Strohlager hin und her warf, da spürte er plötzlich einen warmen Atem auf seinem Gesicht. Es war eines der Pferde, das sich losgemacht hatte, und nun sein Maul zum goldgierigen Jean streckte.

»Was will dieses Unglückstier nur von mir?«, dachte er bei sich, denn es war gerade das Pferd, das ihn zu diesem Ort der Verdammnis getragen hatte. Er wollte ihm schon einen Peitschenhieb versetzen, als das Tier plötzlich so zu sprechen anfing:

»Mach keinen Lärm, damit du die anderen Pferde nicht aufweckst! Ich spreche zu dir in deinem eigenen Interesse, goldgieriger Jean. Sag mir, gefällt es dir in diesem Land?«

»Bei Gott nicht!«, antwortete Jean.

»Dann sind wir beide einer Meinung. Wie du möchte ich in ein gesegnetes Land zurückkehren, denn auch ich bin ein Christ.«

»Aber wie sollen wir von hier wegkommen?«

»Lass das meine Sache sein! Ich werde dir schon sagen, wenn der Augenblick gekommen ist. Gib mir inzwischen die doppelte Menge Futter, keine verbrannten Knochen mehr, sondern Heu und Hafer! Ich muss wieder zu Kräften kommen, denn der Weg wird lang sein.«

Und seit jenem Abend kümmerte sich der goldgierige Jean besonders um dieses Tier.

Es vergingen mehrere Wochen, ohne dass sich etwas Neues zutrug. Aber eines Morgens sagte das Pferd zu Jean:

»Der Augenblick ist gekommen. Eben sah ich den Teufel, wie er sich zu Fuß erging. Gib mir den Sattel, steig auf, und los geht's. Nimm als Gepäck nur den Kübel mit, in den du für uns beide Wasser schöpfst, und dann noch den Striegel und die Bürste.«

Und schon waren sie auf dem Weg in das gesegnete Land. Und das

Pferd galoppierte und galoppierte den ganzen Tag lang. Auf einmal wandte das Pferd den Kopf und sprach zum goldgierigen Jean:
»Jetzt ist es soweit, dass der Teufel nach Hause zurückkommt. Er weiß jetzt um unsere Flucht. Schau hinter dich! Bemerkst du noch nichts?«
»Nein!«, entgegnete der goldgierige Jean, und weiter ging's. Schon ward es klare Nacht, und das Pferd sagte:
»Schau hinter dich! Bemerkst du noch immer nichts?«
»Jetzt schon«, erwiderte Jean, »diesmal sehe ich den Teufel kommen, und wie er uns näher kommt!«
»Dann wirf den Kübel ab!«, sagte das Tier, und Jean tat so. Kaum aber hatte der Kübel den Boden berührt, da entsprang daraus ein Sturzbach, der wuchs zu einem Fluss, dann zu einem riesigen See an. Nun hat aber der Teufel Angst vor dem Wasser. Und statt den See zu durchqueren, gab er sich daran, um ihn herumzulaufen. Das war für unsere Flüchtlinge gewonnene Zeit! Nach ein oder zwei Stunden fragte das Pferd wieder:
»Goldgieriger Jean, bemerkst du nichts?«
»Aber doch«, entgegnete dieser, »der Teufel ist um den See herum.«
»Dann wirf die Bürste weg!«, sagte das Tier, und so tat er. Kaum aber hatte die Bürste die Erde berührt, da wurde schon aus jedem ihrer Haare ein riesiger Baum, sodass sich der Teufel in einem unentwirrbaren Wald wiederfand. Und bevor es ihm gelang, sich daraus zu befreien, waren ihm der goldgierige Jean und sein Reittier ein gutes Stück voraus. Nach ein oder zwei Stunden sprach das Pferd zum dritten Mal seinen Reiter an:
»Bemerkst du nichts?«
»Aber doch«, kam die Antwort, »soeben kommt der Teufel aus dem Wald heraus, und er beeilt sich, er beeilt sich!«
»Dann wirf noch den Striegel ab!« Und Jean tat es.
Kaum aber war der Striegel auf der Erde, da erhob sich an seiner Stelle ein riesiger Berg, der war zwanzigmal höher als der Ménez-

Mikêl. Und er war noch breiter als hoch. Der Teufel zog es eher vor, über ihn zu steigen, statt um ihn herumzulaufen.

Währenddessen lief Jeans Pferd so schnell wie der Wind. Schon konnte man in der Ferne das gesegnete Land erkennen, grün erglänzte es mit seinen Feldern, Wiesen und Heiden.

»Goldgieriger Jean! Goldgieriger Jean!«, fragte da das Tier. »Folgt uns der Teufel immer noch?«

»Er kommt schon den Berghang hinunter«, antwortete dieser.

»Wenn das so ist, dann bitte Gott, uns zu Hilfe zu kommen. Es bleibt uns kein anderes Mittel mehr zu unserer Rettung.«

Und tatsächlich war ihnen der Teufel schon dicht auf den Fersen. Er hatte sie schon fast erreicht, als das Pferd einen letzten verzweifelten Sprung machte. Seine beiden Vorderfüße kamen gerade eben auf die gesegnete Erde, als der Teufel es schon am Schwanz packte. Und alles, was er fassen konnte, war nur ein Büschel Haare. Da aber hatte das Pferd wieder menschliche Gestalt angenommen und sagte zum goldgierigen Jean:

»Wir werden uns jetzt hier trennen. Von hier aus gehe ich sogleich ins Fegefeuer; du aber geh in die Basse-Bretagne zurück, und sündige nicht mehr!«

Und der goldgierige Jean kehrte in seine Basse-Bretagne zurück und war glücklich darüber, eine Seele aus der Hölle hinweggenommen zu haben. Noch glücklicher aber war er, selbst der Hölle entronnen zu sein. Und fortan war er fest entschlossen, sein Möglichstes zu tun, um nie wieder dahin zurückzukehren, weder zu seinen Lebzeiten noch nach seinem Tod.

Der silberne Hase

Kement-man hol oa d'an-amzer,
Ma ho defoa dennt ar ier.
All das ereignete sich zu jener Zeit,
als die Hühner noch Zähne hatten.

Vor langer Zeit lebte in der Bretagne in der Gemeinde Louargat in einem prächtigen Schloss ein reicher und mächtiger Edelmann. Seine Frau war jung gestorben und hatte ihm einen Sohn geschenkt und auch drei Töchter, die von außerordentlicher Schönheit erstrahlten.

Nun lebten aber in einem anderen Schloss, das sich unweit inmitten eines Waldes erhob, böse und hässliche Riesen; niemand wusste, woher sie gekommen waren, und das ganze Land zitterte vor ihnen. Die Unholde nahmen dem alten Edelmann und auch den anderen Bauern der Umgebung die Ochsen, die Kühe, die Schafe und die Pferde weg, und der Edelmann hatte große Angst, dass sie ihm auch noch seine Töchter entführten. Daher ließ er eine große Mauer um sein Schloss bauen, stellte überall Wachen auf und ließ seine Töchter nur selten aus dem Garten des Schlosses herausgehen. Sein Sohn aber, der Malo hieß, ging jeden Tag in den Wäldern auf die Jagd. Es war ein einsames Leben, das sie da auf ihrem Schloss führten, eingesperrt und ohne jegliche Freuden und Vergnügungen, von steter Angst und Sorge umfangen.

Als der Sohn nun eines Tages von der Jagd aufs Schloss zurückkehrte, wurde er dort von Tränen und lautem Jammern empfangen: Die Riesen hatten seine älteste Schwester entführt. Das hinderte Malo allerdings nicht daran, sich am nächsten Tag wieder auf die Jagd zu begeben, nachdem er seinem Vater geraten hatte, doch gut auf die beiden jüngeren Schwestern aufzupassen. Und als er gegen Abend zum Schloss zurückkehrte, da war die zweite Schwester verschwunden. Der Vater weinte verzweifelt, und es brach ihm fast das Herz. Da mahnte der Sohn, der das Waidwerk so liebte, seinen Vater am nächsten Tag, er solle doch doppelt so gut wachen, und ging dann wieder in den Wald. Und es kam wie es kommen musste. Als er am Abend zurückgekehrt war, fand er das Schloss leer: Auch seine dritte Schwester war verschwunden, und sein armer Vater war vor lauter Kummer gestorben. Groß war da Malos Schmerz, er weinte bitterlich und blieb mehrere Tage lang im Schloss und setzte keinen Fuß vors Tor.

Nach einiger Zeit aber nahm er dennoch wieder seine Flinte zur Hand, ging hinaus in den Wald, um seiner geliebten Jagd zu frönen. Da sah er auf einmal einen schönen Hasen mit silbernem Fell. Dieser saß ruhig da auf einer Stelle, schaute ihn unverwandt an und schien keine Angst vor Malo zu haben. Unser Jäger brachte es indes nicht übers Herz, ihn zu töten, und so wollte er versuchen, das Tier lebend einzufangen. Doch immer, wenn er glaubte, den schönen Hasen fassen zu können, hopste dieser ein kleines Stückchen weiter und blieb dann stehen, um Malo wieder ruhig anzublicken, und der lief ihm nach und konnte ihn doch nicht bekommen. Dieses Spielchen ging immer wieder von Neuem los: Der Hase machte den Anschein, sich fangen zu lassen, und hopste dann in dem Augenblick fort, wenn Malo sicher war, ihn in die Finger zu bekommen. So war inzwischen schon der Abend hereingebrochen, und Malo ging enttäuscht und verdrießlich nach Hause zurück.

Am nächsten Morgen ging er wieder in den Wald, und erneut saß der silberne Hase an derselben Stelle wie am Tag zuvor. Wieder versuchte der junge Jäger, ihn einzufangen, und das alte Spielchen begann von Neuem; kaum war Malo näher gekommen, hopste der Hase ein kleines Stück weiter, und Malo war dabei, die Geduld zu verlieren. »Wenn du dich diesmal nicht fangen lässt, schieße ich dich tot, wie einen ganz gewöhnlichen Hasen!«, rief er verärgert. Doch der Hase ließ sich nicht beirren und führte den jungen Jäger unentwegt weiter an der Nase herum, sodass dieser endlich ganz die Geduld verlor, anlegte, zielte und schoss. Der Hase aber blieb ruhig hocken und rührte sich nicht. Malo dachte, ihn nicht getrof-

fen zu haben, und feuerte wieder auf ihn, und wieder blieb der Hase seelenruhig auf der Stelle sitzen. »Ich muss ihn wohl doch schon mit dem ersten Schuss getötet haben«, sagte Malo zu sich, »denn ein so schlechter Schütze bin ich ja nicht.« Dann ging er zum Hasen, um ihn zu holen. Kaum aber hatte er die Hand nach ihm ausgestreckt, sprang der Hase auf, begann zu fliehen und machte etwa fünfzig Schritte vom jungen Jäger entfernt Halt. Da schämte sich Malo seiner Ungeschicklichkeit und ließ einen wahren Kugelhagel auf das Tier niedergehen. Doch dieses rührte sich nicht und sah ihm ruhig in die Augen; da begriff Malo, dass die Bleikugeln am Hasen abgeprallt waren, ohne ihm auch nur ein Haar zu krümmen. »Das ist ein verzauberter Hase«, sprach er zu sich, »und ich verliere nur Zeit und Mühe, wenn ich versuche, ihn einzufangen. Jetzt bleibt mir nichts anderes übrig, als nach Hause zu gehen. Aber das ist noch weit weg, und es wird schon Nacht. Ich fürchte, ich muss die Nacht unter dem Leintuch der Lerche verbringen.«
»Nein, das braucht Ihr nicht«, sprach plötzlich der Hase mit menschlicher Stimme, »folgt nur diesem mit alten Eichen umsäumten Weg und Ihr werdet an seinem Ende auf ein Schloss stoßen, wo Ihr die Nacht verbringen könnt und auch Eure älteste Schwester wiederfindet.«
Da war Malo hocherfreut und folgte dem Rat des Hasen; er ging den langen Eichenweg entlang und fand sich bald wirklich vor einem alten Schloss, das von hohen Mauern umgeben war. Mit dem Kolben seiner Flinte klopfte er ans Tor und hörte schon bald eine Stimme, die ihm wohl vertraut war.
»Wer ist da?«, fragte es von innen.
»Ich bin es, liebe Schwester, ich komme dich holen. Mach mir schnell auf!«
»Bist du es lieber Bruder! Wie freue ich mich, dich wiederzusehen.«
Rasch machte sie das Tor auf und zärtlich fielen sie sich in die Arme. Malo trat ins Schloss ein, und die Schwester ließ ihm zu essen und zu trinken bringen und sprach dann zu ihm: »Wie gerne

hätte ich dich doch eine Weile hier bei mir behalten, lieber Bruder, aber dann bist du in Lebensgefahr, denn mein Mann, der Riese, ist ein Menschenfresser und ist heute Morgen wie an jedem Tag auf der Jagd nach Menschen. Wenn er heute Abend zurückkehrt, dann wird er auch dich verschlingen, zumal wenn seine Jagd heute keinen Erfolg gehabt hat.«

»Ach, das macht nichts!«, erwiderte Malo. »Ich möchte deinen Mann trotzdem gerne kennenlernen. Versteck mich so, dass er mich nicht sehen kann, ich aber ihn, hinter diesen Fässern vielleicht!« Und so geschah es.

Da kam auch schon der Riese und warf vier oder fünf tote Menschenleiber auf den Tisch, zog dann seinen Mantel von der Schulter, der gut fünfhundert Pfund an Gewicht hatte, warf den über die Fässer und brummte: »Ich bin todmüde und durstig! Bring mir etwas zu trinken, Frau!« Da nahm sie einen großen Krug, füllte ihn mit Wein aus den Fässern und stellte ihn dem Riesen hin. Der aber hatte kaum einen großen Schluck davon genommen, als er schon daran schnüffelte und aufschrie: »Was soll das! Der Wein riecht nach einem Christenmenschen! Der muss hier irgendwo sein! Auf der Stelle will ich ihn sehen!«

»Es ist mein Bruder, der gekommen ist, um mich zu besuchen. Tu ihm bitte kein Leid an!«

»Nun, wenn es dein Bruder ist, werde ich ihm nichts zuleide tun«, gab ihr der Riese, der sich schon beruhigt hatte, zur Antwort, »wir haben ja noch etwas anderes zu essen. Aber wo ist er? Komm, stell ihn mir vor, ich will ihn kennenlernen.«

Also holte die Schwester Malo hinter den Fässern hervor und stellte ihn dem Riesen vor.

»Er ist sehr nett, dein Bruder«, sprach er da. »Ich werde ihm bestimmt nichts zuleide tun. Komm, setz dich neben mich, Schwager, trink einen Schluck Wein mit mir und lass uns ein wenig plaudern; derweil kann deine Schwester uns etwas zu essen machen. Was für eine Mühe hast du dir doch seit einigen Tagen gemacht, den silbernen Hasen im Wald zu fangen!«

»Das stimmt!«, erwiderte Malo. »Den hätte ich doch für mein Leben gern gefangen!«
»Ach, mein armer Freund! Du und den silbernen Hasen fangen! Mir selbst nämlich ist das in fünfhundert Jahren nicht geglückt. Und es ist mir nicht einmal gelungen, herauszufinden, wohin er läuft, wenn ich seine Spur verliere.«
»Das ist mir gleich!«, gab ihm Malo zur Antwort. »Ich will ihn weiterhin jagen, wir werden ja sehen!«
»Glaub mir, du tätest besser daran, hier bei deiner Schwester zu bleiben und nicht mehr an den silbernen Hasen zu denken!«
»Nein, ich will alles tun, um ihn zu fangen!«
»Na gut denn! So will ich dir helfen, soweit es in meinen Kräften steht. Nimm dieses Horn aus Elfenbein, und wenn du Hilfe brauchst, dann blase hinein und schon werde ich dir zur Hilfe stehen!«
Malo nahm das Horn, und dann aßen sie und legten sich schlafen. Am nächsten Morgen brachen beide in aller Herrgottsfrühe auf: Der Riese ging wie gewöhnlich auf Menschenjagd, und Malo wollte wieder dem silbernen Hasen nachspüren. Und er traf auch im Wald an der gleichen Stelle wie immer auf ihn, setzte ihm bis zum Abend nach, und das immer im Glauben, ihn in jedem Augenblick fassen zu können; doch das Tier setzte sein altes Spielchen fort und entkam ihm immer wieder, bis der junge Jäger so erschöpft war, dass er sich ins Gras fallen ließ und seufzte: »Der Abend naht, ich bin weit von zu Hause weg und ich fürchte, ich muss diese Nacht wieder unter dem Leintuch der Lerche verbringen.«
»Nein, das braucht Ihr nicht«, hörte er da den Hasen, der ruhig dasaß und ihn anschaute, mit menschlicher Stimme antworten, »folgt nur diesem Weg da!« Und der Hase zeigte ihm dabei mit einer seiner Vorderpfoten einen schönen Weg, der mit großen Kastanienbäumen umsäumt war. »Am Ende des Weges werdet Ihr ein Schloss vorfinden, in dem Eure zweite Schwester wohnt.«
Malo folgte getreulich dem Rat des Tieres und bald schon stand er vor einem schönen Schloss, das ganz von hohen Mauern umgeben war. Er klopfte ans Tor, und eine Stimme, die er bald als die seiner

zweiten Schwester erkannte, fragte ihn nach seinem Begehren. »Ich bin es, der dich aufsucht, meine liebste Schwester, öffne mir rasch!« Überglücklich öffnete sie ihm sogleich das Tor, und die beiden Geschwister fielen sich zärtlich in die Arme. Dann ließ ihm die Schwester zu essen und zu trinken auftischen und sagte: »Wie gerne würde ich dich, liebster Bruder, noch einige Tage bei mir behalten, aber das wäre nicht ohne große Lebensgefahr für dich möglich. Der Riese, mein Mann, ist heute Morgen wie üblich auf Menschenjagd gegangen, denn das ist die einzige Nahrung, die er zu sich nimmt, und ich fürchte, er wird dich mit Haut und Haaren verschlingen, wenn er heute Abend zurückkommt.«
»Was? Dein Mann ist auch ein Menschenfresser?«, erwiderte ihr der Bruder. »Sei es, wie es wolle, ich will ihn auf jeden Fall kennenlernen. Versteck mich so, dass ich ihn sehen kann, er aber nicht mich; am besten hinter diesen Fässern da!«
Kaum hatte sich Malo hinter den Fässern versteckt, die hinten im Saal aufgetürmt standen, da kam auch schon der Riese, warf vier oder fünf tote Menschenleiber auf den Tisch und brummte: »Das ist für mein Abendessen!« Dann zog er seinen siebenhundert Pfund schweren Mantel aus und warf ihn über die Fässer und stöhnte vor lauter Müdigkeit. »Warum plagst du dich den ganzen Tag so ab?«, wollte seine Frau wissen. »Es muss sein«, antwortete er kurz, »gib mir rasch was zu trinken, ich habe einen Riesendurst.«
Da nahm Malos zweite Schwester einen Krug, ging zu den Fässern und füllte ihn mit Wein. »Der Wein riecht nach einem Christen!«, brüllte der Riese, nachdem er am Krug geschnüffelt hatte. »Er muss noch hier sein. Ich will ihn auf der Stelle sehen!«
»Es ist mein Bruder«, antwortete ängstlich die Frau. »Er ist gekommen, um mich zu besuchen. Tu ihm bitte nichts zuleide!«
»Wenn es denn dein Bruder ist«, so dann der Riese, »dann werde ich ihm nichts antun. Wir haben noch etwas zum Abendbrot: Also zeig ihn mir, damit wir uns kennenlernen.«
Und so ging die Frau hin zum Ende des Saals, nahm ihren Bruder bei der Hand und stellte ihn dem Riesen vor. »Er ist sehr nett, dein

Bruder«, sprach da der Riese, »ich werde ihm bestimmt nichts antun«, und zu Malo gewandt, fuhr er fort: »Setz dich da hin, mein Junge. Trink einen Schluck Wein mit mir, und lass uns zusammen plaudern. Was hast du dir schon seit Tagen für eine Mühe gegeben, hinter dem silbernen Hasen herzujagen!«
»Das stimmt«, sagte da Malo zu ihm. »Aber ich möchte ihn doch allzu gerne bekommen.«
»Ach, mein armer Freund«, sprach da der Riese zu ihm. »Du und den silbernen Hasen bekommen! Denk doch, seit mehr als siebenhundert Jahren laufe ich ihm hinterher. Umsonst! Und ich weiß noch nicht einmal, wohin er sich zurückzieht, wenn ich seine Spur verliere.«
»Das ist mir egal«, gab ihm Malo zurück, »ich will ihm weiterhin hinterhersetzen, wir werden ja sehen!«
»Es wäre besser für dich, hier bei deiner Schwester zu bleiben und nicht weiter an den silbernen Hasen zu denken!«
»Nein, ich will es wieder versuchen!«
»Wenn dem so ist«, sagte zuletzt der Riese zu ihm, »dann will ich dir helfen, soweit es in meinen Kräften steht. Nimm hier diesen Vogelschnabel, und wenn du in Not bist, so blase nur in ihn hinein!«
Malo nahm den Schnabel an sich, und dann legten sie sich schlafen.
Am nächsten Morgen brachen beide in aller Herrgottsfrühe auf: Der Riese ging wie gewöhnlich auf Menschenjagd, und Malo wollte wieder dem silbernen Hasen nachjagen. Er fand ihn im Wald an der gleichen Stelle hocken und setzte ihm wie an den vorigen Tagen vergeblich nach, bis er am Abend von der Dunkelheit überrascht wurde und vor lauter Müdigkeit nicht mehr ein noch aus wusste. »Da muss ich wohl die Nacht wieder unter dem Leintuch der Lerche verbringen«, sagte er zu sich und setzte sich unter einen Baum. »Nein, das braucht Ihr nicht«, hörte er da wiederum den Hasen sprechen. »Geht nur diesen Weg weiter, der mit Buchen umstanden ist, und Ihr werdet an ein Schloss kommen, in dem Eure jüngste Schwester wohnt.«

Das tat Malo auch und am Ende des Weges kam er zu einem alten Schloss, das von allen Seiten von hohen Mauern umgeben war. Er klopfte an, und die wohlvertraute Stimme seiner jüngsten Schwester fragte nach seinem Begehr; er gab sich zu erkennen, und nachdem ihm rasch aufgemacht wurde, umarmten sich die Geschwister zärtlich. Malo ging ins Schloss hinein, aß und trank, denn er hatte großen Hunger. Und da er vorhatte, einige Tage bei seiner Schwester zu bleiben, warnte diese ihn vor ihrem Gatten, dem Menschenfresser. Und es wiederholte sich alles, wie bei den beiden anderen Schwestern: Der Riese kehrte müde von der Menschenjagd zurück, schnüffelte am Wein und merkte, dass ein Christenmensch im Schloss war. Doch wie die ersten Male tat der Riese seinem Schwager nichts zuleide, riet ihm ab, weiterhin nach dem silbernen Hasen zu jagen, denn er selber sei schon über tausend Jahre vergeblich hinter diesem her. Und als Malo sich wie immer nicht abhalten ließ, gab ihm der Riese eine goldene Haarlocke. »Wenn du Hilfe brauchst, dann nimm diese Locke in die Hand und sprich bloß folgende Worte: ›Bei der Kraft dieser goldenen Locke bitte ich dich um Hilfe!‹ und sogleich werde ich dir zur Seite stehen.«

Malo nahm die goldene Locke an sich, dann gingen sie schlafen.

Am nächsten Morgen brachen beide in aller Herrgottsfrühe auf: Der Riese ging wie gewöhnlich auf Menschenjagd, und Malo wollte wieder dem silbernen Hasen nachjagen. Er fand ihn im Wald an der gleichen Stelle hocken und setzte ihm wie an den vorigen Tagen vergeblich nach bis an einen Meeresarm, der in den Wald hineinragte. Leichtfüßig und mühelos hopste der Hase über das Wasser, als sei es fester Boden, und war schon verschwunden, doch Malo konnte es ihm nicht gleich tun und blieb ratlos am Ufer zurück. Da gewahrte er am Ufer zwischen zwei Felsen eine armselige Hütte; die Tür stand offen, und Malo trat ein: Es war die Hütte eines alten Schusters.

»Sagt mir, guter Mann«, fragte er ihn, »habt Ihr nicht eben einen Hasen mit silbernem Fell hier vorbeilaufen sehen?«

»Pst! Pst! Sprecht bitte leiser!«, antwortete der Schuster geheimnisvoll. »Das ist kein Hase, wie Ihr es glaubt, sondern eine wahrhaftige Prinzessin, die Tochter des Königs von Persien. Jeden Tag liefere ich ihr ein Paar neue Schuhe, die ich ihr selbst in ihren Palast bringe.«

»Darf ich Euch dahin begleiten?«, wollte da Malo wissen.

»Gerne, aber unter einer Bedingung«, bekam er zur Antwort, »Ihr dürft auf keinen Fall sagen, dass ich Euch dorthin gebracht habe. Ich kann nämlich durch die Lüfte fliegen, wie ich will, und so komme ich leicht über das große Meer, um in den Palast der Prinzessin zu gelangen. Ich werde Euch einen Mantel geben, der macht Euch unsichtbar. Sobald ich die Schuhe fertig habe, steigt Ihr auf meinen Rücken, und los geht's!«

Und als die Schuhe fertig waren, legte der alte Schuster Malo den unsichtbar machenden Mantel um, hieß ihn auf seinen Rücken steigen, und schon brausten sie davon, so schnell wie eine Windsbraut; sie flogen über das Meer und waren im Nu im Hof des Palasts der Prinzessin angekommen. »Folgt mir nun getrost und habt keine Angst«, sprach da der Schuster zu Malo. »Solange Ihr den Tarnmantel über Euren Schultern tragt, kann Euch niemand sehen. Hütet Euch aber, ihn abzulegen!« Sie gingen dann unbemerkt in das Gemach der Prinzessin; sie war nicht da. Der alte Schuster stellte dort die Schuhe ab und ging seines Weges, Malo aber blieb.

Kurz darauf trat auch schon die Prinzessin in ihr Gemach und sprach zu ihrer Zofe: »Jetzt bin ich schon durch den ganzen Wald von Kerodern gelaufen und hoffte, dort wie gewöhnlich meinen Liebsten anzutreffen, und ich habe ihn nicht gesehen. Daher bin ich todmüde und verzehre mich in großer Sehnsucht nach ihm.«

»Habt keine Sorge, Madame«, antwortete ihr die Dienerin, »Ihr werdet ihn gewiss morgen wiedersehen. Esst und trinkt etwas, um wieder zu Kräften zu kommen, und morgen schon werdet Ihr glücklicher sein.«

Die Prinzessin aß und trank aber dann weniger als sonst und zog sich danach traurig in ihre Kammer zurück. Malo konnte dank sei-

nes Tarnmantels das Gespräch der Prinzessin und ihrer Zofe hören und war der Königstochter unsichtbar in ihre Kammer gefolgt. Und da er auch großen Hunger hatte, sprach er zu ihr: »Ihr habt gegessen und getrunken, Prinzessin, aber ich habe seit Langem nichts mehr im Magen gehabt; ich möchte mich wie Ihr stärken.«
Erstaunt und erschrocken fragte die Prinzessin: »Wer ist da?«
»Ich bin der Sohn des Gutsherrn von Kerodern«, antwortete Malo, »habt bitte keine Angst, Prinzessin!«
»Der Sohn des Herrn von Kerodern? … Aber wo seid Ihr denn? Zeigt Euch mir bitte!«
Da legte Malo seinen Tarnmantel ab und sogleich wurde er wieder sichtbar. Vor lauter Freude fiel sie ihm um den Hals und küsste ihn. Dann ließ sie ihm zu essen und zu trinken auftragen, und beide verbrachten die Nacht zusammen. Malo aber blieb nun im Schloss, ohne dass jemand etwas davon erfuhr; fortan ging die Prinzessin nicht mehr aus dem Schloss.
Eines schönen Tages sprach sie zu ihrem Vater, dem König:
»Es ist Zeit, dass ich heirate, lieber Vater.«
»Und wen willst du zum Mann nehmen?«, fragte sie der alte Vater. »Noch kein Prinz hat bei mir um deine Hand angehalten.«
»Ich habe mir meinen Gemahl schon selbst ausgewählt, lieber Vater. Er ist nicht weit von uns weg und gleich werde ich ihn Euch zeigen.«
Dann ging sie in ihre Kammer und kam schon bald mit Malo an ihrer Hand zurück. »Hier ist der Mann, den ich zum Gemahl möchte!«, so stellte sie ihn vor.
Der alte König hatte überhaupt keinen Einwand, den jungen Bretonen zum Schwiegersohn zu bekommen, und noch am gleichen Tag wurde die Hochzeit mit aller Pracht gefeiert.
Einige Zeit später begann die Prinzessin wieder aus dem Schloss zu gehen, und zwar immer in der Gestalt eines silbernen Hasen. Bevor sie jeden Morgen das Schloss verließ, übergab sie ihrem Gatten die Schlüssel für alle Gemächer, Kammern und Säle des Palastes, selbst den zur Schatzkammer. In alle durfte er eintreten,

wie er es nur mochte, außer in eine kleine Kammer. Die dürfe er auf keinen Fall aufsperren, sonst würde ein großes Unglück geschehen, so sagte sie zu ihm.

Sobald die Prinzessin fort war, ging Malo jedes Mal überall in den Gärten, den Sälen und anderen Gemächern des Schlosses umher und erblickte dort die herrlichsten Schätze und Kostbarkeiten, die man sich nur vorstellen kann. Es überkam ihn auch oft die Lust, das verbotene Zimmer in Augenschein zu nehmen, aber da erinnerte er sich an das Verbot der Prinzessin und traute sich nicht.

Eines Tages jedoch erlag er der Versuchung: Er öffnete die Tür, und sogleich fuhr der Teufel selbst aus dem Gemach und sprach: »Das hast du gut gemacht. Jetzt gehört deine Frau mir, und ich werde sie mit mir fortnehmen.«

»Könnt Ihr nicht wenigstens bis morgen früh um zehn Uhr warten?«, fragte Malo beherzt.

»Ja, aber um Schlag zehn morgen hole ich sie mir!«

Als nun die Prinzessin am Abend zurückkehrte, fand sie ihren Gatten ratlos und tief traurig vor.

»Ich kenne schon den Grund für deinen Kummer«, sagte sie zu ihm, »du hast mir nicht gehorcht und die Tür zum verbotenen Zimmer geöffnet, und jetzt gehöre ich dem Teufel, der dort eingesperrt war.«

»Ich habe großes Unrecht getan, das bekenne ich«, antwortete ihr Malo. »Aber sei dennoch ohne Sorge, denn ich werde dich morgen vor dem Teufel beschützen.«

Am nächsten Morgen erschien Punkt zehn Uhr der Teufel vor Malo und verlangte, er solle die Prinzessin herausgeben. »Ich werde sie Euch gleich ausliefern«, antwortete der, »begebt Euch nur dahinten auf die Ebene vor das Schloss. Dorthin werde ich sie Euch alsbald bringen.«

Und er Teufel begab sich in die Mitte der Ebene; Malo und die Prinzessin waren bald bei ihm. Doch statt sie dem Teufel auszuliefern, blies Malo in sein Horn aus Elfenbein, das ihm der erste Riese gegeben hatte, und auf der Stelle kamen alle gehörnten Tiere des Landes angestürmt und stürzten sich auf den Teufel. Der wäre ihnen gerne ausgewichen, aber von allen Seiten stieß er auf spitze Hörner, die ihn am Rückzug hinderten. Schließlich büßte er auch noch ein Auge ein, und so bat er um einen Aufschub bis morgen früh um zehn Uhr: Der wurde ihm gewährt.

Am nächsten Morgen um zehn Uhr fand man sich wieder in der Ebene ein, und der Teufel verlangte die Herausgabe der Prinzessin. »Du bekommst sie nur, wenn du um sie kämpfst!«, antwortete ihm Malo, Dann nahm er den Vogelschnabel, den ihm der zweite Riese gegeben hatte, und blies hinein, und schon flogen alle Vögel des Landes, kleine und große, herbei und stürzten sich auf den Teufel und pickten ihm das noch verbliebene andere Auge aus. So musste er wieder um einen Aufschub auf den nächsten Morgen um zehn Uhr bitten.

Malo gewährte ihm diesen, aber nur noch für dieses eine Mal.

Und am nächsten Morgen um die gleiche Zeit waren wieder alle auf der Ebene, und der Teufel verlangte wiederum, die Prinzessin sollte ihm ausgeliefert werden. Statt darauf zu antworten, nahm Malo die goldene Haarlocke, die ihm der dritte Riese gegeben hatte, aus seiner Tasche und sprach die Worte: »Bei der Kraft dieser goldenen Locke bitte ich dich um Hilfe!« Und sogleich stürmten aus dem ganzen Land alle großen und kleinen Tiere, die ein Fell trugen, herbei, stürzten sich auf den Teufel und griffen ihn an, jedes Tier auf seine Weise. Der Kampf tobte fürchterlich, und der Teufel, wiewohl blind, verteidigte sich erbittert, wie es Teufel nun mal so tun. Er stieß unter den Bissen und Prankenschlägen seiner Angreifer schreckliche Schreie aus, doch schließlich hatten die Tiere ihn niedergerungen und in Fesseln gelegt.

Inmitten der großen Ebene wurde dann ein Scheiterhaufen errichtet und angezündet, und der Teufel wurde in die Glut des Feuers hineingestoßen. Da nun der Teufel an Feuer gewöhnt war, kam er nicht darin um. Aber er brüllte so fürchterlich, dass alle im Umkreis von vielen Meilen in Angst und Schrecken versetzt wurden, und er versuchte, aus dem Feuer zu entkommen. Das gelang ihm

indes nicht, denn die Tiere hatten um den Scheiterhaufen herum einen Kreis gebildet und stießen ihn immer wieder in die Flammen zurück. Als er so keinen anderen Ausweg mehr erkannte, sprach er zu Malo, er wolle auf die Prinzessin verzichten, wenn man ihn nur ziehen lasse. Da man mit einem Teufel nicht fertig werden kann, war Malo mit diesem Angebot einverstanden, aber unter einer Bedingung: Der Teufel musste mit seinem eigenen Blut den Verzicht unterschreiben. So geschah es denn auch: Er unterschrieb, und man ließ ihn von dannen ziehen.
Deshalb lebt der Teufel auch heute noch und richtet so viel Unheil auf der Erde an. Wenn man ihn hätte vernichten können, als man seiner habhaft war, dann wäre die Welt zweifelsohne glücklicher, als sie es jetzt ist.
Malo und die Prinzessin aber feierten nochmals Hochzeit, und da gab es prächtige Festlichkeiten, Spiele und Tänze ganze zwei Wochen lang.

Das Zaubergeweih

Es waren einmal zwei Brüder, denen war der Vater gestorben, und er hatte ihnen als Erbschaft drei Zauberdinge hinterlassen: einen Mantel, der höher fliegen konnte als die Wolken und der einen in Windeseile dorthin trug, wohin man sich nur wünschte, dann ein Tischtuch, das einem alle Speisen und Getränke, die man sich nur wünschte, im Nu auftischte, und zuletzt zwei Geldbörsen, von denen jede immer fünfzig Taler enthielt, soviel man auch ausgegeben hatte.
Die Brüder teilten sich die Erbschaft, und der Älteste nahm für sich eine der Geldbörsen und den Mantel, der einen durch die

Lüfte tragen konnte. Er machte damit viele Reisen und besuchte in kurzer Zeit viele Länder, in denen es ihm an nichts fehlte, denn immer fand er in seiner Börse fünfzig Taler vor. Der jüngere Bruder, der auch eine der Geldbörsen und dazu das Zaubertischtuch geerbt hatte, blieb indes zu Hause und heiratete. Seine Frau aber, die überaus geizig und habgierig war, erdachte sich einen Plan, den Zaubermantel an sich zu bringen.

Als nun ihr Mann eines Tages nicht zu Hause war und sie allein war mit ihrem Schwager, begann sie mit ihm über seine Reisen zu sprechen:

»Ihr habt wirklich Glück«, sprach sie, »dank Eures Mantels könnt Ihr mühelos die ganze Welt besichtigen, während ich zu Hause bleiben muss. Wie schön wäre es doch, wenn Ihr mich mal mit Euch nehmen könntet, um mir die Länder zu zeigen, die ich nicht kenne!«

»Wenn Euch das gefällt, liebe Schwägerin, nichts ist leichter als das«, antwortete er ihr, »gleich heute noch werde ich Euch, wenn Ihr Lust habt, an den Ort bringen, den Ihr Euch wünscht.«

»Gut«, erwiderte sie sogleich, »wenn Ihr so liebenswürdig wärt, würde ich gerne das Land besuchen, das zehn Meilen jenseits des Roten Meeres liegt.«

Da nahm er seine Schwägerin bei der Hand, hieß sie sich neben ihn auf den Mantel setzen und sprach die Zauberworte, die ihn wie ein Vogel durch die Lüfte fliegen ließen. Die Frau aber hatte aufmerksam zugehört und sich die Worte genau eingeprägt. Schon erhob sich der Mantel hoch in die Lüfte und stieg über die Wolken empor, so weit nach oben ging es, dass die größten Städte wie die kleinsten Dörfer anzusehen waren, und die höchsten Berge glichen Maulwurfshügeln und die Schiffe auf dem Meer tief unten sahen aus wie kleine Nussschalen.

In kürzester Zeit waren die beiden dann auch schon an dem Ort, den sich die Frau gewünscht hatte, und der Mantel setzte ganz sachte unten auf dem Boden auf. Das war mitten in einer großen Ebene: Ganz in der Ferne war eine recht große Stadt zu sehen. Die Bäume, die in der Ebene standen, waren von seltsamer Gestalt, und der Boden war mit so wunderschönen Blumen übersät, wie sie die Frau noch nie gesehen hatte. »Welch ein schönes Land, Schwager!«, rief sie. »Und welch strahlende Farben die Blumen doch haben! Könntet Ihr doch so liebenswürdig sein und mir zur Erinnerung an diese Reise einen Strauß davon pflücken?«

Diesen Gefallen tat er ihr auch. Sie aber blieb auf dem Mantel sitzen, während ihr Schwager aufstand und sich arglos entfernte. Und während er dabei war, die Blumen zu pflücken, sprach sie die Zauberworte, die sie erlauscht hatte, und sogleich erhob sich der Mantel in die Lüfte und trug sie in Windeseile an den Ort zurück, von dem sie zu ihrer Reise aufgebrochen waren.

Als der Unglückliche die hinterlistige Frau, die ihm den Mantel entwendet und ihn allein und hilflos zurückgelassen hatte, davonfliegen sah, war er untröstlich. »Ach!«, seufzte er. »So werde ich jetzt wohl weder meinen Bruder noch meine Freunde, noch meine Heimat je wiedersehen und meine Tage hier beschließen müssen, sofern die Einwohner dieses Landes mein Leben überhaupt schonen!«

Er fasste indes wieder ein wenig Mut, als er daran dachte, dass er ja noch die Zauberbörse besaß, in der immer fünfzig Taler waren, und so machte er sich auf den Weg in die Stadt, die er in der Ferne erblickt hatte.

Es war eine große und ausgedehnte Stadt, die von hohen Mauern umgeben war, und man sah Tore mit Wachtürmen darauf. Als er aber näherkam, konnte er niemanden sehen, der sie bewachte, und auch auf den Straßen innerhalb der Mauern war kein Mensch zu erblicken. Dann ging er in die Häuser: Dort standen Tische, die waren mit Tellern und Gläsern gedeckt, aber es standen keine Speisen und Getränke darauf. Nachdem er so in mehrere Häuser gegangen war, in denen nichts zu essen und zu trinken stand und auch keine Menschenseele zu sehen war, erblickte er auf einmal einen schönen Garten, in dem hohe Bäume standen, die ganz mit

Früchten bedeckt waren. Er brauchte nur eine Tür aufzustoßen, um in diesen Garten hineinzukommen. So tat er und pflückte dann einen Apfel, der ihm reif zu sein schien, schnitt ihn in Stücke und begann ihn mit großem Appetit zu essen. Denn seit dem Morgen hatte er noch nichts in den Magen bekommen. Kaum aber hatte er einen Bissen davon zu sich genommen, da wuchsen ihm zwei schwere Geweihstangen aus seiner Stirn, die waren so mächtig, dass sie bald den ganzen Garten mit ihrem Geäst einnahmen. »Ach«, seufzte er da, »das Sprichwort ›Ein Unglück kommt selten allein‹ hat schon Recht. Heute Morgen noch war ich frei von Sorgen und besaß einen Mantel, wie es ihn sonst auf der ganzen Welt nicht gibt. Den habe ich nun verloren, und zu allem Überfluss ist mir auch noch aus der Stirn ein Geweih gewachsen, das ist so schwer, dass ich es kaum zu tragen vermag. Oh würde mir doch jetzt die wohltätige Fee, die mit meinem Vater befreundet war, beistehen!«

Kaum aber hatte er dies unter Tränen gesagt, als eine schöne Dame erschien; sie war fein gekleidet wie eine Prinzessin, und er flehte sie um Mitleid an. Sie tröstete ihn mit sanften Worten und gab ihm dann Äpfel einer anderen Art zu essen, die sie selbst im Garten gepflückt hatte, und dank dieser Zauberfrüchte wurde er von der Last auf seiner Stirn befreit. Darauf gab sie ihm noch ein Dutzend Äpfel von jeder Sorte, zeigte ihm, wie er in sein Land zurückkehren könne, und schon war sie verschwunden.

Mehrere Jahre dauerte seine Heimreise, und als er endlich an den Ort zurückgekommen war, in dem das Haus seines Bruders stand, sah er so verändert aus, dass selbst seine Freunde ihn nicht mehr erkannten. Sodann legte er Kaufmannskleider an, ging zu seiner Schwägerin und bot ihr Äpfel zum Verkauf an; diese, so sagte er ihr, kämen aus einem fernen Land und schmeckten köstlich. Die Frau kaufte ein Dutzend davon. Dann machte sich unser Verkäufer schnell davon.

Als sich die Schwägerin zu ihrem Mann an den Tisch setzte, erzählte sie ihm von ihrem Kauf, nahm einen Apfel und aß davon zwei Bissen, und auf der Stelle wuchs ihr aus der Stirn ein Geweih, das war so groß, dass es bis zur Decke reichte. Als ihr Mann dieses Zauberwerk sah, war er so entsetzt, dass er bewusstlos zu Boden sank, und nachdem er wieder zu sich gekommen war, versuchte er alles, um seine Frau von diesem lästigen Geweih auf ihrer Stirn zu befreien: Er ließ Zimmerleute rufen, die begannen, die Hörner am Geweih einzeln abzuschlagen und abzusägen, aber es wurde dadurch nicht kleiner, denn kaum hatten sie ein Stück abgeschlagen, so wuchs schon ein neues an dieser Stelle nach. Und doch scheuten die Zimmerleute keine Mühe, und am Ende füllten die abgeschlagenen Geweihstücke ganze zehn Karren.

Nach einiger Zeit nun kam der ursprüngliche Besitzer des Mantels ins Land zurück; er hatte sich ja, wie schon erzählt, davongemacht. Diesmal gab er sich für einen Arzt aus einem fernen Land aus. Jedermann erzählte ihm von dem sonderbaren Fall der Frau, der ein Geweih gewachsen war, und er ließ sich zu ihr führen. Vielleicht könne er sie, wie er sagte, von der ihr so lästigen Verzauberung befreien. Als er zu ihr kam, hieß er alle anderen das Zimmer verlassen, und erzählte ihr dann, dass er dank seiner Kunst wisse, dass sie einen Mantel habe, mit dem man durch die Lüfte reisen könne, und er würde sie nur dann heilen, wenn sie bereit wäre, ihm diesen Mantel zu überlassen. Was blieb ihr da anderes übrig?

Als er nun seinen Mantel wiederhatte, nahm er einen Apfel, schnitt davon ein Stück ab, sprach ein paar Worte vor sich hin und gab den Apfelschnitz der Frau zu essen, und im selben Augenblick verschwand die eine Hälfte des Geweihs. Um auch noch die andere Hälfte von ihrer Stirn zu nehmen, verlangte er nun auch noch das Zaubertischtuch, und nach langem Zögern gab sie ihm auch dieses noch ab. Nun gab er ihr einen zweiten Bissen vom Apfel, und sogleich verschwand auch die andere Hälfte des Geweihs. Darauf stellte sich unser Wunderarzt auf den wiedergewonnenen Mantel und sagte: »Du böses Weib! Ich bin dein

Schwager, den du zehn Meilen jenseits des Roten Meeres im Stich gelassen hast, um an seine Erbschaft zu kommen. Jetzt hast du gar nichts mehr, weder den Mantel, der einen über den Wolken dahin trägt, noch das Tischtuch, welches alles verschafft, was man nur zu essen wünscht. Ich war es, der dir zur Strafe das schreckliche Geweih aus der Stirn hat wachsen lassen, von dem du nun befreit bist. Nun habe ich meine Rache gehabt und verlasse dich in der Gewissheit, dass du dein Leben lang bedauern wirst, was du durch deinen Geiz verloren hast.«
Nachdem er diese Worte gesprochen hatte, verschwand er mit dem Mantel und dem Tischtuch und ward nie wieder gesehen.

ANKOU, DER BRETONISCHE TOD

Die Braut des Toten

Der schönste Bauernsohn, den es in Bégard gab, war sicherlich René Pennek, der Sohn von Ervoann, und das schönste Mädchen im Umkreis von zehn Meilen war Dunvel Karis, die Liebste von René Pennek. Die beiden jungen Leute liebten sich seit der Zeit, als sie sich auf den Katechismusbänken zum ersten Mal begegnet waren. Beide waren aus gutem Haus. Nur, die Penneks besaßen das doppelte Vermögen wie die Karis. Daher sah Ervoann Pennek nicht ohne Ärger die Zuneigung, die sein Sohn zu Dunvel gefasst hatte. Juluenn Karis seinerseits, der Vater von Dunvel, besaß von Natur aus einen gewissen Stolz. Für nichts auf der Welt hätte er den ersten Schritt auf Ervoann Pennek zugetan. Den behandelte er als seinesgleichen und vielleicht sogar mit etwas Hochmut, eben weil er sich ihm unterlegen wusste.
Das hinderte allerdings die beiden jungen Leute nicht, sich bei jedem Rendezvous, wie etwa bei Wallfahrten und Erntefesten, das Jawort zu geben. Man hatte seine wahre Freude daran, sie zusammen zu sehen, so schienen sie füreinander geschaffen. Und manches Mal fragte man sie lachend:
»Und wann wird die Hochzeit sein?«
Dann wurde Dunvel immer rot unter ihrer Haube und antwortete traurig:
»Wenn es dem Herrgott gefällt!«
Aber René warf sich in die Brust:
»Was sicher ist«, sagte er, »sie wird trotz allem und trotz allen stattfinden.«

So standen die Dinge, als Ervoann Pennek eines Morgens zu seinem Sohn René sagte:
»Ich habe Arbeiter kommen lassen, um die Buchen auf unserem Land bei Mézou-Meur zu fällen. Ich bitte dich, sie zu beaufsichtigen, dass sie ihre Arbeit rasch ausführen.«
René entsprach unverzüglich dieser Bitte seines Vaters. Er ging in den Stall, sattelte den Hengst, der der beste Traber der Gegend war, und machte sich auf den Weg.
Mézou-Meur war ein Gebiet, das in der Gegend von Louargat auf der anderen Bergseite von Ménez-Bré lag. Es gehörte Ervoann Pennek; er hatte es von seiner Frau, die es mit in die Ehe brachte. Um dorthin zu gelangen, musste René gut vier Meilen zurücklegen. Und in der Zeit, von der ich spreche, glichen die Wege kaum denen von heutzutage. Bis nach Ménez bestand der Weg nur aus Schlammlöchern; dann musste man noch den Berg hinzurechnen, auf den René über Hohlpfade, die wie Sturzbäche aussahen, hinaufmusste, dann den Abstieg auf der anderen Hangseite, der noch gefährlicher als der Aufstieg war.
»Das ist wieder ein ganzer Tag, den ich draußen verbringen muss«, hatte sich René Pennek gesagt, als er sich in den Sattel setzte. Er meinte damit einen ganzen Tag, ohne seine Liebste zu sehen.
Um Ruhe in sein Herz einkehren zu lassen, machte er einen Umweg und ritt über den Hof der Karis. Dunvel war gerade dabei, die Wäsche auf dem Gras des Gartens auszubreiten. René Pennek nahm sie kurz in seine Arme, dann setzte er seinen Weg fort und pfiff ein lustiges Lied dazu. Was Dunvel anbetrifft, die schien für den Rest des Tages traurig, ohne dass sie selber wusste, warum.
Die Sonne stand schon hoch am Mittag, als René Pennek in die Ländereien von Mézou-Meur einritt. Bis dahin war sein Weg ohne Störung verlaufen. Während des ganzen Rittes war sein Hengst äußerst folgsam gewesen. Er sollte es jedoch leider nicht bis zum Ende des Weges sein. Je näher er zu der Stelle kam, an der die Bäume gefällt wurden, desto mehr musste der junge Mann seinem Pferd in die Seiten drücken und ihm den Zügel hochhalten. Plötz-

lich fiel eine Buche quer über den Weg. Vor Entsetzen machte der Hengst einen Sprung. Und René Pennek fiel herunter. Er fiel so unglücklich, dass er auf der Stelle tot war. Sein Kopf war gegen einen Fels geschlagen, der aus der Böschung herausragte.

Sogleich liefen die Arbeiter herbei und machten aus Geäst notdürftig eine Tragbahre. Und man legte den armen jungen Mann in das Häuschen der Holzschuhmacher, mit denen sein Vater den Handel wegen der gefällten Stämme abgemacht hatte. Dann lief man schnell und holte einen Karren; und das Los musste entscheiden, wer den Leichnam zu den alten Eltern bringen sollte, denn niemand mochte Bote der schrecklichen Nachricht sein.

Erst nach Einbruch der Dunkelheit brachte man René Pennek in das Haus der Seinen zurück.

Bei den Karis war man in dieser Nacht wie üblich zu Bett gegangen. Sie hatten noch keine Ahnung von dem Unglück, das sich ereignet hatte. Nur Dunvel konnte kein Auge zumachen. Sie wälzte sich in ihrem Bett hin und her, als ob sie von den Flöhen gefressen würde. Das Herz der Verliebten hat schon eigenartige Vorahnungen! Vor allem fragte sie sich, warum René nicht gekommen war, um ihr bei seiner Rückkehr einen guten Abend zu wünschen, wie er es am Morgen versprochen hatte. Denn, so dachte sie bei sich, er müsste doch schon lange von Mézou-Meur zurück sein.

Als sie ihm so bei sich Vorwürfe machte, sein Versprechen nicht gehalten zu haben, horchte sie plötzlich auf. Pferdeschritte hallten auf dem Hofpflaster, und sogleich hörte sie auch dreimal ein kräftiges Pochen, dass das Holz der Tür schier erschütterte. Kein Zweifel, er war es, es war René. Die Standuhr in der Stube schlug gerade Mitternacht. Dunvel wartete noch etwas, dann sagte sie:

»Bist du es, René?«

»Gewiss, ja, ich bin es.«

»Du hast gut daran getan, mir noch einen guten Abend zu wünschen. Ich begann schon zu glauben, dass du nur ein Betrüger bist. Und dieser Gedanke ließ mir das Blut in den Adern stocken. Aber jetzt, wo ich den Klang deiner Stimme höre, kann ich ruhig schlafen.«

»Ums Schlafen geht es ja. Ich bin zu dir gekommen, um dich zu mir zu nehmen und dich zu meiner Frau zu machen.«

»Daran denkst du, René? Weißt du, welche Stunde wir schon haben?«

»Was kümmert mich die Stunde! Jede Stunde ist meine Stunde. Steh auf, Dunvel, und komm mit!«

»Deine Eltern haben also nichts mehr dagegen?«

»Sie können jetzt nichts mehr dagegen haben. Beeile dich, wenn du nicht willst, dass ich des Wartens müde werde.«

Da stand Dunvel auf. Aber ein solches Vorhaben, zumal zu einer so unchristlichen Zeit, erschien ihr schon seltsam. So ging sie, bevor sie René Pennek die Tür aufmachte, barfuß zum Bett ihrer Mutter und weckte diese sachte auf, um sie um Rat zu fragen. Mütter sind immer überglücklich, wenn sie ihre Töchter gut unterbringen können. Dunvels Mutter beklagte den Stolz ihres Gatten, denn dieser Stolz stand noch weit mehr als das Vermögen der Penneks dem Glück ihres Kindes im Weg. So sprach sie denn zu ihrer Tochter:

»Wenn René Pennek gekommen ist, um dich mitten in der Nacht abzuholen, dann heißt das doch nichts anderes, als dass er seinen alten Eltern endlich ihr Einverständnis abringen konnte und dass er nun das Eisen schmieden will, solange es heiß ist. Folge ihm. Es gibt keine größere Dummheit, als seinem Glücksstern den Rücken zu kehren.«

»Aber ist Eure Anwesenheit dabei nicht unerlässlich, ebenso wie die meines Vaters?«

»Mach dir darum keine Sorgen. Ich werde Juluenn Karis auf dieses Ereignis vorbereiten, er hat es sich so wie ich gewünscht, obwohl er nichts darüber sagt. Geh du schon mit deinem Künftigen vor.«

Das ließ sich Dunvel nicht zweimal sagen. Die Worte der Mutter hatten sie gegenüber den bösen Vorahnungen beruhigt. Sie streifte sich behänd ihr Mieder und ihren Rock über, machte ihre Kopfhaube fest, nahm ihre Holzschuhe in die eine Hand, und mit der anderen schob sie den Türriegel zurück.

»Na endlich! Du hast dich also doch entschieden!«, rief auf der Türschwelle die Stimme von René Pennek.

Dunvels Mutter wartete noch, bis das Traben des Pferdes, das ihre Tochter und ihren Bräutigam hinwegtrug, in der Ferne verhallt war. Dann stieß sie Juluenn Karis mit dem Ellenbogen; der schlief neben ihr so fest, wie es nur Leute können, die tagsüber hart auf den Feldern gearbeitet haben. Und Juluenn Karis ließ sich nicht lange bitten. Seine Frau hatte recht gehabt. Die Ankündigung der Hochzeit seiner Tochter mit dem Sohn von Ervoann Pennek erfüllte ihn mit großer Freude. Ohne Widerrede ließ er sich seine schönsten Kleider anlegen, und in Begleitung seiner Gattin, die auch herausgeputzt war wie für einen Ostersonntag, machte er sich auf den Weg nach Quinquiz, wo die Penneks wohnten. Der Stalljunge ging ihnen mit einer Laterne voraus, denn die Nacht war schwarz wie eine Todsünde.

Als sie auf dem Gehöft der Penneks ankamen, sahen sie, dass das ganze Erdgeschoss in hellstem Licht erleuchtet war. Sicher sollte es da ein großes Festmahl geben. Man wartete bestimmt nur noch auf sie, um den Ehevertrag zu unterschreiben und dann mit dem Schmaus zu beginnen. Wie überrascht aber waren sie, als sie über die Türschwelle schritten und hörten, dass man die Totenlitanei vorbetete!

Auf dem Küchentisch, der mit einer weißen, bis zum Boden herabhängenden Decke versehen war, sahen sie da den Leichnam von René Pennek liegen. Mitten in der Stirn hatte er eine tiefe Wunde. Am unteren Ende des Tisches stand eine Schale mit Weihwasser, in die ein Buchsbaumzweig getaucht war. Damit besprengte man den Toten. Zu beiden Seiten des Kamins saßen Vater und Mutter des Verstorbenen und weinten still vor sich hin.

Juluenn Karis und seine Frau wagten nicht zu fragen, was vorgefallen war. Aber beiden war der gleiche Gedanke gekommen: René Pennek hatte sicher den Tod zwischen ihrem Hof und Quinquiz gefunden. Aber was war mit Dunvel geschehen? Vergebens suchten die Eltern sie mit den Augen unter den Frauen, die da knieten und die Trauergebete sprachen.

Was mit ihr geschehen war, will ich euch erzählen:

René Pennek, oder wenn ihr lieber wollt, sein Geist, hatte sie zunächst hinter sich aufs Pferd gesetzt und war dann mit rasendem Galopp davongeritten. Dieses Pferd aber hatte eine so lange Mähne, dass sie bei diesem schnellen Ritt die Wangen Dunvels blutig peitschte. Und jedes Mal rief Dunvel dann:

»René, mein Liebster, findet Ihr nicht auch, dass wir zu schnell reiten?«

Aber auf diese Klage des Mädchens wusste René nur zu antworten:

»Wir müssen weiter, Liebste, wir müssen weiter!«

»René, mein Liebster!«, fragte da Dunvel wieder. »Seid Ihr sicher, dass wir auf dem richtigen Weg sind?«

»Jeder Weg, meine Liebste, führt dahin, wo wir hinmüssen!«

»René, mein Freund! Ihr führt mich doch auf diesem Weg nach Quinquiz?«

»Ich führe Euch zu mir heim, meine Liebste. Das wünscht Ihr doch so wie ich?«

Das waren die Worte, die sie in dieser unheilvollen Nacht austauschten.

Auf einmal sah Dunvel wie ein großes dunkles Etwas die Kirche des Dorfs vor sich auftauchen. Das Eisengitter des Kirchhofs stand weit offen. Das Pferd sprang über vier oder fünf Gräberreihen und kam neben einem ganz frisch ausgehobenen Grab auf. Und bevor Dunvel Karis zur Besinnung kommen konnte, lag sie schon tief unten im Loch.

»Hier ist unser Hochzeitsbett«, sagte da René Pennek und legte sich neben sie …

Am nächsten Tag, als die Totengräber den einzigen Erben von Quinquiz in die Erde betten wollten, wichen sie vor Entsetzen zurück. In der Grube lag der Leichnam von Dunvel Karis, plattgedrückt und entstellt.

Das Mädchen mit dem Leichentuch

Es begab sich in der Gegend von Morlaix, in einem Ort, dessen Name mir entfallen ist. Dort stand einmal ein Wirtshaus, das ein Mann und seine Frau führten. Als Gehilfin hatten sie nur eine junge Magd, ein Mädchen von heiterem Gemüt, das immer gern lachte und Scherze trieb.

Eines Abends kehrten dort zwei junge Burschen aus der Gegend ein, setzten sich an den Wirtshaustisch und luden den Wirt, seine Frau und die Magd zu einem Gläschen ein. Zuerst plauderte man, wie es unter Leuten, die sich gut kennen, üblich ist; dann schlug jemand ein Kartenspielchen vor, und gerne wurde dieser Vorschlag angenommen. Wenn man spielt, geht die Zeit schnell vorüber, und so waren die zwei jungen Burschen unangenehm überrascht, als sie es von der Turmuhr elf schlagen hörten. Sie hatten noch eine gute Meile nach Hause, und der Weg war schlecht.

»Verdammt noch mal!«, sagte da einer von ihnen. »Wir werden zu einer ganz unchristlichen Stunde draußen sein. Was hältst du davon, Jacques?«

»Ja, Fanch«, antwortete der andere, »zu einer solchen Stunde ist es nicht gut, über steile Pfade heimzuschleichen. Ich fühle mich gar nicht beruhigt!«

»Na gut!«, warf der Wirt ein. »Warum bleibt ihr nicht und übernachtet hier?«

Da protestierte aber sogleich die Magd. Es war ihr wahrscheinlich nicht daran gelegen, noch ein Bett herzurichten, bevor sie sich schlafen legen konnte.

»Hat man denn sowas schon gesehen!«, sagte sie mit einem Unterton von beißendem Spott.

»Wie? Ihr seid zu zweit, seid beide in der Blüte der Jugend, seht gesund aus und habt eine starke Faust! Und ihr traut euch nicht, nachts noch hinauszugehen! … In der Tat, bis heute habt ihr den

Ruf gehabt, bei Raufereien im Land die stolzesten Burschen zu sein, aber jetzt merke ich doch, dass es nur ein Ruf war.«

»Bei Raufereien«, entgegnete Jacques, »misst man sich mit Lebenden. Vor denen habe ich keine Angst!«

»Ihr habt also Angst vor den Toten! Ihr wollt mir wohl einen Bären aufbinden! Aber seid beruhigt! Die Toten sind da, wo sie sind. Sie sind es nicht, die mit euch Streit suchen.«

»Das ist aber schon mehr als einmal vorgekommen«, sagte Fanch.

»Ja, in den Ammenmärchen!«

»Sprecht nicht so, Katic!«, warf da die Wirtin ein, die sich über die Ungläubigkeit ihrer Magd ärgerte. »Ihr werdet uns allen noch Unglück bringen!«

»Ich habe Gott sei Dank keine solch törichte Angst«, erwiderte diese darauf, »ich würde genauso ruhig auf einen Friedhof wie auf einen großen Weg gehen, und das bei jeder Tag- und Nachtstunde!«

»Das ist leichter gesagt als getan«, riefen da die beiden jungen Burschen auf einmal.

»Ich werde es sofort tun, wenn ihr wollt«, versetzte da Katic, die sich etwas in ihrer Selbstgefälligkeit verletzt fühlte, »der Kirchhof ist nicht weit von hier, man braucht nur eben über den Weg zu gehen. Wetten, dass ich dreimal um die Kirche herumgehe und dabei singe und mich nicht beeile!«

»Unglückselige!«, sagte die Wirtin. »Ihr wollt also Ankou, den Tod, herausfordern!«

»Nein, ich will einfach diesen beiden Dummköpfen zeigen, dass ich, die ich nur eine Frau bin, mehr Mut besitze als sie.«

»Wir halten die Wette«, antworteten Jacques und Fanch, die wenig darüber geschmeichelt waren, als Dummköpfe hingestellt zu werden. »Wir halten die Wette, komme, was da wolle!«

»Dann kommt also alle mit. Ihr bleibt dann auf den Stufen des Kirchhofleiterchens stehen. Von dort könnt ihr sehen, dass keine Mogelei dahintersteckt.«

»Was mich anlangt«, sagte die Wirtin, »ich werde nicht nach draußen gehen. Was ihr da tun wollt, ist gegen Gottes Gesetz.«

So gingen sie denn nach draußen; der Wirt kam auch mit den beiden Burschen mit. Alle drei kletterten auf die Stufen des Treppchens, das zum Kirchhof führte, und verharrten dort außerhalb, während die Magd Katic über das Leiterchen in den Kirchhof hineinstieg und über einen Sandpfad zwischen den Gräbern zur Kirche ging.

Die Nacht war hell, und der Mond ging am Himmel hoch. Als Katic zur Kapelle gekommen war, begann sie, um diese herumzugehen, und zwar im gleichen Schritt wie Leute, die in einer Prozession gehen. Man hörte, wie sie mit einer Stimme, die so rein und frisch wie Quellwasser war, den schönen Choral »Wir grüßen

dich, du Königin der Engel« sang. So ging sie einmal um die Kirche herum, dann ein zweites Mal. Und der Wirt sagte zu den Burschen: »Jetzt hat sie ihre Wette gewonnen. Gehen wir und trinken wir noch ein Schlückchen, bis sie zurückkommt!« Und sie kehrten ins Wirtshaus zurück.

Inzwischen hatte Katic ihren dritten Rundgang begonnen. Als sie am Vorhof der Kirche vorbeikam, sah sie deren Vordertor weit offenstehen und warf einen Blick ins Innere. In der Mitte des Schiffes stand der Katafalk wie bei Beerdigungen oder bei Totenmessen, und auf dem Katafalk war ein Leichentuch ausgebreitet. Um ihn herum brannten in großen silbernen Kandelabern Kerzen. Katic dachte sogleich:

In ihrer Verärgerung haben Jacques und Fanch mir Angst machen wollen. Sie haben die Kerzen angezündet und ein weißes Tuch über den Katafalk geworfen.«

Da nahm sie das Tuch weg, beendete ihren Rundgang und ging ins Wirtshaus zurück.

»Da habt ihr euer Tuch!«, sagte sie. »So leicht wie einem Hasen jagt man mir keinen Schrecken ein.«

Der Wirt und die beiden jungen Burschen schauten sich gegenseitig an und waren überzeugt, dass Katic den Kopf verloren hatte.

»Oh, tut nur nicht so erstaunt«, fuhr sie da fort. »Ihr habt dieses Tuch über den Katafalk geworfen und auch die Kerzen angezündet. Mich kann man nicht mit Leim fangen.«

»Katic«, sagte da der Wirt, »wir sind nicht nur nicht in der Kirche gewesen, wir sind nicht einmal auf den Kirchhof gegangen.«

»Ihr werdet sehen, dass das schlecht ausgeht«, rief da die Hausherrin, die sich schon niedergelegt hatte, aus ihrem Bett. »Kommt und legt Euch neben mich, Katic! Und morgen geht Ihr, wenn Ihr mir glaubt, zum Beichtstuhl!«

Der Wirt nahm die beiden jungen Burschen mit in seine Kammer, und Katic teilte das Bett mit ihrer Wirtin.

Doch beide Frauen kamen nicht zum Schlafen. Und jedes Mal, wenn Katic versuchte, die Bettlaken zu sich zu ziehen, deckten unsichtbare Hände sie wieder auf. Schon begann sie, ihren Streich zu bedauern, und voller Ungeduld wartete sie auf den nächsten Morgen.

Und sobald es tagte, stand sie auf und lief schnell zur Kirche. Der Pfarrer war schon in der Sakristei und legte sich gerade sein weißes Gewand für die Frühmesse an.

»Herr Pfarrer«, flehte sie ihn an, »nehmt mir bitte auf der Stelle die Beichte ab!« Der Pfarrer hieß sie hinknien und nahm ihr noch in der Sakristei die Beichte ab. Sie beichtete ihm alle Ereignisse der Nacht und ließ keine Einzelheit aus.

»Um welche Stunde, meine Tochter«, fragte er dann, »habt Ihr bemerkt, dass die Vorderkirche offenstand?«

»Es war so gegen Mitternacht.«

»Dann findet Euch heute um Mitternacht am gleichen Ort wieder ein. Bringt dann das Leichentuch mit und sorgt dafür, dass Ihr eine Nadel und ein Knäuel groben Garns mitbringt. Breitet dann das Leichentuch über den Katafalk aus.«

»Das werde ich nie wagen, Herr Pfarrer!«

»Ihr müsst, meine Tochter. Ihr werdet dann sehen, dass sich ein Toter auf das Leichentuch legt.«

»Oh!«

»Hüllt ihn dann sogleich in das Tuch ein und näht ihn zu!«

»Das werde ich nie wagen, Herr Pfarrer! Lieber will ich sterben ...«

»Sagt so was nicht, Katic! Wenn Ihr jetzt sterben würdet, wäret Ihr verdammt. Wenn Ihr gestern nicht so viel Mut gehabt hättet, brauchtet Ihr ihn heute auch nicht. Doch seid guten Sinnes, Ihr werdet nicht allein sein, ich werde Euch schon beistehen.«

»Danke, Herr Pfarrer!«

»Versucht sehr schnell, sehr schnell zu nähen. Wenn Euch nur noch drei oder vier Stiche bis zum Ende fehlen, dann ruft ganz laut, dass ich es höre: ›Ich bin fertig‹. Vergesst das nur nicht, das ist sehr, sehr wichtig.«

»Ich werde Euch Punkt für Punkt gehorchen, Herr Pfarrer!«

Kurz vor Mitternacht war Katic in der Kirche. Wie am Tag zuvor stand der Katafalk in der Mitte des Schiffes, und in den großen silbernen Kandelabern verzehrten sich die Kerzen.

»Mein Gott, mein Gott!«, murmelte das Mädchen. »Gib mir Mut und Stärke!«

Und sie faltete das Tuch, das sie mitgebracht hatte, auseinander und legte es sauber auf den Katafalk. Da erst merkte Katic, dass das Leichentuch schon alt war, dass es schimmelig roch und dass sich Würmer statt Fäden in den Löchern schlängelten. Kaum aber hatte sie das Tuch ausgebreitet, da sah sie einen halbverwesten Leichnam näherkommen. Der hob sich auf den Katafalk und legte sich ins Leichentuch. Und sobald er da lag, nahm Katic die vier Enden des Tuches, schlug sie über ihm zusammen und nähte und nähte. Auch der Pfarrer war da; er hatte sich in seinen Beichtstuhl eingeschlossen und wartete. Und von Zeit zu Zeit fragte er: »Seid Ihr bald fertig, Katic?«

»Noch nicht!«, antwortete sie da. Doch plötzlich schrie sie: »Ich bin fertig!«

»Gott möge Euch seinen Frieden geben!«, sprach da der Priester und schlich sich schnell aus der Kirche. Und auf der Schwelle wandte er sich noch um und sprach: »Nun müsst Ihr und der Tote mit euch selbst zurechtkommen!« Nun liegt es aber in der Natur der Dinge, dass es immer wieder Tag wird, selbst wenn sich die schlimmsten Dinge zugetragen haben. Als am nächsten Morgen der Küster kam, um das Angelus zu läuten, fand er in der Kirche den Katafalk vor, obwohl er sicher war, ihn tags zuvor in den Keller geräumt zu haben. Und rund um den Katafalk lagen in Fetzen verstreut die Teile eines noch jungen Körpers. Die Fliesen waren von Blut besudelt. Spritzer davon waren bis zum Pfeilerkapitell gelangt. Da lief der Küster zum Pfarrhaus und erzählte dem Pfarrer alles, was er gesehen hatte.

»Der Name des Herrn sei gelobt!«, sagte da der Priester. »Geht und sagt den Wirtsleuten, dass Katic tot ist, aber bestätigt ihnen auch zugleich, dass sie erlöst ist.«

Der Karren des Todes

Es geschah eines Abends im Juni, in der Jahreszeit, in der man die Pferde die ganze Nacht draußen lässt. Da hatte auch ein junger Mann aus Trezelan in der Bretagne seine Pferde auf die Wiesen geführt. Und als er pfeifend zurückkam – es war eine helle Nacht und gerade Vollmond –, da hörte er plötzlich, dass ihm auf dem Weg ein Karren entgegenkam, dessen Radachse fürchterlich quietschte, es fehlte ihr wohl ein bisschen Fett. Und unser junger Mann zweifelte nicht daran, dass dies »karriguel ann Ankou« war, der Karren des Todes.

»Das lässt sich ja gefallen«, sagte er zu sich, »ich werde diesen Karren, von dem man so viel spricht, jetzt endlich mit eigenen Augen sehen.« Und so kletterte er denn auf den Graben am Wegesrand und versteckte sich in einem Haselnussstrauch. Von da aus konnte er sehen, ohne selbst gesehen zu werden.

Der Karren kam näher, gezogen von drei Schimmeln, die hintereinander an der Deichsel angespannt waren. Zwei Männer begleiteten ihn; sie waren schwarz gekleidet und trugen auf ihrem Kopf Filzhüte mit breiten Krempen. Der eine führte den Leitschimmel am Zügel, der andere stand aufrecht vorn auf dem Wagen. Als nun der Wagen auf die Höhe des Haselnussstrauches kam, in dem sich der junge Mann verbarg, da krachte auf einmal mit einem Schlag die Radachse.

»Halt an!«, sagte der Mann vorn auf dem Wagen zu dem, der das Leitpferd führte. »Hü!«, schrie dieser, und das ganze Gespann hielt. »Der Achsenbolzen ist gebrochen«, hörte man auf einmal eine andere Stimme aus dem Wagen. Es war Ankou, wie die Bretonen den Tod in ihrer Sprache nennen. »Dort steht ein Haselnussstrauch«, fuhr Ankou fort, »geh ein Stück Holz für einen neuen Bolzen schneiden!« Der junge Mann glaubte sich verloren und bedauerte sehr, so vorwitzig gewesen zu sein.

Doch wurde er nicht auf der Stelle dafür bestraft. Der Mann auf dem Karren schnitt einen Haselnusszweig ab, schnitzte ihn zu-

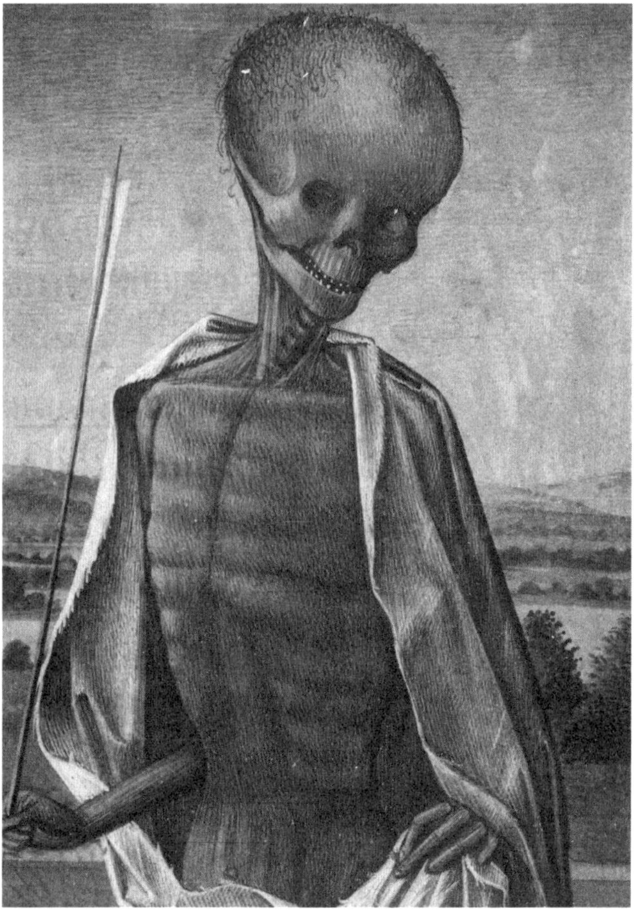

recht, führte ihn in die Achse ein, und schon setzten die Schimmel ihre gespenstische Fahrt fort. Unser junger Mann konnte zwar heil nach Hause kommen, doch schon am Morgen erfasste ihn ein unbekanntes Fieber, und am Tag darauf begrub man ihn.

Die Gattin des Todes

Es war einmal eine alte Jungfer, die ohne Mann geblieben war, gewiss deshalb, weil sie nie einen passenden gefunden hatte. Sie hatte die Vierzig überschritten, und man sagte oft zu ihr im Scherz:
»Du wirst dich noch verheiraten, Marguerite!«
»Ja, ja«, pflegte sie zu antworten, »wenn Ankou, der Tod, kommt, um mich heimzuführen.«
An einem Augusttag war sie allein zu Hause und richtete gerade den Dreschern das Essen, als ein unbekannter Fremder plötzlich eintrat und sie fragte:
»Wollt Ihr mich zum Mann nehmen?«
»Wer seid Ihr?«, fragte sie höchst überrascht.
»Ich bin Ankou, der Tod!«, erwiderte der Unbekannte.
»Dann will ich Euch gern zum Gatten nehmen!«
Und sie warf ihren Breilöffel fort und lief in die Tenne:
»Kommt zum Essen, wann Ihr wollt«, sagte sie zu den Dreschern, »ich gehe fort, ich verheirate mich!«
»Das ist doch nicht möglich, Marguerite!«, riefen die Drescher.
»Es ist, wie ich es euch sage; mein Bräutigam, der Tod, ist gekommen, um mich abzuholen.«
Der Tod sagte ihr, ehe er fortging, sie könne zur Hochzeit so viele Leute einladen, wie sie wolle, und er werde genau am festgesetzten Tag wiederkommen.
Als nun der verabredete Tag gekommen war, erschien der Bräutigam, wie er es versprochen hatte. Man veranstaltete ein großes Mahl, und als der Bräutigam sich von der Tafel erhoben hatte, sagte er zu seiner Frau, sie solle sich von ihren Eltern und von den Hochzeitsgästen verabschieden, denn sie würde diese niemals wiedersehen. Er sagte ihr ferner, sie möge eine Brotkruste mitnehmen, um auf der Reise daran zu knabbern, wenn sie Hunger habe, denn sie hätten einen weiten Weg zu machen. Weiterhin solle sie

ihrem kleinen Bruder, ihrem Patenkind, der noch in der Wiege lag, sagen, er möge sie besuchen, wenn er erwachsen sei. Er müsse dann immer gegen Sonnenaufgang zu wandern. Marguerite tat, wie er sie geheißen hatte, dann reisten sie ab.
Sie schwebten auf den Flügeln des Windes: weit, sehr weit und immer noch weiter, sodass Marguerite fragte, ob sie noch nicht bald am Ziel ihrer Reise ankämen. »Wir haben noch ein hübsches Stück Weges vor uns«, entgegnete der Tod.
»Ich bin sehr müde und ich kann nicht mehr weiter, wenn ich nicht zuvor ein wenig geruht und ein wenig gegessen habe«, bat sie.
So machten sie halt und verbrachten die Nacht in einer alten Kapelle. »Nage an deiner Brotrinde, wenn du Hunger hast«, sagte der Tod zu seiner Frau, »ich meinerseits esse nichts.« Am nächsten Morgen machten sie sich wieder auf den Weg. Wieder gingen sie weit, sehr weit und immer noch weiter, sodass Marguerite müde wurde und wieder sprach:
»Gott, ist das weit! Sind wir noch nicht nahe am Ziel?«
»Doch, wir sind nahe, siehst du nicht eine hohe Mauer vor dir?«
»Ja, ich sehe eine hohe Mauer vor mir.«
»Da wohne ich.«
Sie kamen zu dem hohen Mauerwerk und traten in einen Hof. »Gott, wie schön ist es hier!«, rief Marguerite aus. Es war das Schloss der aufgehenden Sonne.
Jeden Morgen ging der Tod fort, um erst abends zurückzukommen, und er sagte seiner Frau nichts davon, wohin er ging. Übrigens fehlte es Marguerite an nichts, und alles, was sie sich wünschte, bekam sie auf der Stelle. Dennoch langweilte sie sich den ganzen Tag über in ihrer Einsamkeit.
Eines Tages, als sie im Schlosshof spazieren ging, sah sie jemanden vom benachbarten Gebirge herabsteigen. Dieses nahm sie Wunder, denn niemand als ihr Gatte näherte sich jemals dem Schloss. Der Unbekannte stieg vollends vom Gebirge herab und trat in den Schlosshof. Da erkannte Margarete ihr Patenkind, ihren kleinen Bruder, der noch in der Wiege gelegen hatte, als sie das Haus ihres

Vaters verlassen hatte. Sie fielen einander in die Arme und vergossen Tränen der Freude.
»Wo ist denn mein Schwager, damit ich ihn begrüße?«, fragte der junge Mann nach einiger Zeit.
»Ich weiß nicht, wo er ist, mein lieber Bruder; jeden Morgen geht er frühzeitig auf Reisen und kommt erst abends zurück; nie aber sagt er mir, wohin er geht.«
»Gut, ich werde ihn heute Abend, wenn er heimkommt, fragen, warum er dich immer so allein lässt und wohin er geht.«
»Ja, frage ihn, lieber Bruder!«
Der Schlossherr kam zu seiner gewohnten Stunde und zeigte dem Schwager gegenüber große Freude über seinen Besuch.
»Wohin geht Ihr jeden Morgen, lieber Schwager«, fragte ihn dieser, »und warum lasst Ihr meine Schwester ganz allein zu Hause?«
»Ich mache die Reise um die Welt, Schwager!«
»Jesus, Maria, Schwager! Da müsst Ihr schöne Dinge sehen! Ich möchte gern einmal nur mit Euch reisen!«
»Gut, morgen früh kannst du mich begleiten, wenn du willst; aber, was du auch siehst und hörst, frage mich nicht, sprich kein einziges Wort, oder du musst auf der Stelle umkehren!«
»Ich werde kein Wort reden, Schwager!«
Am nächsten Morgen gingen die beiden zusammen fort und hielten einander an den Händen. Sie gingen und gingen. Der Wind wehte auf einmal den Hut vom Kopf von Marguerites Bruder, und er sagte: »Wartet ein wenig, Schwager, damit ich meinen Hut aufheben kann, der mir heruntergefallen ist!« Aber kaum hatte er diese Worte ausgesprochen, als er seinen Schwager aus dem Gesicht verlor und allein ins Schloss zurückkehren musste.
»Nun«, fragte seine Schwester, als sie ihn allein heimkommen sah, »hast du etwas erfahren?«
»Nein, wirklich nichts, meine arme Schwester: Wir gingen so rasch, dass der Wind meinen Hut davontrug. Ich sagte zu deinem Gatten, er solle ein wenig warten, um mich ihn aufheben zu lassen; aber er setzte seinen Weg fort und ich verlor ihn aus dem Ge-

sicht. Wie dem auch sei, morgen werde ich ihn wieder fragen, ob ich ihn begleiten darf, und ich werde kein einziges Wort reden, was auch immer kommen mag.«
Als der Schlossherr am Abend zur gewohnten Stunde heimkam, fragte ihn der junge Mann wiederum:
»Wollt Ihr mir gestatten, Euch morgen früh zu begleiten, Schwager?«
»Gern, aber sprich kein Wort, sonst geht es dir wieder wie heute morgen.«
»Ich werde mich wohl hüten zu reden, seid dessen sicher.«
Am nächsten Morgen gingen sie wieder zusammen fort. Sie gingen und gingen ... Der Hut von Marguerites Bruder flog wieder fort, aber diesmal in einen Fluss, über den sie gerade schritten, und er vergaß sich wieder und sagte: »Haltet ein wenig, Schwager, damit ich meinen Hut aufheben kann, der gerade ins Wasser gefallen ist.« Und wiederum wurde er auf der Stelle zum Boden herabgelassen – denn sie reisten durch die Luft – und fand sich allein. Ganz traurig und verlegen ging er ins Schloss.
Am folgenden Morgen erlaubte ihm sein Schwager wieder, ihn zu begleiten, aber nun zum letzten Mal. Sie gingen und gingen, immer durch die Luft ... Der Hut des Jünglings flog wieder davon, aber diesmal sprach er kein Wort. Sie schritten durch eine Ebene, deren Boden über und über mit weißen Tauben bedeckt war, und mitten unter diesen befanden sich zwei schwarze Tauben. Und die weißen Tauben lasen überall Grashalme auf und trockenes Holz und häuften es auf die schwarzen Tauben; als diese aber ganz davon bedeckt waren, legten sie Feuer an das Gras und das Holz. Der Bruder Marguerites hatte gute Lust zu fragen, was das bedeute; aber er redete nichts und sie setzten ihre Reise fort.
Dann schwebten sie über eine große Ebene, wo es viele Ochsen und Kühe gab, doch obwohl das Gras ringsherum auf das Üppigste spross, waren Ochsen und Kühe derart mager und fleischlos, dass sie nur noch aus Haut und Knochen bestanden. Dies wunderte den Bruder Marguerites, und er wollte gerade seinen

Reisebegleiter nach dem Anlass fragen, als er sich noch zur rechten Zeit erinnerte, dass er versprochen hatte, keine Frage an ihn zu richten, und er verhielt sich schweigend.
Sie setzten ihre Reise fort und überschritten eine große Ebene, die war dürr und ganz mit Sand und Steinen übersät, und dennoch lagen auf diesem Sand Ochsen und Kühe, welche so fett waren und so zufrieden zu sein schienen, dass es eine Freude war, sie zu sehen. Marguerites Bruder sprach noch immer kein Wort, obwohl ihm dies sehr seltsam erschien.
Weiterhin erblickte er eine Schar Raben, die einander mit solcher Erbitterung und Wut bekämpften, dass ein Regen von Blut zur Erde troff. Er bewahrte fernerhin sein Schweigen.
Schließlich kamen sie auf den Hof eines Schlosses und vor ein großes Tor. Marguerites Gatte trat durch das Tor und sagte zu seinem Schwager, er solle draußen warten. Er sagte ihm weiter, wenn er des Wartens müde werde und Lust bekäme, gleichfalls einzutreten, so brauche er nur einen grünen Zweig abzubrechen und unter dem Tor durchzustecken, dann würde ihm diese Lust alsbald schon vergehen.
Während der junge Mann vor der Tür wartete, sah er eine Schar Vögel, die sich auf einem Lorbeergebüsch in der Nähe niederließen; die Vögel verweilten dort einige Zeit und zwitscherten und sangen. Dann flogen sie davon und jeder nahm in seinem Schnabel ein Lorbeerblatt mit, das sie aber alsbald wieder fallen ließen. Einen Augenblick später ließ sich eine andere Schar Vögel auf demselben Lorbeergebüsch nieder, sie zwitscherten und sangen länger noch und mehr als die ersten, und beim Fortfliegen nahm jeder in seinem Schnabel ein Lorbeerblatt mit, das er gleichfalls fallen ließ, aber ein wenig später als die vorhergehenden. Eine Weile später ließ sich schließlich eine dritte Schar Vögel auf dem Gebüsch nieder, sie zwitscherten und sangen noch besser und länger als die andern, und als sie fortflogen, nahmen sie in ihren Schnäbeln jeder ein Lorbeerblatt mit; aber sie ließen es nicht zu Boden fallen.

Erstaunt über das, was er sah, sagte Marguerites Bruder zu sich selbst: »Was mag all das bedeuten?« Da sein Schwager nicht zurückkam, wurde er des Wartens müde und brach einen Eichenzweig ab, der ganz von grünem Laub bedeckt war, und schob ihn unter der Tür durch, wie man es ihm geraten hatte. Sogleich wurde der Zweig bis zur Hand verzehrt. »Holla!«, rief er, als er solches sah. »Da drinnen muss es heiß sein!« Und er wünschte nicht mehr einzutreten. Endlich kam sein Schwager wieder heraus, da seine Stunde gekommen war, und sie kehrten gemeinsam zurück.

Auf dem Weg fragte Marguerites Bruder den andern:

»Sagt mir bitte, Schwager, was bedeutet das, was ich gesehen habe, während ich auf Euch an der Tür des Schlosses wartete: Ich sah zuerst eine Schar Vögel sich auf ein Lorbeergebüsch niederlassen, und nachdem sie dort einige Zeit gesungen und gezwitschert hatten, flogen sie davon, indem jeder in seinem Schnabel ein Lorbeerblatt davontrug, das er aber alsbald wieder zur Erde herabfallen ließ.«

»Diese Vögel stellen jene Leute dar, die in die Messe gehen, aber darin zerstreut sind, wenig beten und ihr Lorbeerblatt, das heißt das Wort Gottes, zu Boden fallen lassen da, wo sie ihren Gott vergessen.«

»Und die zweite Schar Vögel, die sich sodann auf dem Lorbeerbusch niederließ, ein wenig länger zwitscherte und sang und dann ein wenig später ihre Lorbeerblätter zu Boden fallen ließ?«

»Diese stellen jene Leute dar, die in die Messe gehen und dort aufmerksam sind und länger beten, aber dennoch ihren Lorbeerzweig gleichfalls zu Boden fallen lassen, das heißt das Wort Gottes vergessen.«

»Und die dritte Schar Vögel, die viel länger und besser als die anderen zwitscherte und sang und auch ein Lorbeerblatt davontrug, das sie aber nicht zu Boden fallen ließ?«

»Diese stellen jene Leute dar, welche gut, nämlich vom Grund ihres Herzens, gebetet und das Wort Gottes nicht vergessen haben, bevor sie heimkehrten.«

»Dann sah ich magere Ochsen und Kühe auf fetter Weide und fette Ochsen und Kühe auf magerer Weide, was bedeuten die?«

»Die Ochsen und Kühe, die mager waren und fleischlos inmitten des üppigen und fetten Grases«, antwortete ihm sein Schwager, »sind die Reichen der Erde, welche alle Güter besitzen und dennoch arm und unglücklich sind, weil sie mit dem, was sie haben, nicht zufrieden sind und immer mehr haben wollen; die feisten und zufriedenen Ochsen und Kühe auf dem dürren und verbrannten Sand sind die Armen, die mit der Lage, in die sie Gott versetzt hat, zufrieden sind und sich nicht beklagen.«

»Und die Raben, die einander mit Erbitterung bekämpften?«

»Das sind die Ehegatten, die sich nicht verstehen und auf Erden nicht in Frieden leben können, die sich alle Tage streiten und schlagen.«

»Und die weißen Tauben, die ich auf einer Ebene gesehen habe, welche Gras und dürres Holz sammelten, um zwei schwarze Tauben, die in ihrer Mitte waren, zu verbrennen?«

»Diese beiden schwarzen Tauben waren dein Vater und deine Mutter, welche man durch das Feuer gehen ließ, um sie von ihren Sünden zu reinigen. Sie sind nun im Paradies.«

In diesem Augenblick kamen sie ins Schloss. Bald darauf sagte der Bruder von Marguerite zu seinem Schwager:

»Ich will jetzt heimkehren.«

»Heimkehren? Und warum, mein armer Freund?«

»Um meine Angehörigen zu sehen und um mit ihnen zu leben.«

»Aber bedenke doch, dass fünfhundert Jahre vergangen sind, seit du sie verlassen hast. Alle deine Verwandten sind lange tot, und da, wo ehemals euer Haus war, steht jetzt eine Eiche, die vom Alter ganz morsch ist …«

SCHWÄNKE UND LUSTIGES

Der schlaue Guyon

Einst lebten zwei Brüder, von denen der ältere einfältig und dumm, der jüngere aber gescheit und aufgeweckt war. Der ältere hieß Job, der andere Guyon. Job wollte in die Welt ziehen, das Glück zu suchen. Er zog fort und diente einige Zeit in einem Schloss, kehrte dann aber krank und verdrossen zurück, es fehlte ihm doch ein Hautstreifen, denn der war ihm von Nacken bis auf die Ferse ausgerissen worden.

Guyon zog ebenfalls fort, in der Absicht, für seinen Bruder Rache zu nehmen. Er bot demselben Schlossherrn seine Dienste an wie sein einfältiger Bruder zuvor. Man fragte ihn nach seinem Namen, und er nannte sich dem Schlossherrn gegenüber »Ma Reor« (mein Hintern), der Köchin gegenüber »Kater«, der Frau gegenüber »Decke«, der Tochter gegenüber »Fettsuppe« und dem Torwächter gegenüber »Ich selbst«.

Man schickte ihn zunächst aus, die Schweine im Wald, der das Schloss umgab, zu hüten. Aber da er gescheit, geschickt und schön war, wurde er bald der Kammerdiener des Herrn. Er machte der Haustochter den Hof, doch sie wies ihn barsch ab. Eines Abends versteckte er sich unter ihrem Bett. Die Köchin bemerkte ihn und sagte heimlich zum Herrn:

»Der Kater ist unter dem Bett Eurer Tochter.«

»Was geht das mich an?«, erwiderte der.

»Ich sage Euch nochmals, dass der Kater unter dem Bett Eurer Tochter liegt.«

»Ich habe es schon gehört. Was ist da Schlechtes dran? Lass ihn doch dort.«
Über diese Haltung schien sie sehr erstaunt und ging brummend weg.
Abends aß man einmal eine fette Suppe, in der sich gekochter Speck befand, und die Mutter sprach zur Tochter: »Ich fürchte, dass du heute Nacht Bauchweh bekommst.« Das Mädchen legte sich zu ihrer gewohnten Stunde nieder, ohne etwas zu ahnen. Da sprang Guyon aus seinem Versteck hervor und legte sich an ihre Seite ins Bett. Da schrie sie:
»Zu Hilfe! Zu Hilfe!«
»Warum schreist du denn so, liebe Tochter?«, fragte die Mutter, die im benachbarten Zimmer schlief.
»Das macht die Fettsuppe! Das macht die Fettsuppe!«
»Ich habe dir gesagt, dass du heute Nacht etwas erleben wirst, denn du hast zuviel Speck und fette Suppe gegessen.«
»Komm doch, komm schnell!«, schrie sie weiter.
»Steh auf und sieh, was sie hat«, rief die Frau da ihrem Mann zu.
»Ach, ihr ist etwas schlecht, es wird schon besser«, brummte der und schlief dann weiter.
Aber da das Mädchen nicht zu schreien aufhörte, stand die Mutter auf, zündete eine Kerze an und ging ins Nebenzimmer. Auf einmal begann sie zu schreien:
»Die Decke! Die Decke ist auf meiner Tochter, in ihrem Bett! Komm rasch!«
»Wenn sie die Decke stört, so nimm diese doch einfach weg. Zum Teufel! Lass mich doch schlafen!«, schrie der Herr ungeduldig.
Da aber Mutter und Tochter noch immer schrien, so stand er dann auch auf, und als er sah, was vorging, öffnete er das Fenster und rief hinaus:
»Hollah! Hollah! Eilt herbei ihr Diener und Mägde, nehmt Stöcke mit. Rasch! Rasch!«
Diener und Dienerinnen stürzten bald mit Stöcken und Besen bewaffnet ins Zimmer.

»Schlagt auf meinen Hintern!«, schrie ihnen der Herr zu. Sie schlugen auf denjenigen Körperteil los, den der Herr ihnen genannt hatte.

»Was tut ihr denn da, ihr Dummköpfe«, heulte er, »ich habe euch doch befohlen, auf ›meinen Hintern‹ zu schlagen, und zwar so fest als ihr könnt.«

Sie schlugen wieder auf diese gewisse Stelle. Guyon aber nutze den Lärm und diese Unordnung aus, um sich aus dem Staub zu machen. Der Torwächter wollte ihn aufhalten, doch der schlaue Guyon warf ihn in die Schlossgrube, aus deren Schlamm er sich nicht befreien konnte. Auf seine Angstschreie hin eilten die Knechte herbei.

»Wer warf Euch da hinab?«, fragten sie ihn.

»Ich selbst«, erwiderte der Herr.

»Ihr selbst? Ihr alter Dummkopf, dann versucht nun auch, Euch selbst herauszuziehen!«

Und sie ließen ihn im Schlamm stecken und machten sich daran, Guyon zu verfolgen. Aber dieser war schon weit weg und kam ungehindert nach Hause, wo er seinem Bruder berichtete, wie er ihn gerächt hatte.

Der strohdumme Jean

Die Mutter des strohdummen Jean schickte ihn eines Tages in den Marktflecken, um dort Mehl und Cidre einzukaufen.

»Wenn du zurückkehrst, machst du die Sachen auf diesen Platz«, fügte sie noch hinzu.

Nachdem er zurückgekehrt war, schüttete er das Mehl aus dem Beutel auf die Erde, ebenso goss er den Cidre aus. Er war nämlich einfältig und fasste alles, was man ihm sagte, wörtlich auf.

»Wo ist das Mehl?«, fragte die Mutter, als sie vom Stall zurückkam.
»Hier!«
»Und der Cidre?«
»Ebenfalls hier!«
»Dummer Junge!«, rief die Frau, als sie den Matsch erblickte, der aus dieser Mischung hervorgegangen war. »Warum hast du den Sack nicht auf die Erde gestellt und den Cidre daneben hin? Du verdirbst doch alles, was du angreifst.«
»Zürnt nicht, liebe Mutter, ein anderes Mal werde ich pfiffiger sein.«
Einige Zeit nachher befahl ihm die Mutter eine Bro* zu nehmen und aus der Scheune Nüsse zu bringen. Jean verstand jedoch, er solle seine Heugabel, und kein Gefäß, nehmen und damit die Nüsse bringen. Aber die Nüsse schlüpften zwischen den Zinken immer durch und er konnte nicht eine einzige mitbringen. Obwohl er sich alle Mühe gab, ging es nicht. Er erzürnte sich so sehr, dass ihm der Schweiß in hellen Tropfen herabrann. Um sich zu stärken, nahm er einen Napf und holte sich aus dem Keller Cidre, vergaß jedoch den Spund am Fass zuzudrehen, sodass der Cidre ausrann. Um ihn zu retten, wusste er nichts anderes zu machen, als einen Sack Mehl vors Loch zu stellen. Der Cidre sickerte hinein und das Mehl war mit ihm hin.
Die Mutter des strohdummen Jean schickte ihren Sohn auf den Markt, um ein Schwein zu verkaufen. »Das Geld, das wir dafür einnehmen, soll dazu dienen, die größten Löcher zu stopfen«, sagte sie zu ihrem Sohn. Jean verkaufte das Schwein und am Heimweg stopfte er mit dem Geld die großen Löcher zu, die er am Wegrain sah. Alles, blanke Taler, Heller und Sous**, verbrauchte er.

* Bro bezeichnet in der gallischen Mundart: 1. ein Gefäß, 2. eine Heugabel.
** Der Sou ist eine ehemalige französische Münze und Währungseinheit. Als 1795 der französische Franc das Livre (Pfund) ablöste, verschwand der Sou als offizielle Währungsbezeichnung, er wurde aber bis weit ins 20. Jahrhundert hinein zur Bezeichnung des 5-Centime-Stücks benutzt. Heute wird Sou noch in vielen französischen Redewendungen als Synonym für Geld verwendet.

Bei seiner Rückkunft rief die Mutter:

»Was hast du mit dem Geld getan?«

»Ich habe die größten Löcher am Weg damit zugestopft, doch es gab davon so viele, dass ich nur zwei oder drei anfüllen konnte.«

»Dummkopf, du wirst von einem Mal auf das andere Mal nicht pfiffiger. Das Geld sollte die Löcher unseres Vermögens, nicht die der Felder stopfen. Kehre um und suche das Geld!«

Jean ging zurück, aber er fand nichts mehr, denn andere Leute hatten das Geld schon aufgelesen.

Einige Tage später brauchte die Mutter einen Dreifuß und schickte ihren Sohn fort, einen solchen einzukaufen.

Das Tragen des Dreifusses wurde unserem Jean bald zu langweilig, er stellte ihn daher nieder und rief ihm zu: »Gehe diesen Weg, der zu uns führt, nur gerade fort. Du kannst früher zu Hause sein als ich, denn du hast drei Füße.«

Jean ging, die Hände in den Taschen, ruhig nach Hause.

»Wo ist der Dreifuß?«, rief die Mutter.

»Wie! Er ist noch nicht hier? Er wird sich wohl am Weg unterhalten, denn sonst müsste er, hat er doch um einen Fuß mehr wie ich, schon hier sein. Den Weg habe ich ihm ja genau angegeben.«

»Der Dreifuß ist futsch. Oh mein Gott, wie dumm ist doch dieser Junge, dass er einem Stück Eisen Befehle erteilt, anstatt seinen Quersack zu nehmen, den Dreifuß hineinzutun und ihn dann bequem auf der Schulter hierher zu tragen.«

»Gut«, rief der Junge, »ich werde mir das für ein anderes Mal merken.«

Als die Erntezeit kam, brauchte man eine Schwinge* zum Reinigen des Getreides, und Jean wurde beauftragt, eine zu kaufen. Er erinnerte sich an die Worte seiner Mutter, und sobald er aus dem Geschäft des Korbmachers heraustrat, versuchte er die Schwinge

* Eine Schwinge, auch Worfel genannt, diente früher dazu, das Getreide zu reinigen. Es war ein großer geflochtener Korb, in den man die gedroschenen Körner tat, sie dann hoch in die Luft warf, sodass der Wind die nicht gewünschte leichte Spreu davontrug und sie von den schwereren Körnern trennte.

in seinen Quersack zu stecken, den er absichtlich mitgenommen hatte. Da es aber nicht ging, zerschnitt er die Schwinge in mehrere Teile, die er dann sorgfältig in den Quersack legte.

Als er vor seiner Mutter, mit einer äußerst zufriedenen Miene die Trümmer der Schwinge ausbreitete, seufzte sie tief und warf ihm seine Dummheit mit folgenden Worten vor: »Hier hättest du es anders anstellen sollen; deinen Stock hättest du durch die Laschen der Schwinge hindurchziehen sollen.«

Einige Tage nachher gab ihm die Mutter Geld und sprach:

»Hier hast du fünfzig Taler! Wir brauchen ein Pferd, kaufe eines für das Geld, aber gib ja nicht um einen Sou mehr dafür.«

»Sei nur ruhig, Mutter, ich werde die Sache zur Zufriedenheit ausführen.«

Am Markt in Rennes, der Hauptstadt der Bretagne, erkundigte sich Jean zunächst um den Preis mehrerer Pferde, die ihm gefielen, aber alle Händler sagten bald mehr, bald weniger als fünfzig Taler, und da Jean von dieser Summe nicht ablassen wollte, so kehrte er, ohne etwas gekauft zu haben, wieder um. Vor der Stadt begegnete er einem Bauern, der ein blindes Pferd mit sich führte.

»Wie viel kostet das Tier?«, rief unser Jean.

»Fünfzig Taler«, rief ganz zufällig der verschmitzte Bauer, dem das einfältige Aussehen des jungen Mannes aufgefallen war.

»Der Handel ist abgeschlossen«, schrie Jean und schlug in die Hand des Verkäufers ein.

Er nahm das Pferd, das nicht mehr wert war als den Preis für seine Haut, und bestieg es. Als er nun bei einem Gasthaus vorbeikam, wollte er gerne wissen, wie spät es war, und lenkte daher sein Reittier zur Tür hin. Da das arme Tier aber nicht sah, wohin es ging, rannte es gegen die Glastür, und zwar so heftig, dass die Tür ins Haus fiel und mehrere Cidregläser umwarf, die in der Nähe der Tür auf einem Tisch standen.

Der Wirt eilte herbei und Jean rief ihm ruhig zu: »Wie viel ist es?«

»Es ist die Zeit, wo die Narren auf der Straße sind«, erwiderte der Wirt, der die Einfalt des Jungen bemerkte.

»Danke!«
Als die Mutter das Pferd erblickte, das Jean heimbrachte, brach sie in Klagen und Vorwürfe aus:
»Dummkopf, du hast ein Tier gekauft, das gar nichts wert ist. Siehst du denn nicht, dass es blind ist?«
»Blind? Nein, das habe ich nicht bemerkt, denn ich stieg auf und es warf mich nicht zur Erde. Übrigens, wenn dir das Pferd nicht gefällt, so führe ich es auf den nächsten Markt, und ich wette, dass ich mindestens zweihundert Francs dafür bekomme.«
Er begab sich auf den Markt nach St. Aubin und gab jedem Händler, der ihn um den Preis des Tieres fragte, zur Antwort: »Zweihundert Francs kostet es!«
»Zweihundert Francs!«, riefen die Rosshändler achselzuckend. »Es hat doch nur den Wert seiner Haut.«
Als er sah, dass er zu St. Aubin mit seinem Klepper nichts anfangen konnte, brachte er ihn nach Rennes, in der Hoffnung, dort besser bestehen zu können. Aber man bot ihm nicht mehr als vierzig Sous, und so gab er schließlich das Pferd um diesen Preis her. Beim nächsten Markt kaufte er wieder so ein Prachtstück von einem Pferd für vierzig Taler. Der Händler behielt sich die Zügel, die Jean nicht verlangte, zurück und so musste dieser das Tier an der Mähne fortziehen. Als er sich auf der Landstraße befand, kam ihm eine großartige Idee. »Am einfachsten ist es, wenn ich dem Pferd meinen Stock durch die Ohren ziehe.« Er versuchte nun, diesen Einfall auszuführen, aber das kräftige Pferd litt es nicht, bäumte sich, schlug aus und rannte schließlich im Galopp davon und ließ seinen neuen Eigentümer ganz bestürzt zurück.
Er ging heim und berichtete die Sache seiner Mutter. »Du bist verrückt«, rief sie, »du hättest dem Pferd ein Halfter umbinden und dich draufsetzen sollen. Auf diese Idee zu kommen, wäre doch nicht schwierig gewesen.«
Nun schickte sie ihn fort, eine Magd zu holen, die sie neu angestellt hatte. Das Mädchen ging mit ihm, und als sie auf der Landstraße waren, zog er ein Halfter aus seiner Tasche, legte es dem

Mädchen um den Hals und wollte ihr auf den Rücken steigen. Da die Magd sah, dass der Junge strohdumm war, so ließ sie ihn gewähren und trug ihn trotz seines Gewichtes heim. Im Haus seiner Mutter angekommen, schwitzte sie sehr. Er führte sie in den Stall, setzte ihr Heu vor und ging dann ins Haus.

»Wo ist die Magd?«, fragte ihn die Mutter.

»Im Stall«, erwiderte er kurz und bündig.

Die Frau eilte rasch hin und führte die Magd ins Haus. Diese aber wurde aus Angst und vor Schrecken krank und musste mehrere Tage das Bett hüten.

Der strohdumme Jean wollte sich einmal die Mädchen ansehen. Er belästigte damit seine Mutter eines Sonntagnachmittags so lange, bis sie ihm riet, hinaus aufs Feld zu gehen, wo eine junge Nachbarin ihre Kühe hütete. Der Junge ging hin und starrte sie unentwegt an, sodass sie ihm, ohne ein Wort zu sagen, eine tüchtige Ohrfeige versetzte und dann davonrannte.

Er beklagte sich darüber bei seiner Mutter und fragte sie, wie er sich denn die Mädchen geneigt machen könne.

»Man spielt mit ihnen und wirft mit allerhand Brochons um sich.«

»Das werde ich mir merken«, rief der Junge.

Brochon hat aber mehrere Bedeutungen und bezeichnet kleine Äste, dann Possen und schließlich Holzpflöcke. In letzterem Sinne fasste es unser strohdummer Jean auf und ging daher zu einem Pfahlzaun, dessen Holzpflöcke er herauszog und auf das Mädchen warf, das über diese neuartige Galanterie sehr erstaunt war und floh.

Wieder kehrte er zur Mutter zurück und erzählte ihr, dass sich die Schäferin flüchtete, als ob sie einen Wolf erblickt hätte, obwohl er mit ziemlich großen Brochons um sich geworfen hatte.

»Du musst ihr Schafsaugen zeigen«, riet ihm die Mutter. Man muss dazu nun wissen, dass man diesen Ausdruck in gewissen Gegenden zur Bezeichnung kleiner, verliebter Augen verwendet. Der Junge nahm es wörtlich und schnitt nun allen Schafen, denen er am Weg begegnete, die Augen aus und kehrte zur Hirtin zurück. Er sprach mit ihr, und um seiner Angelegenheit Nachdruck zu verleihen, zog er die noch blutenden Schafsaugen aus der Tasche. Das Mädchen war darüber so erschrocken, dass davonlief, so rasch sie nur konnte.

Als er seiner Mutter sein neues Abenteuer erzählte, rief sie aus: »Du bist ein Dummkopf, da du alles wörtlich nimmst! Ich wollte doch nur sagen, dass du der Schäferin verliebte Augen zeigen sollst.«

»Oh, es ist sehr schwer, den Mädchen den Hof zu machen«, erwiderte der strohdumme Jean, »ich werde mich nie verheiraten.«

Jean und Jeanne

Jean Kerbrinic und Jeanne Kerboule'h waren, wie man zu sagen pflegt, ein Paar, wie es nicht besser zueinander passte. Er war ein guter Landarbeiter, geliebt und geschätzt von seinem Herrn und von der ganzen Pfarrei. Mehrere Meilen in der ganzen Umgebung hatte er nicht seinesgleichen, was das Säen, Ernten und Dreschen betraf. Wohl war er nicht der schlauesten einer, aber was tut das?

Nachdem er lange Zeit anderen gedient und für andere gearbeitet hatte, wollte er endlich für sich selbst arbeiten und heiraten. Er machte sich denn auf die Suche nach seiner schöneren Hälfte. Nicht weit vom Bauernhaus, wo er diente, wohnte in einer kleinen Hütte die Witwe Jeanne Kerboule'h. Das Häuschen war ihr eigen, ebenso ein kleiner Garten und ein kleines Feld, eine Kuh und ein Kalb. Sie hatte eine Tochter von achtzehn Jahren, namens Jeanne, die weder hässlich noch hübsch noch besonders gescheit war, aber eine tüchtige Hausfrau zu werden versprach.

»Das ist die Richtige für mich«, sagte sich Jean, »und wenn sie mein Weib wird, kann ich mich glücklich schätzen.« Er ging nun öfter zum Häuschen. Nie kam er vorbei, ohne unter irgendeinem Vorwand einzutreten. Entweder musste er sich die Pfeife anzünden oder er fragte, ob man nicht eine Kuh oder ein verirrtes Schaf seines Herrn habe vorbeilaufen sehen oder sonst was. Die Witwe nahm ihn wohl auf, hatte er doch einen guten Ruf in der Pfarrei, und auch die Tochter war seinen Besuchen nicht abgeneigt.

Am zweiten Junisonntag hütete das junge Mädchen, nachdem sie schon in der ersten Frühmesse war, das Haus. Nach dem Hochamt sollte Jean zum Mittagessen kommen, um seine Sache, wenn möglich, zum Abschluss zu bringen. Bevor die Mutter in den Marktflecken ging, sagte sie zur Tochter:

»Du weißt, dass heute Jean zu uns zum Mittagessen kommt, bemühe dich, die Suppe gut zu kochen und gib alles hinein, was man hineingeben muss (auf Bretonisch: *peadra*).«

»Ja, liebe Mutter«, war Jeannes Antwort.

Dann ging die Alte weg.

Jeanne beschäftigte sich mit dem Kochtopf. Sie gab Kohl, Rüben und eine tüchtige Schnitte Speck hinein. Dann entzündete sie das Feuer, und bald kochte es im Topf. »Nun wird es Zeit sein, Péadra hineinzugeben«, sagte sie. Sie hatten nämlich einen kleinen Hund, der zufälligerweise auch Péadra hieß. Jeanne rief ihn: »Komm her, lieber Péadra. Meine Mutter befahl mir, dich in den Topf zu werfen. Das ist zwar eine sonderbare Idee, aber zweifellos liebt mich Jean mehr, wenn er eine solche Suppe isst, und die Hochzeit kommt dann rascher zustande. Ich muss daher tun, was die Mutter mir aufgetragen hat, obwohl es mir um dich, du armes, kleines Hündchen, leidtut.«

Sie fing also Péadra, der mit seinem Schweif wedelnd zu ihr gekommen war, warf ihn in den siedenden Topf und stülpte den Deckel darüber. Sie legte dann noch Holz nach, schnitt Brot in die hölzernen Suppenteller und fegte das Haus.

Zu Mittag kam die Witwe in Begleitung von Jean Kerbrinic aus der Messe nach Hause und fragte:
»Ist das Mittagessen fertig?«
»Jawohl, liebe Mutter«, antwortete Jeanne.
»Hast du alles, was man hineingeben muss *(péadra)*, in den Topf getan?«
»Ja, ich habe Péadra in den Topf gegeben.«
»Versuchen wir mal deine Suppe.«
Jedes der drei nahm seinen Napf und leerte ihn rasch; die Suppe wurde als vorzüglich befunden.
Die Alte wollte hernach eigenhändig das Fleisch aus dem Topf nehmen.
»Jesus, Maria!«, schrie sie, als sie den Hund darin fand. »Was ist denn das?«
»Nun, liebe Mutter, das ist Péadra. Du hast mir doch befohlen, ihn in den Topf zu geben.«
»Péadra? Meinen armen, kleinen Hund?«
»Gewiss, du hast es mir doch gesagt.«
»Was, du Dummkopf, du Leichtsinnige! Ich sagte dir doch, alles das in die Suppe zu geben, was notwendig sei, also Salz, Pfeffer, Kohl, Rüben und Speck. Du aber hast den Hund hineingetan.«
»Ja, liebe Mutter, wusste ich denn das?«
»Geh, geh, du wirst niemals zu etwas zu gebrauchen sein.«
Jean sah den beiden Frauen zu, sagte aber nichts. Ein anderer als er hätte nach dem, was vor sich gegangen war, den Verstand des Mädchens genügend gekannt. Aber er war in Jeanne verliebt, und die Liebe, so heißt es wenigstens, ist blind. Die Mahlzeit war vorbei, und nicht lange danach schickte die Alte ihre Tochter zum Brunnen, um frisches Wasser zu holen. Jeanne ging mit dem Krug weg, schöpfte Wasser und wollte sich den Krug eben wieder auf den Kopf stellen, um nach Hause zu gehen, als ihr plötzlich folgender Gedanke kam: »Wenn ich mich verheirate, und ich werde ja heiraten, habe ich Kinder und ich werde solche auch kriegen, wie werde ich die doch nennen, da alle Namen schon für andere

verwendet wurden?« Sie ging alle Taufnamen durch und fand, dass jeder schon einen Träger in der Pfarrei habe. Das plagte sie. »Ach, Jesus«, rief sie, »meine Kinder werden namenlos sein und können daher auch nicht die heilige Taufe empfangen.« Da begann sie tüchtig zu weinen, setzte sich auf einen Stein und verbarg ihr Haupt in den Händen.

Unterdessen war die Mutter unruhig geworden, da ihre Tochter nicht zurückkehrte, und so machte sie sich auf die Suche nach ihr: »Jeanne! Jeanne! Wo bist du denn so lange? Komm doch rasch zurück, du bist ja schon eine Stunde aus.«

»Weißt du es schon, Mutter?«

»Was denn, Töchterchen?«

»Was für ein Unglück, oh Gott.«

»Was gibt es denn? Was ist geschehen?«

»Hast du nicht an etwas gedacht, liebe Mutter?«

»An was denn? So sage es doch.«

»Wenn ich heirate, und ich werde doch heiraten, und dann Kinder habe, und ich werde doch solche kriegen, dann gibt es keine Taufnamen mehr für sie, denn alle sind schon vergeben.«

Die Mutter, die nicht viel klüger als ihre Tochter war, stand offenen Mundes da und konnte darauf nichts entgegnen. Sie gingen beide alle Taufnamen durch und fanden in der Tat, dass alle schon vergeben waren. »Was sollen wir in diesem Unglück machen?«, schluchzten beide und waren untröstlich.

Jean, der allein im Haus zurückgeblieben war, wurde ungeduldig, da er sah, dass weder Mutter noch Tochter zurückkamen, und machte sich auf die Suche. Als er die Ursache ihrer Tränen und ihres Kummers vernahm, zuckte er die Schultern und sprach zu sich: »Mutter und Tochter sind einander würdig. Beide sind dumm wie Stroh, und am besten ist es, sie hier sitzen zu lassen und anderweitig mein Glück zu suchen, denn es wird mir sicher nicht schwerfallen, etwas Besseres zu finden.«

Ohne Gruß ging er fort. Nach einiger Zeit, als er an einem Bauernhaus vorbeikam, bemerkte er ein junges Mädchen auf der

Tenne, das eine dreispitzige Heugabel in der Hand hatte. »Die hier«, dachte er sich, »ist ein hübsches Mädchen und wird für mich taugen. Wenn ich nur diesen Vogel in meinen Käfig brächte!« Er trat auf sie zu. »Was machst du denn hier mit der Eisengabel, du blondes, liebes Kind?«, fragte er sie.
»Meine Mutter befahl mir, die Erbsen, die sie an der Sonne trocknete, in die Scheuer zu bringen. Seit Mittag bin ich nun daran, sie mit der Heugabel hineinzubringen, auf die Art, wie ich es beim Heu sah, doch es gelingt mir nicht, und die Sonne geht schon unter.«
»Liebes Mädchen, das ist nicht so, wie du glaubst. Bring mir deinen Weidenkorb. Da werden wir die Erbsen hineinwerfen und bald werden sie dann in der Scheuer sein.«
»Nein, das tue ich nicht, denn meine Mutter hat mir befohlen, die Erbsen mit der Heugabel hereinzuschaffen, und meine Mutter ist doch nicht dumm.«
»Gut, liebes Kind, so arbeite mit deiner Gabel weiter, aber ich glaube nur, dass die Sonne untergeht und du die Erbsen noch immer nicht in der Scheune haben wirst. Meine besten Empfehlungen an deine Mutter und nun Gott befohlen.«
Jean setzte seinen Weg fort und dachte bei sich: »Die da kann Jeanne nicht ersetzen, sie ist zwar hübscher, aber …«
Bald danach kam er in einen Ort und sah, dass viele Leute um ein Haus versammelt waren. Sogar auf dem Dach und beim Kamin standen welche und diese hatten einen Strick in den Händen, den sie abwechselnd in die Höhe zogen und dann wieder in den Kamin senkten. Sie gebärdeten sich wie Schornsteinfeger. Jean näherte sich einem jungen, großen und schlanken Mädchen mit schwarzen Haaren und feurigen Augen, ein solches hatte er sich stets zur Frau gewünscht, und fragte sie: »Liebes Kindchen, sage mir doch, was machen denn die Leute hier? Fegen sie den Kamin?« Das junge Mädchen drehte sich zu ihm, maß ihn verächtlich von unten bis oben und sprach: »Du bist ein Dummkopf. Aus welchem Land kommst du denn, dass du so daherredest. Weißt du

denn nicht, du Dummkopf, dass man das Pferd meines Vaters gesund pflegt?«

»Man pflegt das Pferd deines Vaters gesund? Ich sage aufrichtig, dass ich nicht recht verstehe, wie …!«

»Lieber Freund«, sprach eine kleine, alte Frau, die dem Mädchen zur Seite stand und des Mädchens Mutter war, »unser Deichselpferd ist vor einigen Tagen in den Fluss gefallen und wurde von der Strömung unter ein Mühlrad getrieben, wo es sich schwer verletzte. Der Tierarzt, ein seines Wissens wegen im ganzen Land berühmter Mann, befahl, die Wunden des Tieres mit Ruß aus dem Kamin einzureiben, und das tut man eben, wie ihr seht. Hörst du das Tier nicht klagen?«

Und in der Tat: Die Leute, die teils auf den Fliesen des Vorhauses, teils im Haus und teils am Kamin standen, zogen das Pferd abwechselnd mittelst Stricken auf und nieder, damit seine Wunden mit dem Ruß in Berührung kamen.

»Aber, gute Frau«, erwiderte Jean, von so viel Einfalt und Dummheit überrascht, »glaubst du nicht, dass es bequemer und gefahrloser gewesen wäre, mit Hilfe einer Leiter Ruß aus dem Kamin zu holen und damit die Wunden des Pferdes im Stall einzureiben.«

»Höre nicht auf diesen Dummkopf, Mutter«, rief das junge Mädchen aufgebracht, »ich habe den Leuten diesen Rat gegeben und ich glaube kaum, dass die Sache besser ausgeführt werden kann.«

Jean schwieg und entfernte sich. Am Weg sagte er sich: »Jeanne ist im Vergleich zu diesem Mädchen gewiss ein geistiges Wunderkind«

Etwas später kam er an einem hübschen Haus vorbei; auf dessen Schwelle saß auf einem Schemel ein junges Mädchen, das aus einem Topf, den sie zwischen den Knien hielt, Suppe aß. »Ist das ein hübsches Mädchen«, sagte sich Jean, »ich werde sie nach dem Weg fragen, um etwas mit ihr plaudern und sie mir ansehen zu können.« Je mehr er sich jedoch dem Haus näherte, desto deutlicher hörte er ein kleines Kind schreien und zwar so jämmerlich, als würde es getötet.

»Grüß Gott, schöne Maid!«, rief er dem jungen Mädchen zu.

»Was willst du?«, fragte sie in anmaßendem Ton.
»Was geht denn im Haus vor, dass so geschrien wird?«
»Was geht das dich an? Geh hinein, wenn du willst, dann wirst du es gleich sehen.«
Und Jean trat ein. Der Schreck ergriff ihn jedoch bald so, dass er einige Zeit unbeweglich wie ein Steinpfahl stehen blieb, infolge des Anblicks, der sich ihm bot. Er sah eine Frau, die ganz mit Blut befleckt war und aus den Hinterbacken eines ungefähr fünf oder sechs Jahre alten Kindes Fleischstücke herausschnitt.
»Was machst du da, du unmenschliches Wesen, du Höllenscheusal?«, rief er aus.
»Was mischt du dich in meine Sachen ein«, entgegnete die Frau. »Siehst du denn nicht, dass der Schneider den Hintern der Kindshose zu eng gemacht hat und dass ich daher Stücke aus den Hinterbacken des Kindes herausschneiden muss, damit es die Hose anziehen kann? Und hättest du an meiner Stelle anders gehandelt? Und dann, was mischst du dich in meine Sachen ein. Verschwinde rasch oder ich nehme das Beil meines Mannes und …«
Jean stürzte aus dem Haus und schrie: »Ach Gott, ach Gott, wo bin ich denn hier? Doch nicht unter Christen.«
Er marschierte weiter, ganz traurig über das, was er sah. »Ich werde meinen Weg nicht mehr fortsetzen«, sagte er sich nach einigen Schritten, »sondern zu Jeanne zurückkehren. Sie ist zwar nicht gescheit und nicht reich, aber seit ich sie verlassen habe, habe ich keine getroffen, die gescheiter gewesen wäre als sie, wohl aber traf ich das gerade Gegenteil an. Ich liebe Jeanne, und ein altes Sprichwort sagt doch: Eine Handvoll Liebe ist mehr wert als ein Backofen voll Gold und Silber.«
Als er bei seiner Jeanne eintraf, wurde er gut empfangen, sowohl von der Alten als von der Jungen. Bald nachher fand die Hochzeit statt, und beide lebten nun gemeinsam. Jean arbeitete unermüdlich, und sein Lebenswandel war musterhaft. Er war kein Spieler, kein Trinker und blieb immer schön zuhause. Bald starb die Schwiegermutter und hinterließ ihrer einzigen Tochter alles, was sie besaß,

nämlich eine Hütte, zwei kleine Gärten, eine Kuh, eine weiße Ziege, vier Hühner, einen schönen roten Hahn und eine Katze.
Jeanne nahm im Verhältnis zum steigenden Alter aber nicht an ihren Geisteskräften zu, und Jean musste oft brummen und schelten. Er konnte sich noch so abrackern, sie wurden nicht reich, sondern arm. Ein Jahr nach der Hochzeit kamen sie durch die Dummheit und das gute Herz Jeannes in große Not, weil sie immer bereit war, mit den andern zu teilen.
Eines Abends plauderten beide vor dem Schlafengehen noch etwas beim Feuer. »Wir haben noch drei schöne Stücke Speck«, sagte Jean, als er im Rauchfang den Speck sah, der dort zum Räuchern hing.
»Ja«, antwortete Jeanne, »wir haben nur noch drei Stücke.«
»Eines davon ist für Weihnachten, eines für den Karneval und eines für Ostern.«
»Ja«, antwortete Jeanne.
Am folgenden Tag, als Jean auf dem Feld arbeitete, kam ein Bettler zur Hüttentür. »Wie heißt du?«, fragte ihn Jeanne.
»Weihnachten«, erwiderte der Bettler. »Weihnachten? Dann hat wohl Jean das erste Stück Speck für dich bestimmt. Ich hole es sofort.«
Der Bettler half Jeanne den Speck, der im Kamin zum Räuchern hing, losmachen und nahm ihn mit, war aber über die Großmütigkeit in dieser armen Hütte doch etwas erstaunt.
Am nächsten Tag war Jean wieder draußen auf dem Feld. Da kamen zwei andere Bettler und baten um Almosen.
»Wie heißt ihr?«, fragte sie Jeanne.
»Karneval und Ostern«, war ihre Antwort. Der gestrige Bettler hatte sie wohl über das großzügige Haus unterrichtet.
»Karneval und Ostern? Dann hat Jean die zwei anderen Stücke Speck für euch bestimmt.«
Und Karneval und Ostern zogen mit den zwei letzten Speckstücken ab.
Am Abend, als sich Jean vor dem Schlafengehen beim Feuer

wärmte, sah er nach den Speckstücken. Da sie verschwunden waren, fragte er erstaunt Jeanne:

»Wo ist denn der Speck hingekommen?«

»Der Speck? Weihnachten, Karneval und Ostern, denen du ihn doch zugedacht hast, haben ihn mitgenommen.«

»Was soll das heißen?«

»Sagtest du mir nicht gestern, dass eines der drei Speckstücke für Weihnachten, das zweite für den Karneval und das dritte für Ostern bestimmt sei? Nun sind gestern und heute drei Bettler gekommen, die Weihnachten, Karneval und Ostern hießen, und denen habe ich den Speck gegeben.«

»Das ist doch nicht möglich. Du scherzt, nicht wahr?«

»Ich mache keinen Scherz, es ist so, wie ich sagte.«

»Dann bist du die Dümmste aller Frauen auf Erden, und wir müssen, wenn du solche Sachen treibst, arm bleiben.«

Jean war untröstlich. Er sah deutlich, dass sie dem Elend entgegengingen, und er konnte die ganze Nacht nicht schlafen. Am folgenden Morgen sprach er zu Jeanne: »Wir haben kein Stück Speck mehr im Haus, an Geld mangelt es uns, unsere Kuh und ihr Kalb, die Ziege und die Hühner sind teils verkauft, teils aufgegessen, und die beiden Gärten gehören ebenfalls nicht mehr uns. Es bleibt uns also nichts übrig, als diese Gegend zu verlassen und uns anderswo unser Brot zu suchen.«

»Ja«, sagte Jeanne, »ziehen wir anderswo hin.«

Jean hatte den Tod im Herzen und die Augen voll Tränen, als er die Hütte verließ. Er rief Jeanne, die hinter ihm ging, zu:

»Nimm du die Tür auf dich.«

»Ist schon gut«, sprach Jeanne, hob die Tür aus den Angeln und lud sie sich auf. Traurig und trübselig ging Jean voraus und weit hinter ihm seufzend Jeanne. Jean kehrte sich um, da er sie seufzen und klagen hörte, und war höchst erstaunt, als er sah, dass sie die Hüttentür auf ihrem Rücken trug.

»Zu allen Teufeln, was trägst du denn die Tür mit?«, fragte er sie.

»Warum? Du sagtest doch, ich soll die Tür auf mich nehmen.«

»Ja, aber ich meinte, du solltest es auf dich nehmen, die Tür zu schließen.«
»Woher hätte ich das wissen sollen?«
»Da du die Tür schon bis hierher gebracht hat, so lassen wir sie jetzt nicht hier liegen; vielleicht ist sie uns einmal nützlich. Gib her, jetzt trage ich sie.«
Jean lud sich die Tür auf und sie zogen beide weiter. Die Sonne ging schon unter, und da sie keine Wohnstätte hatten, wussten sie nicht, wo sie die Nacht verbringen sollten. Sie zogen längs des Waldrandes dahin, der jedoch kein Ende hatte.
»Gehen wir in den Wald hinein und verbringen dort die Nacht, denn dort sind wir weniger der Kälte ausgesetzt«, rief Jean.
»Treten wir ein«, antwortete Jeanne.
Und sie traten in den Wald, doch da es dort viele wilde Tiere gab, stiegen sie zur Sicherheit auf einen alten Baum, legten die Tür auf die Zweige und streckten sich darauf aus, denn sie waren müde.
Inmitten der Nacht wurden sie durch einen furchtbaren Lärm und durch Flüche, die sie unter dem Baum hörten, geweckt.
»Großer Gott, was soll das heißen?«, rief Jeanne erschrocken.
»Sei still oder wir sind verloren!«
Es waren Räuber, die gute Beute gemacht hatten und sie nun teilten. Es war Mondschein. Die Räuber hörten nichts, sondern fluchten und schrien weiter. Jeanne hatte so große Angst, dass ... sie ihnen einen Regen vormachte.
»Es regnet«, schrie einer der Räuber, »beeilen wir uns.«
Dann ließ Jeanne auch noch etwas, das weniger flüssig und noch weniger wohlriechend war, auf sie herabfallen, und weil sie sich zu heftig auf eine Ecke der Tür setzte, verlor diese das Gleichgewicht und Jean und Jeanne fielen samt der Tür mit großem Lärm zur Erde, mitten unter die Räuber. Da diese glaubten, alle Teufel der Hölle seien los, trollten sie sich schleunigst, ließen jedoch das Gold und Silber zurück. Jean und Jeanne füllten sich die Taschen damit, und statt ihren abenteuerlichen Marsch fortzusetzen, kehrten sie nach Hause zurück.

Auf dem Heimweg sprach Jean zu Jeanne: »Nun, Jean, glaubst du noch immer, dass ich dumm handelte, als ich die Tür mitnahm? Sagst du jetzt auch noch, dass ich dumm bin?«
Sie waren nun reich, kauften eine schönes Bauerngut und ließen sich ein großes Haus, das schönste in der Gegend, bauen. Allen Bettlern, die auf ihrer Schwelle erschienen, gaben sie Almosen, ebenso denen, die ihnen über den Weg liefen, und sie wurden geachtet und geschätzt von jedermann. Jeanne schenkte ihrem Jean einen Knaben, der, wie sein Vater auch, Jean geheißen wurde, obwohl Jeanne gefürchtet hatte, keinen Namen mehr für ihn zu finden, da schon alle vergeben sind.

Die silberne Ziege

Ein König, der einst sein Reich durchwanderte, bemerkte eines Tages über einer Haustür folgende Worte eingemeißelt:

Mit Geld geht's überall hin,
Mit Geld vermag man alles.

Das Haus gehörte einem Mann, der durch seine Arbeit und seinen Fleiß reich geworden war und der nun glaubte, dass ihm mit Hilfe seines Geldes nichts unmöglich sei.
Der König trat nun ins Haus und fragte ihn:
»Glaubst du, dass das auch wahr ist, was man über deiner Tür lesen kann?«
»Gewiss, Euer Gnaden«, erwiderte er, »ich habe es vielmals erprobt.«
»Willst du mit mir einen Handel eingehen? Wenn es dir mit deinem Geld gelingt, mit meiner Tochter zu schlafen, so bekommst du sie zur Frau, wenn aber nicht, so wirst du gehängt.«
»Ich nehme die Wette an, Euer Gnaden«, erwiderte er sofort.
»Nun, dann ist die Sache abgemacht, und du kannst über die Mittel nachdenken, die dich zum Ziel führen.«
Der König ging damit fort.
Unser Mann, der Marzin hieß, baute sich nun eine sehr große silberne Ziege, die gehen, blöken und mittels einer Feder in ihrem Innern, die er nur in Bewegung zu setzen brauchte, auch tanzen konnte. Er schloss sich dann in den Bauch der Ziege ein, und ein Freund, den er ins Vertrauen zog, führte ihn in den Garten der Prinzessin an eine Stelle, wo sie sich täglich mit ihrem Vater erging. Als die beiden Herrschaften nun vorbeigingen, machte die Ziege Sprünge und blökte und tanzte, und die Prinzessin, die das sah, war voller Bewunderung und wollte sie unbedingt haben. Der König kaufte ihr die Ziege, und sie ließ sie in ihr Schlafzimmer bringen.

Am Abend, als die Prinzessin sich niedergelegt hatte, stieg Marzin aus seinem Versteck und sprach so zärtlich und lieb zu der Prinzessin, dass er ihre Gunst gewann und sie verführte. So ging das einige Zeit so fort. Er ging nur manchmal des Nachts aus dem Schlafzimmer, und zwar über eine verborgene Treppe in den Garten, wo er lustwandelte. Die Kammerfrau der Prinzessin, die eingeweiht war, brachte ihm heimlich die Mahlzeiten. Und es geschah, wie es musste: Die Prinzessin wurde schwanger.
Der König war darüber äußerst erzürnt; er fragte sie aus und wollte wissen, wer der Vater sei. »Die silberne Ziege«, antwortete sie. Und da er keine andere Antwort als diese erhielt, so ging er ins Schlafzimmer seiner Tochter, um die Ziege zu untersuchen. Er stieß auf Marzin, den er wohl kannte und der zu ihm sprach:
»Seht, Euer Gnaden, ich habe gewonnen.«
»Du bist es, du Schurke!«, schrie der König erstaunt.
»Ihr habt es doch selbst gewollt, Euer Gnaden, da Ihr mich herausgefordert habt. Weil ich aber nicht gehängt werden will, so habe ich mein Bestes getan, um dem Strick zu entgehen.«
Der König war ganz erstaunt und wollte seinen Augen nicht trauen.
»Das ist doch ganz einfach, Euer Gnaden«, sprach Marzin, »ich habe gewonnen und Ihr habt verloren. Erinnert Euch an Euer Versprechen.«
»Was ein König spricht, das soll getan werden«, rief der König, »ich habe dir mein Wort gegeben und werde es halten.«
Und so fand die Hochzeit der Königstochter mit Marzin nach vierzehn Tagen unter großen Festlichkeiten statt.

Die drei Gaben

Es war einmal ein kleiner Bursche, der hatte seine Mutter verloren, und sein Vater verheiratete sich zum zweiten Mal. Aber seine Stiefmutter taugte nichts. Zu seiner Nahrung gab sie ihm nichts als alte schimmelige Brotkrusten, und wenn er aufs Feld ging, musste er sie in der Quelle aufweichen, bevor er sie aß. Eines Tages, da er sich neben dem Wasser niedergekauert hatte, ging ein armer Mann vorüber und sprach zu ihm:

»Was machst du da, mein kleiner Bursche?«

»Ich weiche gerade in der Quelle die Brotkrusten ein, welche meine Stiefmutter mir mitgegeben hat, denn das ist alles, wovon ich mich ernähre.«

»Gib mir eine oder zwei davon, kleiner Bursche!«

Der Knabe bot ihm einige seiner Brotkrusten an; der Bettler aß sie und sagte darauf zu ihm:

»Du hast ein gutes Werk getan und zum Lohn darfst du dir drei Dinge wünschen. Was willst du?«

Der kleine Bursche kratzte sich am Kopf und sagte dann: »Jedes Mal, wenn ich meine Stiefmutter ansehe, soll sie einen Wind lassen und sich dabei die Hosen beschmutzen.«

Der Bettler antwortete nichts, und der kleine Bursche fuhr fort:

»Ich möchte eine kleine Pistole zum Vogelschießen, und ich wünsche, dass alle, die mich schießen sehen, gezwungen sind, hinter der Kugel herzulaufen.«

Der Bettler zog eine kleine Pistole aus der Tasche und gab sie dem Knaben mit den Worten:

»Und welches ist dein dritter Wunsch?«

»Eine Klarinette zu haben; und wenn ich darauf spiele, sollen alle, die mich sehen oder hören, gezwungen sein zu tanzen.«

Der Bettler gab ihm eine Klarinette und verschwand. Der kleine Bursche kehrte nach Hause zurück; seine Stiefmutter war gerade im Stall und band die Kühe an; er suchte sie auf, und sobald er sie

anschaute, begann sie zu furzen und sich dabei ihre Hosen oder, besser gesagt, ihre Strümpfe zu beschmutzen, und jedes Mal, wenn der kleine Bursche sie anblickte, passierte ihr das nämliche Malheur. Am nächsten Tag war sie zu einer Hochzeit eingeladen und befahl ihrem Mann, ihren Sohn in einem Schuppen hinter dem Haus einzusperren, denn sie hatte Angst, er möchte ihr wieder irgendein Missgeschick verursachen. Gegen Mittag öffnete der Vater dem kleinen Burschen die Tür und sprach zu ihm: »Geh und sieh, was deine Stiefmutter macht!« Diese saß zwischen zwei schönen Herren bei Tisch; der kleine Bursche trat an ein Fenster und schaute seine Stiefmutter an, welche auf der Stelle zu furzen und ihre Hosen zu beschmutzen begann, sodass jedermann sich die Nase zuhielt. Und die Herren befahlen ihren Dienern, dieses unsaubere Frauenzimmer hinauszuwerfen. Der kleine Bursche kehrte in seinen Schuppen zurück, und als seine Stiefmutter nach Hause kam, schaute sie sogleich nach, ob er dort sei; sie fand ihn aber eingesperrt, als ob er niemals ausgegangen wäre. »Ganz gewiss«, sagte sie bei sich, »steckt irgendwelche Hexerei dahinter.«
Am folgenden Tag ging sie früh am Morgen zur Beichte und erzählte dem Pfarrer, was ihr zugestoßen sei. »Ich werde ihn aufsuchen«, sagte der Priester, »und zu einem Geständnis seiner Hexerei veranlassen.« Er kam auf das Feld, wo sich die Quelle befand, und erblickte den kleinen Burschen, welcher seine Brotkrusten ins Wasser tauchte.
»Was machst du da?«, sagte er zu ihm.
»Ich bin dabei, die schimmeligen Brotkrusten einzuweichen, welche meine Stiefmutter mir gegeben hat.«
»Man behauptet, dass du hexen kannst.«
»Oh nein, Herr Pfarrer!«
»Wenn du mir die Wahrheit sagen willst, werde ich dir nächsten Sonntag ein schönes Bild schenken.«
»Nein, ich lege keinen Wert auf Bilder«, antwortete der kleine Bursche, »aber wenn Ihr Euch ganz nackt ausziehen wollt, so werde ich Euch alles erzählen.«
Der Priester zog seine Soutane und seine Hosen aus und blieb in

Unterhose und Hemd; aber der kleine Bursche sagte, er müsse ganz nackt sein, und der Priester, der sah, dass niemand zugegen war, entäußerte sich auch seiner letzten Kleidungsstücke. Nun feuerte der kleine Bursche einen Pistolenschuss in ein Dorngebüsch ab; alsbald lief der Pfarrer hinter der Kugel her, und wie er mitten im Gebüsch war, begann der kleine Bursche auf der Klarinette zu spielen; da musste der Pfarrer wider seinen Willen tanzen, und indem er seine nackte Haut an den spitzigen Dornen aufriss, schrie er unter fortwährenden Drohungen: »Du kannst hexen, du kannst hexen! Ich werde dich einsperren lassen, ich werde dich einsperren lassen!« Schließlich wurde der kleine Bursche müde vom Spielen, und der Pfarrer, der ganz voller Schrammen und über und über blutig war, durfte seine Kleider wieder nehmen und heimkehren. Sogleich ging er aufs Gericht und erzählte den hängenswürdigen Streich, der ihm gespielt worden sei; die Gendarmen führten den kleinen Burschen vor den Richter, und jener wurde zum Tod verurteilt.

Als man gerade dabei war, ihn zur Hinrichtung zu schleppen, fragte ihn der Richter, ob er noch einen Wunsch habe.

»Ja«, sagte er, »ich möchte am Ufer eines Teiches spazieren gehen, einen Pistolenschuss abfeuern und ein Stück auf der Klarinette spielen.«

Diese Bitte wurde ihm gewährt, aber der Pfarrer rief: »Das gibt eine Hexerei! Fesselt mich, fesselt mich!« Die Leute sagten: »Der arme Pfarrer ist verrückt!« Schließlich band man ihn fest. Alles Volk, das bei der Gerichtsverhandlung zugegen war, lief nun mit dem kleinen Burschen, welcher zwischen zwei Gendarmen ging, an das Ufer des Teiches. Sobald er dort war, feuerte er einen Pistolenschuss ab, und jedermann stürzte sich unverzüglich der Kugel nach in den Teich. Als alle darin waren, spielte der kleine Bursche ein Stück auf der Klarinette, und die Leute im Wasser begannen zu tanzen, aber schließlich ertranken sie doch. Darauf band der kleine Bursche den Priester wieder los, und sie gingen alle beide seelenvergnügt nach Hause.

Eselshaut

Es war einmal ein Mann, dessen Frau starb. Einige Zeit darauf sagte er zu seiner Tochter, welche schon erwachsen war:
»Du wirst dich mit mir verheiraten!«
»Nein!«, entgegnete sie.
»Ich werde dir ein Kleid aus Sternenfarbe machen lassen.«
»Nein, ich will nicht!«
»Ich werde dir ein Kleid aus Sonnenfarbe machen lassen.«
»Nein!«
»Ich werde dir eine Truhe kaufen.«
Das Mädchen sagte nun zum Schein, das wollte sie sehr gern; aber sie dachte nur daran zu entfliehen. Sie nahm ihre schönsten Kleider und legte sie in die Truhe, welche ihr überall hin folgte, zu Wasser so gut wie zu Land. Sie verließ ihren Vater und fand einen geschundenen Esel, dessen Haut sie mitnahm und um ihre Gewänder hüllte. Sie kam dann auf einen Bauernhof und fragte, ob man nicht eine Gänsehirtin brauchte. »Doch!«, erwiderte man ihr, und man gab ihr die Gänse, um sie aufs Feld zu treiben. An der Stelle, wo sie ihre Tiere weiden ließ, stand eine kleine Hütte, die der Hirtin bei Regenwetter Schutz gewährte, und in diese stellte sie die Truhe, welche ihre guten Kleider barg.
Eines Tages kam ihr auf einmal die Idee, sich als Fräulein zu kleiden, und als der Sohn des Hauses kam, um sie zum Essen zu rufen, da sah er die Eselshaut – denn so nannte man sie – angetan mit ihren schönsten Gewändern in der Hütte sitzen. Er verliebte sich in die Hirtin und erklärte seiner Mutter, dass er sie heiraten wolle. »Nein!«, sagte seine Mutter. »Du wirst dieses Mädchen nicht heiraten, von dem du nicht einmal weißt, woher es stammt. Es kann nicht spinnen noch stricken, nicht Zimmer putzen noch Essen kochen.«
»Doch, Mutter, ich will sie heiraten. Übrigens ist sie vielleicht tüchtiger, als Ihr glaubt.«

»Wir werden schon sehen«, sagte die Mutter.
Man ließ Eselshaut kommen und sagte ihr, wenn sie den Flachs, den man in ihr Zimmer lege, spinnen könne, so dürfe sie den Sohn des Hauses heiraten. Als sie allein war, weinte sie bitterlich, statt zu arbeiten, denn sie hatte das Spinnen nie gelernt. Da sah sie eine große gute Frau durch den Kamin herabsteigen, die hatte gewaltig große Augen und sprach zu ihr:
»Was hast du da zu tun, mein liebes Hirtenmädchen?«
»Zu spinnen, aber ich kann es nicht!«
»Was gibst du mir, wenn ich diese Arbeit für dich mache?«
»Ich gebe Euch den Löffel Suppe, den man mir zum Essen gebracht hat, denn das ist alles, was ich habe.«
»Nein«, sagte die Frau mit den großen Augen, »behalte deinen Löffel Suppe, ich will deine Arbeit machen, wenn du mir versprechen willst, mich zu deiner Hochzeit zu laden.«
Eselshaut versprach es, und in kurzer Zeit war der ganze Flachs zu Fäden gesponnen, und als der Sohn des Hauses kam, um ihr das Abendessen zu bringen, war alles fertig.
Am folgenden Tag schloss man sie wieder in das nämliche Zimmer ein und gab ihr Wolle und Stricknadeln, damit sollte sie Strümpfe stricken; aber sie war noch mutloser als das erste Mal, und als der junge Mann kam, um ihr das Essen zu bringen, hatte sie ihre Arbeit noch nicht einmal angerührt. Da sah sie wieder eine große gute Frau durch den Kamin herabsteigen, die hatte gewaltig lange Ohren. Sie sagte zu Eselshaut:
»Was gibst du mir, liebes Kind, wenn ich deine Wolle stricke?«
»Ich gebe Euch mein Mittagessen.«
»Nein, behalte es für dich und versprich mir nur, mich zu deiner Hochzeit zu laden.«
»Ja, gern, wenn der Haussohn mich heiratet.«
Die aufgetragene Aufgabe war bald beendet, und am Abend fand die Dienstherrin der Eselshaut eine sehr sorgfältig ausgeführte Strickarbeit vor.
Am dritten Tag sperrte man sie in das Zimmer, damit sie dort die

Küchenarbeit leiste, aber als der Haussohn kam, um ihr das Essen zu bringen, hatte sie noch nicht einmal angefangen. Da sah sie wieder eine gute Frau durch den Kamin herabsteigen, die hatte gewaltig lange Zähne.

»Was machst du da, mein liebes Hirtenmädchen?«

»Man hat mich hier hingestellt, damit ich kochen soll, aber ich kann es nicht!«

»Was gibst du mir, wenn ich deine Arbeit mache?«

»Das Brot von meinem Essen und alle Speise, die man mir gebracht hat.«

»Das brauche ich nicht. Versprich mir nur, mich zu deiner Hochzeit einzuladen.«

Als Eselshaut der guten Frau versprochen hatte, dass sie sich wohl hüten werde, sie zu vergessen, da war das Fleisch in kurzer Zeit fertig und sehr gut gekocht.

Am nächsten Tag trug man ihr auf, die Stube zu kehren, aber am Mittag hatte sie noch nicht einmal angefangen. Da sah sie durch den Kamin einen großen Mann herabsteigen, dem hing ein großer Besen am Hintern.

»Was machst du da, mein liebes Hirtenmädchen?«, sagte er.

»Man hat mich hier hingestellt, damit ich kehren soll, aber ich kann es nicht!«

»Was willst du mir geben, wenn ich deine Stube kehre?«

»Hier ist mein kärgliches Mahl, nehmt es!«

»Nein, aber versprich mir, mich zu deiner Hochzeit zu laden.«

»Ja, Herr, wenn ich mich verheirate.«

Als die Dienstherrin und ihr Sohn am Abend kamen, fanden sie die Stube gekehrt und gut gesäubert vor, und da die Proben bestanden waren, sagte die Mutter des Burschen, dass sie nun nichts mehr dagegen habe, wenn ihr Sohn die Eselshaut heirate.

Am Hochzeitsmorgen zog diese ihre besten Kleider an, und da sie an ihr Versprechen dachte, rief sie. »Frau Rundauge, herbei! Frau Langohr, kommt zur Hochzeit! Frau Spitzzahn, erscheint zum Fest!« Und die drei Frauen erschienen alsgleich.

Als man sich zu Tisch setzen wollte, sagte Eselshaut: »Ach! Ich habe nicht daran gedacht, den Biedermann zu rufen!« In diesem Augenblick kam aber der gute Mann, dem der Besen am Hintern hing, und sprach: »Es war Zeit, dass du mich gerufen hast, sonst hättest du nicht heiraten können!«

Quellenverzeichnis

Wenn nicht anders vermerkt, sind die Texte vom Herausgeber aus dem Französischen und Englischen übersetzt worden.

Bihanic und der Menschenfresser
aus: François-Marie Luzel, *Contes Populaires de Basse-Bretagne*, Paris 1887

Comorre, ein zweiter Blaubart
aus: Emile Souvestre, *Le Foyer Breton*, Paris 1870

Das Mädchen mit dem Leichentuch
aus: Anatole Le Braz, *La Légende de la Mort chez les Bretons Armoricains*, Paris 1893

Das Zaubergeweih
aus: Paul Sébillot, *Littérature orale de la Haute-Bretagne*, Paris 1881

Der Arzt von Fougeray
aus: Adolphe Orain, *Contes de l'Ille-et-Vilaine*, Paris 1901, übersetzt von Ernst Tegethoff in: *Französische Volksmärchen*, Bd. 2, Jena 1923

Der goldgierige Jean
aus: Anatole Le Braz, *La Légende de la Mort chez les Bretons Armoricains*, Paris 1893

Der Habichtsritter (Yonec)
aus: Marie de France, *Lais*

Der Hexenmeister Marcou-Braz
aus: François-Marie Luzel, *Contes Populaires de Basse-Bretagne*, Paris 1887

Der Karren des Todes
aus: Anatole Le Braz, *La Légende de la Mort chez les Bretons Armoricains*, Paris 1893

Der kleine Vogel mit dem goldenen Ei
aus: François-Marie Luzel, *Contes Populaires de Basse-Bretagne*, Paris 1887

Der Pfeifer und die Korrigane
aus: Emile Souvestre, *Le Foyer Breton*, Paris 1870

Der schlaue Guyon
aus: François-Marie Luzel, *Contes Populaires de Basse-Bretagne*, Paris 1887

Der silberne Hase
aus: François-Marie Luzel, *Contes Populaires de Basse-Bretagne*, Paris 1887

Der strohdumme Jean
aus: François-Marie Luzel, *Contes Populaires de Basse-Bretagne*, Paris 1887

Der Vogel Ozegan
aus: Joseph Frison, *Contes et Légendes de la Basse-Bretagne*, in: Revue des Traditions Populaires 30 (1915)

Der Werwolf (Bisclaveret)
aus: Marie de France, *Lais*

Die Braut des Toten
aus: Anatole Le Braz, *La Légende de la Mort chez les Bretons Armoricains*, Paris 1893

Die drei Gaben
aus: François-Marie Luzel, *Contes Populaires de Basse-Bretagne*, Paris 1887, übersetzt von Ernst Tegethoff in: *Französische Volksmärchen*, Bd. 2, Jena 1923

Die drei Haare vom Goldbart des Teufels
aus: François-Marie Luzel, *Contes Populaires de Basse-Bretagne*, Paris 1887

Die Fee aus der Grotte von Corbière
aus: Paul Sébillot, *Littérature orale de la Haute-Bretagne*, Paris 1881

Die Gattin des Todes
aus: aus: François-Marie Luzel, *Contes Populaires de Basse-Bretagne*, Paris 1887, übersetzt von Ernst Tegethoff in: *Französische Volksmärchen*, Bd. 2, Jena 1923

Die Groac'h von der Insel Lok
aus: Emile Souvestre, *Le Foyer Breton*, Paris 1870
Die Insel der Ozegane
aus: Joseph Frison, *Contes et Légendes de la Basse-Bretagne*, in: Revue des Traditions Populaires 27 (1912)
Die Morgane von der Ile d'Ouessant
aus: François-Marie Luzel, *Contes Populaires de Basse-Bretagne*, Paris 1887
Die Prinzessin, die in eine Maus verwandelt wurde
aus: François-Marie Luzel, *Contes Populaires de Basse-Bretagne*, Paris 1887
Die Rache der Korrigane
aus: Walter Yeeling Evans-Wentz, *The Fairy Faith in Celtic Countries*, London, New York 1911
Die rote Prinzessin
aus: Anatole Le Braz, *La Légende de la Mort chez les Bretons Armoricains*, Paris 1893
Die silberne Ziege
aus: François-Marie Luzel, *Contes Populaires de Basse-Bretagne*, Paris 1887, übersetzt von Emil Karl Blümml in: *Schwänke und Schnurren des französischen Bauernvolkes*, Leipzig 1906
Die Steine von Plouhinec
aus: Emile Souvestre, *Le Foyer Breton*, Paris 1870
Die Verzauberung der Zauberers Merlin
aus: *Merlin. Sammlung romantischer Dichtungen des Mittelalters*, Bd. 1, Leipzig 1804
Die Wäscherinnen der Nacht
aus: Emile Souvestre, *Le Foyer Breton*, Paris 1870
Die weiße Herberge
aus: Emile Souvestre, *Le Foyer Breton*, Paris 1870
Die zwei alten Bäume
aus: Anatole Le Braz, *La Légende de la Mort chez les Bretons Armoricains*, Paris 1893

Die zwei Buckligen und die Korrigane
aus: François-Marie Luzel, *Contes Populaires de Basse-Bretagne*, Paris 1887

Eine Veillée mit einer Gespenstergeschichte
aus: François-Marie Luzel, *Les Veillées Bretonnes*, Morlaix 1879

Eselshaut
aus: François-Marie Luzel, *Contes Populaires de Basse-Bretagne*, Paris 1887, übersetzt von Ernst Tegethoff in: *Französische Volksmärchen*, Bd. 2, Jena 1923

Jean und Jeanne
aus: François-Marie Luzel, *Contes Populaires de Basse-Bretagne*, Paris 1887, übersetzt von Emil Karl Blümml in: *Schwänke und Schnurren des französischen Bauernvolkes*, Leipzig 1906

Merlin und der Holzfäller
aus: Gaston Paris, *Contes et Récits*, Paris 1896

Noch eine Geistermesse
aus: Paul Sébillot, *Littérature orale de la Haute-Bretagne*, Paris 1881, übersetzt von Ernst Tegethoff in: *Französische Volksmärchen*, Bd. 2, Jena 1923

Peronnik der Einfältige, ein bretonischer Parzifal
aus: Emile Souvestre, *Le Foyer Breton*, Paris 1870, übersetzt von Ernst Tegethoff in: *Französische Volksmärchen*, Bd. 2, Jena 1923

Petit-Jean und die Rätselprinzessin
aus: François-Marie Luzel, *Contes Populaires de Basse-Bretagne*, Paris 1887

Wie die Stadt Is im Meer unterging
aus: Emile Souvestre, *Le Foyer Breton*, Paris 1870